MEURTRES EN BORD DE MER

T.E. KINSEY

Traduit de l'anglais
par Karine Forestier

City
Poche

Retrouvez tous les titres City Editions :

www.city-editions.com

Publié pour la première fois aux États-Unis par Thomas & Mercer,
une marque d'Amazon Publishing, sous le titre *Death Beside the Seaside*.
Cette édition est rendue possible par un accord de licence
avec Amazon Publishing www.apub.com
ISBN : 978-2-8246-2270-5
Code Hachette : 77 8284 9

Collection dirigée par Christian English & Frédéric Thibaud.
Catalogue et manuscrits : city-editions.com

Dépôt légal : Septembre 2023

1

Lorsqu'on prépare des bagages pour des vacances, même un dimanche peut s'avérer source de joie. Moi qui n'ai jamais été très amatrice des dimanches, je repousse ces jours-là au plus tard possible le moment de me lever et d'affronter la journée. Ce dimanche-là, cependant, nous nous préparions à partir une semaine. J'étais donc debout et au travail longtemps avant mon heure habituelle. Les oiseaux locaux n'en étaient qu'au milieu de leur refrain que j'avais déjà allumé le fourneau et mis la bouilloire sur le feu. Nous partions au bord de la mer et je tenais à ce que tout soit prêt.

En dépit de notre relative proximité avec la côte et de mes requêtes répétées, nous vivions à Littleton Cotterell depuis un peu plus de deux ans, sans jamais être allées à la mer. Avec la même fréquence, lady Hardcastle acceptait, puis se dépêchait de ne pas mettre sa promesse à exécution. Quand il m'arrivait de lui rappeler cette inaction au cœur de l'hiver, elle répondait : « Je sais bien que j'ai dit que nous irions, mais ne trouvez-vous pas qu'il fait un peu trop froid ? » L'été, elle arguait : « Bien sûr que nous irons… je l'ai promis, n'est-ce pas ? » Et puis, quelque autre projet ou obligation se présentaient invariablement. À la fin juin 1910, je commençais à désespérer de revoir jamais le rivage marin. Ainsi la surprise fut-elle de taille et agréable quand un jour, tout à fait inopinément, lady Hardcastle m'annonça au petit déjeuner qu'elle nous avait réservé des chambres à l'hôtel Steep Holm View de Weston-super-Mare.

—Ce n'est que Weston, je sais bien, et nous devrions sans doute aller plutôt dans quelque station somptueuse du Devon ou du Dorset, seulement l'hôtel lui-même m'a été chaudement recommandé.

—Par qui ? voulus-je savoir.

—Gertie Farley-Stroud. Je lui ai demandé si elle connaissait un endroit amusant où descendre à Weston et elle m'en a cité quelques-uns. Puis elle m'a rappelée plus tard dans la journée pour me dire qu'il nous fallait absolument descendre au Steep Holm View. Apparemment, on le lui a recommandé. Moins imposant que le Grand Atlantic, mais un peu plus élégant et raffiné, lui a-t-on indiqué. « Douillet », je crois que c'est le mot qu'elle a employé.

—Je vois. Y aura-t-il des pommes caramélisées ? Des coques ? Des galets avec « Weston-super-Mare » écrit dessus ?

Elle s'esclaffa.

—C'est très possible. Cependant je crois que les galets peints sont plus une tradition du Nord, non ? Blackpool et Consorts. Il y aura très probablement des fanfares, en revanche, ainsi qu'au moins un orchestre et certainement un spectacle de Pierrot. Et de Guignol, forcément.

—Il y a une jetée, n'est-ce pas ?

—Une « Grande Jetée », me certifient les prospectus.

—Et des promenades à dos d'âne ?

—Il est de notoriété publique que des promenades à dos d'âne sont possibles sur la plage de Weston, oui.

—Dans ce cas, inscrivez-moi, la priai-je. Quand partons-nous ?

—Lundi matin.

Nous étions vendredi.

—Par simple curiosité, repris-je, quand avez-vous fait la réservation ?

—Comment, ma chère ? demanda-t-elle, l'air absent. (Elle s'était déjà emparée du courrier du matin et son attention était ailleurs.) La réservation ? Il y a quelques semaines, je crois. Je me suis dit que cela vous ferait une agréable surprise.

Pour ma part, ce que j'aurais trouvé agréable, c'eût été d'avoir un peu plus d'un week-end pour préparer le voyage, mais je jugeai mesquin de m'en ouvrir à ma patronne.

Ainsi, le dimanche 3 juillet 1910 se passa dans la frénésie inhérente à tous les préparatifs. Les robes du soir furent choisies, ainsi que les robes de l'après-midi et qu'une sélection de tenues pour l'extérieur. Jusqu'à présent, l'été avait été gris et frais pour la saison, et les journaux nous prédisaient, moroses, le même temps dans un avenir prévisible. Et le fait que l'avenir prévisible en question ne s'étende pas au-delà de vingt-quatre heures pour les bureaux des prévisions météorologiques du Met n'empêchait pas les journaux de se morfondre à la perspective d'un énième été fichu. Je glissai donc des imperméables dans les bagages, pour le cas où il pleuvrait, mais m'abstins d'y ajouter bottes et gros manteaux : après tout, nous partions en vacances au bord de la mer, et j'avais bien l'intention de m'opposer à toute proposition d'excursion qui impliquerait d'arpenter la nature sauvage.

Comme toujours, je reçus aussi l'instruction d'emporter les couleurs et un chevalet portatif – « Pour le cas où une envie irrépressible de peindre me viendrait. » Lady Hardcastle était une artiste accomplie, même si la plupart de ses activités artistiques étaient dédiées à la création de films d'images « animées », et notamment ceux comportant de minuscules figurines fabriquées à la main. Quoi qu'il en soit, elle se sentait démunie si elle s'embarquait dans un voyage vers une destination promettant de beaux paysages sans son matériel à aquarelle.

Il me fut aussi suggéré d'emporter des jumelles, qui pourraient s'avérer utiles à l'observation des oiseaux et aussi des navires qui passeraient en mer ou à l'entrée des quais de Bristol. Je n'avais jamais la moindre objection à l'encontre des jumelles, elles faisaient ressortir en moi le bonheur enfantin d'observer des objets distants qu'on avait l'impression d'avoir à portée de main, grâce à ces lentilles magiques, fruits de la précision allemande.

—Pas besoin d'emporter les clubs de golf, m'indiqua ma patronne. Les terrains sont très jolis, d'après ce que l'on me dit, mais je ne vois pas qui pourrait m'inviter à y jouer. Pensez-vous que nous aurons l'usage de raquettes de tennis ?

—Nous avons de la place dans l'automobile, répondis-je. Elles ne nous encombreraient pas.

—Non, gardons-nous plutôt de la place pour les souvenirs. L'on ne sait jamais sur quelles merveilles nous pourrions tomber.

Plus tôt dans l'année, nous avions reçu une auto flambant neuve, dessinée et construite par l'ami de lady

Hardcastle, lord Riddlethorpe – connu de ses amis sous le sobriquet Fishy. Il possédait une équipe de course automobile et avait taquiné le principe de se lancer dans la construction de versions routières de ses modèles de course, l'idée étant d'offrir aux enthousiastes l'exaltation de posséder un moteur puissant dans une machine susceptible d'être également utilisée pour baguenauder dans la campagne l'espace d'un week-end, avec son épouse et tout l'équipement afférent.

Un prototype avait donc été conçu et lady Hardcastle, étant adepte de la conduite et dotée d'une connaissance approfondie des exigences féminines en matière d'automobile – par le fait même qu'elle était une dame, s'était vue attribuer la tâche de le tester. Nous avions donc là un engin fort long, propulsé par un moteur de course qu'avait conçu lord Riddlethorpe en personne. Elle n'avait que deux sièges, mais contrairement à la plupart des autres véhicules de l'époque, les deux sièges, passager comme conducteur, jouissaient d'un compartiment fermé qui les protégeait des éléments. Ayant parcouru nombre de miles dans notre vieille Rover 6, à grelotter sous les horreurs que la météo anglaise pouvait choisir de nous infliger, je considérais cette innovation comme digne à elle seule du prix d'achat.

Son coffre de belle capacité, lui aussi, ne tarderait pas à prouver son utilité. Il devrait y avoir assez de place là-dedans pour accueillir nos bagages et il en resterait encore, comme l'avait mentionné ma maîtresse, pour des souvenirs. Je n'aurais su imaginer quelle sorte de souvenirs nous pourrions bien rapporter de Weston-super-Mare, cependant il était plaisant de penser qu'ils trouveraient leur place si nous les trouvions, eux.

Environ soixante kilomètres séparaient Littleton Cotterell de Weston, et même dans la nouvelle auto – avec sa vitesse de pointe terrifiante de quatre-vingt-dix kilomètres par heure –, le voyage nous prendrait plus de deux heures une fois que nous aurions franchi les embouteillages de Bristol. En conséquence, nous avions décidé d'un commun accord de nous mettre en route aussi tôt que possible afin de profiter au maximum de notre séjour en bord de mer. Miss Jones, la cuisinière de lady Hardcastle, et Edna – dont le titre officiel était femme de chambre mais qui s'acquittait aussi de nombre des tâches dévolues à une gouvernante – avaient reçu une semaine de congé. Il m'incombait donc de m'occuper du petit déjeuner avant notre départ matinal. Le fourneau était allumé, le bacon, en train de frire et j'apportai à lady Hardcastle son plateau de café en chambre, avec une première fournée de pain grillé beurré, afin de la réveiller.

—Bonjour, madame, lançai-je d'un ton enjoué à la masse humanoïde enfouie sous les couvertures.

Un croassement indéchiffrable émergea de quelque part dans la région des oreillers – depuis que je la connaissais, ma patronne avait toujours eu pour habitude de dormir entièrement sous ses couvertures. Une main apparut, qui repoussa timidement le drap et révéla des yeux que la lumière du jour, pourtant encore faible, faisait péniblement cligner.

—C'est une belle journée, annonçai-je. Enfin, lorsque je dis « belle », il faut évidemment remettre le qualificatif en perspective dans le contexte de notre été bien décevant. En tout cas, il ne pleut pas.

—Je sens le café, marmonna-t-elle. Et le pain grillé.

—Le nez élégant de madame fonctionne correctement. J'ai pensé que vous pourriez prendre un peu d'avance sur le petit déjeuner, pendant que je mets la dernière main au reste du repas en bas. Tout sera sur la table dans dix minutes, avec ou sans vous.

J'aurais préféré déposer le plateau sur ses genoux, mais il s'écoulerait encore quelques minutes avant qu'elle ne soit en capacité de se tenir droite et, sachant que le bacon brûlerait si je m'attardais trop, je laissai le plateau par terre, à côté du lit, et me faufilai dehors. Un « Merci, ma chère » enroué me parvint dans l'escalier.

Il fallut vingt bonnes minutes pour servir le petit déjeuner à proprement parler sur la table du salon d'été et quinze de plus avant que lady Hardcastle n'apparaisse en peignoir, bâillant et frottant ses yeux ensommeillés.

—Qui donc a eu l'idée de nous faire lever aussi tôt ? demanda-t-elle en s'asseyant.

—Vous, lui répondis-je. Vous avez insisté pour que nous soyons en route à 9 heures afin de profiter le plus possible de notre temps à « manger des crèmes glacées et patauger dans la mer ».

—Oui, je me rappelle vaguement avoir dit quelque chose d'approchant. Pourquoi ne m'avez-vous pas rembarrée ?

—J'ai essayé. Mais vous avez répondu : « Sornettes et billevesées, Florence Armstrong. Nous allons prendre du plaisir et en prendre beaucoup. Nous pouvons être à Weston à temps pour le déjeuner si nous nous pressons. » Et selon vos dires, vous n'auriez aucun problème à vous lever pour le petit déjeuner et un départ à 9 heures. Après quoi, toute protestation de ma part s'est révélée vaine.

—Oui, cela aussi m'est familier. Je devrais prêter plus d'attention à vos remarques.

—Je tente souvent de vous le rappeler, madame, mais vous ne prêtez pas attention à mes remarques.

—Insistez donc plus. Nos bagages sont-ils prêts ?

—Ne manquent plus que quelques bricoles de dernière minute, l'informai-je. Et il me faudra un coup de main pour hisser la malle dans le coffre. J'ai bien peur que ce ne soit une tâche pour deux hommes.

—Nous nous débrouillerons. Mais dites-moi, ce bacon m'a l'air fameux.

Nous attaquâmes notre petit déjeuner en devisant sur les activités à pratiquer en bord de mer.

—Pour ma part, j'ai très envie de déambuler sur la promenade, annonçai-je. Et s'il n'y a pas dans le coin une fanfare qui joue « Tireli-pimpon », je demande à être remboursée.

—Je suis sûre que nous ferons tout cela. Oh, mais… attendez… le plein de l'auto est-il fait ?

—J'ai rempli le réservoir hier pendant que vous bricoliez à l'orangerie.

—Je décrirais plutôt mes activités comme une « création d'histoires animées sur film », me corrigea-t-elle. Mais bricoler, cela me va aussi. Et le niveau d'huile ?

—Niveaux d'huile et d'eau vérifiés. Batterie vérifiée. Pare-brise nettoyé. Vraiment, nous sommes tout à fait prêtes.

—Dans ce cas, il ne reste plus qu'à me vêtir de façon plus adaptée à une société polie et nous pourrons nous mettre en route.

Moins d'une heure plus tard, elle était en habits de voyage et nous avions chargé la malle dans l'auto.

Parmi les nombreux et exaltants aménagements ajoutés à l'automobile par lord Riddlethorpe et ses ingénieurs, il en était un qui était tout particulièrement destiné à m'épargner un effort épuisant et le risque de tibia contusionné et autre poignet cassé. Une fois en marche, un moteur à combustion interne est une merveille de technologie moderne qui change l'essence en mouvement. J'étais convaincue que cette invention allait changer le monde, mais seulement une fois qu'elle fonctionnerait. En attendant, l'engin restait un morceau d'acier récalcitrant que l'on devait cajoler et convaincre de se mettre en route, au moyen d'une lourde manivelle qu'il s'agissait de tourner péniblement. Lorsque le moteur avait ainsi été démarré, il arrivait que la manivelle se mette à tournoyer follement, acquérant ce faisant l'attribut le plus célèbre d'un cygne : elle pouvait vous briser le bras d'un homme (ou d'une femme). Les magiciens de lord Riddlethorpe, donc, avaient ajouté un petit moteur électrique capable de prendre en charge cette opération périlleuse avec la manivelle par une simple pression sur un bouton, m'évitant ainsi tout effort et blessure physiques.

Dès que nous fûmes installées dans la confortable cabine, lady Hardcastle actionna le bouton susmentionné. Le moteur démarra du premier coup. Et nous étions parties pour Weston.

La nouvelle auto portait officiellement le nom de Riddlethorpe Shinatobe, d'après la déesse japonaise des quatre vents. Le compte-rendu qu'effectua lady Hardcastle sur le véhicule débuta par l'affirmation sans détour que personne ne saurait en prononcer le nom, ni ne connaîtrait la Shinatobe en question pour ceux qui parviendraient à le dire correctement.

Sur quoi, et faute de meilleure suggestion, elle avait nommé l'auto « Phyllis », ne me demandez pas pourquoi. Quel que soit son nom, toutefois, elle roulait sans peine sur la route de Gloucester à Bristol. C'était une invention bruyante, mais au moins le rugissement de son moteur surdimensionné servait-il à avertir les autres usagers de la route de notre approche. Les chevaux, en particulier, semblaient tout à fait décontenancés par son bruit et nous constatâmes une augmentation drastique des occurrences de poings levés et autres réprimandes de la part de leurs propriétaires. Ils n'avaient déjà pas été bien nombreux à apprécier la vieille Rover, il est vrai, mais il y avait quelque chose chez Phyllis qui semblait irriter à peu près tout le monde.

Nous traversâmes le centre-ville sans encombre et ne tardâmes pas à rouler à travers la campagne vers les collines de Mendip et la mer.

—Savez-vous ce que je trouve étrange à propos de Phyllis ? me demanda ma patronne en changeant de vitesse au moment d'entamer l'ascension d'une nouvelle colline. De ne pas avoir à s'emmitoufler pour la conduire. D'un certain côté, tout le fatras de chapeau, lunettes et gants me manque.

—Peut-être, convins-je. Seulement d'un autre côté, plus vaste, le vent, la pluie et le froid mordant ne me manquent nullement. La nouvelle façon est beaucoup plus civilisée.

—Vous avez raison, bien sûr. Oh, ça alors, regardez. Les vaches se couchent. Et vous savez ce que cela signifie.

—Je sais, oui. Cela signifie qu'elles sont fatiguées.

Elle rit.

—Nous nous connaissons depuis bien trop longtemps, commenta-t-elle. Il n'empêche qu'il pourrait fort pleuvoir.

—Il pourrait. Mais j'ai emporté parapluies et imperméables. Nous serons parées.

La campagne défilait en une procession apparemment interminable de haies, de champs et de troupeaux. Le spectacle était étrangement hypnotique et, ainsi bercée, je dus piquer du nez. Car il s'écoula un laps de temps anormalement bref avant qu'un panneau ne nous indique Weston-super-Mare à moins de huit kilomètres.

La ville, quand nous y arrivâmes, nous parut très neuve et très fraîche. Enfant, j'avais visité des villes du bord de mer partout dans le pays – ils étaient peu nombreux, les endroits où le cirque n'était pas passé. Toutefois, mes souvenirs étaient ceux de vieilles cabanes de pêcheur, de marchés proposant la pêche du jour et d'immenses hangars où séchaient les filets. La Weston d'aujourd'hui donnait l'apparence d'avoir été construite de zéro à la fin du siècle précédent par les bâtisseurs qui avaient conçu les faubourgs de Bristol : robustes maisons habillées de pierre nue et grès décoratifs dans les angles et autour des fenêtres.

Je me promis de rechercher le terme idoine pour désigner ces particularités architecturales, quand le cours de mes pensées fut interrompu par un :

—Ouh là ! Mon Dieu, j'espère qu'il n'a rien.

—Qui donc ? demandai-je à l'auteure de l'exclamation, à savoir lady Hardcastle.

Et je me tournai pour regarder par la petite vitre arrière.

—Rien, ma chère, fit-elle joyeusement. Un gars à bicyclette. Je suis sûre qu'il n'a rien.

Je retournai donc à ma contemplation de Weston-super-Mare. Il y avait aussi des bâtiments plus anciens, ici et là, cependant la ville paraissait jeune et animée, pleine de confiance. Bref, un lieu de plaisir offrant moult perspectives. Il y avait du monde partout sur notre trajet au gré des rues résidentielles, devant des boutiques fréquentées à l'approche du centre bondé. Et la circulation aussi était dense, mélange de charrettes, de chariots de toutes formes et tailles, entrant, sortant, chargés de provisions et, là encore, même les chevaux semblaient jeunes et énergiques. Il y avait quelques automobiles, aussi, mais aucune aussi extravagante que Phyllis.

Il ne nous fallut pas longtemps pour nous retrouver sur le front de mer, en direction de la jetée. Des petites parcelles herbeuses s'étiraient sur notre gauche. Au-delà, la promenade bordée par la digue. Derrière cette digue, une plage de sable doux. Et encore au-delà… de la boue. Des kilomètres et des kilomètres de boue.

—Où est la mer ? m'enquis-je, geignarde.

—Basse, répondit lady Hardcastle.

—Comment ça, « basse » ? Elle est descendue sous terre ?

—Nous sommes sur le canal de Bristol, ma chère. Quand la mer se retire, elle part vraiment, vraiment loin.

—Et elle monte parfois ?

—Deux fois par jour, comme partout ailleurs. Certaines marées hautes ont même inondé la ville, par le passé.

—Je ne vous cache pas ma consternation, admis-je. Nous ne pouvons donc patauger qu'à marée haute ?

—Vous aviez vraiment l'intention de patauger ?

—Eh bien, non, avouai-je. Mais il aurait été plaisant d'en avoir la possibilité.

Elle pouffa.

—Nous avons le Grand Atlantic, sur notre droite, regardez. Plutôt impressionnant, non ? Et là, sur la gauche, c'est la jetée. Vous la voyez ?

—Je la vois, oui. Une promenade sur pilotis. Est-ce pour éviter aux gens de marcher dans la boue ?

Elle s'esclaffa de nouveau.

—Elle enjambe bravement la mer quand elle est haute.

—J'ai hâte de voir cela.

—Oh, voici le Royal. Cela signifie donc… Ah oui, regardez… le Steep Holm View.

Si notre hôtel était largement moins grandiose que le Grand Atlantic, et un peu plus petit que le Royal, il n'en restait pas moins un bâtiment victorien de stature imposante. De larges marches de pierre montaient du trottoir jusqu'à une porte étincelante à deux battants, qu'on avait ouverts par cette météorologie douce – quoique décidément grise – de juillet.

Une automobile bleue, largement plus ordinaire que la nôtre, était garée pile devant les marches. Je distinguai à peine une silhouette recroquevillée à l'avant, puis reconnus les mouvements familiers qui accompagnaient le maniement d'une manivelle de démarrage. Je pivotai vers lady Hardcastle.

—Si vous ralentissez un peu, vous pourrez occuper la place juste devant les portes, lui dis-je. Le gars, là devant, est sur le point de partir.

—Vous lisez dans mes pensées, comme toujours. Ça alors, rappelez-moi de dire à Harry qu'il a un sosie dans le Sud-Ouest.

J'eus beau observer l'homme lorsqu'il grimpa sur le siège conducteur de son auto, je ne vis guère de ressemblance avec le frère de lady Hardcastle à cette distance.

—Vraiment ? dis-je. Je ne suis pas convaincue, mais je suis sûre qu'il en sera amusé.

L'auto bleue démarra et lady Hardcastle gara Phyllis sur la place libérée par le banal engin.

—Eh bien, nous y voici, lança-t-elle. Livrées juste devant la porte, saines et sauves.

L'auto – assurément le véhicule le plus original qui ait jamais longé le front de mer – attirait déjà son lot de regards. Un petit garçon nous adressa des signes si énergiques que sa pomme d'amour s'envola de son bâton et alla rouler dans le caniveau. Sa mère dut le retenir, sans quoi il serait allé la récupérer pour la manger. Tandis que nous descendions de l'auto, l'irritation de la mère – nous avions distrait son enfant avec notre machine infernale ! – se changea en une désapprobation indignée. Elle regarda lady Hardcastle, me regarda. Puis elle lâcha un : « Eh bien ! » dont le ton signifiait que nous représentions tout ce qui n'allait pas dans le monde, empoigna son fils désormais en larmes et l'éloigna fermement de nous.

Nous gravîmes l'escalier de l'hôtel et la porte intérieure s'ouvrit à notre approche. La main invisible qui l'avait manipulée appartenait à un portier en livrée qui s'inclina sur notre passage et nous souhaita la bienvenue avant de retourner à sa chaise près de la porte. Le même accueil fut répété par l'employé qui se tenait derrière un comptoir de réception élégamment décoré.

—Bonjour, madame, dit-il. Bienvenue au Steep Holm View. En quoi puis-je vous aider ?

—Bonjour, répondit ma patronne, accompagnant ses mots de son plus large sourire. Je suis lady Hardcastle. Vous avez deux chambres à mon nom, je crois.

Le réceptionniste lui rendit son sourire le plus radieux.

—Bien sûr, madame. Deux chambres adjacentes avec vue sur la mer pour vous et votre dame de compagnie. (Il prit le registre de l'hôtel et le fit glisser jusqu'à elle d'un geste théâtral, à l'évidence souvent répété.) Si vous aviez l'amabilité de remplir les informations d'usage…

Elle prit le stylo qui lui était tendu et se mit à écrire.

Le hall de l'hôtel, quoique de taille modeste, avait été décoré dans un style moderne et paraissait de ce fait beaucoup plus spacieux qu'il ne l'était en réalité. Le sol était pavé de marbre, orné d'une mosaïque complexe de courbes chantournées, semblables aux lianes d'un lierre géant. Les motifs étaient répétés sur la partie basse du mur et sur la rampe du vaste escalier qui montait depuis le coin le plus éloigné.

—Ai-je bien entendu arriver un véhicule à moteur ? s'enquit le réceptionniste. Le chauffeur de madame doit-il apporter ses bagages ? Je puis envoyer le portier pour l'aider.

—C'est moi qui ai conduit, l'informa ma maîtresse. Les bagages sont dans le coffre.

—Très bien, madame.

Sur quoi, il convoqua le portier d'un geste de la main.

—Lady Hardcastle occupe les chambres 4 et 5. Ses bagages sont dans le coffre de l'automobile garée dehors.

Le portier prit les clés des chambres et nous invita à le suivre. Il nous précéda dans l'escalier et sur le palier en mezzanine qui surplombait le hall. Un petit couloir menait, *via* deux portes, à un autre escalier. Du sommet, un autre couloir nous conduisit aux chambres 4 et 5, sur l'avant de l'hôtel.

Il ouvrit la porte de la 4 et s'écarta pour nous permettre d'entrer.

—Les commodités sont au bout du couloir, précisa-t-il en nous indiquant la direction à prendre. Je vous apporte vos bagages immédiatement.

—Merci, euh… ?

—Brine, m'dame. Billy Brine.

—Merci, Brine, dit lady Hardcastle en glissant quelques pièces dans sa main gantée.

—Vous trouverez un cordon pour la sonnette, si vous avez besoin de quoi que ce soit, ajouta-t-il. Le dîner sera servi à la salle à manger à partir de 19 heures. Le petit déjeuner est servi entre 6 h 30 et 10 heures tous les matins, mais nous serons ravis de vous monter un plateau en chambre, si vous préférez.

—Merci. Nous n'avons pas encore décidé.

—Très bien, madame. Y aura-t-il autre chose ?

—Non, merci, mon cher. Juste nos bagages.

—Tout de suite, madame.

Et sur une élégante courbette, il nous laissa à l'exploration de nos chambres.

—Voilà qui m'a l'air bien douillet, commenta ma patronne.

Elle s'approcha de la grande baie vitrée et regarda au-dehors.

—Et voilà la vue sur mer telle que promise. Je vois la jetée. Et le… bâtiment, quel qu'il soit, au bout du promontoire.

—Cela ressemble à une sorte de théâtre, constatai-je, l'ayant rejointe. Si nous déballons nos jumelles, nous pourrons aussi apercevoir la mer.

—Donnez-lui six heures et elle sera là, promit-elle. Regardez, la marque de l'eau sur le sable est visible, là. Ces petites embarcations à rames flotteront d'ici à l'heure du thé.

Je me détournai de la fenêtre pour contempler la chambre. Le châlit était en laiton, décoré des mêmes motifs chantournés que ceux du vestibule. À côté du lit, un chevet accueillait une bougie et des allumettes, bien que ni l'une ni les autres ne montrent le moindre signe d'utilisation – l'hôtel jouissait de l'électricité à tous les étages. Contre un mur, un cabinet de toilette offrait une bassine et un broc richement décorés. L'armoire et la commode étaient du même bois marqueté. Le tapis, enfin, était un Axminster bleu et or d'une opulente épaisseur. Bref, l'endroit n'avait rien d'un asile de nuit bon marché.

—Je me demande à quoi ressemble votre chambre, fit lady Hardcastle en prenant les clés pour se diriger vers ce que je présumais être la porte communicante.

Elle se déverrouilla sans peine et en révéla une autre, qui ne comportait ni clé ni poignée.

—Je vais passer à côté pour l'ouvrir, annonçai-je.

Je lui pris les clés des mains et sortis dans le couloir. La porte de la chambre 5 s'ouvrit sur une pièce quasi identique, décorée du même tapis et des mêmes meubles. La bassine, le broc et le bougeoir étaient identiques eux aussi. Même l'abat-jour de verre de l'ampoule électrique au mur était installé selon le même angle légèrement penché.

Je traversai jusqu'à la porte communicante et l'ouvris.

—Oui ? lança lady Hardcastle. Puis-je vous aider ?

—S'il vous plaît, m'dame, on peut récupérer not' balle ? lançai-je avec mon meilleur accent de gamin culotté.

—Comment est votre chambre ?

—Exactement comme la vôtre, répondis-je.

—Formidable. Je pense que nous serons comme des coqs en pâte ici. (On frappa à sa porte.) Je vais ouvrir.

C'était le portier avec son premier chargement. Il souleva la malle de son chariot et la déposa au milieu de la pièce, près de l'armoire.

—Restent encore deux-trois choses, ahana-t-il. Je reviens tout de suite.

Et il repartit.

—Nous serons encore là cet après-midi à attendre qu'il nous monte tout notre barda, commenta ma patronne. Que diriez-vous de laisser le déballage des bagages pour plus tard et de sortir nous promener ?

Lady Hardcastle s'arrêta au bureau de réception afin de s'enquérir des horaires des marées, à quoi on lui fourra une feuille tapuscrite sous le nez. Elle s'enquit aussi des prévisions météorologiques, mais le réceptionniste au sourire indéfectible lui répondit alors :

—Il faudra vous contenter de regarder par la fenêtre, madame, je le crains.

—C'est probablement le meilleur moyen, en effet, convint-elle. Oh, et qu'est-ce que ce bâtiment, sur le promontoire, que nous apercevons par nos fenêtres ? Mlle Armstrong pense qu'il s'agit peut-être d'un théâtre.

—Mlle Armstrong a vu juste, confirma-t-il avec une légère inclinaison de la tête dans ma direction. Le Knightstone Pavilion and Opera House, comme nous l'appelons. Et au-delà, tout au bout, les Knightstone Baths, nos bains.

—Bravo, Armstrong. Le dîner est servi pour 19 heures, si j'ai bien compris ?

—Exact, madame. Et le thé à 16 heures.

—Formidable. Je pense que nous dînerons ici ce soir. Faut-il réserver ?

—Non, madame, ce n'est pas nécessaire. Nous sommes en mesure de servir tout le monde et avons amplement la place pour ce faire.

—Merveilleux. Merci pour votre aide.

—Avec plaisir, madame.

Le portier nous tint la porte et nous sortîmes dans l'air frais de la mer.

Phyllis continuait d'attirer l'attention, mais nous la laissâmes à sa place et prîmes à gauche vers la promenade et la jetée. La promenade était une large artère pavée délimitée par un muret bas en pierre locale d'un côté, sans doute pour décourager les piétons de chuter de trois ou quatre mètres sur la plage de sable en contrebas. Son autre côté était longé par deux routes parallèles, séparées par d'élégants jardins à la française. Grâce à ces décisions architecturales, les principaux hôtels et maisons d'hôtes jouissaient d'une vue imprenable sur la plage, même s'ils en étaient éloignés de plus de cinquante mètres. Cela conférait au front de mer un espace proche de l'infini.

L'entrée de la Grande Jetée était marquée par une tourelle blanchie à la chaux, qui lui conférait des airs de château fort miniature gardant jalousement les délices en son sein. Je doutais que lesdits délices soient en réalité si grandioses, toutefois la présence d'un tourniquet et l'existence d'un droit d'entrée si modeste fût-il rendaient l'entreprise bien plus exotique et alléchante qu'elle ne le méritait sans doute. Des affiches annonçaient des spectacles de Pierrot tous les après-midi et des concerts de music-hall tous les soirs, « par certains des plus grands noms du pays ».

La température était plus fraîche que douce et nous n'avions toujours pas vu le soleil, pourtant beaucoup de gens déambulaient sur le front de mer. L'on devait tenir son chapeau, de temps en temps, lorsque la brise remontant le canal de Bristol menaçait de les emporter.

—C'est un peu vivifiant, commenta lady Hardcastle. Je me demande si nous n'aurions pas mieux fait d'aller à Nice ou à Cannes.

—Sornette, répondis-je. Rien ne vaut ces bonnes vieilles côtes anglaises. Où donc seriez-vous en mesure de trouver un étal vendant coques, moules et bulots ? Ou cette courageuse fillette, là-bas sur la plage, avec son petit seau et sa pelle, si sérieuse et déterminée dans la confection de son château de sable ? Et puis, écoutez… (Je me tus, le temps que nous parvienne le son d'une fanfare au bout de la Grande Jetée.) Où d'autre pourrions-nous nous prom…

—Prom-prom, m'interrompit-elle. Au son d'une vraie fanfare ? Qui joue « Tireli-pimpon », exactement comme vous en aviez rêvé ? Non, vous avez raison, bien sûr. C'est absolument charmant. Je regrette juste qu'il ne fasse pas un poil plus doux. Et soleil aussi, peut-être. (Elle renifla l'air.) Mais vous avez omis le plus important.

Moi aussi, je venais de le sentir.

—Le *fish and chips* ?

—Qu'est-ce que deux dames sophistiquées pourraient souhaiter de mieux pour leur déjeuner ?

—Pourrions-nous au moins nous installer à l'intérieur, alors, s'il vous plaît ? suggérai-je.

—Oh… fit-elle, l'air dépitée.

—Vous n'avez cessé de vous plaindre du temps depuis que nous avons mis le pied dehors, lui rappelai-je.

—Oui, certes… mais… un *fish and chips*… enveloppé dans du papier journal… sur la promenade…

—Bon, d'accord, concédai-je. Mais juste cette fois.

Elle partit en sautillant vers la source de la délicieuse odeur de friture et je la suivis.

À l'issue d'une longue conversation avec le boutiquier – au cours de laquelle nous apprîmes que son épouse était sujette aux lumbagos et son fils aîné, récemment engagé dans le régiment d'infanterie légère du Sommerset –, nous pûmes emporter nos cornets de papier jusqu'aux bancs publics le long de la promenade. Là, nous dégustâmes notre cabillaud et nos frites, littéralement assaisonnés de sel et de vinaigre et accompagnés – sur l'insistance de lady Hardcastle – d'oignons au vinaigre.

—Voilà, c'est cela la vie, pas vrai, Flo ? lâcha-t-elle tandis que nous mastiquions.

—Je suis sûre que vous avez dit la même chose lorsque nous avons mangé des *moules frites* sur une terrasse de café à Bruges. Et aussi quand nous avons mangé des saucisses et de la choucroute sur une terrasse de café à Munich. Oh, et quand nous avons mangé des *fusilli alla Genovese* sur une… voyons si je me rappelle… ah oui, une terrasse de café à Venise. Vous aimez manger dehors, voilà tout.

—Ce doit être cela. Je trouve que le grand air donne meilleur goût à la nourriture.

Je ne pouvais m'empêcher d'être de son avis, même si j'aurais volontiers laissé les oignons de côté.

Une fois notre repas avalé, nos lèvres débarrassées de la graisse et les emballages soigneusement déposés dans une poubelle voisine, nous reprîmes notre déambulation. Un peu après la jetée, nous passâmes devant un petit théâtre de Guignol que son propriétaire était en train de remballer.

—Êtes-vous ici tous les jours ? lui demanda ma patronne.

—Tous les matins à partir de 10 heures, m'dame, répondit le petit bonhomme.

—Dans ce cas, je ferai tout mon possible pour venir vous voir avant votre départ.

—Très obligé, m'dame. C'est un peu calme, c't'année, avec ce temps déprimant et tout ça. Les clients sont toujours les bienvenus.

Nous lui souhaitâmes une bonne journée et repartîmes. Nous décidâmes de ne pas nous arrêter au stand des coquillages, malgré l'insistance de lady Hardcastle – un cornet de coques, voilà qui serait parfait pour regarder un spectacle de Guignol un jour prochain.

Le stand des glaces, en revanche, nous attira toutes les deux comme un aimant. Il y avait une petite file et ce fut avec une certaine exaltation que nous attendîmes nos cornets.

—Nous vivons une époque propice à l'émerveillement, dit ma maîtresse une fois que nous fûmes servies.

Qui est passée de la glace à un penny servie dans un verre affreusement peu hygiénique à ces nouveaux contenants comestibles en l'espace de quelques petites années. Qui sait ce que l'avenir nous réserve ?

—Des tables pour dîner en intérieur ? suggérai-je.

—Oh, sornettes et billevesées, grincheuse servante. Venez, allons voir ce que nous pouvons trouver d'autre.

Nous allâmes jusqu'à l'homme avec son orgue de Barbarie et un singe gambadant devant un petit groupe d'enfants en face du Grand Atlantic, avant de décider que nous avions vu à peu près tout ce que la promenade avait à offrir, et nous fîmes demi-tour. Un programme affiché à l'entrée de la jetée semblait indiquer que le Festival d'été consistait en divers spectacles proposés par une liste impressionnante d'artistes de music-hall bien connus.

Le Knightstone Pavilion fêtait sa saison allemande, qui couvrait tous les compositeurs de Bach à Wagner.

—Nous ne manquerons pas de divertissements, conclut lady Hardcastle alors que nous retournions à l'hôtel. Je n'ai aucune idée de la qualité de leur offre, mais au moins, l'on ne peut pas leur reprocher leur manque d'ambition. Allons défaire nos bagages et nous planifierons nos aventures devant une bonne tasse de thé.

2

Il y avait un salon spacieux au rez-de-chaussée, à l'arrière de l'hôtel, meublé de fauteuils confortables et de sofas dans le même style à la mode que le reste de l'établissement, qui semblaient extrêmement moelleux et accueillants. Il y avait aussi un piano demi-queue dans le coin opposé.

À 18 heures, nous fûmes surprises de nous retrouver là seules. Nous nous étions attendues à y rencontrer au moins quelque colonel à la retraite, en train de siroter un petit verre d'alcool fort en régalant qui s'attarderait assez longtemps de ses récits de la fois où « au réveil, le vieux Johnny Blenkinsop avait trouvé un cobra dans la véranda, devant la fenêtre de sa chambre » ou de quelque autre fadaise tout aussi tirée par les cheveux. Mais non, nous étions bel et bien seules.

Nous nous choisîmes une paire de fauteuils dans l'angle le plus proche de la porte, qui ferait un poste d'observation idéal pour découvrir nos corésidents. Hélas, ce plan tomba à l'eau : nous partîmes dans une conversation si animée sur les avantages et inconvénients des lacets par comparaison avec les boutons comme attaches des bottines que l'arrivée d'un serveur grisonnant nous échappa complètement. Il attira notre attention par une petite toux polie.

—Ces dames désirent-elles un verre avant le dîner ? demanda-t-il d'une voix affable.

—Eh bien, mais, quelle formidable idée ! répondit lady Hardcastle, à croire que, vraiment, elle n'avait pas envisagé cette possibilité un seul instant. Que prendrez-vous, ma chère ? Gin sling pour tout le monde ?

—Pourquoi pas ? acquiesçai-je. Après tout, nous sommes en vacances.

—Absolument. Deux gin sling, je vous prie.

—Très bien madame, répondit le serveur avec une légère courbette. Vous occupez la chambre 4, je crois ?

—Tout à fait, oui, confirma ma patronne.

Sur une autre courbette, il s'éloigna aussi silencieusement qu'il était arrivé.

—Au temps pour nos prétendus talents d'espionnes, commentai-je. Nous serions d'ores et déjà mortes et fourrées dans les poubelles de la cuisine, si nous étions en mission.

—Vous oui, peut-être. Je me verrais plutôt du genre à être roulée dans un magnifique tapis persan et jetée dans la mer Caspienne au cœur de la nuit.

—La lutte des classes continue même dans la mort. Toutefois, cela ne change rien au fait que nous avons laissé un vieux type en tunique blanche s'approcher subrepticement alors que nous nous étions délibérément postées de façon à avoir vue sur la porte et sur l'ensemble des faits et gestes de tout un chacun.

—Vous l'avez dit vous-même, ma chère, répliqua-t-elle gaiement alors que le serveur revenait avec nos verres sur un plateau d'argent. Nous sommes en vacances.

—C'est ce que j'ai compris, madame, dit le serveur. Vous faudra-t-il autre chose ?

—Ces petits bijoux devraient nous occuper un moment, merci.

Je la vis signer le reçu pour les verres, mais le temps que je prenne ma première gorgée, le serveur s'était de nouveau évaporé.

Je levai mon verre.

—Si j'en avais déjà bu un, j'aurais juré qu'il m'est monté à la tête et que je me suis évanouie, le temps de rater le départ de notre ami serveur. Mais étant sobre comme l'ennui, je ne peux que le soupçonner de détenir des pouvoirs démoniaques.

—Cela fait partie de leur formation, ma chère. Pendant que vous appreniez à ravauder les vêtements, à nettoyer l'argenterie et à vous moquer de votre maîtresse, les serveurs d'hôtel acquéraient la capacité de se transporter de chambre en chambre par le seul pouvoir de l'esprit.

—L'explication se tient, admis-je. Je dois dire toutefois que mes talents de bonne se sont avérés largement plus utiles à votre service que n'aurait pu l'être le pouvoir de me déplacer sans être vue.

—Vous arrive-t-il de regretter d'être venue travailler pour moi ?

Je lui adressai une mine mi-renfrognée, mi-perplexe.

—Il est un peu tôt dans la soirée pour le sentimentalisme. Vous n'avez même pas encore touché à votre gin.

—Je vous demande pardon. Je pense que c'est l'évocation de nos personnes fourrées dans les poubelles de la cuisine. Tout à coup, j'ai pris conscience que je vous avais exposée à d'horribles dangers, au fil des années. Ce n'était pas du tout ce pour quoi vous aviez signé lorsque je vous ai débauchée de chez Jane Tetherington, avec ma proposition de promotion au poste de dame de compagnie, malgré votre jeune âge.

—Espèce de vieille folle, je n'aurais manqué cela pour rien au monde. J'ai vu des choses – fait des choses – dont mon moi de dix-sept ans n'aurait jamais ne serait-ce que rêvé. Pourtant, cette jeune donzelle avait grandi dans un cirque et lu tous les livres sur lesquels elle avait pu mettre la main, donc autant dire qu'elle en avait d'assez fous, des rêves. Alors veuillez vous taire et boire votre gin.

—Vous avez bien raison, ma chère. Et merci. Que diriez-vous de dîner de bonne heure et d'aller voir ensuite *Orphée aux enfers* au Knightstone ?

—Ils ne passent donc pas que des Allemands ? m'étonnai-je. Je croyais qu'Offenbach était français.

—Prussien de naissance, je crois. Que diable vous a-t-on appris dans votre école de village gallois ?

—Au temps pour moi. En tout cas, ce sera avec plaisir. Apparemment, nous n'aurons guère à jouer des coudes pour obtenir une table au dîner.

Nous prîmes le temps de terminer nos verres, la conversation ayant dérivé vers un voyage entre bottines, automobiles et politique internationale, musique populaire, physique théorique et la culture des pommes à cidre. Il était sept heures moins le quart quand nous reposâmes nos verres et partîmes en quête de la salle à manger.

Qui s'avéra juste à côté. La salle était légèrement plus petite que le salon, quoique décorée avec tout autant de goût. Il y avait là six tables, chacune dressée avec la même vaisselle moderne et des bougeoirs accordés. Au centre de chaque table, un soliflore à long cou présentait une unique marguerite. Cependant, le plus remarquable dans cette salle, c'était que cinq tables étaient déjà occupées. Dont quatre – qui toutes auraient confortablement pu accueillir quatre convives – ne l'étaient que par des hommes seuls, tous en tenue de soirée élégamment coupée. Trois d'entre eux, à en juger par leur apparence, étaient européens et portaient la même barbiche soigneusement taillée qui les rendait impossibles à distinguer les uns des autres. L'un avait des lunettes pince-nez qui, ne me demandez pas pourquoi, lui donnaient un air germanique. Un autre portait une épinglette incrustée de joyaux au revers de sa veste, si ouvragée que l'on aurait dit une broche, mais rien d'autre ne saillait dans son apparence.

Le troisième était quelconque, n'eût été la mine renfrognée qu'il arborait en contemplant sa soupe – sans doute un Français. Le quatrième homme portait de minuscules bésicles et se démarquait aisément des autres. Et non content d'être rasé de près, il avait des traits assez évidemment extrême-orientaux. Au vu du formalisme tout occidental de son costume de dîner, je l'aurais dit japonais.

La cinquième table était occupée par deux dames, l'une d'âge moyen et l'autre très jeune, peut-être même pas vingt ans. Rien ne permettait de deviner leur origine, hormis le fait que leurs vêtements étaient d'un style peu familier.

J'essayais de déterminer si elles étaient Américaines, peut-être, quand mes pensées furent interrompues par une voix, si inattendue qu'elle me fit sursauter au sens propre.

—Une table pour deux, madame ?

Un serveur avait réussi à apparaître aussi subrepticement que son collègue plus âgé.

—Oui, je vous prie, répondit ma patronne, qui désigna la seule table encore disponible. Je pense que nous prendrons celle-ci. Cela vous convient-il, Armstrong ?

—Elle me semble répondre parfaitement à nos besoins, confirmai-je.

Le serveur s'inclina.

—Excellent choix, mesdames.

Sur quoi, il nous conduisit à la table en question, où il tira nos chaises. Quelques secondes plus tard, il s'en revint avec les menus.

—Aujourd'hui, la soupe du chef est au concombre, petit pois et salade, annonça-t-il. Je vous apporte de l'eau immédiatement.

Sur ce, il disparut.

—Non, vraiment… Comment font-ils cela ?

—C'est quelque peu déconcertant, en effet, convint lady Hardcastle. L'on dirait presque que…

Elle laissa sa phrase en suspens quand son attention fut happée par quelque chose qui, apparemment, se passait derrière moi. Je me tournai et découvris un homme à l'air timide et désespéré, portant lunettes et costume froissé, engagé dans une conversation avec le serveur.

—Non, franchement, peu importe, disait-il. Vraiment. Je peux revenir plus tard. Je vous assure. Ne vous tracassez pas pour moi.

Pareilles scènes se déroulaient tous les jours, dans les hôtels et restaurants de tout le pays. D'ordinaire, je serais revenue à la lecture de mon menu, sans me fendre d'une réplique plus élaborée que : « Ne vous inquiétez pas. Il aura une table d'ici une heure maximum. » À défaut de la prononcer tout haut, je l'aurais au moins pensée. Toutefois, il y avait quelque chose dans le ton de sa voix, une sorte de résignation lasse, suggérant qu'il s'agissait là de la dernière cruauté en date qu'un sort insensible et capricieux jetait en travers de son chemin. Je me retournai vers ma patronne avec un haussement de sourcils interrogateur. Auquel elle répondit par un hochement de tête – elle avait perçu la même détresse que moi. Je pivotai donc de nouveau vers la porte.

—Serveur ! l'interpella-t-elle.

L'intéressé nous regarda.

—Il y a de la place à notre table si monsieur…

—Docteur, l'interrompit le fripé. Dr Goddard. Percival. Percival Goddard.

—Si le Dr Goddard souhaite se joindre à nous, nous serions ravies de jouir de sa compagnie.

Avec un sourire, le serveur lui désigna l'une des chaises libres à notre table. Une fois notre compagnon installé, pourvu de couverts et d'un menu (et mis au courant de la soupe excessivement verte du jour), lady Hardcastle s'occupa des présentations.

—C'est un plaisir de faire votre connaissance, docteur Goddard. Je suis Emily, lady Hardcastle, et voici ma dame de compagnie, confidente et bras droit, Mlle Florence Armstrong.

—Enchanté, répliqua timidement le docteur, ne levant les yeux que le temps de croiser brièvement notre regard, avant de se replonger dans un examen attentif du menu. Vraiment, c'est horriblement généreux à vous de me permettre… Enfin, je vous remercie. L'on peut toujours attendre, bien sûr, cependant j'espérais aller au Knightstone. Au Knightstone Pavilion, oui. Pour voir le, euh, le…

—L'Offenbach ? suggéra ma maîtresse.

—Oui, l'Offenbach. C'est la saison allemande, or tout le monde pense qu'il était français, alors qu'en réalité, il est né à Cologne, voyez-vous. Peu de gens le savent. Là où on fabrique le parfum. Oui, le parfum.

—Nous envisagions d'aller assister nous aussi à ce spectacle. C'est un concert intéressant, n'est-ce pas ? Vous rappelez-vous qu'on jouait « Le galop infernal », lorsqu'elles dansaient le cancan au Moulin Rouge, Armstrong ?

Le docteur rougit.

—Oh… Je ne suis jamais allé au Moulin Rouge, ma foi. Non, jamais allé.

—Oh, vous devriez, ajouta lady Hardcastle, tout sourire. C'est vraiment ce qu'il y a de plus divertissant.

Je haussai un sourcil, afin de rappeler à ma patronne qu'il n'était guère charitable de taquiner ainsi le pauvre homme. Elle accéda à ma requête.

—Alors, qu'est-ce qui vous amène à Weston-super-Mare, docteur Goddard ? De jolies vacances d'été ?

—Le travail, j'en ai bien peur. Je travaille pour le gouvernement, voyez-vous. Comme scientifique. Pour le gouvernement, oui. Il y a une grande réunion à, euh… en fait, je ne puis dire où. Je suis ici en chemin, la ville est mon relais, disons. L'occasion de me trouver pas trop loin, le temps de peaufiner mes préparations, mais assez éloigné pour ne pas attirer l'attention sur la réunion en question. Nous avons tous été envoyés dans un lieu différent, si bien que nous ne voyagions pas ensemble, voyez-vous. Pour ma part, j'ai l'impression d'avoir remporté le pompon. C'est une fort jolie petite ville. Avec un charmant musée, vous savez. Et des tas de spécimens archéologiques fascinants.

—Nous allons donc l'ajouter à notre circuit, dit ma patronne. Et où vivez-vous habituellement ?

—Je crains de ne pouvoir le révéler non plus. Je vous prie de m'en excuser. Vraiment, je ne suis pas terriblement doué pour toutes ces cachotteries. Et… et vous ? Venez-vous de loin ?

—Pas loin du tout. Nous vivons dans un petit village juste au nord de Bristol. Nous y sommes établies depuis un peu plus de deux ans et nous avons soudain compris que nous n'avions jamais visité la ville balnéaire la plus réputée de la région.

C'était un poil exagéré, en réalité. À moi, l'idée était venue durant l'été 1908, juste après notre emménagement, mais je préférai ne pas en faire mention.

Une fois nos repas commandés et tandis que nous mangions, lady Hardcastle mit tout en œuvre pour aider le pauvre docteur à se détendre. J'essayai pour ma part de rester le plus possible en retrait, ne sachant comment il s'en sortirait avec deux interlocutrices sur un râble déjà bien nerveux. À la fin de notre crumble aux pommes et aux mûres, il semblait presque s'amuser.

—Avez-vous votre ticket pour l'opérette ? s'enquit lady Hardcastle lorsqu'on nous retira nos coupes à dessert.

—Absolument, oui, répondit le Dr Goddard.

—Y êtes-vous déjà allé ? L'endroit est-il très fréquenté ? Pensez-vous que nous ayons une chance d'acheter des billets juste avant le spectacle ?

—Oh, je pense que oui. Oui, j'en suis presque sûr. C'est fréquenté, mais j'ai cru voir des gens acheter leurs billets hier soir. Oui, hier soir. Absolument.

—Dans ce cas, il se peut que nous nous revoyions plus tard. Merci beaucoup d'avoir été un compagnon de dîner aussi charmant, docteur.

Ma maîtresse se leva pour partir et, dans sa hâte de se lever aussi, le pauvre docteur renversa sa chaise. Qui heurta la table derrière lui, et l'une des convives, la femme de la cinquantaine, exprima bruyamment son mécontentement.

—Oh, mais pour l'am… commença-t-elle avec un accent américain.

Le Dr Goddard, embarrassé au possible et rougissant, redressa la chaise en marmonnant ses excuses.

—Joyeux 4 Juillet, madame, lança lady Hardcastle. Vous voilà débarrassée de nous. Et de notre maladresse.

Sur ce, nous sortîmes ensemble.

Quand nous gagnâmes le couloir menant à notre chambre, le Dr Goddard continua dans la volée de marches suivantes, tandis que nos au revoir et nos espoirs d'une nouvelle entrevue le suivaient jusqu'au deuxième étage.

Le spectacle au Knightstone Pavilion ne fut pas tout à fait au niveau de ce que l'on est en droit d'espérer d'une ville importante, toutefois il s'avéra efficace et enthousiaste, et largement au-delà de mes espoirs pour un orchestre et un chœur de cité balnéaire. Alors que nous quittions le petit théâtre pour nous engager sur la digue avec le reste de la foule, lady Hardcastle se révéla légèrement plus enthousiaste.

—Ce n'est pas une pièce facile pour des orchestres de province, constata-t-elle, surtout lorsqu'ils ont une longue saison fort variée à préparer, cependant je l'ai trouvée parfaitement merveilleuse. Je me sens toute revigorée. Et regardez, je n'ai même pas besoin d'ouvrir mon parapluie pour nous ramener saines et sauves à la maison.

—Oui, assurément, c'était amusant, acquiesçai-je. Discutable d'un point de vue moral, mais tout à fait divertissant.

—Je n'ai jamais trop su que penser d'Eurydice, avec cette histoire de liaison, voyez, mais à la fin, tout le monde danse gaiement, alors on s'en fiche.

—Exact. Cependant, après avoir assisté au spectacle au Moulin Rouge, je m'attendais vraiment à ce qu'elles montrent toutes leur culotte bouffante à la fin.

—Vous voilà déçue, alors ?

—Bien entendu… qui n'aime pas les culottes bouffantes ?

—Présenté ainsi… Oh, par ma foi, voici le Dr Goddard. Il m'a l'air un peu perdu.

Je suivis la direction de son regard et finis par apercevoir le Dr Goddard. Qui, en effet, semblait quelque peu dérouté ; jusqu'à ce que je remarque qu'il était occupé à lire son programme tout en cheminant. Et les autres spectateurs grouillaient autour de lui, comme une rivière qui se fend en rencontrant un rocher, et grâce à une forme d'intuition animale, il parvenait à éviter les rares badauds qui se déplaçaient encore plus lentement que lui.

Tout le monde était en tenue de soirée. Sans l'odeur de la mer qui nous apportait la brise fraîche remontant le canal de Bristol, nous aurions pu sortir de n'importe quel divertissement populaire n'importe où dans le monde.

En regardant le Dr Goddard négocier un passage périlleux le long de la courte digue, je remarquai d'autres indices sur le caractère peu commun de notre emplacement. Il y avait par exemple deux rouleaux de corde près de l'étroit parapet, à côté d'énormes anneaux d'amarrage en fer. Il y avait aussi un casier à homards cassé, en attente de réparation. Et puis, négligemment adossé à un lampadaire près d'un banc, un homme en caban, bottes et casquette de marin. Il était trop loin pour que je distingue clairement son visage, mais je l'imaginais fumant sa pipe en terre et souriant au passage de tous ces touristes.

—Je me demande ce que ce pêcheur fait là à cette heure de la soirée, commentai-je en le désignant du menton.

—Je l'ai remarqué aussi, répondit lady Hardcastle. Il attend peut-être simplement que nous ayons décampé pour pouvoir préparer son bateau pour demain. Ou emporter ce casier à homards chez lui et le réparer.

Il était bon de constater qu'elle était toujours aussi observatrice.

Un bruit détourna notre attention du loup des mers salées.

—Écartez-vous donc de mon chemin, espèce de vieil imbécile ! tonna un jeune homme qui marchait bras dessus, bras dessous avec une jolie jeune femme.

Sur quoi, il fonça sur le Dr Goddard et l'envoya valser par terre.

—Je vous avais averti, continua le jeune homme, tandis que sa petite amie gloussait avec coquetterie en levant vers son bellâtre un regard adorateur.

Le temps que nous atteignions le scientifique éprouvé, il se rasseyait, éludant à la fois les offres d'aide pleines de sollicitude et les marmonnements irrités parce qu'il barrait le chemin.

—Docteur Goddard, l'interpella lady Hardcastle, allez-vous bien ? Vous semblez avoir fait une belle cascade.

Je lui tendis ma main et l'aidai à se remettre debout – avec une facilité qui parut le déstabiliser un peu plus encore.

—Nous sommes ainsi, nous, les domestiques, lui expliquai-je. À force de porter des objets pesants. Cela façonne les muscles.

—Je vous suis fort obligé, croyez-le, fit-il en s'époussetant.

—Vous m'avez l'air un peu secoué, commenta ma patronne. Pourquoi ne rentreriez-vous pas à l'hôtel avec nous, et nous vous offrirons un verre au salon de l'hôtel, histoire de calmer vos nerfs ? Pour ma part, je trouve que le brandy fait des merveilles dans ce genre de situations.

—Eh bien… je… euh… bon… vous voyez… bredouilla-t-il.

—Formidable, le coupa-t-elle gaiement. Alors c'est décidé. Allons-y.

Sur quoi, elle partit d'un bon pas sur la digue, le bon docteur et moi dans son sillage, mais en retrait. Quelques minutes plus tard, elle avait rattrapé le jeune rustre et son énamourée. En le dépassant, elle parvint je ne sais comment à lui glisser son parapluie entre les jambes, ce qui l'envoya valdinguer la tête la première. Une discrète acclamation monta des quelques spectateurs qui avaient vu le malotru renverser le docteur.

—Oh, ça alors ! lança lady Hardcastle. Vraiment, je suis affreusement désolée. Décidément, il faut croire que c'est la soirée des chutes. J'espère que tout va bien ?

Le jeune homme rugit une poignée d'obscénités colorées, chapelet qui convainquit une vieille dame de le frapper à la tête avec son propre parapluie.

—Il n'est pas besoin de recourir à pareil langage, jeune homme, dit-elle.

Et de nouveau, des acclamations, accompagnées de rires cette fois, émanèrent des passants. Lorsque nous les rattrapâmes, je vis le docteur lancer le pied, sans doute avec l'envie d'en flanquer un coup au jeune gars, mais il se ravisa et nous poursuivîmes sans autre incident.

Une fois sur Knightstone Road, la foule s'amenuisa rapidement et nous pûmes reprendre d'un pas tranquille jusqu'au Steep Holm View.

—Avez-vous apprécié le spectacle ? s'enquit ma maîtresse.

—Beaucoup, répondit le Dr Goddard avec enthousiasme. L'un des seconds violonistes s'est perdu au deuxième acte, et les deux timbales étaient un tout petit peu plates, mais hormis ces deux défauts, tout était exquis. J'ai toujours aimé cette histoire. Particulièrement la façon dont les dieux font fi de l'opinion publique.

—Eh bien, il semble alors que nous avons tous passé une agréable soirée, conclut lady Hardcastle. Entrons donc goûter le brandy de l'hôtel.

Le salon était vide et nous choisîmes de nous installer dans le coin le plus éloigné de la porte, où trois fauteuils à l'air confortable étaient disposés autour d'une table basse. Nous nous y assîmes et je m'apprêtais à faire une blague sur les serveurs, qui tout compte fait n'étaient pas détenteurs de pouvoirs magiques, quand l'un d'eux se matérialisa. De nulle part. L'espace qu'il occupait était vide la seconde d'avant et rien n'expliquait comment cet espace avait pu soudain se trouver entièrement rempli par lui.

—Ces messieurs-dames désirent-ils un dernier verre ? s'enquit-il.

—Vous avez touché du doigt la raison de notre présence ici, lui répondit ma patronne. Brandy pour tout le monde, je pense.

Avant que le Dr Goddard n'ait eu le temps de décliner, le serveur avait disparu aussi subitement il était venu.

—Comment font-ils cela ? demandai-je pour la deuxième fois ce soir-là.

—Faire quoi ? voulut savoir le docteur.

—Ces apparitions et disparitions auxquelles s'adonnent les serveurs. Vous ne les voyez jamais arriver, et pourtant ils sont là. Vous ne les voyez jamais repartir, et pourtant ils ne sont plus là. C'est de la sorcellerie.

—J'aurais suggéré en guise d'explication qu'ils ont perfectionné une manière de se déplacer trop rapide pour l'œil, répondit-il. Seulement le Dr Einstein a démontré que si vous accéleriez les particules d'un serveur d'hôtel à une telle intensité, sa masse augmenterait au point qu'un parquet comme celui que nous avons ici ne saurait le supporter. Nous nous retrouverions à boire notre cognac à la cave.

Le serveur, pendant ce temps, avait reparu avec trois verres sur un plateau.

—Je suis sûr que nous pouvons trouver de la place à la cave, si monsieur pense s'y sentir plus à son aise, dit-il.

—Non, non, se hâta de le détromper le Dr Goddard. Je ne voulais pas dire… Je disais juste que si un serveur se déplace à la vitesse de la lumière, sa masse tend vers l'infini… et…

—Très bien, monsieur. Est-ce que ce sera tout ?

—Pour l'instant, oui, indiqua lady Hardcastle. Merci.

—Non, juste une petite chose, intervins-je. Comment faites-vous…

Mais il n'était plus là.

—Vous êtes donc physicien, docteur Goddard, devina ma patronne. Quel domaine d'étude fascinant ! L'on en apprend tellement.

—Eh bien, je suis dilettante, voyez-vous, dit-il en prenant une longue gorgée de son cognac. Une partie de mon travail consiste à me maintenir au niveau des nouvelles évolutions en matière de science, ingénierie et médecine.

—Merveilleux. J'essaie de m'informer aussi, mais il se trouve toujours quelque chose pour m'empêcher de feuilleter les journaux.

—Vous vous intéressez aux sciences ? s'étonna-t-il.

—J'ai étudié les sciences naturelles à Girton dans les années 1880, lui dit-elle.

—Eh bien, si l'on m'avait dit… (Sa surprise voguait désormais vers l'incompréhension totale.) Je n'avais pas idée que les femmes… enfin, je veux dire, les dames… eh bien qu'elles… que vous… Nous avions une section féminine à mon université, mais je n'ai jamais vraiment…

—Ne vous tracassez pas, docteur Goddard, cela continue de surprendre les gens. Où avez-vous étudié ?

—Au King's College de Londres. La médecine. Toutefois, dans les faits je n'ai jamais pratiqué en tant que médecin. Disons que j'ai été détourné…

Il s'arrêta brusquement de parler. Je tournai la tête pour découvrir qu'un client de l'hôtel passait la tête par la porte. Celui qui avait dîné à la salle à manger et portait des lunettes pince-nez.

Voyant qu'il y avait des gens dans la salle, il lâcha un tss-tss mécontent et repartit.

—Drôle d'oiseau, commenta le Dr Goddard.

Lady Hardcastle pivota pour voir de qui il parlait, mais l'homme avait disparu depuis longtemps.

—Qui donc ? s'enquit-elle.

—Kouznetsov, dit-il. Sergueï Kouznetsov. Un comte russe, je crois.

Raté, Florence, songeai-je. *Tu l'avais cru allemand.*

—Grand Dieu ! Pour un si petit hôtel, cet établissement attire une clientèle très internationale. D'abord cette Américaine qui a bruyamment exprimé sa désapprobation au dîner, et maintenant un comte russe. Que nous voilà en exotique compagnie !

—Et vous ne savez pas tout, renchérit-il. La dame, l'Américaine, est Adelia Wilson. Apparemment, elle est ici dans le cadre d'un tour du pays visant à éduquer sa jeune nièce, Eleanora. Qu'est-ce que la pauvre enfant pourrait bien apprendre du monde dans un hôtel de bord de mer à Weston-super-Mare ? Je me le demande. Mais ce n'est là que la partie émergée de l'iceberg. Je pense que nous sommes les trois seuls citoyens anglais ici.

—Oh, quelle merveille ! s'enthousiasma ma maîtresse. Qui y a-t-il d'autre ?

—Voyons… (La magie du cognac aidant, il était visiblement plus détendu.) Avez-vous vu le dandy avec une épinglette en pierres précieuses à sa veste de dîner ?

—Oui, confirma-t-elle. Je l'ai vu.

Évidemment, elle avait repéré tout le monde – les vieilles habitudes ont la vie dure.

—Ernst Schneider, de Vienne, venu prendre l'air marin après avoir conclu quelque affaire d'importance à Bristol. Le monsieur japonais ?

—Assis à la droite de l'Autrichien, se rappela-t-elle. Élégamment vêtu. Lunettes. Posture très raide. Comportement de militaire.

—Dieu du ciel, vous êtes observatrice ! Il s'agit de Kaito Takahashi. Ou Takahashi Kaito, doit-on dire – ils mettent le nom de famille en premier, le saviez-vous ?

—C'est répandu en Asie, confirma-t-elle, sans toutefois expliquer comment elle le savait.

Le moment viendrait peut-être, plus tard, d'évoquer nos aventures en Chine.

—C'est ce que j'ai compris, oui. Eh bien, il prend le bon air et se renseigne sur la vie provinciale anglaise. Il travaille à l'ambassade ou bien au consulat ou quelque chose de ce genre, à Londres. Là encore, je m'explique mal comment Weston a pu l'attirer entre toutes les stations balnéaires, mais voilà.

—Et le grand qui regardait sa soupe avec un air renfrogné ? voulut savoir ma patronne. Qui était-ce ?

—Jean Martin. Ingénieur de marine, originaire de Nantes.

—Quelle population absolument cosmopolite ! Je me demande ce qui les a tous attirés ici.

—Probablement les talents extraordinaires du personnel, commentai-je. La nouvelle de leur efficacité a dû se répandre dans le monde entier.

—Madame est trop bonne, dit le serveur. Ces monsieur-dames souhaiteraient-ils un autre verre ?

Baissant les yeux vers la table, je notai que nos verres étaient vides. Force était donc d'ajouter à la liste des talents du serveur la capacité de voir à travers les murs.

—Un autre brandy ? proposa lady Hardcastle.

Nous opinâmes du chef et le serveur disparut.

—Sérieusement, reprit ma patronne, c'est un petit peu étrange. Dans une vie antérieure, j'aurais même pu qualifier cela de « suspect ».

—Une vie antérieure ? fit le Dr Goddard. En tant que scientifique ?

Elle rit.

—Non. Comme vous, je n'ai jamais réussi à pratiquer mes dons scientifiques. Feu mon époux était diplomate. Nous avons côtoyé nombre de capitales de la planète, et bien des fripouilles professionnelles que recèle ce monde. Si nous avions passé nos vacances ensemble et qu'autant de nationalités s'étaient retrouvées en un même lieu inattendu, nous en aurions immédiatement déduit que quelque chose ne tournait pas rond.

—Vous avez vécu une vie bien plus intéressante que moi, commenta le docteur. Étudiante en sciences naturelles, épouse de diplomate. Voilà qui, par comparaison, rend mes efforts besogneux décidément monotones. Je ne suis jamais allé plus loin qu'Édimbourg, et encore parce que je m'étais endormi dans le train au point de rater mon arrêt à Carlisle. Je n'ai assurément jamais été en position de juger un regroupement d'étrangers suspect.

—Vous n'êtes toujours pas dans une telle position, dit-elle. J'exprimais juste mon étonnement face à la large gamme de nationalités représentées dans ce bijou d'hôtel. Mais assez sur ce sujet, je souhaite entendre votre avis sur les travaux du Dr Einstein. J'ai lu son papier, toutefois je dois vous avouer que certaines de ses formules mathématiques m'ont perdue. Êtes-vous d'accord avec lui ? La vitesse de la lumière est-elle une limite absolue ?

—Eh bien… commença-t-il.

Je confesse qu'à ce stade, mon esprit partit vagabonder et je n'entendis plus grand-chose de leur conversation, même si à un moment donné, je suis sûre qu'ils parlèrent de se projeter le rayon d'une lanterne l'un face à l'autre depuis un train lancé à la vitesse de la lumière.

Ce qui me tira de ma torpeur, ce fut le serveur magique, qui toussa poliment pour nous demander si nous n'aimerions pas monter dans nos chambres. Pour ma part, j'étais d'accord.

Nous nous souhaitâmes bonne nuit en haut des marches du premier étage et laissâmes le Dr Goddard grimper d'un pas peu sûr jusqu'à sa propre chambre.

—Quel petit homme charmant ! commenta lady Hardcastle en ouvrant la porte de nos chambres. Je trouve quelque chose d'assez attachant chez ces timides scientifiques.

—Il s'est avéré d'une compagnie intéressante, acquiesçai-je. Avons-nous des projets pour demain ?

—Au-delà de tâcher de gagner le rez-de-chaussée avant que tous les œufs mollets ne soient devenus durs et que les autres aient mangé tout le *kedgeree* ? Non. J'envisageais une autre promenade pour nous emplir les poumons du bon air marin et puis peut-être un tour en voiture ? Il y a des tas d'endroits à explorer.

—Bien, voilà qui me semble une excellente idée. Bonne nuit. Je viendrai vous réveiller si je vois que vous risquez de dormir trop tard.

—Que ferais-je sans vous ? demanda-t-elle.

—Aucune idée. Vous dormiriez trop tard ?

—Presque assurément. Bonne nuit, minuscule servante. Dormez bien.

3

Nous parvînmes à gagner la salle du petit déjeuner à 9 heures, mais tout le *kedgeree* était parti. Hormis ce manque de riz et d'œufs, nous réussîmes à accumuler un petit déjeuner plus que correct avec ce que les autres convives avaient laissé.

Tout en mangeant, nous peaufinâmes le programme de notre journée. Malgré tout notre enthousiasme – ou du moins tout mon enthousiasme –, nous n'avions guère réfléchi au-delà du voyage à Weston et de l'hôtel où nous poserions nos bagages. Ce que nous ferions de nous-mêmes une fois sur place n'était pas vraiment venu dans la conversation. La réunion de planification du jour se révéla à peine plus productive, cela dit, mais au moins était-elle accompagnée de boire et de manger.

J'en étais à ma troisième tasse de café et lady Hardcastle, à sa deuxième bouchée à la saucisse, quand le son de voix anxieuses en provenance du hall interrompit nos élucubrations.

Ma patronne s'interrompit au milieu d'une phrase pour tourner la tête vers la porte de la salle à manger.

—Votre ouïe est bien meilleure que la mienne, dit-elle. Entendez-vous ce qui se dit ?

Je pivotai et tendis l'oreille de mon mieux, sans toutefois parvenir à distinguer mieux que des bribes.

—Quelque chose, quelque chose, désarroi, répétai-je. Vêtements partout. Quelque chose sur une serrure cassée. Oh… (Je me retournai vers elle.) Lady Hardcastle.

—Oui ? fit-elle.

—Non, c'est ce que je leur ai entendu dire.

—Bon, vous savez ce qu'Oscar Wilde disait sur le fait d'être l'objet d'une discussion.

—Je dirais, quand le reste de la conversation tourne autour de désarroi, serrures cassées et vêtements épars, que c'est plutôt le fait de ne pas être mentionné qui est enviable.

—Vous avez peut-être raison, convint-elle. Je me demande ce qui se passe.

Sur quoi elle retourna à ses saucisses, avec une désinvolture qui suggérait en fait que la question ne la taraudait pas beaucoup tout de même.

—Eh bien, les voilà partis, commentai-je. Nous ne le saurons donc peut-être jamais.

—Oh, je suis sûre que si, tôt ou tard, mais à chaque jour suffit sa peine, comme l'on dit. Pensez-vous que nous pourrions faire une petite virée en auto aujourd'hui ? Et pour aller où ?

—Saviez-vous qu'il y a un fort abandonné à Brean Down ?

—Je l'ignorais. De l'Âge de fer ? Médiéval ? Normand ?

—Époque Palmerston. Milieu du siècle passé.

—Ah oui, ce cher vieux lord Palmerston et ses fantasmes d'invasion française. Cela donne à réfléchir, n'est-ce pas ? Ces gens ont un beau pays, riche et fertile, avec des villages peuplés de fermiers et des villes remplies d'artistes, de dramaturges, de philosophes et de musiciens. Leur culture et leur sophistication font la jalousie du monde entier. Et donc, comme de bien entendu, la première chose à laquelle ils pensent, sitôt qu'ils ont cinq minutes à gâcher, c'est de remonter le canal de Bristol à la voile et d'envahir notre pauvre vieille Weston-super-Mare.

—Nous étions en guerre contre eux moins de cinquante ans plus tôt, nuançai-je.

—Contre Napoléon. Mais une fois oubliée leur brève amourette avec la domination du monde, ils se sont *illico* remis à peindre en bord de Seine et à se montrer condescendants envers toute cuisine qui n'est pas la leur.

—Quel qu'ait pu être ou ne pas être l'usage de ce fort, il a explosé pendant que vous et moi étions encore aux Indes, et il est en ruine maintenant. Je me disais qu'il pourrait être intéressant d'aller y faire un tour.

—Cela ferait assurément un changement appréciable par rapport à toutes ces ruines médiévales. Est-il facile de s'y rendre ?

—Pas vraiment. On peut l'apercevoir depuis la promenade, mais pour l'atteindre par la route, il faut descendre jusqu'à Bleadon afin de traverser la rivière Axe et puis remonter de l'autre côté.

—Eh bien, ce sera soit cela, soit une promenade à dos d'âne sur la plage, décida-t-elle.

—Il nous faut absolument monter un âne avant de repartir, acquiesçai-je, mais j'ai bien envie d'aller explorer le fort, maintenant que je m'en suis autoconvaincue. Cela promet d'être amusant. Nous pourrons nous imaginer en ultimes défenseuses de la jetée de Weston. Nul ne passera tant que Hardcastle et Armstrong seront aux commandes des canons.

—Au diable, chiens scorbutés de Français !

—Quelque chose comme cela, oui. Même s'il eût été plus humain de leur jeter des oranges plutôt que des boulets de canon, s'ils étaient atteints de scorbut. Je suis en faveur d'une approche plus humaniste de la défense de l'empire.

—Et en chargeant les canons avec des grains de raisin ? suggéra-t-elle.

—Très cocasse. Il va nous falloir des manteaux, cela dit, j'imagine que le temps peut être un peu venteux, là-haut.

—Dans ce cas, allons nous changer de ce pas. Et nous pourrons être de retour pour le thé et les ânes.

En nous dirigeant vers l'escalier, nous vîmes un homme bien habillé au bureau d'accueil, en conversation avec un réceptionniste en uniforme. Le serveur qui s'était occupé de nous au salon la veille rôdait aussi dans les parages, ainsi qu'une jeune femme de chambre.

Au son de nos talons sur le sol de marbre, l'homme bien habillé se tourna. Et sortit à la hâte de derrière le comptoir pour nous accueillir.

—Madame, je suis terriblement désolé d'interrompre votre journée, mais je me demandais si je pourrais m'entretenir brièvement avec vous.

—Bien sûr, monsieur… ? répondit ma patronne.

—Mille pardons, je suis Valentin Hillier, le directeur de l'hôtel Steep Holm View.

En parlant, il écarta le bras afin de montrer la grandeur et la magnificence de son domaine. Il avait l'air très content de lui, et ce sentiment n'était pas entièrement injustifié : l'hôtel était charmant.

—Enchantée, monsieur Hillier.

—Enchanté, répondit-il avec une courbette.

—Et que pouvons-nous faire pour vous ?

Il balaya le hall d'un regard visant à s'assurer que nul ne l'entendait.

—C'est un sujet quelque peu délicat, répondit-il en baissant la voix tandis que nous nous approchions. Nous avons un léger embarras. C'est l'un de nos hôtes, voyez-vous… nous sommes assez inquiets pour lui. Il semble qu'il ait disparu.

—Oh, mon Dieu ! s'exclama ma maîtresse, sans s'embarrasser de baisser la voix ne serait-ce que d'un ton. Qui donc ?

Il cilla et jeta un nouveau regard à la ronde.

—Le Dr Goddard. J'ai appris d'un membre de mon personnel… (il montra le serveur du salon) que vous seriez les dernières personnes à avoir vu le Dr Goddard hier soir.

—Nous l'avons rencontré en rentrant du Knightstone et sommes allés au salon prendre un dernier verre ensemble.

—Exactement. Exactement. Et puis… ?

—Nous en avons été chassés vers 1 h 30 du matin. Nous nous sommes souhaité une bonne nuit sur le palier et il est monté, je présume, dans sa chambre.

—Et vous ne l'avez pas… revu ?

Lady Hardcastle haussa les sourcils.

—Non.

—Je n'insinuais pas… oh, par ma foi, je suis vraiment affreusement désolé… Je ne me serais jamais permis de sous-entendre… Mais voyez-vous, le fait est que nous n'avons absolument pas la moindre idée de l'endroit où il se trouve. La jeune Myra, que vous voyez ici, l'une de nos meilleures employées, vient de monter dans sa chambre. Il n'y est pas.

—Vous attendiez-vous à ce qu'il y soit ?

—Eh bien, non. Il a pris l'habitude, depuis qu'il réside chez nous, c'est-à-dire quelques jours, de se lever tôt et de partir pour une promenade matinale sur le front de mer. Il rentre pour le petit déjeuner à 9 heures et, pendant ce temps-là, la bonne fait sa chambre afin qu'il puisse se remettre au travail par la suite. Ce matin, nul ne l'a vu. En général, il laisse ses clés à l'accueil, mais M. Nightengale, notre réceptionniste, dit qu'il n'est pas passé. Rien de tout cela ne nous aurait alarmés, mais lorsque Myra est montée à sa chambre, elle a trouvé la serrure cassée. Et la chambre elle-même en grand désordre.

—En désordre ? répéta lady Hardcastle, s'adressant à la chambrière.

—Oui, m'dame. Un sacré bazar. Les tiroirs de la commode étaient vidés par terre, les vêtements jetés hors de l'armoire.

—Manquait-il quoi que ce soit ? Une montre ? Des boutons de manchettes ? De l'argent liquide ?

—Il conservait ses objets de valeur dans une petite valise en cuir sur l'écritoire, expliqua Myra. Elle y était toujours, mais…

—Mais ?

—Eh bien, je crois que je n'étais pas censée être au courant, cependant je ne pouvais pas le rater. Je balaie sous le lit tous les matins, et il était là. Pas que j'aie fouillé ou quoi que ce soit.

—Qu'y avait-il sous le lit ?

—Un gros coffre-fort. Et lourd, avec ça. Du métal. Il était en métal.

—Et alors, ce coffre-fort ? insista ma patronne. Il a disparu ?

—Oui, m'dame. Y a plus trace de lui. Pourtant, j'ai vraiment bien regardé partout.

—Voilà qui ne me dit rien qui vaille, commenta lady Hardcastle à l'attention de M. Hillier. Avez-vous appelé la police ?

—Ah, c'est justement cela, voyez-vous, lâcha le directeur de l'hôtel. Ici, au Steep Holm View, nous nous enorgueillissons de notre discrétion. Nous avons remarqué que nos hôtes préfèrent éviter d'attirer l'attention de la presse et nous prenons toujours toutes nos précautions pour maintenir une ambiance dans laquelle chacun estime son intimité préservée.

—Cependant, vous avez un homme et son coffre-fort aux abonnés absents, d'une chambre qui semble avoir été fouillée de fond en comble, argua ma maîtresse. Cela justifie certainement un coup de fil à la police, non ?

—Nous n'avons aucune preuve irréfutable qu'il se soit passé quoi que ce soit de fâcheux, nuança-t-il. Il existe peut-être une explication parfaitement innocente. Dès que nous impliquerons la police, nous nous exposerons aux yeux fouineurs de la presse, et ce serait fort dommageable pour nos affaires. Non, je me demandais… enfin, les propriétaires de l'hôtel et moi nous demandions… étant donné votre réputation…

Lady Hardcastle haussa un sourcil.

—Ma réputation ?

—Votre nom est plus d'une fois apparu dans les journaux. Vous avez résolu l'affaire de l'incendie criminel de Bristol. Sans parler de la sorcière de Littleton Cotterell.

Elle fronça légèrement les sourcils, mais s'abstint de tout commentaire.

—J'ai suivi vos exploits avec intérêt, poursuivit-il. Et dès que j'ai mentionné aux propriétaires votre présence dans nos murs, ils ont... eh bien... Vous voyez, comme vous avez connu un succès si éclatant dans des cas tout aussi délicats... et ils se demandaient si vous verriez un inconvénient à vous occuper de celui-ci. Sous le sceau de la confidentialité la plus stricte. Un service qui mériterait rétribution, naturellement, et nous serions plus que d'accord pour couvrir vos dépenses. Sans compter, bien sûr, qu'il ne serait plus question que nous vous prenions une quelconque somme pour l'occupation de vos chambres.

Lady Hardcastle le contempla en silence un moment, puis elle répondit :

—Je ne suis pas seule décisionnaire. Si vous voulez bien nous excuser, j'ai besoin de m'entretenir avec Mlle Armstrong. Nous revenons tout de suite vous donner notre réponse.

Sur ces mots, elle tourna les talons et nous nous hâtâmes de gagner l'escalier et nos chambres.

—Qu'en pensez-vous ? me demanda ma maîtresse une fois que nous fûmes dans sa chambre. Devons-nous les aider ?

Je tournai les yeux par la fenêtre. La digue de Knightstone. Et au-delà, la jetée et la plage. Où je voyais des ânes, mais pas la mer – il restait encore quelques heures avant la marée basse, pourtant l'eau était déjà bien loin, ne restait que la boue. Cela faisait presque deux ans que je prêchais pour des vacances en bord de mer. J'étais aussi celle qui se plaignait le plus souvent de voir notre vie sans cesse compliquée par les meurtres et autres mystères qui la ponctuaient. Je rêvais de cette interruption, de ce moment de repos où nous n'aurions qu'à nous laisser divertir par des spectacles de Guignol ou de Pierrot.

Cependant, je voyais aussi la lueur exaltée dans l'œil de ma patronne à la perspective d'une nouvelle aventure. Et bien qu'elle ait été à l'origine de notre retraite à la campagne, je savais que l'excitation d'être plongée au cœur des événements lui manquait. Difficile de dire « non » quand je savais à quel point elle brûlait de remettre les mains dans le cambouis, pour le formuler ainsi. D'ailleurs, à la vérité, j'apprécierais aussi, je n'en doutais pas.

—C'est une idée absolument stupide, répondis-je. À tout le moins, cela va entraîner une quantité considérable de fouinage ici et là, sans parler, une fois de plus, d'agacer les représentants officiels de la loi et l'ordre. Et au pire, nous pourrions même nous confronter à un niveau de danger d'une témérité conférant à l'imprudence. Car enfin, nous n'avons pas la moindre idée de qui est le Dr Goddard, ni de l'identité de ceux qui pourraient lui vouloir du mal.

Sa mine s'était décomposée.

—Cela étant admis, poursuivis-je, je pense que nous devrions joindre nos prodigieux talents pour découvrir tout ce qui est découvrable. J'appréciais le Dr Goddard.

Il était empoté, timide et maladroit, mais d'une façon absolument adorable. Bien sûr qu'il faut aider à le retrouver. (La mine en face de moi redevint radieuse.) Mais à une condition, précisai-je.

—Ah ?

—Oui. La seule chose que nous sachions du Dr Goddard, c'est que, selon ses dires, c'est un scientifique appointé par le gouvernement. Si vous contactez Harry pour lui raconter ce qui se passe, je vous suivrai dans les flammes de l'enfer.

Le frère de lady Hardcastle, Harry, travaillait au ministère des Affaires étrangères. Et entre nous, il était avéré que son travail consistait plus dans le recueil de renseignements que dans l'examen des accords commerciaux internationaux.

—Je vais lui envoyer un câble sur-le-champ, dit-elle, un sourire éclatant aux lèvres, désormais. Nous ne le regretterons pas. Cela va être amusant.

—Monter à dos d'âne et manger des pommes d'amour, ça, c'est amusant, nuançai-je.

—Oui, mais cela vous rend grosse et paresseuse. Là, nous avons la sorte d'amusement qui ajoute du sel à la vie.

—Ou la sorte d'amusement qui peut mener la vie à une fin brutale, horriblement et extrêmement glauque, aussi. Mais j'ai dit que j'aiderais, alors j'aiderai.

—Formidable. Enfilons-nous tout de même notre tenue d'extérieur ?

—Peut-être plus tard. Je pense qu'il faudrait plutôt commencer par aller jeter notre œil expert dans la chambre du bon docteur. À tout le moins, nous devrions être en mesure de déterminer si elle a été fouillée par un amateur ou un professionnel. Cela nous donnera un point de départ.

—Vous voyez ? triompha-t-elle. Vous vous prenez au jeu tout autant que moi. Vous avez déjà un plan d'attaque.

—J'appellerais plus cela se faire forcer la main, nuançai-je. L'habitude peut-être ?

—Exactement, acquiesça-t-elle, un grand sourire toujours accroché aux lèvres. Allons, venez, minuscule assistante. Retournons voir M. Valentin Hillier et proposons-lui nos services.

Nous descendîmes donc à la réception, où nous trouvâmes le directeur, M. Hillier, Myra la femme de chambre et M. Nightengale, le réceptionniste, toujours à attendre notre réponse. Le serveur qui nous avait dénoncées comme étant les dernières personnes à avoir vu le Dr Goddard avait pour sa part disparu – comme par hasard.

M. Hillier leva sur nous un regard plein d'espoir alors que nous négociions les dernières marches de l'escalier.

—Madame ? Mademoiselle Armstrong ? Je vous en prie, dites-moi que vous nous apportez de bonnes nouvelles.

—Si notre accord pour mettre en œuvre notre expertise limitée au service de la résolution du mystère du scientifique disparu peut être qualifié de « bonne nouvelle », alors oui. Nous vous aiderons, répondit ma patronne.

—Je vous avoue être immensément soulagé, dit-il. Merci, merci beaucoup.

—Nous n'avons parlé au Dr Goddard que peu de temps hier au soir, mais je l'ai trouvé, pour ma part, de fort plaisante compagnie. Je détesterais penser qu'il lui soit arrivé quoi que ce soit de fâcheux et si nous pouvons contribuer de quelque manière que ce soit à le retrouver, eh bien, nous le ferons.

—C'est un hôte des plus agréables, oui.

—Absolument, reprit-elle. J'ai tout d'abord besoin d'envoyer un télégramme confidentiel en urgence, et puis nous pourrons commencer.

M. Hillier parut soudain un peu inquiet.

—Un télégramme, madame ? répéta-t-il. Il est vraiment très important pour les propriétaires de l'hôtel que la nouvelle de cet incident reste strictement entre nous. La discrétion doit être notre mot d'ordre.

—Je le comprends, répondit lady Hardcastle. Et « discrétion » serait mon deuxième prénom, si mes parents n'avaient choisi Charlotte et Ariadne. Toutefois, je me dois d'insister pour envoyer ce télégramme *confidentiel* – et j'appuie fortement sur ce mot – comme condition à notre implication dans cette affaire.

—Nous… je… Voyez-vous, ce sont les propriétaires de l'hôtel qui insistent… Si ce n'était que moi…

—Nous pouvons attendre, si vous avez besoin de les consulter, dit-elle calmement. Nous avons prévu une excursion aujourd'hui et nous pouvons aisément prendre l'auto et partir, si rien ne nous retient ici.

M. Hillier hésita un moment encore, puis sa résolution l'emporta. Il attrapa un formulaire de télégramme sur une étagère du bureau et le fit glisser sur le comptoir de réception, avec un stylo et une enveloppe.

—J'enverrai un portier à la poste avec votre télégramme en toute urgence, promit-il.

—Merci.

Lady Hardcastle rédigea son message à Harry sur le formulaire et scella l'enveloppe. M. Hillier appela le portier, qu'il envoya le poster.

—Bien, commençons par le commencement, annonça ma patronne. Nous souhaiterions passer en revue la chambre du Dr Goddard.

—Bien sûr, acquiesça M. Hillier. Myra va vous y conduire.

Myra se planta sur le pas de la porte de la chambre du Dr Goddard lorsque nous y entrâmes, mais refusa de nous suivre.

—J'voudrais pas toucher à quelque chose qu'y faut pas, argua-t-elle.

—Absolument, ma chère, approuva lady Hardcastle. Mais ne vous inquiétez pas trop. La pièce est-elle exactement dans l'état où vous l'avez trouvée ce matin ?

—Plus ou moins. J'ai pu déplacer quelques bricoles en cherchant le coffre, mais j'ai rien trop bougé.

—Formidable.

La chambre avait été entièrement et systématiquement fouillée. Des vêtements et des sous-vêtements gisaient au sol. Tous les tiroirs de l'armoire et de la commode avaient été retirés et vidés, puis placés par terre à l'envers. La trousse de toilette du docteur était renversée aussi, son contenu dans la bassine de toilette. Des pots et autres flacons étaient ouverts et vidés. Les draps et couvertures avaient été arrachés du lit, le matelas, retourné. Et au vu des traces visibles au sol, les gros meubles avaient été bougés aussi. Comme Myra nous l'avait déjà dit, les boutons de manchettes, la montre et la chaîne du Dr Goddard avaient été versés sur la table de chevet depuis la mallette en cuir où il les rangeait. Il y avait également là un billet de cinq livres, plus dix-neuf shillings et quatre pence en monnaie, le tout dispersé sur la tablette.

—Des commentaires, Flo ? me demanda ma maîtresse.

—La personne savait ce qu'elle faisait, commentai-je. Nous aurions procédé de même à ceci près que nous aurions crocheté la serrure et rangé après notre passage. Personne n'aurait soupçonné notre venue.

—Je suis d'accord. Casser la serrure suggère une certaine précipitation. Et quelqu'un qui ne se soucie guère d'être entendu ou que l'alarme soit donnée. Je ne saurais trop dire comment cela s'accorde avec la méticulosité de la fouille, en revanche, car elle a forcément pris pas mal de temps. Cependant, je ne suis absolument pas convaincue qu'il s'agisse d'un cambriolage ordinaire.

—Non, convins-je. Et même si l'on passe outre le fait qu'un voleur n'aurait pas laissé une montre et sa chaîne derrière lui – sans parler de presque six livres –, je ne reconnais pas là une fouille correspondant à celle d'un cambrioleur. Il aurait peut-être été aussi minutieux, mais pas au point de retourner les tiroirs pour voir s'il y avait quelque chose de collé dessous. Je ne pense pas non plus qu'il aurait déplacé les meubles. Non, c'est la fouille d'un espion. Je dis bien « un » espion, pas une femme.

—Comment donc ?

—Il a ouvert la porte d'un coup de pied quand il lui aurait fallu moins d'une minute pour crocheter la serrure. Typiquement une méthode masculine.

—Exact. Balayez-vous le sol tous les jours ? demanda-t-elle à Myra.

—Oui, m'dame, répondit la chambrière. La poussière, le balai, et je fais le lit. Je verse de l'eau fraîche dans le bassin.

Lady Hardcastle baissa les yeux.

—À quelle fréquence le sol est-il ciré ?

—Une fois par semaine, tous les samedis. On a beaucoup de gens qui partent le samedi, donc on en profite pour le faire quand les chambres sont vides.

—Qu'avez-vous vu ? m'enquis-je.

—Là, sur le côté du lit, répondit-elle, le doigt tendu. Des éraflures sur le plancher.

J'allai regarder de plus près.

—Des chaussures ? suggérai-je. Comme si quelqu'un avait été traîné ? Mort ou inconscient.

Myra lâcha un hoquet.

—C'était aussi mon idée, confirma lady Hardcastle. Même si je n'en suis pas encore certaine.

—Quelqu'un a donc emporté le docteur et le coffre-fort ? dis-je, avant de me tourner vers Myra. Ce coffre, vous avez dit qu'il était gros. Avez-vous essayé de le soulever ? Était-il lourd ?

Elle hésita un instant, avant de répondre :

—Oui, j'ai essayé une fois. Il était difficile à soulever, mais je voulais pas le traîner, j'avais peur d'abîmer le plancher.

—Où voulez-vous en venir cette fois ? me demanda lady Hardcastle.

—Il n'y a pas de traces au sol sous le lit, expliquai-je. Je pense que Myra a raison : si quelqu'un avait simplement tiré un coffre aussi lourd de là-dessous, il aurait sans doute laissé des éraflures sur le parquet. Or il n'y en a pas. Quelques traces d'usure, légères, mais rien d'évident. Je dirais donc que le coffre a été retiré avec précaution.

—Et pourquoi autant de précautions pour ce qui est d'emporter le coffre, si vous avez par ailleurs retourné le reste de la pièce ? enchaîna-t-elle. Ou bien, en réfléchissant dans l'autre sens : pourquoi emporter le coffre avec précaution et puis causer un chaos pareil dans le reste de la pièce ?

—Pour faire passer cela pour un cambriolage ? Pour détourner l'attention de la véritable raison de l'intrusion ? Mais alors… pourquoi avoir laissé les objets de valeur ?

—Si seulement nous savions ce que contenait ce coffre… déplora ma patronne.

—Et s'il s'agissait de quelque chose de fragile ? suggérai-je. Quelque chose que le voleur aurait pu casser s'il l'avait manipulé trop brutalement ? Cela aurait pu l'inciter à en prendre le plus grand soin.

—Exact. Mais cela impliquerait aussi que le voleur sache de quoi il s'agissait. Or s'il savait qu'il cherchait quelque chose de fragile dans un coffre lourd, pourquoi avoir tenté de dénicher des documents scotchés sous des tiroirs ?

Nous restâmes un moment de plus à contempler le chaos, chacune perdue dans le tourbillon de ses pensées. Notre observation silencieuse fut interrompue par une toux discrète de Myra, dans l'encadrement de la porte.

—Vous pensez que le Dr Goddard est… ? Vous pensez qu'il est… ? Vous pensez qu'il est mort ? demanda-t-elle dans un souffle.

—Eh bien, voyons… c'est justement la question, lui répondit ma patronne. Il est possible que ces marques au sol aient été laissées par les chaussures du Dr Goddard. Et si tel est le cas, il est aussi raisonnable d'en déduire qu'il a été traîné dans la pièce à un moment ou à un autre. Comme je comprends les choses, si un gars ne voit pas d'inconvénient à laisser ce genre d'indice derrière lui, c'est qu'il ne se soucierait guère non plus de laisser un cadavre, en guise de sortie théâtrale. Donc si le docteur a été emporté, je dirais qu'il l'a fort probablement été vivant. Mais tout cela n'est que conjecture, pour l'heure. Il est plus probable que le bon docteur soit sorti prendre l'air au milieu de la nuit et qu'il ignore tout du chambardement qu'a causé son absence. Du peu que nous savons de lui, il me fait l'effet du type à pouvoir baguenauder sans se tourmenter de ce que pourraient s'imaginer les autres. Les traces au sol ne sont sans doute que le résultat de sa maladresse.

—Je ne peux pas dire que je sois en désaccord, convins-je. Pourquoi embarquer le docteur et le coffre ? Ce coffre si lourd est quasi certainement le butin visé, alors pourquoi se charger en plus d'un scientifique inconscient ? Il est beaucoup plus plausible qu'il soit parti de son plein gré.

—Absolument, chère Flo. Quand le Dr Goddard devait-il quitter l'hôtel ?

—Je sais pas, m'dame, admit Myra. Pas avant quelques jours, cela dit : j'ai reçu aucune instruction spéciale pour sa chambre.

—Dans ce cas, veuillez la laisser en l'état. La serrure cassée ne nous apprendra rien de plus, vous pouvez donc demander à votre charpentier d'en poser une nouvelle et veiller à ce que la chambre reste fermée à clé. Nous allons devoir parler avec votre M. Hillier, maintenant, autrement dit si vous avez du travail, je vous en prie, faites. Vous nous avez été bien utile.

—Oui, m'dame. Merci, m'dame.

Et sur une rapide courbette, la femme de chambre s'éclipsa.

M. Hillier n'était pas au bureau de la réception lorsque nous redescendîmes. M. Nightengale, le réceptionniste, nous apprit qu'il était retourné dans son propre bureau.

—Merci, répondit ma maîtresse. Et où se trouve-t-il ?

—Oh, veuillez m'excuser, madame. Je suis terriblement confus. Bien sûr, vous ne le savez pas. Vous prenez le couloir, là, et c'est la première porte sur la gauche.

Elle le remercia de nouveau et nous suivîmes la direction indiquée. Nous sûmes immédiatement que nous étions arrivées au bon endroit, puisque la porte était estampillée : « Bureau du directeur » dans une élégante écriture dorée. Lady Hardcastle frappa aussitôt et avança la main vers la poignée. Mais avant qu'elle n'ait pu l'atteindre, elle lui fut retirée par M. Hillier en personne, qui avait ouvert de l'intérieur. Et il nous apparut fort anxieux.

—Ah, lady Hardcastle, Dieu merci vous voilà. Je vous en prie, entrez.

Il nous désigna deux sièges face à son bureau, où nous nous assîmes.

—Puis-je vous offrir du thé ? Café ? s'enquit-il en montrant un plateau chargé de tout le nécessaire sur une petite table près de la fenêtre.

—Merci, bien volontiers, répondit ma patronne. Un café, pour moi, s'il vous plaît.

—Et pour moi aussi, ajoutai-je.

Il entreprit, de manière tout à fait efficace, de nous servir deux tasses de café. Je devinai à ses gestes précis qu'il avait grimpé toutes les marches de l'échelle sociale au sein de l'hôtellerie jusqu'au poste de directeur : il m'avait l'air du genre à avoir été bien formé à la magie dont étaient dotés les serveurs. Je souris en me demandant si lui aussi était capable de se dématérialiser à l'envi.

Il nous apporta les tasses.

—Biscuits ? Notre chef concocte les gâteaux secs au gingembre les plus délicieux qui soient.

Il alla en prendre une assiette sur la table et nous la passa.

—Je dis rarement non à une douceur, avoua lady Hardcastle en hameçonnant trois biscuits.

Faute d'endroit où les poser et de mains pour les tenir, elle les plaça en équilibre sur le rebord de sa sous-tasse. En quoi je l'imitai, mais en me contentant de deux biscuits.

M. Hillier regagna son siège.

—Maintenant que vous avez eu la possibilité de passer en revue la chambre du Dr Goddard, commença-t-il, qu'en pensez-vous ?

De façon succincte mais complète, ma maîtresse lui décrivit nos observations et nos déductions quant à la disparition du coffre-fort et de son propriétaire. À la fin de son compte-rendu, la mine anxieuse de M. Hillier avait été remplacée par une infime lueur d'espoir.

—Ma parole, dit-il, les yeux ronds. Vous ne pensez pas… ? Vous ne pensez tout de même pas qu'il est mort, n'est-ce pas ?

—De toute évidence, nous ne pouvons absolument pas en être sûres à ce stade, mais je dirais que la situation ne nous apparaît pas si désespérée pour l'instant, répondit lady Hardcastle. Je m'attends à le voir revenir d'ici quelques heures, épuisé et affamé, et surtout médusé par tout ce pataquès. Et s'il s'avère qu'il n'a pas disparu de son plein gré, dans ce cas, quelqu'un doit le détenir quelque part. Certes, se faire kidnapper par une ou plusieurs personnes n'est pas l'idée que tout un chacun se fait de vacances réussies, toutefois c'est préférable à se retrouver mort.

—Oui, convint le directeur, l'air peu convaincu cependant. Bien sûr. Tant qu'il y a de la vie, il y a de l'espoir.

—S'il est en vie, nous ferons tout notre possible pour nous assurer qu'il le reste… Même si…

—Je sais ce que vous vous apprêtez à dire, l'interrompit-il. Mais vraiment, je ne puis envisager l'implication des autorités à l'heure qu'il est. Je dois insister, pour le bien de l'entreprise, sur le fait que la police ne doit être informée qu'en tout dernier ressort.

—Très bien. Nous ferons donc notre possible pour ne pas en arriver là.

—Merci.

—Que sait votre personnel ? m'enquis-je.

—Seulement que la chambre du Dr Goddard a été mise à sac et que le docteur lui-même n'a plus été vu depuis qu'il a quitté le salon, hier au soir.

—Ils en sauront sous peu bien davantage, l'avertis-je. Myra était présente, pendant que lady Hardcastle et moi discutions de notre recherche. Êtes-vous d'accord pour que nous procédions comme s'ils étaient au courant de la situation ?

—Eh bien, oui, fit-il. Je n'ai guère le choix, j'imagine. Mais pourquoi ?

—Nous allons devoir leur parler, expliqua ma patronne. Il se peut qu'ils aient vu ou entendu des choses pendant la nuit. Avons-nous votre permission de les interroger ?

—Ah, je vois. Oui, je vous en prie. Mais s'il vous plaît, essayez tout de même de ne pas trop les inquiéter. Certains, parmi les plus jeunes, peuvent être un peu nerveux.

—Merci, répondit-elle. Et avons-nous accès à l'ensemble de l'hôtel ?

Il réfléchit une seconde, le temps manifestement de se demander si oui ou non il pouvait nous accorder cette confiance. Enfin, il prit sa décision.

—Eh bien, oui, pourquoi pas ? accepta-t-il, prenant dans sa poche une petite clé qui lui servit à déverrouiller l'un des tiroirs de son bureau, dont il sortit une autre clé, attachée à une lourde chaîne en laiton massif. Ceci est un passe-partout, annonça-t-il en nous la montrant, qui ouvre presque toutes les serrures de l'hôtel, raison pour laquelle il ne porte aucune marque d'identification. Je vous en conjure, prenez-en le plus grand soin.

Lady Hardcastle me passa la clé et je la glissai dans ma poche. Brièvement, je me demandai ce qu'elle n'ouvrait pas, si elle ouvrait « presque toutes » les serrures de l'hôtel. Mais peu importait, au fond, puisque les rossignols camouflés dans ma broche sauraient s'occuper de tout ce qui nous resterait fermé. N'empêche, je me demandais si j'aurais un jour la réponse à ma question.

—Dans l'éventualité où d'autres clients de l'hôtel nous verraient fouiner de-ci de-là et se demanderaient ce que nous fabriquons, reprit lady Hardcastle, nous leur dirons que nous écrivons un article sur l'hôtellerie pour le *Bristol News*. Nous y avons un contact qui confirmerait sans hésitation si nous en venions là, mais je vais tout de même l'avertir pour m'en assurer.

—Vous semblez avoir pensé à tout, commenta M. Hillier.

—Nous nous y efforçons. À présent, si vous voulez bien nous excuser, nous allons commencer. Plus vite nous nous y mettrons, plus vite nous retrouverons le Dr Goddard sain et sauf.

4

Nous nous retirâmes dans l'antre sacré de ce que nous décrivions désormais comme notre « suite », pour y réfléchir à la marche à suivre. Lady Hardcastle avait ouvert une nouvelle page à son journal, intitulée : « L'affaire du scientifique disparu… et de son mystérieux coffre-fort ».

—Le titre n'est pas des plus accrocheurs, commentai-je, lisant par-dessus son épaule. Bien qu'utilement descriptif.

—Je n'ai pas l'ambition de le vendre un penny, comme ces torchons d'aujourd'hui, argua-t-elle. Et d'ici quelques années, quand je serai morte et enterrée, vous vous réjouirez de mes entrées d'une littéralité maladroite, car elles vous épargneront des heures acharnées à tâcher de deviner pourquoi j'ai choisi d'intituler telle section : « Pélicans, aspidistra et blanc-manger », pour passer ensuite quatre pages sur les détails de mes réflexions au sujet des possibles évolutions futures du moteur à vapeur. Si j'écris sur les moteurs à vapeur, mes observations seront intitulées : « Moteurs à vapeur » et il n'y aura pas le moindre doute quant à mes intentions.

—Je trouve adorable que vous m'imaginiez passant mes vieilles années à écrire votre biographie, commentai-je.

—Que j'espère franche et flatteuse. Et dans le cas contraire, je reviendrai vous hanter.

—En attendant…

—Oui, tout à fait, se reprit-elle. En attendant, nous avons un scientifique disparu et un mystérieux coffre-fort.

—Comme annoncé dans le titre.

—Absolument. La serrure a été forcée. La chambre, mise à sac. Le coffre, emporté. Le scientifique, traîné, sans doute inconscient, mais éventuellement mort.

—Cela fait beaucoup d'événements dans une petite chambre si ordinaire, fis-je remarquer.

—Ordinaire, répéta-t-elle lentement. Je sais qu'il est vulgaire de parler d'argent, mais ces chambres ne sont pas bon marché. Si nous essayions de désigner l'intrus, parmi les hôtes du dîner d'hier soir, je serais obligée de parier une guinée sur le Dr Goddard. Ou plutôt, il aurait été plus avantageux de donner directement la guinée au docteur. Tous les autres m'avaient l'air de valoir leur pesant d'or, contrairement à notre compagnon de table, avec son costume fripé. Il ne ressemblait pas à un type ayant les moyens de descendre au Steep Holm View.

—Les apparences sont parfois trompeuses, arguai-je. Les scientifiques gouvernementaux sont souvent décrits comme étourdis. C'est peut-être un millionnaire excentrique, qu'en savons-nous, tellement absorbé par son travail qu'il en oublie de s'acheter de nouveaux habits.

—Possible, mais peu probable.

—C'est peut-être son service qui paie, suggérai-je encore.

—Peut-être. Cela ne ressemblerait guère au comportement habituel de l'État que nous connaissons et que nous aimons, cependant, n'est-ce pas ? La pension de la Vieille Mère Harridan, à un mile du front de mer, voilà qui correspondrait mieux à leurs standards.

—Ajoutez cela à la liste, dans ce cas, concédai-je.

Elle termina son croquis du scientifique disparu et rédigea une courte liste de nos découvertes sur la page suivante.

—Et maintenant ? m'enquis-je.

—Nous interrogeons les témoins. Enfin, telle serait l'épate suivante dans un roman policier. Le problème, en l'occurrence, c'est que nous n'avons pas de témoins, semble-t-il. Personne ne s'est présenté pour annoncer : « Je ne voudrais pas semer une pagaille inutile, mais j'ai vu un gars flanquer un coup de gourdin à ce scientifique et le traîner hors de l'hôtel la nuit dernière. Je n'y ai pas plus prêté attention que cela, jusqu'à ce que je vous entende tous parler de sa disparition. » Pour ce que nous en savons, personne n'a rien vu.

—Pour ce que nous en savons, répétai-je. Et pour ce qu'ils en savent. Mais je vous parierais bien cette guinée de tout à l'heure que quelqu'un aura vu quelque chose, même si le quelqu'un en question ne le sait pas. Nous devons déterminer quels membres du personnel étaient de service la nuit passée et tâcher de reconstituer le puzzle complet des allées et venues. Cela ne ferait pas de mal de parler aux autres clients aussi.

—C'est un début, acquiesça-t-elle. Eh bien, vous savez quoi ? Descendez donc au rez-de-chaussée voir qui s'occupe de la liste de service, pendant que je parlerai à M. Nightengale au bureau d'accueil, afin d'obtenir le numéro de chambre des autres hôtes. Nous pouvons nous retrouver ici dans… combien ? Une demi-heure ? Cela suffira-t-il ?

—Largement, je pense.

Nous redescendîmes donc ensemble et aperçûmes M. Hillier qui se retirait dans son bureau. Nous gagnâmes le comptoir d'accueil, où M. Nightengale nous adressait déjà son sourire… accueillant.

—Je suis à votre service, mesdames, dit-il. M. Hillier a demandé que tous les membres du personnel vous prêtent assistance et je serai pour ma part ravi de faire mon possible pour aider à éclaircir cette terrible affaire.

—Merci, répondit lady Hardcastle. Nous nous efforcerons de causer le moins de dérangement possible. Nous ne voudrions pas que notre « aide » se mue en charge.

—Rien ne sera de trop, je vous l'assure, insista-t-il.

—Vous êtes bien aimable. Notre premier ordre de mission sera d'en apprendre un peu plus sur les autres clients et de parler aux membres de votre personnel en service hier soir. Puis-je voir le registre, je vous prie ?

—Et moi la liste de service ? ajoutai-je.

—Le registre de l'hôtel est juste là, répondit-il en le sortant de sous le bureau pour le placer devant ma patronne. Quant à la liste de service, je la consigne aussi dans un registre. Si vous m'accordez une minute, je peux aller vous le chercher.

—Pas besoin. Je suppose que vous en déposez une copie dans la salle du personnel afin que chacun puisse s'y référer ?

—Eh bien, oui, acquiesça-t-il. Il se trouve que oui. J'ai fait accrocher un tableau au mur justement dans ce but. Outre les annonces, nous l'utilisons aussi pour les petits rappels entre nous – requêtes spécifiques de tel ou tel hôte, etc. Suivez le couloir et…

Mais j'étais déjà en chemin.

—Ne vous tracassez pas, lançai-je par-dessus mon épaule. Je vais trouver. Merci.

La porte du personnel était difficile à rater : en fait, je l'avais repérée lors de notre première incursion au salon. Un couloir partait à côté de la réception et, à l'endroit où il s'orientait vers la droite pour conduire les clients à la salle à manger et au salon, se trouvait une porte, dotée d'une serrure, mais sans poignée – à sa place, une plaque de laiton un peu usée mais extrêmement polie et brillante, gravée du motif incurvé qui décorait le reste de l'hôtel. Cette plaque servait à pousser la porte qui ouvrait de toute évidence sur les cuisines et au-delà.

Je la poussai donc. Elle s'ouvrit aisément malgré une légère résistance des gonds à ressort, qui la refermèrent d'ailleurs après mon passage. Une fois de l'autre côté, je constatai que le glamour, dans cet autre monde, était largement moins marqué. Les murs étaient peints en bleu clair au lieu des riches tentures qui les ornaient dans le reste de l'hôtel. Le sol de pierre était couvert de linoléum au lieu du parquet. Et l'éclairage, quoique toujours agréablement électrique, provenait d'ampoules nues là où les luminaires de la partie résidentielle étaient couverts d'abat-jour décoratifs. Bref, nous étions dans le royaume du petit personnel.

Le petit couloir m'amena à passer devant une pièce sans porte contenant une grande table et un buffet ouvert avec la vaisselle de l'hôtel. Je présumai que cette salle était utilisée comme relais et aire de triage lors du coup de feu. Un large escalier de pierre, juste après l'encadrement de la porte, menait au sous-sol.

D'où montait le claquement familier des assiettes et des plats que l'on empile, ainsi que les coups secs d'une hachette – de toute évidence, un produit alimentaire était en train d'apprendre qui était le patron sur une planche à découper. Les odeurs aussi étaient familières, mélange de bacon, saucisse et poudre de curry qui accompagnaient les préparatifs du petit déjeuner dans les hôtels anglais et les grandes maisons.

Au pied des marches, une série d'annonces étaient accrochées, à l'aide de punaises en laiton, sur un tableau d'affichage couvert de feutrine verte. Par exemple le match de quilles de cette semaine était reporté pour cause de maladie parmi les membres de l'équipe Grand Atlantic. Ailleurs, le personnel était encouragé à rappeler à son entourage que le révérend Barnard, de l'église St Philip, proposait des cours de lecture au presbytère. Mlle Wilson, de la chambre 10, prenait son petit déjeuner de bonne heure, mais retournait à sa chambre et ne devait être dérangée, avant 11 heures du matin, qu'en cas d'incendie, d'inondation ou d'avènement de l'Apocalypse – « selon ses propres termes », précisait la note.

Enfin, je tombai sur la liste de service. Toutes les nuits, deux membres du personnel, un homme et une femme, étaient de service entre 20 heures et 6 heures le lendemain matin, probablement pour répondre aux moindres caprices des hôtes, à toute heure de la nuit. La veille au soir, c'était le tour de Vincent Fear et Marian

Higdon. Par quelque bizarrerie du planning, ou peut-être un effet de la mesquinerie de M. Nightengale, ils étaient tous les deux à nouveau prévus pour un demi-service à 13 heures aujourd'hui.

Je jouai brièvement avec l'idée d'explorer plus avant l'aire du personnel, mais le tic-tac de la pendule au mur derrière moi me rappela que ma demi-heure s'écoulait sans doute plus vite que je ne l'imaginais. Un coup d'œil m'indiqua qu'il me restait un peu de temps pour reluquer ici et là, mais, après réflexion, je trouvai préférable de retourner à la suite pour répéter à lady Hardcastle ce que j'avais trouvé. Elle n'avait pas dû mettre bien longtemps à obtenir la liste des clients de l'hôtel et, plus vite je serais de retour, plus vite nous pourrions nous lancer.

Lady Hardcastle était déjà dans sa chambre, assise à l'écritoire près de la fenêtre.

—L'escapade a été couronnée de succès ? demanda-t-elle lorsque j'entrai.

—J'ai les noms que nous voulions, et ils prennent leur service tout de suite.

Elle jeta un coup d'œil à sa montre poignet.

—À 13 heures ? Après un service de nuit ? Voilà qui est bien cruel.

—C'est ce qui est indiqué sur le roulement, confirmai-je. La vie de serviteur est cruelle.

—Il semblerait, oui.

—Et vous ? m'enquis-je. Avez-vous la liste des clients ?

—Les noms et les chambres. Et il s'avère que notre charmant réceptionniste, le si serviable M. Sidney Nightengale, est assez féru de potins. En plus des numéros de chambre, j'ai reçu deux petites informations. Rien de salace, par malchance, mais j'ai appris que ce type, le Russe…

—Kouznetsov, précisai-je.

—Oui, lui. Le cher Dr Goddard l'a décrit comme un « drôle d'oiseau », même si j'ai tendance à penser que tout le monde doit apparaître comme un drôle d'oiseau aux yeux d'un bonhomme tel que lui. Bref, notre indiscret réceptionniste sait qu'il fabrique sa propre huile de macassar à base de graisse d'ours russe, qu'il a un exemplaire d'*Orgueil et préjugés* dans le tiroir de son écritoire et qu'il a été vu en train d'interroger de très près le marionnettiste de Guignol. Ce qui a paru étrange à M. Nightengale, mais je dois dire que si j'avais grandi n'importe où ailleurs qu'en Angleterre, j'aurais moi aussi nombre de questions à poser au sujet de Guignol.

—J'en ai des tonnes, confirmai-je. Alors que j'ai pour une large part grandi en Angleterre.

—Tout à fait. Donc voilà pour lui. Ensuite, il y a Mlle Wilson senior, qui est apparemment encline à une certaine rudesse dans ses interactions avec autrui. Elle a donné l'instruction très stricte de n'être dérangée sous aucun prétexte avant 11 heures, hormis en cas d'incendie, d'inondation…

—Ou d'avènement de l'Apocalypse, terminai-je. C'est noté sur le tableau du personnel, en bas.

—Ce sont les manières américaines. Des gens charmants et polis pour la plupart, mais prompts à s'exprimer de manière franche et sans détour.

—Vu la façon dont ses instructions ont été aussi littéralement reportées sur le tableau, *verbatim* même, je ne pense pas que cette attitude soit hautement appréciée par le personnel anglais.

—Tout cela fait partie de leur culture, de leur éducation, assurément. Bref, M. Nightengale m'en a encore appris bien plus, mais vous devrez vous contenter pour le moment de savoir que j'ai noté des pages de ces cancans, pour le cas où nous aurions besoin de nous y référer, conclut-elle en agitant son carnet.

—Il y a toujours la place, dans ce monde, pour les cancans. Avons-nous un planning ?

—Tout à fait. Notre première tâche sera de frapper aux portes les plus proches de la chambre du Dr Goddard et de voir si leurs occupants ont entendu quoi que ce soit.

—Et qui trouverons-nous derrière ces portes ? m'enquis-je.

Elle compulsa ses notes.

—Les demoiselles Wilson occupent la chambre voisine d'un côté. Et notre drôle d'oiseau russe loge à l'autre bout du couloir, il se peut donc qu'il ait vu ou entendu quelque chose aussi. Martin, le Français, est au même étage, mais dans l'angle tout à fait opposé. Vous voyez donc qu'il y a de la méthode dans ma folie : ce n'est pas au hasard que je vous informais sur Kouznetsov et Wilson, ni simplement pour rire.

—Tout s'éclaire.

—Je pense que nous devrions vous présenter au reste des clients en tant que mon associée. Les regards plutôt snobs qui vous toisent m'agacent assez, je vous avoue, même si vous pouvez toujours passer outre. Et puis, je pense que nous pourrions tirer plus d'informations des gens si nous n'éludons pas votre présence en vous désignant comme une « simple » servante.

—Cela me convient. J'étais en civil, de toute façon, donc cela rendrait les choses plus faciles à expliquer.

—Et une fois cela fait, les deux du service de nuit ?

—Dès que possible, je dirais, afin de ne pas trop interrompre leur journée de travail.

Elle prit son carnet et son stylo, et nous partîmes en quête de nos candidats.

Les chambres des demoiselles Wilson se trouvaient au jugé pile au-dessus des nôtres. J'avais un peu de mal à me figurer le plan des lieux, qui s'arrangeait pour faire apparaître des pièces ou couloirs aux endroits où je n'en attendais pas, et des murs vierges où assurément il aurait dû y avoir des pièces.

Sans hésiter, lady Hardcastle frappa à la porte, qui fut entrouverte quelques secondes plus tard.

—Oui ? fit une jeune femme.

Je ne voyais pas distinctement par le mince entrebâillement, mais je supposai qu'il s'agissait d'Eleanora, la nièce.

—Bonjour, mademoiselle Wilson, je suis Emily, lady Hardcastle, s'annonça ma patronne, en tendant une carte de visite. Pourrions-nous entrer et vous parler, à votre tante et vous-même ?

La jeune fille ouvrit un peu plus grand la porte et se saisit de la carte. Puis referma la porte.

Quelques instants s'écoulèrent, après quoi la porte se rouvrit, en grand cette fois. Et la jeune femme s'écarta pour nous inviter à entrer.

—Lady Hardcastle, dit une femme assise à l'écritoire, près de la fenêtre. Entrez.

Elle semblait à peu près du même âge que ma maîtresse – une petite quarantaine d'années – et était vêtue d'un costume de campagne en tweed tout neuf. Sans compter son accent américain assez flagrant, il y avait quelque chose dans son apparence qui indiquait clairement qu'elle n'était pas du coin. Sa coiffure peut-être ?

Elle termina ce qu'elle écrivait et pivota son siège face à nous.

—Je suis Mlle Adelia Wilson, d'Annapolis, dans le Maryland. Et cette jeune demoiselle est ma nièce, Eleanora Wilson, la fille de feu mon frère – paix à son âme.

Maintenant que je la voyais mieux, Mlle Wilson junior m'apparut encore plus jeune que je ne l'avais supposé d'emblée. Je lui donnais dans les seize ou dix-sept ans. Elle était brune, comme sa tante, et quand elle leva les yeux qu'elle avait baissés vers ses chaussures, ses prunelles marron scintillèrent. À cause de son comportement timide, je m'étais attendue à une fille quelconque, voire mal fagotée, au lieu de quoi je découvris une étincelle de beauté inattendue. Des cœurs ne tarderaient pas à souffrir, prédis-je sans craindre de me tromper, dès que cette jeune femme sortirait de l'ombre de son autoritaire tante.

—Enchantée, dit lady Hardcastle. Voici mon associée, Florence Armstrong.

—Enchantée, répondit Mlle Wilson senior.

Sa nièce hocha timidement la tête.

—Que puis-je pour vous ? reprit la plus âgée des demoiselles Wilson.

—Avez-vous eu vent des événements survenus dans la chambre de votre voisin la nuit passée ? s'enquit ma maîtresse. (Les deux femmes opinèrent du chef.) La direction de l'hôtel nous a demandé d'enquêter à leur sujet.

—Ah bon ? Tiens donc, répliqua Adelia, l'air amusée. Et pourquoi donc vous ont-ils fait cette demande ?

—Bien malin celui qui peut sonder l'esprit des hôteliers-restaurateurs, répondit allègrement lady Hardcastle. Ils vivent dans un autre monde. Je me suis contentée de répondre à leur appel.

—Certes, mais… Oh, peu importe. J'ai bien peur de vous décevoir : je porte des bouchons d'oreille en cire pour dormir, je n'entends donc rien. J'ai le sommeil léger, voyez-vous, le moindre bruit me réveille autrement. Or je déteste être dérangée. Eleanora a peut-être entendu quelque chose, la chambre du docteur jouxte la sienne. N'est-ce pas, ma chérie ? As-tu entendu quelque chose ?

L'espace d'un instant, la fascination de la jeune fille pour ses bottines sembla pouvoir prendre le dessus sur toute demande d'information et puis, lentement, elle releva les yeux et cilla à plusieurs reprises.

—Je me suis couchée tôt, afin de lire, m'dame, répondit-elle à ma maîtresse d'une voix très basse. Ma tante m'a inculqué l'importance d'une bonne nuit de sommeil et il s'avère que la lecture de quelques chapitres de mon livre m'aide à m'endormir. Je dirais qu'il était un peu plus de 22 heures quand j'ai entendu quelqu'un dans le couloir, qui essayait d'ouvrir la porte du docteur.

—Êtes-vous certaine que c'était la porte du docteur ? chercha délicatement à préciser ma patronne.

—Absolument certaine, m'dame. J'ai souvent entendu les allées et venues du docteur – il se lève de bonne heure pour faire une promenade le long du rivage, voyez-vous. Je le regarde de ma fenêtre. Alors oui, je reconnais le bruit de sa porte.

—Et que s'est-il passé ensuite ?

—Il y a eu des bruits de frottement, comme si l'on tentait d'enfoncer une clé dans la serrure. Cela a duré un petit moment, si bien que je me suis demandé si je ne devais pas sonner le portier, pour qu'il monte lui prêter la main. Puis j'ai entendu un bruit sec et sonore, et une voix d'homme qui a dit en anglais : « *Back later.* »

—Étrange, commenta lady Hardcastle.

—Ah oui ? fit Eleanora.

—Eh bien, nous savons que ce n'était pas le Dr Goddard : il était au salon avec nous à partir de 22 heures environ et avant, pendant tout le début de soirée, il était au Knightstone Pavilion, pour voir l'Offenbach. Alors qui donc essayait d'entrer dans sa chambre ? Et en admettant que ç'ait été lui, pourquoi alors annoncer qu'il reviendrait plus tard ? Et à qui l'aurait-il dit ? Non, vraiment, c'est fort curieux.

—Oui, sans doute, présenté comme cela. Les murs sont trop épais pour que j'aie entendu ce qui s'est passé ensuite, mais quelques minutes plus tard, la porte s'est ouverte et refermée. Il y a eu de nouveau des frottements, mais pas longtemps, cette fois. Puis plus rien. Ensuite, je crains de m'être endormie.

—Je vois. Vous n'avez pas trouvé bizarre que quelqu'un essaie de s'introduire dans la chambre du Dr Goddard ?

—L'idée que ce puisse être quelqu'un d'autre que le docteur ne m'a pas traversé l'esprit. Ou un membre du personnel. Pourquoi aurais-je imaginé cela ?

—Bien sûr, bien sûr. Et plus tard ?

—Plus tard ?

—Quand le Dr Goddard a disparu. Il s'est retiré vers 1 h 30 du matin. À 9 heures ce matin, il avait disparu. Sa porte avait été forcée et sa chambre, entièrement mise à sac.

—Mon Dieu, murmura Eleanora. Forcée ?

—D'après ce que l'on peut en voir, oui, confirmai-je.

—Je n'ai rien entendu. Ils auraient pu entrer ici ? Oh, mon Dieu !

—Mais vous n'avez rien entendu, répéta lady Hardcastle.

—Rien du tout, confirma Eleanora. Contrairement à ma tante, j'ai le sommeil profond. Ce que j'ai appris de la suite des événements, je l'ai appris au petit déjeuner, à cause de l'agitation dans le couloir, c'est-à-dire au moment où la femme de ménage a découvert sa chambre sens dessus dessous.

—Ah, je vois. Vous a-t-elle parlé à ce moment-là ? voulut savoir ma maîtresse.

Adelia interrompit l'échange, pour répondre à la place de sa nièce.

—J'ai demandé à Eleanora d'aller voir ce qui causait ce tapage. Je ne supporte pas l'agitation. J'étais à deux doigts d'appeler ce Nightengale et de lui dire le fond de ma pensée. Mais nous avons alors appris que la chambre avait été fouillée.

—Cependant vous confirmez que vous n'avez rien entendu de la fouille vous-même ? insista lady Hardcastle.

—Nous aurions été bien moins surprises et inquiètes de l'état de la chambre du docteur dans ce cas, répondit Adelia. Nous sommes peut-être des péquenaudes ignorantes du Nouveau Monde à vos yeux, il n'empêche que nous savons additionner deux et deux tout aussi bien que n'importe quel Européen. Si nous avions entendu du remue-ménage au milieu de la nuit, nous nous serions un peu plus attendues à ce que la chambre ait été fouillée en quête de Dieu sait quoi.

—Absolument, convint lady Hardcastle avec un sourire. (Elle parut songeuse un moment, comme pour décider si elle allait poser d'autres questions.) Je suppose que vous ne savez rien sur le coffre-fort du Dr Goddard ? finit-elle par ajouter.

—Nous sommes au courant de son existence, répondit Adelia. De même que tout le monde, je pense. Apparemment, c'est la première chose dont il parlait aux gens à son propos.

—Vraiment ?

—Il se présentait, et puis il ajoutait : « Je suis… Je suis ingénieur radio pour le gouvernement, vous voyez. Oui, ingénieur radio. En route pour une conférence, voyez. Des choses d'importance dans un coffre-fort, etc. Vous voyez le genre. Très importantes. » Je suis étonnée qu'il ne vous en ait pas parlé.

Son imitation, à la ressemblance troublante, me fit rire malgré moi, ce qui me valut un regard acéré, mais avec une nuance plutôt satisfaite que désapprobatrice.

—Il ne nous en a pas dit un mot. Mais l'a-t-il vraiment raconté à tous les autres ?

—Tous. Vous avez vu la salle à manger de cet hôtel, elle est minuscule. Nous vivons dans l'idée illusoire que nos conversations restent privées en faisant mine de ne pas entendre les autres, mais rien de ce que dit quiconque ne reste privé. Bref, tout le monde savait qu'il avait un coffre-fort.

—A-t-il révélé à qui que ce soit ce qu'il contenait ?

—Pas que j'aie entendu, répondit Adelia. En y repensant, je ne crois pas l'avoir entendu raconter quoi que ce soit dans quelque détail que ce soit, d'ailleurs. Il m'a dit être ingénieur radio, un soir où nous étions seuls au salon. Mais ce coffre-fort, c'est sûr, n'était pas du tout un secret.

—Quelle imprudence ! commenta lady Hardcastle.

—Il cherchait à se donner plus d'importance qu'il n'en avait en réalité, si vous voulez mon avis, ajouta Adelia. Je vous parierais bien quelques dollars que ce coffre était rempli de cols de chemise et d'huile pour les cheveux. Les hommes aiment gonfler leurs plumes.

—Sans doute. Mesdames, merci de nous avoir accordé de votre temps. Peut-être pourrions-nous dîner ensemble un soir ? Ma dernière visite dans votre pays commence à dater, je serais ravie de faire plus ample connaissance, si vous pensez pouvoir supporter notre compagnie le temps d'une soirée.

—Eh bien, mais ce serait… chouette, acquiesça Adelia avec un autre sourire.

Je me demandai si c'était vraiment un mot qu'elle utilisait dans la conversation, ou bien si elle nous taquinait en jouant l'Américaine rustique.

Nous prîmes congé et un coup d'œil à l'heure nous ayant confirmé qu'il nous restait quelques minutes avant que le personnel ne prenne son service, nous poursuivîmes dans le couloir jusqu'à la chambre de l'autre voisin du Dr Goddard, celle de ce drôle d'oiseau de Sergueï Kouznetsov.

—Que pensez-vous de cette histoire de coffre-fort ? demandai-je entre deux gorgées de mon verre.

—C'est très étrange, n'est-ce pas ? Je pense cependant qu'Adelia Wilson a bien pris la mesure du bonhomme. J'ai l'impression d'y lire le comportement d'un homme solitaire, qui s'ennuie et tente de présenter son emploi et lui sous un jour plus intéressant. Songez-y un peu. S'il contenait vraiment du matériel top-secret, il serait terrifié qu'on puisse se glisser dans sa chambre pendant qu'il est sorti et qu'on le lui dérobe. Voire pire, que l'on se glisse dans sa chambre en sa présence, qu'on l'assomme et puis qu'on le lui dérobe.

—Ou bien que l'on se glisse dans sa chambre, qu'on l'assomme et qu'on les emporte, le coffre aussi bien que lui.

—Tout à fait, oui. Je ne vois guère la logique dans tout cela. Cependant, le coffre a manifestement disparu. Et le docteur aussi.

—J'ai toute foi en vous.

—Ah oui ? Voilà qui est fort gratifiant. Merci. Ah, regardez, je pense que voici nos laquais de nuit.

—En fait, vous n'êtes pas du tout la grande réformatrice sociale pour laquelle vous voulez vous faire passer, n'est-ce pas ?

Elle ignora ma remarque, préférant accueillir nos visiteurs.

—Mademoiselle Higdon ?

—Madame, corrigea Marian Higdon.

—Je vous demande pardon. Et monsieur Fear ?

—C'est ça, confirma Vincent Fear.

Tous les deux portaient la même livrée couleur bronze que le reste du personnel, nettoyée et repassée de frais,

et s'accordaient parfaitement au décor de l'hôtel. Marian Higdon était une jeune femme petite et dodue dans le début de la vingtaine, extrêmement jolie mais en proie à une nervosité visible, avec ses cheveux blonds remontés sous sa bonnette et ses yeux gris qui scrutaient la salle.

Vincent Fear était à peu près du même âge, mais plus grand et mince comme une liane. Son visage était anguleux, pourtant quelque chose dans ses traits laissait entrevoir le beau jeune homme qu'il pourrait devenir d'ici quelques années.

—Je vous en prie, prenez un siège, les enjoignit lady Hardcastle en désignant deux fauteuils confortables qui avaient été disposés face à nous. Nous n'allons pas vous déranger trop longtemps. Pouvons-nous vous offrir un peu de ce sirop ? Ou vous commander du thé ou du café, si vous préférez ?

—Non, merci m'dame, répondirent-ils à l'unisson.

Réponse synchronisée qui parut les décontenancer encore plus que l'invitation à s'asseoir dans le salon avec des clientes de l'hôtel pour répondre à des questions. Ils rougirent de concert, réaction que ma maîtresse ne releva pas, préférant pêcher son carnet et son stylo dans son sac à main.

—J'ai cru comprendre que vous étiez tous les deux en service la nuit passée, poursuivit-elle, une fois prête à prendre des notes. Je présume que vous avez entendu parler de l'affaire du Dr Goddard et de l'état dans lequel sa chambre a été retrouvée ce matin.

Ils opinèrent tous deux solennellement du chef en bredouillant que oui.

—Nous avons été missionnées pour essayer de découvrir ce qui s'est passé, et donc nous nous efforçons de

nous faire une image aussi exhaustive que possible des événements de la soirée, depuis l'heure du dîner jusqu'au matin. Pour vous remettre les choses en tête, le Dr Goddard est entré dans la salle à manger vers 19 h 30 et il est venu s'asseoir à notre table. Nous avons dîné ensemble et nous ne l'avons pas revu avant la fin du spectacle au Knightstone. Ensuite, nous avons pris un dernier verre ici au salon et puis nous nous sommes tous retirés vers 1 h 30. Ce qui nous intéresse, c'est ce qui s'est produit dans la chambre du Dr Goddard entre le moment où il est parti au théâtre et celui où Myra a voulu faire sa chambre de bonne heure ce matin. L'un de vous a-t-il vu ou entendu quoi que ce soit d'inhabituel ?

Ils eurent tous deux l'air songeur un instant.

Marian Higdon fut la première à répondre.

—Rien de particulièrement inhabituel. J'ai monté une tasse de chocolat chaud à Mlle Wilson vers 9 heures – elle avait sonné. Mais y se passait rien à ce moment-là.

—Rien du tout ?

—Rien de bizarre, précisa Marian. M. Schneider était dans le couloir, mais sans rien faire. Y devait retourner à sa chambre.

—Sa chambre est-elle sur le même palier ? s'enquit lady Hardcastle. Je croyais qu'il ne s'y trouvait que celles des Wilson et du docteur, tandis que Martin et Kouznetsov étaient de l'autre côté du bâtiment.

Marian réfléchit de nouveau.

—Vous avez raison, convint-elle enfin. J'vous demande pardon. Sa chambre à lui est à votre étage, sur l'arrière, près de M. Taka… Takamachin.

—Takahashi, complétai-je.

—Voilà. Comme vous avez dit, les chambres du fond à l'étage des Wilson, elles sont à M. Martin et M. Kouz…

Cette fois, elle laissa sa phrase en suspens, sans même essayer de prononcer le nom du Russe.

Je lui souris.

—Kouznetsov, dis-je gentiment.

—Était-ce inhabituel de voir Herr Schneider au deuxième étage ? voulut savoir ma patronne.

—Je l'avais jamais vu là avant, maintenant que j'y pense, avoua Marian. Mais j'y ai pas fait attention. Il aurait pu aller voir l'un des autres clients.

—MM. Martin ou Kouznetsov, précisa lady Hardcastle tout en continuant de prendre ses notes. (Elle leva les yeux.) Mais vous n'avez rien vu d'autre ? Avez-vous été rappelée par les Wilson pour quoi que ce soit ?

—Non, m'dame.

—Je vois. Et vous, Vincent ? Avez-vous vu quoi que ce soit sur le palier du deuxième étage ?

—Rien que je ne me sois pas attendu à voir, répondit-il. J'ai été sonné par M. Martin vers les 22 heures. (Contrairement à Marian, il prononçait le nom du Français avec un accent plus proche du français.) Mais après ça, j'ai pas été rappelé non plus. Ç'a été une nuit calme.

—Et vous n'avez vu personne là-haut ?

—M. Kouznetsov qui sortait de sa chambre au moment où je redescendais, mais personne d'autre.

—Est-il descendu, lui ? intervins-je.

—Non. (Il hésita.) J'ai supposé qu'il allait aux… aux…

Lady Hardcastle sourit.

—Ma nourrice appelait cela « rendre visite à M. Petitcoin », dit-elle. Les toilettes pour dames et pour messieurs sont-elles au même endroit, comme à notre étage ?

—Oui, confirma-t-il. Au bout du palier.

—Vous n'avez rien vu d'autre ?

—Rien à l'étage, non.

—Mais en bas ?

—Eh bien, plus ou moins. Rien à quoi on soit pas habitués. Juste un pêcheur soûl qui remontait l'allée en zigzag vers la porte de la cuisine.

—Cela arrive-t-il souvent ? m'enquis-je.

—C'est l'un des inconvénients de la vie en bord de mer, mamzelle. Les gens sortent des pubs en ayant trop bu et ils empruntent la première allée pratique pour…

—Pour voir si M. Petitcoin est disponible ? terminai-je avec un sourire.

Il rougit.

—On essaie bien de les chasser, enfin quand on les voit, mais il suffit d'un seau d'eau pour nettoyer après eux, alors ça vaut pas la peine de se donner trop de mal pour s'en débarrasser.

—Et le poivrot en question, était-il de vos visiteurs habitués ? demanda lady Hardcastle.

—Il était 3 heures du matin… J'ai pas trop bien regardé. Un pêcheur parmi tant d'autres, voyez ? Grandes bottes, manteau foncé, casquette. Y en a dix à la douzaine par ici.

—Oui, je comprends. Et donc, c'est tout pour le service de nuit ?

—On a des tas de tâches régulières, histoire que tout soit prêt pour le matin, intervint Marian, sur la défensive. C'est pas comme si on restait assis, les pieds sur la table.

—Évidemment, acquiesça ma patronne. Mais vous n'avez rien vu ou entendu d'autre qui sorte de l'ordinaire ?

—Rien du tout, répondirent-ils de nouveau à l'unisson.

Ils échangèrent un regard noir, puis le tournèrent vers moi. Je tâchai de ne pas rire.

—Bien, reprit lady Hardcastle. Vous nous avez énormément aidées. Merci beaucoup de nous avoir accordé de votre temps.

—C'est bon, on peut partir ? demanda Vincent. Pasqu'on a…

—Bien sûr, bien sûr, filez donc. Si nous avons de plus amples questions, nous vous enverrons prévenir par M. Nightengale.

Ils marmonnèrent un « merci, au revoir » et détalèrent presque de la salle, tant ils avaient hâte de nous échapper.

—Ah oui ? demandai-je une fois qu'ils furent partis.

—Quoi donc, ma chère ? fit lady Hardcastle, qui feuilletait ses notes.

—Ils nous ont énormément aidées ?

—Aucune idée. J'ai l'impression qu'ils nous ont dessiné une image des allées et venues quotidiennes au deuxième étage.

—Avec Herr Schneider sur le mauvais palier, précisai-je.

—Il rendait peut-être visite à l'un des autres, argua-t-elle. Qui sait qui connaît qui ?

—Oui, qui ? Et ce pêcheur ?

—Eh bien, quoi ? Un pêcheur qui fait pipi dans une allée, c'est bien maigre en matière d'indice, non ?

—Nous avons vu un pêcheur qui correspondait à cette description sur la digue du Knightstone, lui rappelai-je.

—Tous les marins correspondent à cette description. C'est même ainsi que l'on identifie les pêcheurs. Vous avez entendu le jeune Vincent : « Y en a dix à la douzaine, par ici. »

—Alors, je n'ai rien appris.

—Ni moi non plus, renchérit-elle. Que diriez-vous de profiter du déjeuner que nous offre généreusement l'hôtel et puis de sortir faire une promenade postprandiale ? L'air marin nous éclaircira peut-être la tête.

—Et une promenade à dos d'âne ? suggérai-je.

—En dégustant une pomme d'amour, si vous insistez.

Voilà qui correspondait en tout point à l'idée que je me faisais d'une après-midi en bord de mer.

5

Dehors, le temps était aussi gris qu'à l'habitude et le vent remontant le canal de Bristol pour fouetter la baie, tout aussi mordant.

—C'est encore très vivifiant, commenta lady Hardcastle, accrochée à son chapeau pour l'empêcher de s'envoler.

—Le vent serait peut-être un peu moins enthousiaste si nous nous promenions en ville, suggérai-je.

Il fallait lever la voix pour se faire entendre malgré les bourrasques.

—Sornettes. Où est passé votre courage face au danger si grandement vanté ?

—Je suis toujours courageuse face au danger, mais bien moins intrépide, confrontée à une tempête.

—Nous devrions chercher refuge dans la foule. Regardez, là-bas, le gars du Guignol a attiré un petit groupe de corps chauds. Insinuons-nous parmi eux et utilisons-les comme coupe-vent humains.

À quelques mètres de la promenade, non loin de l'entrée de la jetée, s'élevait la petite tente à rayures rouges et blanches du spectacle de Guignol. Des enfants s'étaient faufilés à l'avant du petit groupe de spectateurs et riaient d'une joie mauvaise devant le gendarme qui cognait sur le méli-mélo improbable de personnages avec son bâton et proclamait : « C'est ainsi qu'on fait les choses. »

Nous nous joignîmes à la foule du côté venteux et, pour une fois, je me réjouis de ma petite taille. Certes, je ne voyais plus la « scène » où se déroulaient les burlesques pitreries, mais j'étais complètement abritée du vent.

—Y comprenez-vous quelque chose ? m'enquis-je. On a eu un marionnettiste pendant un temps, au cirque quand j'étais toute petite, mais je n'ai jamais réussi à comprendre ce qui s'y passait. C'étaient juste leurs voix ridicules qui me plaisaient.

—Je pense en effet que c'est là tout l'intérêt, confirma ma patronne. Cela et quand ils tapent sur la première tête venue avec un gros bâton. N'y en a-t-il pas un qui a fait tomber un bébé ou quelque chose dans ce goût-là ? Et puis s'ensuit une sorte de dispute avec son épouse. Et un gendarme. Et je suis sûre d'avoir vu des saucisses, à un moment ou à un autre. Je pense aussi l'avoir vu pendu, une fois. À moins qu'il n'ait été dévoré par un crocodile ?

—Dans le nôtre, il se contentait de rosser le crocodile avec le bâton. En fait, il s'agissait principalement de cogner sur des choses ou des gens.

—Cela dit, les enfants adorent, dit-elle. Écoutez-les.

—Tout le monde aime la violence et les crimes, convins-je. Les meurtres à la queue leu leu. Les gens trouvent cela divertissant.

—Eh bien, vous savez ce qu'on dit : « Rien n'est plus étrange que les gens. »

L'homme devant nous se retourna.

—Voulez-vous bien vous taire ? lâcha-t-il avec un léger accent allemand. Il m'est déjà assez difficile de comprendre ce qu'il dit, avec cet appareil dans sa bouche, mais si en plus je n'entends goutte à cause des babillages ineptes derrière moi…

Il était de taille moyenne – soit environ cinq à dix centimètres de moins que lady Hardcastle – et portait un canotier de paille orné d'un ruban rouge et or. Ses yeux, dont un habillé d'un monocle, étaient bleus et ses moustache et barbe, méticuleusement taillées. Il arborait une épinglette aux pierres extravagantes au revers de sa veste.

—Herr Schneider, je présume ? s'enquit aimablement lady Hardcastle. Je crois que nous sommes voisins au Steep Holm View. Je me présente, lady Hardcastle. Enchantée.

La mine renfrognée de l'homme ne s'adoucit nullement, toutefois la politesse l'emporta et il ne put s'empêcher de se courber en claquant les talons de ses bottes vernies à en briller.

—Enchanté, répondit-il d'un ton raide.

Sur quoi, il retourna à sa tentative pour comprendre l'incompréhensible spectacle de marionnettes.

Lady Hardcastle avait apparemment décrété que cette mauvaise humeur ne resterait pas sans récompense. M'adressant un clin d'œil, elle lui tapota l'épaule.

—C'est formidablement cocasse, n'est-ce pas ?

Il pivota de nouveau vers nous, le visage empourpré.

—Il m'est compliqué de me rendre compte à quel point, madame, puisque vous ne cessez de m'interrompre.

Une lueur malicieuse dans les yeux, elle insista.

—Nous commentions justement le plaisir que les gens semblent prendre à ce spectacle, alors même que personne n'a la moindre idée de ce qui se passe. Et nous en déduisions que ce plaisir tenait au fait que les personnages reçoivent des coups de bâton.

—Je commence à penser que quelqu'un aurait peut-être dû vous donner du bâton, madame, lança Herr Schneider. Peut-être cela vous aurait-il enseigné les bonnes manières. À présent, veuillez vous taire.

—Pensez-vous vraiment que cela aurait servi ? Ma nounou disait que j'étais incorrigible, toutefois elle ne m'a jamais tapée. Et je ne l'en ai aimée que plus.

—Ah vraiment, vous êtes la femme la plus horripilante qui soit. S'il vous plaît, taisez-vous donc !

Cette fois, son visage était passé du rouge au violacé.

—Oui, c'est aussi un qualificatif qu'elle utilisait à mon endroit. Horripilante. Me trouvez-vous horripilante, Flo ?

—Non, madame, répondis-je. J'apprécie toujours votre compagnie.

—Oh, comme c'est adorable ! Vous voyez, Herr Schneider, avec une approche différente, vous aussi pourriez apprécier ma compagnie.

—Je ne la supporterai pas une seconde de plus, votre compagnie, cracha-t-il. Le bon jour.

Sur ce, il se libéra avec quelque peine du groupe désormais un peu plus important de spectateurs et s'éloigna d'un pas aussi rapide que raide en direction de la promenade.

Lady Hardcastle avait un sourire jusqu'aux oreilles.

—Quel charmant bonhomme ! ironisa-t-elle.

—J'vais être honnête, m'dame, intervint une femme à quelques pas sur notre droite. C'est peut-être un malotru, n'empêche qu'il avait raison sur un point : vous nous rendriez un fier service à tous si vous fermiez votre clapet.

—Tout à fait, ma chère, convint ma patronne, toujours radieuse. Venez, Flo, laissons donc ces charmants messieurs-dames à leur spectacle.

Nous reprîmes notre promenade. Alors que nous franchissions l'entrée de la jetée, une rafale particulièrement violente emporta le chapeau d'un homme, à quelques mètres devant nous, et l'envoya voltiger vers le ciel. Nous fîmes un pas de côté pour le laisser se précipiter à sa poursuite. En nous croisant, il lança : « Enchanté ! » et porta machinalement la main au chapeau désormais envolé. Ce que remarquant, la main à mi-chemin de sa tête dénudée, il tenta de changer son geste en salut guilleret.

—Vous avez peut-être raison, me dit lady Hardcastle. Nous devrions nous mettre à l'abri dans un bon salon de thé.

—Encore du thé ? grognai-je. Et le musée ?

—Et sa collection de « fascinants spécimens archéologiques » ?

—Oui, pourquoi pas ? Ils auront peut-être un salon de thé.

Nous traversâmes la route pour nous mettre en quête du calme relatif d'une ruelle dont les bâtiments offraient un peu de protection face au vent.

—Savez-vous où il est, ce musée ? me demanda ma maîtresse alors que nous marchions vaguement dans la direction du centre-ville.

—Bien sûr, l'assurai-je. Sur le boulevard. Près de l'hôpital.

—Et le boulevard, où est-il ?

—En ville. Là où sont la bibliothèque et le musée.

—Nous pouvons demander notre chemin, vous savez.

—Ne craignez rien, insistai-je en sortant un morceau de papier de ma poche. J'ai pris une carte des rues à la réception.

Je dépliai le schéma tracé à la main et découvris que nous n'étions pas loin du musée. Nous nous engageâmes dans Regent Street, ravies du répit que la rue nous offrait après les assauts du vent. Malgré l'absence de soleil, la température était confortablement douce, une fois abritées par la civilisation, ce qui rendit notre petite marche assez plaisante.

Nous dépassâmes un poteau téléphonique sur lequel avait été collé un panonceau qui annonçait un concert.

—Ça alors, très amusant, commenta ma patronne. Nous devrions y aller.

J'allai regarder l'affiche plus attentivement. Les « Robinson's Ragtime Roisterers », disait-on, joueraient à l'hôtel Arundel le vendredi 8 juillet, « pour une seule et unique soirée ».

—Je ne vois pas pourquoi nous n'irions pas, acquiesçai-je. Après tout, nous avons là les « tout meilleurs représentants de la fête syncopée enivrante » de Londres. Les affiches publicitaires ne sauraient mentir.

—Jamais, convint-elle. Voilà donc une soirée de divertissement réservée. Bravo, Emily !

—Et voici la bibliothèque et le musée, ajoutai-je en désignant un impressionnant bâtiment de brique rouge non loin de nous. Ce qui nous fait une après-midi de divertissement réservée aussi. Bravo, Flo !

Comme promis, le musée proposait une belle collection de découvertes archéologiques, bien mises en valeur. Hélas, l'être humain normalement constitué ne peut observer qu'une certaine quantité de pointes de flèches en silex et autres pierres taillées, avant d'avoir l'impression qu'on lui a montré tout l'éventail des possibilités que les petits cailloux pouvaient offrir à nos ancêtres néolithiques. Il ne fallut pas longtemps pour que nous ayons épuisé le potentiel de divertissement du musée.

Et pas de salon de thé en vue.

—Je pense qu'il nous faut retourner au Steep Holm View pour notre thé, décréta lady Hardcastle. D'autant plus qu'il nous y est offert.

Chemin faisant, nous nous mîmes à réfléchir aux derniers développements de notre affaire.

—Je ne cesse de me questionner sur ce « *Back later* », lui dis-je une fois que nous eûmes résumé le peu d'informations – c'en était affolant – en notre possession. Cela me fait affreusement penser à une entrée par effraction. Selon la version d'Eleanora, quelqu'un a rendu visite au Dr Goddard et gratté à sa porte un petit moment. Sans obtenir de réponse, puisque le docteur était au salon avec nous, et donc il a lancé en anglais qu'il repasserait plus tard : « *Back later* », donc. Étant elle-même à moitié endormie, elle ne s'est pas posé de questions, alors que moi, j'en ai immédiatement eu des tas, et qui me sont venues de tous côtés. Pour commencer : pourquoi gratter au lieu de frapper ? Pourquoi dire qu'il repasserait s'il n'a pas obtenu de réponse ?

—J'admets que c'est louche, acquiesça-t-elle. Quel dommage qu'elle ne soit pas sortie se renseigner ! Elle aurait pu nous dire de qui il s'agissait.

—Et si nous partions sur l'hypothèse que le visiteur a réussi dans sa tentative d'intrusion ?

—Dans ce cas, « *Back later* » expliquerait le bruit. Les gens disent ce genre de choses tout le temps en s'adressant à une pièce vide. Je l'ai fait moi-même : « Ah, tu n'es pas là ? Je vais devoir repasser plus tard, dans ce cas », et je m'en vais.

—Oui, c'est logique, convins-je. Gratte-gratte. « Ohé, tu n'es pas là ? Je vais devoir repasser plus tard », et hop, on s'introduit par la porte tout juste ouverte.

—Tout à fait plausible. Mais qui est-ce que cela pouvait être ?

—Herr Schneider a été vu sur le palier vers 21 heures, dis-je.

—L'Autrichien.

—Oui. MM. Martin et Kouznetsov étaient au même étage, et Kouznetsov a été vu aller aux commodités au fond du couloir à 22 heures.

—Le Français et le… Russe. Russe… Russe. Pourquoi mes souvenirs me tirent-ils par la manche, comme s'ils cherchaient à me souffler quelque chose ?

—Les Russes sont-ils connus pour leur tendance à dire : « Je repasserai plus tard » en anglais lorsqu'ils ne reçoivent pas de réponse ? suggérai-je.

—Pas que je sache, non. Cependant, si tel était le cas, ils le diraient en russe. Oh !

Elle s'immobilisa si brusquement qu'une dame, qui marchait derrière nous, lui rentra dedans.

—Faites donc un peu attention ! lança ladite dame avec mauvaise humeur.

Et de nous doubler.

—Je ne peux m'empêcher de penser que la collision aurait été plus aisément évitée si elle avait fait attention, plutôt, mais je n'ai pas envie d'argumenter. Je viens d'avoir une idée de génie.

—Je suis tout ouïe.

—Alors, commença-t-elle, mon russe est un peu rouillé…

—Je vous l'ai dit : il faut le frotter, puis l'essuyer avec un chiffon sec et ensuite l'enduire soigneusement d'huile avant de le ranger. Autrement, pas étonnant qu'il rouille.

—Mais quelle corvée ! C'est pour s'épargner ce genre de choses que l'on emploie des domestiques. Et taisez-vous donc, laissez le génie s'exprimer. Répétez : « *Back later.* »

Je m'exécutai.

—Maintenant, redites-le avec un accent russe.

Perplexe, j'obtempérai tout de même.

—À quoi cela ressemblait-il ? demanda-t-elle.

—À une Galloise qui dirait « *Back later* » avec un accent russe, répondis-je.

—Effectivement. Mais cela ressemble aussi à *proklyatyé*. Ou plus précisément, un Russe qui dirait *proklyatyé*, ce qui, aux oreilles d'une Américaine à moitié endormie ne parlant pas le russe, pourrait ressembler à « *Back later* ».

—Oh, mais quelle vieille rusée vous faites ! m'exclamai-je.

—Car *proklyatyé* signifie « malédiction ! », poursuivit-elle. Alors maintenant, imaginez la situation suivante : un Russe essaie de crocheter la serrure de la chambre d'hôtel du Dr Goddard. L'un de ses outils se casse – Eleanora a dit avoir entendu un bruit sec – et il jure en russe.

—Eleanora se rendort et n'entend pas la tentative réussie du Russe pour ouvrir la porte, continuai-je. Ce serait donc Kouznetsov qui aurait volé le coffre-fort ?

—Aucune idée, mais au moins, c'est un point de départ.

—S'il l'a volé, il se peut qu'il sache aussi où est le Dr Goddard.

—Nous devons agir avant qu'il disparaisse.

Le thé nous fut servi dans la salle à manger de l'hôtel à 16 heures pile. Le serveur furtif disposa des mini-sandwichs, des scones et de délicieux gâteaux et pâtisseries miniatures sur les tables, où les clients étrangers les consommèrent avec un air d'indulgence condescendante ces drôles d'Anglais et leurs drôles de manières. En l'occurrence, il n'y avait que deux visiteurs étrangers à notre arrivée : Herr Schneider et le militaire japonais, M. Takahashi. Ils occupaient deux tables distinctes et s'ignoraient ostensiblement. Herr Schneider nous accueillit d'un regard glacial, qui lui valut un geste guilleret de la main de la part de ma maîtresse, puis reporta promptement son attention sur ses scones.

Nous choisîmes une table libre près de la porte et commandâmes une théière d'Earl Grey au serveur, à qui nous fîmes aussi la demande de pouvoir échanger quelques mots discrets avec le directeur de l'hôtel, M. Hillier.

Le thé et le premier service de bouchées arrivèrent au bout de quelques petites minutes, mais aucun signe du directeur.

—Il était si empressé ce matin, se rappela lady Hardcastle. Je l'aurais pensé tout aussi pressé d'entendre nos dernières trouvailles.

—Pour être juste avec le pauvre homme, j'imagine qu'il a bien d'autres occupations à gérer. Les hôtels ne se dirigent pas tout seuls.

—Je suppose que non, mais je trépigne de lui apprendre la nouvelle. Nous n'avons peut-être pas trouvé le Dr Goddard, en revanche nous avons la forte présomption que Kouznetsov détient le coffre-fort. Pareille nouvelle devrait le mettre dans tous ses états.

—Ai-je entendu prononcer mon nom ? s'enquit une voix à l'accent russe depuis la porte.

—Ah, monsieur Kouznetsov, fit lady Hardcastle. En effet, nous parlions justement de vous. Accepteriez-vous de vous joindre à nous pour le thé ?

—Vous avez l'avantage sur moi, madame… ?

—Je vous demande pardon. Je suis lady Hardcastle et voici mon amie et associée, Florence Armstrong.

—Enchanté, dit-il.

Il s'assit sur l'une des chaises vacantes à notre table, l'air ravi de profiter de ce repos – il avait l'air échevelé de qui venait de braver le front de mer.

—Nous nous disions que cet hôtel recevait énormément de visiteurs étrangers. C'est le Dr Goddard qui nous le faisait remarquer hier au soir.

—Ah oui, répondit Kouznetsov. Je me rappelle vous avoir vus ensemble au salon. J'avais espéré le trouver vide afin de pouvoir fumer un cigare sans déranger personne. Je sais que certaines dames n'apprécient pas l'odeur du cigare.

—C'est très attentionné à vous, monsieur Kouznetsov. Merci. Mais nous aurions accueilli votre compagnie avec plaisir. Il est toujours délicieux de rencontrer une personne qui vient de contrées lointaines.

—C'est votre tour de vous montrer bien attentionnée, commenta-t-il. Mais hélas, j'avais des affaires importantes à traiter.

—À 22 h 15 ?

Il fronça les sourcils.

—Oui, répondit-il après une infime hésitation. J'ai des affaires à Saint-Pétersbourg et je dois… envoyer des câbles.

—Je vois. Eh bien, il nous faudra prendre un verre une autre fois. Cela dit, ce sera peut-être sans le Dr Goddard. Avez-vous su, pour ce pauvre docteur ? Terrible affaire. Tout bonnement terrible.

—J'ai seulement entendu qu'on ne l'avait pas vu. Lui est-il arrivé quelque chose ?

—Sa chambre a été mise à sac et il a disparu, répondit-elle. Et son coffre-fort a été volé.

—Voilà en effet une terrible nouvelle, convint Kouznetsov.

—Connaissez-vous le Dr Goddard ?

—Pas bien, répondit-il. Nous nous sommes salués, mais je ne pourrais dire que je le connaissais.

—Je suis sûre que ce n'est rien. Il m'a fait l'effet d'un bonhomme quelque peu excentrique. Il est sans doute parti se promener et aura oublié l'heure. Vous savez comment sont les scientifiques.

—Excentrique, répéta-t-il avec un sourire. Oui, j'aime bien ce mot. C'est un excentrique.

—Il va revenir, j'en suis sûre, renchérit-elle. Et vous, dites-moi ? Vos affaires vous ont-elles fort occupé aujourd'hui ?

—Eh bien, oui, je dois dire. Il faut que je rentre d'urgence à Saint-Pétersbourg, j'ai donc été obligé d'organiser mon voyage.

—Oh, donc nous ne vous reverrons pas, tout compte fait. Quel dommage !

—C'est bien dommage, en effet. Cependant, je ne partirai probablement pas avant demain. J'attends un coup de fil de Londres afin de confirmer ma réservation.

À croire qu'il guettait le moment propice à son entrée en scène, le serveur réapparut, porteur d'un présentoir à gâteaux à trois plateaux. Il nous adressa un signe de tête.

—Monsieur Kouznetsov, dit-il, il y a un appel pour vous à la réception. Si vous voulez bien me suivre.

Kouznetsov se leva et s'inclina.

—Merci pour la compagnie, mesdames, mais je crains que les affaires ne m'appellent. Nous nous reverrons peut-être ce soir.

Sur quoi, il suivit le serveur dans le couloir.

—Quand il est 22 heures ici… commençai-je.

—Il est 1 heure du matin à Saint-Pétersbourg, termina ma maîtresse. Oui, je sais. Envoyer des câbles, mon œil. Il se moquait bien de nous déranger avec sa fumée, il vérifiait que Goddard n'était pas dans sa chambre. Nous devons absolument parler avec Hillier : passe-partout ou pas, je veux qu'une tierce personne soit présente lorsque nous trouverons ce coffre-fort.

—Il ne bougera pas d'ici avant demain, dis-je. Cela nous laisse largement le temps. Prenez donc un de ces macarons, ils sont exquis.

MM. Schneider et Takahashi ne tardèrent pas à s'en aller, et nous nous retrouvâmes seules dans la salle à manger. Peu après, une fois les capacités de divertissement d'une théière d'Earl Grey entièrement épuisées, nous décidâmes de passer au salon.

Le serveur habituel apparut et nous proposa d'autres rafraîchissements, mais ni l'une ni l'autre ne pouvions plus rien avaler. Il nous laissa donc nous détendre, non sans nous avoir indiqué où se trouvait la cloche électrique, pour le cas où nous changerions d'avis.

—Je ne sais pas pour vous, me dit lady Hardcastle quand il se retira, mais j'ai besoin de discuter avec M. Petitcoin. Je reviens tout de suite.

J'en profitai pour passer en revue la bibliothèque près de la cheminée, que je découvris intelligemment remplie d'un vaste choix allant des grands classiques aux romans populaires. Et de l'autre côté du feu, un élégant présentoir en laiton permettait de consulter l'édition du jour du *Times* et du *Weston Mercury*. J'étais sur le point de m'emparer d'un livre au titre pour le moins intrigant – *L'Aventure du scientifique disparu* –, quand ma patronne s'en revint.

—Alors comme cela, on cherche un livre ? me lança-t-elle. Ma compagnie ne vous suffit donc plus ?

—Vous étiez occupée à certaines affaires, lui fis-je remarquer en regagnant mon siège. Alors je regardais ici et là. Je ne cesse pas d'exister dès que vous n'êtes plus là, vous savez.

—C'est drôle, n'est-ce pas ? Que nous fassions tout cela ? Nous avons du mal à nous figurer que les autres continuent leur vie lorsque nous quittons une pièce. La seule Flo que je connaisse est la Flo qui existe en ma compagnie. Je n'ai aucune connaissance de l'autre Flo, la Flo indépendante qui vaque à ses propres occupations, contemple des bibliothèques, lace ses bottes, arrache des peluches à sa robe. Vous avez des conversations avec des gens, mais je ne peux les concevoir. C'est une femme différente, cette autre Flo.

—Je vous raconte à peu près tout le temps à quoi je me suis occupée, nuançai-je. Car enfin, c'est souvent à votre demande.

—C'est vrai que c'est souvent le cas, oui. Et pourtant, je continue d'envisager ces aventures comme étant advenues à une entité autre. La Flo qui raconte ses actes de bravoure me semble être une femme différente de la Flo qui a effectivement vécu ces aventures. Enfin, je ne suis pas seule à me poser ces questions sur la perception et l'existence, elles occupent les penseurs depuis des siècles.

—Je n'en doute pas. Toutefois, je dois vous avouer ne m'être jamais penchée sur le sujet moi-même.

—Je parie que vous allez le faire, désormais, fit-elle avec un large sourire.

J'acquiesçai.

—Et chaque fois, je penserai : « Lady Hardcastle a-t-elle cessé d'exister, maintenant que je ne la vois plus ? Et si elle n'existe plus, alors qui continue de déchirer ses habits ? Si elle se prend les pieds dans une pile de son bazar en plein milieu de l'orangerie et que personne n'est là pour l'entendre, est-ce qu'elle produit vraiment un son ? » Vous venez d'ajouter une dimension métaphysique à ma journée.

—Dans ce cas, ma vie n'aura pas été vaine. Oh, attention, les ennuis approchent.

Le serveur du salon arrivait chargé d'un plateau d'argent sur lequel était posée une enveloppe à télégramme se proclamant « Au service de Sa Majesté ».

—Un télégramme pour vous, madame, annonça le serveur. Le coursier n'a pas attendu de réponse.

Lady Hardcastle prit l'enveloppe.

—Merci. Je me sens affreusement impolie, je ne vous ai jamais demandé votre nom.

—Ribble, madame. Albert Ribble.

—Eh bien, merci, Ribble. Vous êtes fort aimable.

Pendant cet échange, elle avait sorti de son porte-monnaie quelques pièces qu'elle lui tendit avec un sourire.

—Merci, madame. Sonnez si vous avez besoin d'autre chose.

—Bien.

Et il s'évapora.

—Je me demande qui me l'envoie, fit-elle.

—Il y a un moyen irréfutable de le découvrir.

—En effet, mais j'aime cette attente. Et la spéculation qui va avec. Il n'est rien de plus banal qu'un télégramme ouvert, alors qu'un télégramme non ouvert représente une infinité de possibilités.

—J'ai tendance à penser qu'il vient de votre frère, suggérai-je. Vous lui avez envoyé un câble un peu plus tôt dans la journée, en voici très probablement la réponse.

—Je vous croyais plus romantiques que cela, vous, les Celtes. C'est nous, les Anglais, qui sommes censés être barbants et pragmatiques.

—Très bien, très bien. Admettons alors qu'il s'agit d'une notification en provenance de la Royal Society, vous informant qu'une licorne a été découverte dans les plaines de Patagonie et qu'elle a été nommée Emilia Hardcastliensis en votre honneur. Vous êtes invitée à la monter lors du Grand Prix de l'année prochaine, sous les nouvelles couleurs du roi. Mais c'est votre frère, je pourrais le parier.

—Une guinée ?

—Si vous tenez à perdre votre argent, grand bien vous fasse. Pourquoi pas cinq livres, dans ce cas ?

Elle ouvrit l'enveloppe.

—Vous prenez les chèques ? me demanda-t-elle.

—Uniquement le liquide. Si je ne peux pas l'abattre sur le comptoir du Dog and Duck et offrir une tournée générale, cet argent ne m'est d'aucune utilité. Alors, que dit-il ?

—« Ohé, sœurette », voilà ce qu'il dit. Cet homme est un fonctionnaire respecté qui m'écrit depuis le ministère des Affaires étrangères, et il me donne du « Ohé ». Non, vraiment…

—Dit-il autre chose ?

—Oh, par ma foi, oui, absolument. Mais aucune parole qui ne soit mieux élevée que son « Ohé, sœurette ». J'ai instruction ferme de ne pas m'impliquer dans quoi que ce soit concernant la disparition du Dr Goddard : un excentrique probablement parti de son propre chef, me dit-il. Je ne dois pas non plus faire quoi que ce soit au sujet de son coffre-fort. Il en va de la sécurité nationale. Non, mais je vous le demande, un homme qui commence sa phrase par « Ohé, sœurette » peut-il vraiment la poursuivre avec des termes comme « sécurité nationale » ? On ne risque guère de le prendre au sérieux. Bref, toute cette histoire est une affaire de « sécurité nationale » et sera gérée par les autorités compétentes.

—Donne-t-il le moindre détail ?

—Non, mais il m'envoie un numéro de téléphone et l'instruction formelle de l'appeler sur-le-champ, avant même de parler à quiconque, si quoi que ce soit d'autre se produisait. Oh, et Lavinia nous envoie ses amitiés. Comme si cela allait me convaincre de suivre ses instructions.

—Vous n'allez pas les suivre ?

—Suivre quoi, ma chère ?

—Ses instructions.

—Grand Dieu, non ! s'exclama-t-elle. L'on me confiait des « affaires de sécurité nationale » alors qu'il faisait encore le thé pour les mandarins de Whitehall. Nous continuons, quoi qu'il en dise. J'ai fait ma part en l'informant à quoi nous sommes occupées. Il nous suffit de résoudre le mystère et de lui offrir la solution sur un plateau d'argent. Avec des pommeaux en laiton. Qu'il puisse y poser sa pipe et son tabac. L'insupportable tique. Il était déjà ainsi lorsque nous étions enfants, vous savez. Toujours à vouloir me commander.

En vérité, je n'imaginais personne réussissant à la commander, mais je préférai m'abstenir de le lui dire. Elle avait déjà le poil brossé dans le mauvais sens.

Par chance, M. Hillier arriva avant qu'elle puisse se lancer dans une autre diatribe indignée.

—Ah, lady Hardcastle, j'ai reçu votre message. Je suis terriblement désolé de n'avoir pas pu venir à vous plus tôt, nous avions des soucis avec la commande de viande et je tâchais de régler… Enfin, peu importe. En quoi puis-je vous être utile ?

—Nous avons des raisons de soupçonner que ce Russe, M. Kouznetsov, est responsable du vol du coffre-fort du Dr Goddard. Il pourrait aussi être impliqué dans la disparition du docteur, mais sur ce point, nous n'avons pas de preuve. Nous souhaiterions l'interroger et nous aimerions que vous fassiez office de témoin : c'est votre hôtel, après tout.

—Seigneur Dieu, lâcha-t-il. Vraiment ? Il m'avait paru être un homme si charmant. J'ai beaucoup de mal… Enfin, si vous le dites. Est-il dans sa chambre ?

—Nous l'ignorons, mais c'est un bon point de départ. Y allons-nous ?

Elle se leva et je l'imitai.

—Oui, bien sûr, répondit le directeur. Veuillez me suivre.

Nous lui emboîtâmes donc le pas, *via* la réception et l'escalier principal. Depuis la coursive, nous avions vue sur le hall d'entrée et sur Herr Schneider, qui attendait au bureau d'accueil.

—Que pensez-vous de Herr Schneider ? s'enquit lady Hardcastle tandis que nous poursuivions la montée des marches menant au premier.

—La discrétion professionnelle m'empêche de formuler tout jugement péremptoire à l'encontre des hôtes de mon établissement, lady Hardcastle, répondit M. Hillier. Je suis sûr que vous comprenez.

—L'on aurait pu penser que le code de bonne conduite d'un directeur d'hôtel s'étendait aussi à la protection de ses hôtes contre le vol ou l'enlèvement. Et pourtant, voyez où nous en sommes, avec Armstrong et moi forcées de renoncer à nos vacances afin de vous extraire du résultat de cette même violation des devoirs…

—Allons, voyons, l'interrompit-il. Je…

—Oui, oui, je sais, fit-elle avant qu'il ne puisse argumenter plus avant. Vous prenez vos devoirs très au sérieux, nul n'aurait pu prédire que quelqu'un irait cambrioler et kidnapper le Dr Goddard, votre hôtel est dirigé selon les standards les plus élevés qui soient, et vous nous êtes terriblement reconnaissant de vous prêter assistance. Nous partirons de ce principe. Mais soyons aussi claires sur ce point : si l'on veut aller au fond des choses, sachez qu'Armstrong et moi ne vous aidons pour aucune autre raison que notre bonté d'âme. Nous pouvons, et nous le ferons, vous retirer cette aide à tout moment et remettre l'affaire entre les mains de la police si, par quelque réaction de fierté mal placée que ce soit, vous nous rendez la tâche malaisée. En gardant bien cela à l'esprit, que pensez-vous de Herr Schneider ?

—C'est un dandy, impoli et arrogant, répondit le directeur après la plus infime hésitation. Un tyran condescendant et exigeant qui traite les membres de mon personnel comme s'ils étaient la saleté collée aux semelles de ses bottes si bien vernies. Et il est avare de pourboires.

—Voilà. Cela va mieux en le disant, n'est-ce pas ? L'opinion que vous exprimez de lui confirme ma première impression. Nous l'avons rencontré sur la promenade et il a fait montre de tous ces traits de caractère. Je conviendrai volontiers de l'avoir délibérément aiguillonné afin de le voir montrer la pire facette de lui-même, mais voyez-vous, c'est la curiosité qui m'a poussée à agir ainsi. Il s'est avéré que je n'ai pas eu à forcer excessivement mon talent pour qu'il se comporte en parfait mufle.

Toujours vexé de s'être fait si vertement tancer, M. Hillier ne parvint qu'à un hochement de tête maussade en guise de réponse.

Nous étions encore en chemin pour le premier étage, d'où une conversation nous parvenait. Entre deux jeunes femmes.

—Tiens, disait l'une. Ton Sam, y travaille bien au club de golf, non ?

—Y se forme pour devenir jardinier, oui. Il adore ça, répondit l'autre.

—C'est bien c'que j'pensais. Not' m'man, elle croit avoir vu de la lumière dans le vieux fort de Brean. Ton Sam est pas au courant ?

—Y m'a rien dit à moi, en tout cas. Quoi, comme lumière ?

—Oh, elle pense qu'y a quelqu'un qui doit y camper, là-haut. Elle est obsédée par les vagabonds. D'après elle, on va pas tarder à en être envahis s'ils s'installent. « Doit y avoir toute une ville de vagabonds, là-haut à Brean Down, qu'elle dit. Et bientôt, y descendront en ville, pour voler et assassiner les braves gens. Écoute bien c'que j'te dis là. » Alors, je lui ai dit que tu saurais p't'être ce qui s'passe là-haut.

—Ben non, Sam m'a rien dit. Mais je vais lui en toucher deux mots. J'aime pas bien c't'idée d'une armée de clochards.

Les voix se turent au moment où nous atteignîmes le haut des marches. Les deux chambrières qui, supposai-je, étaient chargées de notre suite se collèrent contre le mur afin de nous laisser passer.

—Merci, les filles, dit M. Hillier en les dépassant.

Lady Hardcastle, cependant, s'arrêta à leur niveau.

—Bonjour, dit-elle aux deux jeunes femmes. Je suis lady Hardcastle, de la chambre 4. Ou est-ce la 5 ? Franchement, je n'arriverai jamais à me le rappeler. Quel est notre numéro de chambre, chère Flo ?

—La 5, répondis-je.

—Voilà. J'avais raison au premier coup. Êtes-vous les deux personnes qui vous occupez de nous ?

—C'est ça, m'dame, répondit la plus grande. May et June, c'est nous.

Lady Hardcastle parut perplexe un instant.

—C'est not' nom, ajouta la fille. On travaille très bien ensemble, et vu qu'on est May et June, on dirait que c'est le destin.

—Oh, mais quelle merveille ! C'est un plaisir de vous rencontrer, May et June. Et merci de vous occuper aussi bien de nous. Si nous rencontrons April, nous vous l'enverrons.

Sur ce, nous entamâmes l'ascension de la volée de marches suivante.

Nous passâmes devant la chambre des demoiselles Wilson et arrivâmes enfin au couloir de l'arrière du bâtiment, celui sur lequel donnait la chambre de M. Kouznetsov.

—Voici sa chambre, annonça M. Hillier.

—Merci, répondit ma patronne. Nous y avons déjà toqué tantôt, en fait.

Sur quoi, elle frappa sèchement à la porte. Pas de réponse.

M. Hillier porta la main à sa poche, sans doute pour en tirer son passe-partout, mais lady Hardcastle tournait déjà la poignée.

Car les dégâts visibles sur le cadre indiquaient que la serrure avait été forcée. Et effectivement, la porte s'ouvrit en grand.

6

À l'intérieur de la chambre de Kouznetsov nous attendait une autre scène de chaos : tiroirs vidés, meubles renversés, vêtements, linge de lit et affaires de toilette éparpillés un peu partout.

M. Hillier s'apprêtait à entrer dans la pièce, mais lady Hardcastle le retint.

—Qu'en pensez-vous, Armstrong ? me demanda-t-elle.

—Fouillée, mais seulement après une bagarre, répondis-je.

—Plus qu'une fouille hâtive, donc ?

—Hâtive, certainement, ce niveau de chaos suggère une grande hâte. Cependant, elle a été méthodique aussi, tout a été passé au peigne fin. Même si la position des meubles, la façon dont ils sont tombés, semble plutôt indiquer une bagarre.

—Je suis d'accord. Allez-y, entrez, ma chère. Tâchons de ne pas trop toucher à la scène en allant tous marcher partout.

J'avançai de quelques pas dans la chambre et regardai autour de moi. Il n'y avait pas grand-chose à voir de ce côté-ci du lit que je n'aie déjà constaté depuis la porte. Je traversai la pièce, en enjambant soigneusement les tas épars des affaires de M. Kouznetsov. Je remarquai une bouteille, sans étiquette, de ce qui semblait être son huile de macassar faite maison. De l'autre côté du lit, je trouvai le propriétaire de l'huile en question.

—Kouznetsov est là, madame, annonçai-je.

Je m'agenouillai pour l'examiner. Je ne sentis aucun pouls et il avait une fine marque rouge autour du cou.

—Mort, conclus-je. Étranglé, apparemment. (Je jetai un autre regard à la ronde sur le désordre de la chambre.) Il s'est battu, mais son assaillant a eu le dessus.

Je vérifiai le contenu de ses poches. Vides.

—Voyez-vous le coffre-fort ? s'enquit ma patronne.

Je repassai la chambre en revue, y compris sous le lit, et tâtai les piles de vêtements.

—Pas à première vue, répondis-je. Il faudrait une fouille plus approfondie pour s'en assurer, mais je dirais que s'il a jamais été ici, il n'y est quasi assurément plus. De toute évidence, quelqu'un cherchait quelque chose et je ne vois pas comment la personne aurait pu le rater.

—C'est terrifiant ! s'exclama M. Hillier. Un choc au-delà des mots ! Il n'y a plus d'autre option, désormais. Nous avons un mort et un disparu, je dois appeler la police, quoi qu'en disent les propriétaires.

—Souhaitez-vous toujours que nous agissions en tant que… comment le formuler… « consultantes » sur cette affaire ? s'enquit lady Hardcastle.

—Oui. Bien sûr. Mais un homme a été assassiné ! Je dois en informer la police. C'est la loi. Mon désir de protéger la réputation de l'hôtel ne s'étend pas à une infraction à la loi.

—Vous vous rappelez que j'ai posé comme condition à notre implication dans l'affaire la possibilité d'envoyer un télégramme ?

—Absolument. Un télégramme confidentiel, avez-vous dit.

—J'ai dit cela, oui. Le télégramme était adressé à mon frère, haut fonctionnaire au ministère des Affaires étrangères. Le Dr Goddard étant employé du gouvernement et l'hôtel, occupé par tant d'hôtes étrangers, je voulais m'assurer que nous ne marchions sur aucune plate-bande en nous en mêlant. Mon frère m'a transmis un numéro de téléphone à appeler sur-le-champ pour le cas où autre chose se produirait dont j'estimerais qu'il doive être mis au courant. Je dirais que ceci… (elle désigna le chaos qu'était la chambre de Kouznetsov) tombe dans la catégorie des « choses dont il doit être mis au courant ». Je vous suggère que nous passions ce coup de fil-là, avant de contacter la police locale.

M. Hillier réfléchit une seconde. Il semblait être le genre d'homme habitué à donner les ordres et j'avais l'impression qu'il était tout sauf à l'aise avec l'idée que quelqu'un – d'autant plus une femme – prenne les rênes à sa place. Toutefois, quel que soit le genre d'homme qu'il était, il n'était manifestement pas idiot. J'espérais qu'il décèlerait le bon sens de la suggestion de lady Hardcastle et peut-être aussi une lueur d'espoir dans le fait que la police locale n'ait pas forcément à être impliquée, si cet inconnu aux Affaires étrangères parvenait à étouffer l'affaire. En ce qui me concernait, l'une ou l'autre solution ne faisait pas la moindre différence, cependant j'aimais l'enquête et je savais que si les poulets intervenaient, notre implication prendrait fin.

—Ce serait acceptable, finit par convenir le directeur.

—Merci, monsieur Hillier. Pourriez-vous vous passer du service d'un jeune homme vigoureux afin de le poster en sentinelle devant cette porte, qu'il veille à ce que personne n'entre dans cette chambre ? Vincent Fear ferait l'affaire. C'est un garçon qui m'a l'air sensé. Certes, l'on pourrait croire qu'une rafale suffit à le renverser, mais les maigres s'avèrent parfois étonnamment capables, quand il s'agit d'en venir aux poings. Je suis sûre qu'il saurait se débrouiller.

—Figurez-vous qu'il est boxeur, lui confia M. Hillier. Je l'envoie ici. Puis nous pourrons passer le coup de téléphone de mon bureau.

Au rez-de-chaussée, dans le bureau du directeur, nous attendions que l'opérateur mette en contact lady Hardcastle avec son interlocuteur. Nous avions cru qu'une connexion interurbaine prendrait un certain temps, mais l'opérateur lui avait demandé de patienter en ligne, suggérant que l'appel allait être transféré immédiatement.

M. Hillier, pendant ce temps, semblait tout compte fait avoir quelques doutes sur le plan d'attaque.

—Êtes-vous certaine que c'est la bonne façon de procéder ? demanda-t-il.

Si lady Hardcastle, qui lui tournait le dos, ne répondit pas, elle m'adressa toutefois un regard exaspéré.

—Le contact de lady Hardcastle aux Affaires étrangères ne tardera pas à vous rassurer, je n'en doute pas, répondis-je à sa place. Nous avons une certaine expérience de ce genre de cas.

—Une expérience des cadavres dans les chambres d'hôtel ? lança-t-il, l'air tout à fait choqué.

—Des cadavres dans toutes sortes d'endroits, répliquai-je. Dont un ou deux sont à mettre à notre actif. Mais vraiment, nous savons gérer les choses au mieux.

—À votre actif ? répéta-t-il, d'une voix devenue suraiguë.

De toute évidence, il n'était pas du genre « calme dans la tempête ».

—Un ou deux d'entre eux, confirmai-je. Il y a eu cette fois à Anvers où…

Lady Hardcastle leva la main pour nous intimer le silence.

—Oui, c'est cela, dit-elle. Featherstonhaugh, Harry Featherstonhaugh… Au ministère des Affaires étrangères, oui… Oui, je sais… Il est 18 h 20… Eh bien, dans ce cas, qui est disponible pour me prendre à cette heure ? Je vois. Travaille-t-il avec M. Featherstonhaugh ?… Il ne me sera guère utile, alors, n'est-ce pas ? … Oui, je ne doute pas de son importance capitale, toutefois s'il ne connaît pas… Oui, je patiente. (Elle porta la main sur le combiné.) Comment se fait-il que les officiers de service soient aussi souvent des empotés ? Harry me dit : « Appelle ce numéro… Sécurité nationale… De la plus haute importance… », et voilà que ce crétin au bout du fil… (Elle ôta la main du téléphone.) Oui ? Ah oui, vraiment ? C'est formidable, merci. (Elle remit la main.) Il a trouvé Harry. Il me le passe. (Et puis ôta la main.) Harry ? C'est Emily, chéri… Quoi ? Mais *c'est* un crétin… Bon, tu vas devoir t'excuser auprès de lui de ma part. Tu m'as dit de t'appeler si quoi que ce soit arrivait… Eh bien, quelque chose s'est passé.

Un souci. Un souci, chéri… Impliquant un monsieur russe du nom de Sergueï Kouznetsov… Non, nous ne l'avons pas perdu, lui, nous avons exactement où il est : il est mort, allongé sur le sol de sa chambre d'hôtel. Flo est certaine qu'il a été étranglé… Non, Goddard n'a pas reparu, nous soupçonnons très franchement un acte criminel, maintenant… Et le coffre-fort aussi, oui, toujours aucun signe. Que contient-il, pour l'amour de Dieu ?… Eh bien, cela semble important. Il s'agit apparemment d'une sorte de jeu de « passe-moi le colis » et un homme au moins est mort à cause de cela… Non, aucune trace. Nous étions certaines que Kouznetsov le détenait, mais il ne l'a plus… Ne prends pas ce petit ton avec moi. La surveillance des coffres-forts secrets du gouvernement n'est pas de ma responsabilité, comme tu l'as toi-même fait remarquer… Oui, tu nous as dit cela, mais tu ne t'attendais tout de même pas à ce que nous laissions les choses en suspens… Non… Dacodac… Tu envoies quelqu'un ?… Vérification ?… Ah, je vois. Fort cocasse. C'est une erreur que n'importe qui aurait pu commettre… Tante Agathe et grand-mère, alors… C'est l'intention, très cher frère… Très bien. Merci, chéri. Transmets mes amitiés à Lavinia.

M. Hillier fit de grands gestes indiquant qu'il souhaitait parler à la personne au bout du fil.

—Oh, attends, Harry, j'ai M. Valentin Hillier, ici, le directeur de l'hôtel. Il souhaiterait s'entretenir avec toi.

Elle tendit l'écouteur à M. Hillier, qui entreprit de vérifier que les choses étaient bien en main et qu'il n'enfreignait aucune loi en n'informant pas la police locale ou un médecin légiste.

—Harry n'est pas content ? m'enquis-je auprès de ma maîtresse pendant que nous attendions la fin de la conversation du directeur.

—Harry n'est jamais content de moi, vous le savez, répondit-elle. Il aime jouer soit l'aimable crétin, soit le grand frère autoritaire. Aujourd'hui, il est le grand frère autoritaire et il est terriblement grincheux que je m'entête à avoir ma propre volonté. Enfin, il envoie des gars pour s'occuper du corps, ils seront là dans la soirée – ils viendraient de Bristol, si j'ai bien compris. J'ignorais qu'il avait des gars à Bristol. Et il s'occupe d'informer les médecins légistes et tout le tintouin.

Au téléphone, les doutes de M. Hillier semblaient apaisés, car il avait adopté un ton beaucoup plus bonhomme.

—Oui, absolument. Nous avons un splendide parcours de golf, ici, à Weston… Eh bien, la question m'est rarement posée, mais je peux assurément me renseigner pour voir si les dames sont autorisées à jouer… Oui, monsieur, bien sûr. Merci beaucoup. Au revoir.

Il raccrocha l'écouteur à son crochet.

—Votre frère me dit que vous apprécieriez peut-être une partie de golf, madame ? Je peux téléphoner au club demain matin, si vous le souhaitez.

—Merci, monsieur Hillier, mais c'est inutile. Vous a-t-il dit que je jouais ?

—Il m'a dit que vous jouiez très bien.

—Voilà qui est gentil de sa part, au moins. Vous êtes conscient qu'il s'efforce juste de m'occuper, n'est-ce pas ? Il n'est pas intéressé plus que cela par le plaisir que je pourrais prendre à mes vacances, il veut m'éloigner de l'affaire de son scientifique disparu.

—Et de la mort de l'homme d'affaires russe, ajouta tristement M. Hillier. D'ordinaire, nous n'hébergeons pas de clients morts à l'hôtel.

—J'imagine qu'ils posent bien moins de problèmes que les vivants, fit-elle remarquer. Cependant, nous voici avec un nouveau mystère. Ou peut-être un nouveau développement à l'intérieur de nos mystères préexistants. Qu'en dites-vous, Armstrong ?

—Je pense que votre raisonnement se tient, répondis-je. Kouznetsov est très certainement la personne qui est entrée par effraction dans la chambre du Dr Goddard la nuit dernière. Il semble aussi plus que probable qu'il y ait volé le coffre. Le Dr Goddard aurait déclenché l'alerte, en découvrant sa chambre mise à sac pendant que nous étions sortis, en revanche, il n'aura peut-être pas vérifié le coffre-fort. Il semble donc logique de déduire que s'est présentée la nuit dernière une autre personne qui aura neutralisé le Dr Goddard avant de fouiller en vain sa chambre, en quête du coffre qui, à ce moment-là, n'y était plus. La bonne n'a eu aucun mal à le trouver en faisant son ménage, donc s'il avait encore été sous le lit, il aurait été tout aussi trouvable par le voleur, lequel n'aurait eu aucune raison de retourner la chambre pour mettre la main dessus.

—L'une des femmes de chambre a vu le coffre ? demanda Hillier.

—Oui, répondis-je. Mais elle est restée très discrète. Il n'y a aucun sujet d'inquiétude sur ce point.

—Jusque-là, tout va bien, reprit lady Hardcastle. Kouznetsov organisait un retour en urgence à Saint-Pétersbourg, sans doute pour rapporter son butin à ses commanditaires – je parierais bien qu'il collaborait avec son gouvernement…

—Un espion ? suggéra Hillier. Oh, par ma foi…

—Un espion, oui. Donc une fois en possession de ce qu'il voulait, il n'avait plus aucune raison valable de saccager la chambre ni d'enlever le Dr Goddard. Cela dit, ce pourrait aussi être une tactique de diversion, mais cela ajouterait des complications inutiles à une opération par ailleurs rondement menée.

—Conclusion : quelqu'un d'autre détient le Dr Goddard, renchéris-je. Peut-être le meurtrier de Kouznetsov, à qui il a dérobé le coffre-fort.

—Peut-être, répéta-t-elle lentement. Mais pas à coup sûr, je dirais. Ce pourrait être une tierce personne.

—Mais vous venez de dire que vous préférez ne pas ajouter de complications inutiles, lui rappelai-je. Rasoir d'Ockham, etc. : l'explication contenant le moins de suppositions est celle qui a le plus de chances d'être la bonne.

—En effet, convint-elle. C'est le cas. Toutefois… c'est un peu… le bazar. Je ne suis pas sûre du tout d'appréhender pleinement l'ensemble de la chose, pour le moment. Tout est encore bien trop mouvant. Enfin, nous ne pouvons rien faire tant que les gars de Harry ne sont pas venus nous débarrasser du cadavre…

—Oh, là, là, essayez d'user d'une langue un peu plus bienséante, je vous en prie, l'interrompit M. Hillier. Nous devons au pauvre bougre de traiter son décès avec un minimum de respect.

Je trouvai pour ma part qu'il aurait plutôt dû au pauvre bougre d'empêcher son assassinat dans son hôtel pour commencer, mais gardai ma remarque pour moi.

—Bien sûr, fit lady Hardcastle, affable. Il n'y a rien que nous puissions faire tant que les gars de Harry ne sont pas venus emporter les restes de M. Kouznetsov ; Armstrong et moi dînerons donc de bonne heure en les attendant. Veuillez avoir l'amabilité de nous informer de l'arrivée des agents de la Couronne. Nous résoudrons cette énigme, monsieur Hillier, et éviterons à votre hôtel l'infamie des journaux.

Sur ce, et sans attendre de réponse, elle quitta le bureau, avec moi sur ses talons.

Nous eûmes été bien avisées d'attendre la réponse de M. Hillier, en l'occurrence, car il aurait alors pu nous rappeler que le dîner ne serait pas servi avant une demi-heure. Par les portes vitrées de la salle à manger, fermées, nous voyions le serveur s'affairer à dresser les tables.

Lady Hardcastle affichait une mine dépitée.

—Nous sommes en avance, n'est-ce pas ?

Elle s'adressait à moi, seulement des portes vitrées offrent une piètre insonorisation. Le serveur se tourna vers nous et nous adressa un sourire penaud.

—Le dîner est servi à partir de 19 heures, madame, lança-t-il d'une voix forte et claire. Si vous voulez prendre place dans le salon, mon collègue sera ravi de vous apporter un apéritif.

Elle sourit et hocha la tête.

—Merci, c'est ce que nous allons faire.

Sur quoi nous prîmes les fauteuils déjà devenus nos sièges habituels et le serveur arriva, aussi furtif qu'à l'accoutumée.

—Un petit quelque chose pour vous mouiller le gosier et vous mettre en appétit, mesdames ?

—Vous lisez dans nos pensées, répondit ma patronne.

—Cela n'a rien d'un tour de magie, madame. Car enfin, la plupart des hôtes qui viennent s'installer au salon ont dans l'idée de boire un verre.

—Il est drôle, commenta-t-elle à mon attention. Il a dû faire sa formation au même endroit que vous. Je vais prendre un gin tonic, s'il vous plaît, sans aucune originalité, reprit-elle pour le serveur.

—Et moi aussi, ajoutai-je.

Il disparut.

—Je vous confesse n'avoir pas pris la disparition de Goddard très au sérieux jusqu'à présent, me confia lady Hardcastle. C'est un homme adorable, mais enclin à une certaine… distraction. J'avais sincèrement imaginé que nous le retrouverions errant dans les rues en peignoir, à essayer de résoudre quelque problème abscons, complètement hors du temps et ignorant l'inquiétude qu'il avait pu causer. Seulement maintenant, nous avons des morts.

—Un mort, en tout cas, nuançai-je. Et pas décédé de mort naturelle.

—Nous avons un malfaiteur à l'œuvre, donc. Au diable le rasoir d'Ockham.

—Je commence à le penser aussi, j'en ai bien peur. Je suis de l'avis que vous avez exprimé tantôt, désormais : je dirais au minimum trois.

—Un pour emporter le coffre-fort, énuméra-t-elle. Kouznetsov, donc. Un pour enlever le Dr Goddard…

—Et le fourrer quelque part, l'interrompis-je.

—Exact. Ce qui pourrait nous faire deux personnes, mais je vais n'en compter qu'une pour le moment.

Et puis un de plus pour dérober le coffre à Kouznetsov et l'étrangler.

—Ou alors, peut-être quatre : un pour voler, un pour tuer.

—Quatre ? Mais d'où sortent tous ces gens ?

—Si nous avons de la chance, ils vont s'entretuer, dis-je. Et le dernier debout aura le coffre et nous conduira au Dr Goddard.

—Vous aviez suggéré cette méthode comme technique d'enquête, une fois. Je ne suis pas certaine, pour ma part, que « le dernier debout » soit la manière la plus éthique de procéder. De plus, il serait légèrement plus intéressant de savoir qui ils sont avant leur auto-extermination.

—Je présume que vous pensez plus ou moins comme moi, repris-je. Tout le monde ici est un espion.

—Sans aucun doute, acquiesça-t-elle. Il n'est pas possible que des représentants de presque toutes les nations les plus puissantes au monde se retrouvent comme par hasard dans l'hôtel où est descendu un scientifique britannique avec un coffre rempli de secrets. La coïncidence serait par trop inouïe.

—« Presque » toutes les nations les plus puissantes ? répétai-je.

—Absolument. Il vous manque au moins un Allemand.

—Ah oui, bien sûr, convins-je. Et un Italien.

—N'empêche que l'on est encore loin de la coïncidence, même sans ces deux-là.

Sans que je sois en mesure d'expliquer comment, nos boissons étaient arrivées, avec une assiette de canapés.

—Avez-vous… ? commençai-je.

—Rien vu. Je vous l'ai dit : les serveurs sont dotés de pouvoirs magiques.

Levant les yeux, je découvris M. Takahashi qui rôdait près de la porte. Qu'avait-il entendu de notre conversation ?

Lady Hardcastle lui fit signe d'approcher.

—Monsieur Takahashi, c'est bien cela ? demanda-t-elle cordialement. Nous n'avons pas été présentés, mais si nous pouvons prendre des vacances, alors la bienséance aussi. Aimeriez-vous vous joindre à nous ?

Il s'inclina bien bas.

—Bonsoir, dit-il dans un anglais quasiment exempt d'accent. Je ne voudrais pas m'imposer.

—Pas du tout. Je suis Emily Hardcastle, voici Florence Armstrong et ce siège est libre. Prenez donc un verre avec nous.

Il vint s'asseoir, très raide, sur la chaise indiquée.

—Ai-je bien entendu ? s'enquit-il. Le personnel vous appelle-t-il « lady » Hardcastle ?

—Oui, c'est exact. Feu mon époux était sir Roderick Hardcastle. Êtes-vous familier du système des honneurs britanniques ?

—J'ai étudié à Oxford, répondit-il. Où j'ai rencontré nombre d'Anglais titrés et le « système », comme vous le désignez, n'y est pas moins complexe que dans mon pays.

—Bien sûr, l'ombre de nos passés féodaux continue de planer. Êtes-vous retourné au Japon après vos études ?

—J'ai passé quelques années dans l'armée impériale, oui, avant de mettre mes connaissances logistiques au service du réseau ferroviaire de mon pays. Mais au final, mes talents se sont avérés plus diplomatiques que militaires. Je sers à l'ambassade japonaise de Londres depuis presque cinq ans à présent. Avez-vous visité l'exposition anglo-japonaise ? Elle connaît un franc succès.

—Nous l'avons ratée, justement, répondit ma patronne. Notre dernier passage à Londres remonte à avril, où nous avons vu les affiches.

—Elle dure jusqu'à la fin octobre, vous devriez y aller. Mon service y a été lourdement impliqué. Avez-vous de la famille à Londres ?

—Oui, j'ai réussi à m'en échapper, mais mon frère et son épouse y vivent encore.

Il fronça les sourcils.

—Vous en échapper ? Avez-vous trouvé la ville déplaisante ?

—Grand Dieu, non ! Cependant, je trouve la vie à la campagne beaucoup plus conviviale. Loin du tohu-bohu.

Je vis M. Takahashi réfléchir au terme « tohu-bohu » et trouvai particulièrement malicieux de la part de ma maîtresse de pousser un Japonais à le répéter. Toutefois, il avait un coup d'avance sur son petit jeu de dupes.

—Oui, c'est une ville chaotique et grouillante d'activité, ce en quoi elle ressemble à Tokyo. Moi aussi, je préfère la propriété de ma famille dans les collines. C'est plus tranquille, là-haut.

Lady Hardcastle et moi sirotâmes notre thé en silence.

—Êtes-vous alarmée par les événements de l'hôtel ? demanda-t-il.

—Les événements ? répéta-t-elle. Oh, le bazar dans la chambre du Dr Goddard ? Ce n'est qu'une broutille, j'en suis sûre. Une chambrière qui fait tout un pataquès de pas grand-chose.

Il posa sur elle un regard intrigué.

—J'espère que ce n'est rien de sérieux. J'apprécie le Dr Goddard. Un homme fort intéressant. Vous savez qu'il travaille sur un nouveau modèle de locomotive pour le rail ?

—Ah oui, vraiment ? répliqua lady Hardcastle.

Le serveur de la salle à manger apparut à la porte pour annoncer que le dîner serait servi dans dix minutes. Nous commençâmes à nous rassembler pour migrer dans la salle voisine. M. Takahashi n'avait finalement pas reçu son verre.

Nous n'avions pas franchi les cinq mètres de couloir qui nous séparaient de la salle à manger que nous fûmes abordées par le portier.

—J'vous demande pardon, m'dame, mamzelle Armstrong, M. Nightengale vous envoie ses compliments et demande si vous auriez l'obligeance d'aller à la réception. Deux messieurs sont arrivés et demandent après M. Hillier et après vous. Ils ont dit que vous sauriez de quoi y retourne.

—Deux messieurs ? répéta ma patronne. Formidable ! Venez, Armstrong, il ne faut pas faire patienter deux messieurs.

Nous suivîmes le portier à la réception où nous attendaient effectivement deux hommes en costume gris devant le comptoir d'accueil. Ils portaient aussi chacun un chapeau Homburg gris identique, une moustache cirée quasi identique et des gants de cuir noir presque identiques, qu'ils avaient ôtés et tenaient à la main. Le même médaillon du Balliol College pendait pour chacun à une chaîne Albert à peu près identique, à la poche de leur gilet, et je ne doutais pas que l'on trouve à l'autre bout de la chaîne deux montres en or identiques, réglées à l'unisson, au tic-tac près, pour indiquer précisément la même heure. D'où me vint la question de savoir s'il existait quelque part une usine où l'on produisait les officiers des Services spéciaux.

Je devinai, à la légère torsion de leur veste sous les épaules, qu'ils portaient un pistolet dans quelque holster camouflé et que celui qui était le plus proche de la porte – celui avec l'arme sous l'aisselle droite – était gaucher.

Au fil des années, lady Hardcastle et moi avions développé un langage complexe d'expressions, de signes et autres signaux afin de nous communiquer nos observations et intentions, pour les situations où être entendues et comprises pouvait jouer en notre défaveur. Je tapotai discrètement le dos de sa main et dis :

—J'ai oublié de vous signaler que le boucher avait envoyé un message, comme quoi il peut nous avoir de l'épaule d'agneau si vous en avez envie.

—Merci, ma chère, répondit-elle. J'espérais qu'il m'en ait mis à gauche.

Apparemment, elle aussi avait déjà repéré les armes putatives et le fait que l'un des deux était gaucher.

—Ah, lady Hardcastle, lança M. Nightengale. Voici MM. Perche et Tanche, que vous attendiez, je crois.

—En effet, confirma-t-elle. Tante Agathe dit que les cigognes sont des oiseaux remarquables, ajouta-t-elle à l'attention du gaucher.

Il parut mal à l'aise.

—Le faut-il vraiment ?

—Si vous ne souhaitez pas qu'Armstrong vous mette à terre et cogne votre collègue au visage avec votre arme, oui, monsieur.

Il poussa un soupir.

—Grand-mère dit qu'elles n'atterrissent que dans les bosquets.

Je réprimai un sourire.

—Satisfaite ? fit le compagnon droitier du premier homme.

—Oh, vous n'avez pas idée, mon cher, répondit lady Hardcastle, sans tenter, pour sa part, de masquer son large sourire.

—Il vaut toujours mieux vérifier que nous sommes qui nous disons que nous sommes, convint M. Droitier. On vous a déjà bernée ?

—Plus d'une fois, acquiesça-t-elle. Et sans doute qu'on me bernera encore. Mais pour le moment, je suis ravie de rencontrer les émissaires de mon frère adoré.

Sur ces entrefaites, M. Hillier nous avait rejoints.

—Ah, monsieur Hillier, reprit ma maîtresse. Ces deux messieurs sont Épinoche et Vairon de… eh bien, j'allais dire des Affaires étrangères, mais ils ressemblent affreusement à des gens des Services spéciaux, selon moi. Mon frère les a gentiment envoyés prendre en charge le colis dans la chambre 7.

—Ah oui, fit le directeur, qui fronça les sourcils. Épinoche et Vairon ?

—Ce sont des noms de code, l'informa ma patronne en se tapotant l'aile du nez. Tout est secret-secret, aux Services spéciaux.

—Ah, lâcha Hillier. Je vois. Il y a un ascenseur de service à l'arrière de l'hôtel. Avez-vous un véhicule, monsieur… euh… monsieur Épinoche ?

—Non, répondit Gaucher. Nous pensions emporter le « colis » jusqu'à la gare sur une charrette à bras, en faisant comme s'il était soûl… Bien sûr que nous avons un véhicule !

De toute évidence, M. Hillier n'était pas habitué à ce genre de personnes.

—Dans ce cas, peut-être voudriez-vous bien le porter jusqu'à l'entrée des fournisseurs, ainsi, nous pourrons assurer au moins un semblant de discrétion.

—M. Brème va s'en charger, répondit Droitier. Vas-y, Brème.

—Je croyais que j'étais Tanche, lui fit remarquer Gaucher.

Droitier poussa un soupir.

—Discute pas, et va dire à… (Il leva les yeux au ciel et secoua la tête.) Va dire à… à Brochet de déplacer cette fichue camionnette. Et apporte le sac.

Gaucher s'en fut obéir aux ordres, la mine renfrognée. Droitier, pendant ce temps, jaugeait lady Hardcastle.

—M. Featherstonhaugh nous a assuré que vous aviez l'expérience de ces affaires, dit-il. « Un sacré bon agent en son temps », a-t-il affirmé.

—Nous avons eu nos moments de gloire, pas vrai, Armstrong ?

—Un ou deux, admis-je.

—Vous n'avez pas le physique de l'emploi, cependant, ni l'une ni l'autre.

—Les apparences peuvent être trompeuses, mon cher, répondit-elle, ce qui est bien pratique, quand on y songe.

Nous ne serions pas allées bien loin avec : « Regardez-moi, je suis espionne » brodé sur le ruban de mon chapeau et « Agent de la couronne » tatoué sur l'avant-bras d'Armstrong, n'est-ce pas ?

—J'ai tout de même « *Cymru am byth* » tatoué sur la cuisse, fis-je remarquer. Souvenir d'une nuit de beuverie à Budapest.

—Il nous a aussi avertis que vous risquiez de ne pas prendre les choses avec tout le sérieux qu'elles exigeraient, ajouta Droitier.

—Mon grand frère a toujours su prendre ma mesure, dit-elle. Mais j'ai plutôt tendance à considérer la chose du point de vue opposé : je pense que tout le monde prend bien souvent les choses beaucoup plus sérieusement qu'elles ne le justifient.

—Vous avez peut-être raison, convint-il avec une esquisse de sourire. Ah, voici Goujon avec son sac. Tout est en place, Goujon ?

—Oui… Truite, répondit l'homme des Services spéciaux qui s'en revenait.

—Pêche à la ligne, Goujon, pêche à la ligne. Suivez, mon ami, intervint lady Hardcastle. La truite est un poisson d'eau douce. Vous auriez pu opter pour Carpe. Voire Vandoise, à la limite.

Sa remarque lui valut un regard noir, mais pas de rebuffade. En tant qu'agent moins gradé, Gaucher craignait de dépasser la ligne rouge avec lady Hardcastle, qu'il savait manifestement sœur de son patron.

—Souhaitez-vous nous accompagner ? proposa Droitier. Je suis sûr que monsieur… ?

—Hillier, compléta le directeur.

—Absolument. Je suis sûr que M. Hillier préférerait superviser les opérations. L'on n'imagine pas que le rêve d'un hôtelier soit de voir des inconnus parader dans son établissement avec leurs gros souliers pour enlever des colis et érafler la peinture.

—Vous ne « paraderez » certainement pas à travers mon hôtel avec vos « gros souliers », en effet, confirma M. Hillier.

—Dans ce cas, allons. Montrez-nous le chemin, monsieur.

Sur quoi, le directeur se dirigea vers l'escalier, avec les deux agents des Services spéciaux sur les talons. Lady Hardcastle et moi les suivîmes.

—Je vous en prie, venez aussi, lady H, lança Droitier par-dessus son épaule. Plus on est de fous, plus on rit. On va transformer toute l'opération en fête.

Nous attendîmes dans le couloir pendant que les deux agents des Services spéciaux entraient dans la chambre de M. Kouznetsov. Gaucher passa de l'autre côté du lit, tandis que son collègue examinait le reste de la pièce avec un calme et une efficacité qui suggéraient des années d'expérience.

Plusieurs minutes s'écoulèrent et Gaucher se débattait toujours de l'autre côté du lit. Il leva les yeux lorsque Droitier toussota.

—Quoi ? lança Gaucher avec humeur.

—Tu ne l'as pas encore enveloppé ? Pour être honnête, mon vieux, tu devrais avoir beaucoup plus avancé. Qu'est-ce que tu fabriques ?

—Au lieu de frimer comme un monsieur je-sais-tout pour épater les dames, « mon vieux », tu pourrais plutôt venir me filer un coup de main, non ? S'ils nous envoient par deux, c'est pour une bonne raison, tu sais.

—Très bien, répondit Droitier avec un soupir.

Il était appuyé à l'encadrement de la porte depuis la fin de son examen attentif des lieux, il se redressa donc dans un mouvement paresseux, traversa la pièce et s'accroupit auprès du corps de Kouznetsov.

—Tu lui as fouillé les poches ? s'enquit-il.

—Bien sûr que oui, bon sang. Elles sont vides.

Droitier se tourna vers la porte.

—Lui avez-vous vidé les poches ? me demanda-t-il.

—Bien sûr que oui, lui répondit lady Hardcastle avec un sourire. Je pensais avoir établi que nous n'étions pas des amatrices.

—Et… ?

—Elles étaient déjà vides, confirmai-je. Celui qui l'a tué n'est pas un amateur non plus.

Nous regardâmes les deux agents des Services spéciaux batailler pour enfiler le cadavre de Kouznetsov dans le grand sac de toile qu'ils avaient apporté.

—Peut-être que si vous ouvriez le sac complètement, puis que vous traîniez le corps au milieu de la chambre, suggéra lady Hardcastle, vous pourriez alors le faire rouler sur la toile et l'en envelopper, puis l'attacher. Vous n'arriverez à rien en essayant de l'y fourrer de cette façon-là.

—Tu vois, Tanche ? fit Droitier. Tu es tellement nul que c'est une femme qui t'apprend la bonne méthode.

—Je pense que vous vouliez dire « une simple femme », très cher, corrigea lady Hardcastle. Si vous devez le malmener, au moins faites-le jusqu'au bout. N'épargnez pas mes sentiments.

Cette fois, ce fut au tour de Droitier de lui adresser un regard noir, tandis que Gaucher ricanait.

Quoi qu'il en soit, ils suivirent son conseil et ne tardèrent pas à avoir emballé le grand Russe dans un sac de toile pour en faciliter le transport. Il restait évident, pour qui prenait la peine d'y regarder un peu attentivement, que le sac contenait un corps pesant, toutefois l'enveloppe de toile restait un peu plus discrète qu'un cercueil.

Ils soulevèrent le sac par les poignées de cuir à chaque extrémité, Gaucher prenant le côté tête et torse, plus lourd. Il passa devant nous en premier et se dirigea vers l'ascenseur à marchandises.

—Salutations, mesdames, lança Droitier au passage. Monsieur Hillier, ajouta-t-il en inclinant légèrement la tête à l'attention du directeur. Nous vous laissons le rangement.

Sur ces mots, ils s'en furent. Le moment était venu d'une fouille plus approfondie de la chambre.

7

— Que va-t-il se passer maintenant ? s'enquit M. Hillier. Sommes-nous bien au clair ?

—Bien au clair, monsieur Hillier ? répéta lady Hardcastle.

—Eh bien, je voulais dire qu'avec ces gars du gouvernement en possession du corps, sommes-nous déchargés de nos obligations légales ? Est-ce que nous reprenons nos affaires comme si rien ne s'était passé ?

—Vous êtes libre de reprendre exactement comme il vous sied, monsieur Hillier, répondit-elle. Pour ma part, je me sens obligée de rechercher ce qui est arrivé au Dr Goddard, car il y a toutes les chances pour qu'il ait besoin d'aide. Et si, par la même occasion, je parviens à découvrir qui a étranglé M. Kouznetsov, je considérerai ma semaine comme utilement occupée, surtout si le responsable est le même mécréant.

—Mais les Services spéciaux vont assurément s'occuper de tout cela maintenant, insista M. Hillier.

—Je suis certaine que mon frère veut bien faire, seulement si ces deux crétins de dandys sont ce qu'il avait de mieux à nous envoyer, je crois préférable de ne pas tout remettre entre leurs mains.

—Je vois, dit-il. Eh bien, si je ne peux guère m'opposer à votre idée, je dois toutefois faire nettoyer et ranger cette chambre : plus de gens la verront, plus les rumeurs se propageront.

—Si vous nous accordez une heure, à Armstrong et à moi, pour effectuer une fouille en règle afin de nous assurer qu'aucune preuve n'a été laissée de côté, vous pourrez ensuite faire en sorte que toute trace de ce qui est survenu ici ait disparu.

Il semblait peu convaincu.

—J'aimerais beaucoup mieux faire nettoyer les lieux aussi vite que possible.

—Et j'aimerais beaucoup mieux avoir la possibilité de passer une semaine tranquille en bord de mer, répliqua ma patronne. Hélas, l'on n'a pas toujours ce que l'on souhaite. Nous serons aussi rapides qu'efficaces, et puis la chambre sera tout à vous. L'un des effets plaisants de notre recherche, c'est que nous rangeons à mesure que nous progressons, ce qui épargnera pas mal de temps et d'efforts à votre personnel.

Pendant qu'il réfléchissait à cette ultime précision, je songeai pour ma part qu'il me reviendrait, à moi, de me charger de ces rangements. Lady Hardcastle était plus encline au chaos et au désordre qu'à l'ordre. Les délibérations de M. Hillier ne traînèrent pas bien longtemps.

—Très bien, finit-il par consentir. Veuillez utiliser votre passe-partout pour refermer derrière vous et informer Nightengale dès que vous en avez terminé.

Je lui adressai un sourire contrit en désignant le cadre de porte endommagé.

—Nous pousserons le battant, lui dis-je. C'est le mieux que nous puissions faire.

Il s'éloigna en secouant la tête.

—Venez, minuscule servante, reprit ma maîtresse. Enfilez votre casquette de Sherlock Holmes, empoignez fermement votre loupe et allons examiner minutieusement la scène du crime. Nous pouvons, comme promis, ranger à mesure que nous fouillons.

—Si je vais chercher un plumeau, je pourrai aussi faire la poussière, proposai-je.

—Pourquoi pas ? Nous parviendrons peut-être à persuader M. Hillier de vous donner quelques sous, si vous travaillez bien. Vous, commencez par l'armoire, je me charge de la table de chevet. Nous devrions nous retrouver quelque part au pied du lit à un moment donné.

Je m'attaquai aux vêtements éparpillés partout au sol. Si agaçant qu'il fût de me retrouver à faire du rangement pendant ma semaine de vacances, le moyen de procéder le plus simple, et de loin, était d'examiner attentivement chaque vêtement, puis de le plier et d'en faire une pile. Les coutures des vestes avaient été soigneusement coupées à l'aide d'un couteau extrêmement aiguisé, voire son propre rasoir, tout comme les ourlets et ceintures de ses pantalons. S'il y avait jamais eu quoi que ce soit de caché là, il n'y était plus. La fouille originelle avait laissé de côté les quelques piécettes traînant au fond d'une poche de pantalon, ainsi qu'une paire de boutons de manchette en argent gravé, abandonnés dans une chemise jetée là. Le mobile n'était donc pas le vol. Une fois les habits soigneusement triés et pliés, je passai aux affaires de toilette. La brosse à dents était parfaitement ordinaire.

Le tube de dentifrice ne contenait que du dentifrice – information que j'appris en le vidant tout entier dans la cuvette. Il n'y avait rien non plus dans le savon à barbe, ni camouflé dans le manche en argent du blaireau en poils de blaireau. En fait, il n'y avait apparemment rien d'intéressant dans les affaires de toilette, jusqu'à ce que j'en vienne à la mallette de cuir qui avait justement contenu tout l'attirail que je venais de passer méticuleusement en revue. Le cuir était d'un grain fin et, une fois remplie, la trousse était fermée par deux lanières à boucle. De l'extérieur, c'était une mallette comme tant d'autres, avec des anneaux de cuir pour recevoir la brosse à cheveux, la boîte à savon en fer-blanc, le rasoir, les flacons de mystérieux onguents et tout l'assortiment de trucs et de machins que l'on associe à un gentleman voyageur pimpant et soigné.

Toutefois, je trouvai à cette trousse quelque chose de bizarre. Je m'assis au sol et la tins sur mes genoux. À la lumière qui entrait à flots par la grande fenêtre, je l'observai un moment, pour la convaincre de me révéler ses secrets. Qu'avais-je vu là qui m'avait suggéré la présence de quelque chose méritant mon attention ?

—Vous avez cessé de bouger, ma chère, remarqua lady Hardcastle, près du lit. Avez-vous trouvé quelque chose ? Ou sont-ce les trousses de toilette qui vous rendent mélancolique ?

—Celle-ci a quelque chose d'étrange, répondis-je. Je laisse mon esprit errer, le temps que son secret se révèle à moi… Oh. Une couture.

—Quelque chose d'étrange dans la couture ?

—Vaguement étrange, nuançai-je, en scrutant plus attentivement la zone qui avait attiré mon regard.

Cette partie, là, est cousue d'un fil différent. Presque identique, mais pas tout à fait : plus ou moins la même couleur, mais légèrement plus fin.

La partie concernée mesurait à peu près dix ou quinze centimètres et courait sur la bordure de la mallette, pour former la couture qui reliait le rabat extérieur à la doublure. Ou du moins était-ce ce à quoi c'était censé ressembler. À y regarder de plus près, toutefois, il devenait clair que la couture n'était là que pour l'apparence. Car le rabat et la doublure étaient bel et bien cousus, mais pas ensemble.

Je tentai de l'ouvrir, mais rencontrai une résistance. Pas étonnant, après tout pourquoi prendre la peine de créer une ouverture secrète dans la mallette si elle devait béer et se révéler au moindre coup d'œil ? Je pris le ciseau à ongles de Kouznetsov par terre, à l'endroit où le cambrioleur l'avait lâché, et je m'en servis pour écarter les deux côtés. Ils n'étaient ni collés ni soudés, ce qui ne manqua pas de me surprendre : qu'est-ce qui m'empêchait donc d'y passer le doigt, alors ?

En tâtant l'intérieur de la fausse couture, je découvris une longue tige d'acier à ressort de chaque côté, comme les côtes d'un corset, mais plus étroite. J'eus alors l'idée de presser ensemble les deux extrémités de l'ouverture. L'acier plia et la bouche du compartiment secret s'ouvrit.

Lady Hardcastle s'était interrompue dans ses recherches et me contemplait.

—Ce que vous êtes maligne, vieille branche, commenta-t-elle. Y a-t-il quelque chose à l'intérieur ?

En continuant de maintenir la bouche ouverte, je fouillai l'intérieur avec mon doigt. Pas d'argent liquide, pas de diamants, en revanche je sentis ce qui ressemblait à un petit morceau de soie. Je le tirai, m'attendant à une déception – ce n'était probablement qu'un morceau de doublure déchirée dans la poche secrète.

Il s'agissait en fait d'un carré de soie plié. En l'ouvrant, je découvris qu'il était à peu près de la taille d'un mouchoir d'homme, mais dans une soie beaucoup plus raffinée, blanc cassé et imprimée de petits textes et graphiques.

—Vous plaisantiez, pour la loupe, dis-je à ma patronne, penchée au-dessus de mon épaule. Mais en avez-vous une ?

—Je ne voyage jamais sans.

—S'il vous plaît, puis-je vous l'emprunter ?

—Je ne voyage jamais sans, toutefois je ne la porte pas toujours sur moi. Elle est dans l'un de mes bagages, dans la chambre.

Je lui tendis le carré de soie.

—Que pensez-vous de ceci, alors ?

Elle le prit et l'examina.

—Le tissu est couvert d'écritures et de graphiques, commenta-t-elle, avant de me le rendre. Mais ma vue empire de jour en jour, je ne peux donc pas vous en dire plus. Il nous faudrait une loupe.

—Il y en a une dans votre chambre, apparemment, lui rappelai-je. Avez-vous trouvé autre chose ?

—Rien de notable. Un exemplaire d'*Orgueil et préjugés* en anglais, un réveille-matin… bref, le genre de bazar que l'on emporte en vue d'un séjour à l'hôtel. Oh, et un morceau de verre. Vert. Un tesson de bouteille cassée, peut-être ?

Elle me tendit le minuscule morceau de verre transparent.

—Votre vue est en effet bien mauvaise, commentai-je. C'est un joyau. Ou un matériau censé y ressembler. C'est peut-être de la verroterie, mais pas un tesson de bouteille. Où était-il ?

—Sous le lit, près de l'un des pieds.

—Il pourrait être là depuis des semaines. Même les meilleures chambrières se montrent parfois un peu nonchalantes quand il s'agit de balayer autour des pieds du lit.

—C'est aussi exactement ce que je pense. (Elle se tourna vers la pile à présent bien ordonnée de linge et de nécessaire de voyage.) On est peu de chose, hein ? Il ne reste pas grand-chose de nous, après la vie.

—Ce n'est pas tout à fait le cas, pour un voyageur, nuançai-je. Si nous devions casser nos pipes maintenant, les affaires que l'on trouverait dans nos chambres constitueraient une sacrée énigme à résoudre. Toutefois, elles ne raconteraient pas même une infime parcelle de notre histoire, n'est-ce pas ?

—Vous devenez fort sage, avec l'âge, Florence Armstrong. Il n'y a rien d'autre d'intéressant ici, je me trompe ?

—Pas que je voie, non. J'aimerais juste jeter un rapide coup d'œil derrière la grande commode avant de partir, pour le cas où. Autrement, je pense que nous avons tout vu.

—Je vous donne un coup de main.

Ensemble, nous écartâmes la grande commode du mur, mais ne trouvâmes rien d'autre que quelques moutons. Nous nous accordâmes alors pour en conclure que le moment était venu de laisser la chambre aux chambrières de M. Hillier et d'aller faire bon usage de la loupe de lady Hardcastle.

Une fois dans sa chambre, ma patronne se mit en quête de l'objet. Elle fouillait alors dans le tiroir du haut de sa propre commode.

—Où l'avez-vous fourrée ? me demanda-t-elle.

—La loupe ? Je suis désolée, mais je ne l'ai pas vue. Je ne l'ai pas mise dans le sac et j'ignorais que vous l'aviez emportée.

—Je l'emporte partout. Les dames de ma famille souffrent de presbytie précoce. Vous le savez bien.

—Je le sais, convins-je. Mais je pensais que cela se manifestait surtout par la perte récurrente de votre lorgnon. J'ignorais que vous oubliiez aussi où vous rangiez votre loupe.

—Une dame se doit de maintenir au moins un peu de mystère. L'on n'a rien contre le fait de vieillir, toutefois le processus ne va pas sans inconvénients et certains apparaissent par trop tôt. Je n'ai que quarante-deux ans et me voici à devoir compter sur les services d'opticiens et de facteurs de lunettes, tout cela pour lire mon journal.

—Vous comptez bien sur les services d'une dame de compagnie pour vous lever et vous habiller depuis des années.

—C'est différent. Je n'ai jamais su lacer un corset – personne n'en est capable. En revanche, il fut un temps où je pouvais lire sans assistance.

—Ah, ma foi, nous en arrivons tous là à la fin.

—Oh, je ne me plains pas, fit-elle. Pour vous dire la vérité, je suis assez impatiente d'avoir les cheveux argent, des rides et la possibilité de me montrer d'une impolitesse crasse. Nous permettons beaucoup plus de dérives impardonnables à nos aînés à cet égard, ne pensez-vous pas ? Je cultiverai en permanence un air acariâtre et je naviguerai dans la bonne société à coups d'insultes. Et vous, dans mon sillage, distribuerez les excuses. « Je vous demande pardon, direz-vous, elle ne pense pas à mal, elle devient juste un peu… vous savez comme ils peuvent être à cet âge. » Oh, ce que nous rirons !

—Alors moi, je n'aurai pas le droit d'être mal polie ? Je me voyais bien en mégère de sinistre figure, de celles qui mènent la vie dure aux bonnes sans raison intelligible.

—Oh non, très chère, vous êtes par trop charmante pour cela. Vous serez la gentille. Les gens vous redouteront, parce que je répandrai la rumeur que vous avez un jour tué un homme avec un stylo, mais vous serez avenante et agréable.

—C'était un crayon mécanique et il avait tenté de vous tirer dessus.

—Peu importe, ils seront tous méfiants mais en adoration. Enfin, rien de tout cela ne nous aide à trouver la loupe.

—Ne serait-elle pas dans votre sac à main ?

—Pourquoi diable l'aurais-je mise là-dedans ?

—Je ne sais jamais avec certitude pourquoi vous faites les choses, je pensais juste que c'était un bon point de départ. C'est moi qui ai préparé tous vos autres bagages, en revanche je m'approche rarement de votre sac à main. Vous auriez pu la glisser subrepticement dans l'un des autres sacs, seulement je l'aurais vue en déballant.

—Certes, mais elle est bien grande et encombrante. Pourquoi diable l'aurais-je fourrée… Oh, la voilà. (Dans son sac, donc.) Tiens donc. Voyons ce qu'il y a à voir.

Je lui tendis le carré de soie, qu'elle étala sur l'écritoire où nous pouvions toutes les deux bien l'observer. Une bonne lumière entrait par la fenêtre et nous profitions de la loupe ensemble – car, elle était de belle taille.

Le plus grand des schémas révéla une cartographie de Weston-super-Mare, avec une croix, qui indiquait un point quelque part sur la promenade.

—Un lieu de rendez-vous ? suggéra lady Hardcastle.

—Un endroit où laisser des messages ? renchéris-je.

—Ou simplement une indication du meilleur endroit où s'acheter une pinte de coques et voir un spectacle de Guignol. Nous partons du principe qu'il s'agit là de trucs d'espion, cependant ce pourrait tout aussi aisément être un guide touristique.

—Un guide touristique confidentiel qu'il faut cacher dans un compartiment secret à l'intérieur d'une trousse de toilette ?

—Cette industrie est un vrai coupe-gorge. J'ai entendu dire que Thomas Cook avait assommé un membre de son personnel à coups de gourdin pour avoir révélé à un concurrent les détails de leurs locations de chameaux au Caire.

Je secouai la tête.

—Non, dis-je. Balivernes.

—Oh bon, d'accord, consentit-elle. Nous avons là les instructions pour la transmission de messages sécurisés, je pense. Et cette zone, là (elle désignait un passage en cyrillique), c'est une description du Dr Goddard. Oh, et il est fait mention de « plans pour la nouvelle arme ».

Je pense que nous pouvons définitivement écarter l'hypothèse des informations touristiques.

—Et nous avons désormais une meilleure idée du contenu du coffre du Dr Goddard.

—Il semblerait, n'est-ce pas ? Cela dit, nous savions déjà qu'il était ingénieur radio, Mlle Wilson nous l'avait appris. Et qu'il dessinait des locomotives, Takahashi l'avait mentionné. Et maintenant, nous apprenons que les patrons de Kouznetsov sont convaincus de son appartenance à l'industrie de l'armement.

—Une arme radioguidée montée sur un train ? proposai-je.

—Eh bien, tout à fait. Nul ne semble savoir avec certitude ce que fabriquait notre bon docteur, et tout le monde se fait une idée différente de ce qu'il transportait. Cet homme recèle plus que n'en laissent supposer les apparences.

—Serait-il d'une quelconque utilité d'en parler à Harry ?

Elle rit.

—Aucune absolument. Il a été très clair sur ce point : il ne veut pas que nous nous en mêlions. Autrement dit, il ne risque pas de nous donner plus d'informations. Il va nous falloir démêler l'écheveau nous-mêmes.

—Vous pensez qu'il a envoyé des hommes à la recherche du Dr Goddard ?

—J'en suis certaine. Mais que cela ne nous empêche pas d'essayer de le pister nous-mêmes. Je suis sûre qu'il nous suffirait de quelques bribes d'informations, et nous aurions le pied à l'étrier, un point de départ.

—Le coffre-fort est probablement toujours ici à l'hôtel, dis-je. Si nous parvenons à mettre la main dessus, nous pourrions peut-être nous rapprocher des véritables intentions du Dr Goddard. Et si nous en savions plus là-dessus, alors peut-être aurions-nous une meilleure idée de ce qui a pu lui arriver.

—Comme toujours, Flo, vous avez parfaitement raison. Et nous ne trouverons rien de plus ici, descendons là où nos duplices colocataires d'hôtel ont le plus de chances de se rassembler.

—Et nous pourrions manger aussi, ajoutai-je. Je suis affamée.

Nous arrivâmes à la salle à manger, où nous nous vîmes empêchées d'entrer, poliment mais fermement, par le serveur.

—Je suis affreusement désolé, lady Hardcastle, mademoiselle Armstrong, mais il y a eu un petit contretemps en cuisine et le service est retardé. Nous demandons aux hôtes de patienter dans le salon, où des cocktails vous seront gracieusement servis.

—Oh, mes pauvres ! dit ma patronne. Nous étions invitées à prendre place juste avant 19 heures, mais avons été appelées ailleurs. Et vous voilà encore à vous efforcer de divertir une pleine salle de clients, plus d'une demi-heure plus tard. Nous promettons de ne pas vous causer trop de soucis.

—Merci, madame, répondit-il avec un sourire reconnaissant. Certains le prennent mieux que d'autres.

—J'imagine très bien lesquels s'insurgent. Nous ferons de notre mieux pour étouffer la rébellion.

Sur ce, elle me précéda au salon, où la conversation était calme et tranquille. Vraiment, il ne semblait pas y avoir là nécessité d'étouffer quelque rébellion que ce soit.

Lady Hardcastle se pencha vers moi.

—Je dois dire que je nous imaginais à deux doigts de gin tonic d'une révolte ouverte, chuchota-t-elle. Tout m'a l'air au contraire plutôt civilisé.

À gauche de la porte à double battant, Adelia Wilson et sa nièce étaient en pleine conversation. À droite, M. Takahashi et Herr Schneider étaient eux aussi en grande conversation, du genre animée. J'entendis le mot « Mandchourie » : peut-être les deux hommes avaient-ils trouvé de quoi alimenter leur défiance envers la Russie et discutaient-ils de la récente guerre russo-japonaise.

Jean Martin, l'ingénieur français qui avait tout de l'ours, était assis dans son coin. Il était le seul, parmi les clients de l'hôtel, à qui nous n'avions encore jamais parlé et lady Hardcastle se dirigea droit sur lui.

—Bonsoir, monsieur Martin, commença-t-elle. Nous n'avons pas été correctement présentés mais, comme nous l'avons déjà fait remarquer à une autre personne, les formalités peuvent prendre quelques jours de vacances. Lady Hardcastle. (Elle tendit sa main gantée, qu'il enveloppa d'une patte replète.) Et voici Mlle Armstrong. Accepteriez-vous notre compagnie ?

Il s'était levé à notre approche et opinait maintenant du chef en guise d'assentiment. Il désigna les deux sièges libres et se rassit sur le sien. Le serveur du salon apparut.

—Ah, vous voilà, Ribble, dit lady Hardcastle. Un gin tonic pour moi, s'il vous plaît.

—Certainement, madame, et pour mademoiselle Armstrong ?

—Une coupe de champagne, je vous prie.

—Oh, ça alors, quelle formidable idée ! reprit ma maîtresse. Annulez mon gin, je vais prendre la même chose qu'elle. Souhaiteriez-vous vous joindre à nous, monsieur Martin ? Mais bien entendu, quel Français refuserait une coupe de champagne ? Apportez donc une bouteille, Ribble, vous serez gentil.

—Je crains que les préconisations soient de ne servir que des cocktails, madame, nuança le serveur. Je ne suis pas certain que cela s'étende au champagne.

—Dites à M. Hillier que c'est pour moi, je suis sûre qu'il fera une exception. Nous sommes de vieux camarades, maintenant.

Elle lui adressa un clin d'œil et le serveur disparut.

—Alors, dites-moi, monsieur Martin, enchaîna-t-elle, vous plaisez-vous à Weston-super-Mare ?

—C'est très… anglais, répondit-il. Bien sûr, nous avons nos villes balnéaires en France, mais je n'en ai jamais vu de pareille à celle-ci. Je la trouve… charmante.

—Les Anglais dans toute leur splendeur. Vous êtes de Nantes, je crois ?

—En effet. Comment… ?

—Oh, c'est une autre de nos spécialités, à nous, les Anglais : les potins. Le Dr Goddard nous l'a confié lors de notre première soirée ici. Il nous a donné tous les tenants et les aboutissants.

—Les tenants et les… ?

—Aboutissants. C'est une expression que nous utilisons pour signifier « tout ce qui est impliqué dans une situation ».

—Ah oui. Bien sûr. Oui, je suis de Nantes. Connaissez-vous la ville ?

—Je ne sais trop. La connaissons-nous, Armstrong ?

—C'est sur la Loire, répondis-je. Celle avec l'île au milieu de la rivière.

—Mais oui, bien sûr. N'y étions-nous pas pour… hum… quelque chose ayant à voir avec… ?

J'écarquillai les yeux pour lui suggérer fortement de ne pas aller au bout de sa pensée. Car nous avions tenté de découvrir l'identité d'un agent austro-hongrois qui avait réussi à voler les plans d'un des chantiers navals, et ce n'était pas le genre d'informations qu'il fallait révéler dans une salle que nous savions désormais grouiller d'agents en service. Mieux valait entretenir nos personnages de fiction, à savoir qu'elle était une Anglaise un peu toquée de la haute société, en vacances avec sa copine.

—… la cathédrale, oui, terminai-je à sa place.

—La cathédrale, répéta-t-elle. Bien sûr. Magnifique édifice gothique, en plein milieu de la ville.

Voilà qui était suffisamment vague pour s'appliquer à bon nombre de cathédrales européennes, mais il s'avérait qu'elle tombait juste. Je hochai la tête.

—Oui, acquiesçai-je. Saint-Pierre et Saint-Paul.

—Avez-vous beaucoup voyagé ? s'enquit Martin.

—Ici, là, et parfois aussi là-bas, répondit ma maîtresse.

Martin fronça les sourcils.

—Oui, précisa-t-elle avec un sourire. Oui, nous avons voyagé. Moins dernièrement, mais nous avons visité pas mal d'endroits en Europe. N'est-ce pas, Armstrong ?

—Si fait, madame.

—Beaucoup de cathédrales, ajouta Martin.

—Beaucoup, convint lady Hardcastle. Et vous, voyagez-vous souvent ?

—Pour le travail. Je suis ingénieur.

—Nous le savions déjà, je le crains. Les potins, voyez-vous. Si vous travaillez à Nantes, peut-être êtes-vous dans la construction navale ?

—Exact. Vous en savez plus sur ma ville que vous ne le prétendez, je crois. Nous avons parmi les plus importants chantiers navals de France.

—Je vous confesse l'avoir deviné, pour le coup. Une fois qu'Armstrong m'a rappelé que la ville était sur la Loire, j'ai simplement fait le rapprochement.

—Vous avez une… prédilection pour les chantiers navals, vous, les Anglais, je crois. Le Dr Goddard est très intéressé par les nôtres.

—Avez-vous eu de ses nouvelles ?

—J'ai cru comprendre qu'il avait disparu, répondit Martin. Je ne l'ai pas revu depuis qu'il s'est joint à vous pour le dîner, hier soir, mais j'étais sorti toute la journée en… excursion ? En excursion, oui. À Cheddar Gorge. Des grottes très intéressantes. J'espère qu'il n'est rien arrivé au Dr Goddard, j'apprécie sa compagnie.

—Vous avez passé du temps avec lui ? lui demandai-je.

—Comme je l'ai dit, il était très intéressé par les chantiers navals. C'était son domaine d'expertise professionnelle, je pense ?

Il avait donné à sa phrase l'intonation d'une question et attendait confirmation.

—Je n'en sais rien, je le crains, mentis-je. Nous n'avons parlé que d'Offenbach et des autres clients de l'hôtel. Nous n'avons pas abordé le sujet de ce qu'il faisait dans la vie.

—Ah, Offenbach, dit Martin. Un autre de nos grands compositeurs français. Vous avez vu *Orphée aux enfers**[1], alors ?

—Absolument, répondis-je. Une production assez remarquable, pour une station balnéaire.

—Je l'ai ratée. Quel dommage !

À cet instant, le serveur arriva avec une bouteille de champagne, trois verres et une expression contrite.

—Votre champagne, madame, annonça-t-il.

—Vous avez l'air affligé, Ribble, fit remarquer lady Hardcastle. Êtes-vous venu m'avertir que le champagne apparaîtrait sur ma note tout compte fait ?

—Non, madame, rien de tout cela. M. Hillier insiste fermement pour que vous receviez tout ce que vous souhaitez. Ma déception a une autre source. J'aime tant voir nos hôtes faire connaissance et forger de nouvelles amitiés que je suis désolé de devoir vous arracher *monsiiiieurrrr** Martin. Un appel téléphonique pour vous à l'accueil, monsieur.

—Ah, *merci**, répondit Martin, qui se leva. M'excuserez-vous, mesdames ? Je dois vous laisser.

—Allez, *monsieur** Martin, votre interlocuteur vous attend. Ce fut un plaisir de vous rencontrer.

—Plaisir partagé, madame. Mademoiselle.

Et sur une inclinaison de la tête, il s'en fut.

Pendant que le serveur du salon débouchait adroitement la bouteille et nous versait du champagne, son collègue de la salle à manger apparut à la porte.

1 En français dans le texte (de même que pour les autres mots en italique suivi d'un astérisque).

—Mesdames et messieurs, annonça-t-il, le chef vous prie de l'excuser pour cette longue attente, mais l'ordre est restauré à la cuisine. Si vous voulez bien prendre place à la salle à manger, le dîner sera servi sous peu.

—Formidable ! s'exclama ma patronne. Seriez-vous un amour absolu en nous apportant le champagne, je vous prie, Ribble ?

—Bien sûr, madame, obtempéra-t-il avec un sourire.

—Oh, et je voulais vous demander : quel est le nom de votre collègue ?

—Celui de la salle à manger ?

—Oui.

—Kibble, madame.

Lady Hardcastle écarquilla les yeux.

—Vous me faites marcher.

—J'aimerais bien, madame, j'aimerais bien. Ribble et Kibble du Steep Holm View. Nous devrions monter un spectacle au bal de Noël des hôteliers. Un dialogue en diaphonie, par exemple. Cela ferait un malheur.

—Oh oui, ce serait merveilleux, fit-elle avec un gloussement ravi. Par ma foi, Armstrong, nous devrions…

—Rien ne rime avec Hardcastle, l'interrompis-je. Et pas question que je change de nom. Nous en avons déjà parlé, quand vous avez eu l'idée de m'appeler Florence Lawrence. Je vous le dis : ça n'arrivera jamais.

—Rabat-joie.

Les autres hôtes étaient déjà passés dans la salle voisine. Nous les rejoignîmes.

Dans le couloir, nous tombâmes sur les demoiselles Wilson, qui apparemment nous attendaient.

—Lady Hardcastle ? fit Adelia.

—Oui, mademoiselle Wilson ? Que puis-je pour vous ?

—Ma nièce et moi nous demandions si vous aimeriez vous joindre à nous pour le dîner. Eleanora gagnerait à fréquenter de vraies Anglaises. Nous sommes venues de très loin, et jusqu'à présent, nous n'avons rencontré que des hommes, et encore un seul d'entre eux était anglais.

—Nous en serions ravies, répondit ma maîtresse. Du moins, pour ma part. Armstrong ?

—Bien sûr, confirmai-je. Avec grand plaisir.

—Super ! fit Adelia. Prenons donc l'une des grandes tables du fond de la salle.

Sur quoi, elle s'élança à grandes enjambées, et nous n'eûmes d'autre choix que de lui emboîter le pas.

Kibble repoussait déjà la chaise de la demoiselle que nous naviguions encore entre les autres tables. Il se précipita alors pour nous aider à nous installer. Ribble, de son côté, nous accompagnait, portant notre bouteille de champagne ouverte dans son seau rempli de glace sur unc tablette ouvragée.

—Nous avons du champagne, annonça lady Hardcastle. En prendrez-vous ?

—Pour sûr, répondit Adelia. Merci.

—Et vous, Elcanora ?

La plus jeune des Wilson jeta d'abord un coup d'œil à sa tante, avant de hocher la tête.

—Oui, merci, bredouilla-t-cllc. Je n'ai jamais bu de champagne.

—Dans ce cas, deux verres de plus, Ribble, je vous prie. Vous allez adorer, ajouta-t-elle à l'attention d'Eleanora. Et puis sinon, au moins glousserez-vous quand les bulles vous chatouilleront le nez.

Le serveur de la salle à manger, Kibble, continuait de s'affairer avec les serviettes et les menus.

—Êtes-vous autorisé à nous révéler ce qui s'est passé en cuisine, Kibble ? s'enquit lady Hardcastle.

—Je ne sais pas trop si je dois, madame. Mais puisque c'est vous… (Il se pencha, conspirateur.) Le chef est gallois, voyez ? Ils ont un caractère de feu, les Gallois. De la poussière de charbon dans le sang, comme dit toujours ma femme, ça les rend très inflammables. Bref, le voilà qui arrive à la cuisine pour vérifier que tout est prêt pour le service, et il découvre que le pain qu'il a cuit ce matin a disparu. Et un jambon, par-dessus le marché. Et à peu près une livre du meilleur cheddar. Il le prend dans une ferme laitière de cheddar, même. Alors, forcément, il pète les plombs, voyez. Il se met à jurer comme un charretier, puis il menace de tuer ses aides de cuisine avec un hachoir. Ils réussissent à le calmer et à le convaincre que c'est pas leur faute, mais voilà qu'il recommence, parce qu'ils faisaient quoi, tous, pendant que quelqu'un lui piquait sa marchandise ?

—Ma parole, commenta lady Hardcastle. Quelle histoire ! Ont-ils la moindre idée de ce qui a pu se produire ?

—Aucune. Le seul moment où il n'y avait personne à la cuisine, c'était vers les 6 heures du soir, donc ils supposent que ça s'est fait là.

—Personne en cuisine une heure avant le début du service ? s'étonna-t-elle. N'est-ce pas un peu inhabituel ?

—Le chef aime bien emmener tout le monde dans la salle de la vaisselle, histoire de leur faire son discours d'Agincourt d'avant la bataille. Il dit que ça leur recentre les idées, ou quelque chose comme ça.

—C'est donc à cause de lui, si la cuisine est restée sans surveillance, conclut-elle.

—Sans doute, oui, convint Kibble. Ça l'a pas empêché d'accuser tous les autres, quand même.

—Il en va souvent ainsi. Nous n'aurons donc pas nos petits pains avec la soupe, ce soir ?

—Et pas de soupe non plus : il avait prévu petits pois jambon.

Lady Hardcastle s'esclaffa.

—Je ne comprends toujours pas comment cet incident a pu causer un tel retard, intervint Adelia. Ce ne sont que quelques ingrédients, et pas des plus importants. Un bon chef doit savoir contourner l'obstacle, j'en suis persuadée.

—Oh, il l'a fait, m'dame, l'assura Kibble. Seulement, quand il est revenu en cuisine et qu'il a découvert les disparitions, il est parti comme une furie s'enfermer dans sa chambre, tant il était fou de rage. Il leur a fallu bien plus d'une heure pour le persuader d'en ressortir.

—Vous devriez le renvoyer, s'offusqua Adelia Wilson. Comment dites-vous, ici ? Le congédier ?

—On ne peut pas faire ça, m'dame, répondit-il. Il a du tempérament, mais il est doué. Et puis, il est revenu en cuisine, maintenant, donc tout est bien qui finit bien.

—À moins que l'on veuille de la soupe aux petits pois et jambon avec du pain, nuança-t-elle.

—En vouliez-vous, m'dame ?

—Non, j'abhorre la soupe aux petits pois et jambon.

— Très bien, m'dame. Je dois vous laisser, pour aller m'occuper de l'un de ces messieurs, je reviens tout de suite après prendre votre commande.

Deux coupes à champagne supplémentaires arrivèrent promptement et nos commandes furent prises.

Mais je n'étais pas tranquille. Sous la table, je tapai le mot « cuisine » en morse sur la cuisse de lady Hardcastle. Puis je me levai.

— Veuillez m'excuser, mesdames, annonçai-je. Je dois m'occuper de quelque chose. Je vous en prie, commencez sans moi.

Calmement et sans me presser, je quittai la salle à manger et me dirigeai vers la salle du personnel au bout du couloir.

Je retrouvai mon chemin – quelques marches à descendre, puis le tableau des annonces – et fus accueillie par les bruits et les odeurs d'une cuisine en plein coup de feu, mais cette fois je continuai jusqu'à la source. L'élément crucial, lorsqu'on est où l'on ne devrait probablement pas se trouver, c'est de se comporter comme si l'on avait tout à fait le droit d'être là. En l'occurrence, M. Hillier nous avait donné *carte blanche** pour aller partout où nous voulions, mais l'expérience m'avait appris que tout le monde n'était pas d'accord avec un patron sur le sujet des étrangers qui fouinent et passent un peu partout. Et surtout pas les cuisiniers, connus pour être sourcilleux concernant leurs prérogatives.

Je poussai la porte de la cuisine et entrai d'un pas aussi décidé que si j'avais été la propriétaire des lieux. Une préposée à la vaisselle ne m'accorda même pas un regard – les filles de cuisine et consorts étaient généralement trop timides ou indifférentes pour se soucier des intrus. Un sous-chef leva les yeux de sa tâche, jaugea mon apparence, puis s'en retourna à son labeur sans un autre regard. Un homme trapu vêtu de blanc et d'une toque ridiculement haute contourna un plan de travail et vint me bloquer le passage. Il ne me dépassait pas de plus de dix ou quinze centimètres, en revanche il était au moins deux fois plus large, affublé d'un visage rougeaud et suant, à l'expression inamicale.

—Pas de clients dans la cuisine, lança-t-il d'un ton brusque.

—Je travaille pour le compte de M. Hillier, rétorquai-je d'un ton tout aussi brusque. Je ne serai pas dans vos pattes, mais j'ai absolument besoin de vérifier une chose ou deux.

—M. Hillier peut aller au diable.

Sur quoi, il se lança dans une tirade à base d'invectives en gallois, qui exprimaient son opinion concernant M. Hillier et sa politique d'encadrement dans les termes les plus colorés qui soient. Vraiment, le spectacle était très impressionnant.

J'attendis la fin de l'orage et répondis calmement dans la même langue :

—Pour être parfaitement honnête avec vous, et soit dit entre nous, je penserais peut-être pareil si je devais travailler pour lui. Je n'en aurai pas pour longtemps et je ne vous dérangerai en aucune façon, mais j'insiste vraiment pour jeter un coup d'œil ici. Il se peut que j'en tire quelque information sur les événements survenus récemment à l'hôtel, si je peux passer en revue la porte de derrière et vos espaces de stockage.

Il fronça les sourcils, l'air médusé. Peut-être n'était-il pas habitué à ce que l'on ne se recroqueville pas sous ses colères titanesques. Au bout d'un moment, il répondit en anglais :

—Restez pas dans les pattes. Et ne touchez pas à ma nourriture.

—Merci.

Et je continuai mon chemin vers ce que je supposais être les stocks et la porte menant dehors. Ayant tenu tête à leur tempétueux patron, je m'attirai un poil plus d'attention de la part du petit personnel. Lorsque je passai devant le plan de travail, j'eus droit au regard furtif et prudent d'une fille en train de laver le sol après un plat renversé, à l'examen stupéfait d'un autre sous-chef, à qui son inattention valut de se brûler la main à la poignée d'une casserole. Cependant, personne ne moufta et j'atteignis les stocks sans autre contretemps.

Pour dire la vérité, je ne savais pas exactement ce que je cherchais. En revanche, j'étais persuadée que je le saurais lorsque je tomberais dessus. J'attaquai par la porte du fond.

À double battant, elle ouvrait sur la cour derrière l'hôtel. Elle était peinte en blanc à l'intérieur et, comme je ne tardai pas à le découvrir, d'un bleu sombre et profond à l'extérieur. Le battant de gauche était verrouillé en haut et en bas, mais les verrous étaient bien entretenus et visiblement souvent poussés ou tirés – sans doute le battant était-il ouvert souvent, afin de permettre la livraison de provisions volumineuses. Le battant de droite, déverrouillé, s'ouvrit aisément.

Je l'avais espéré verrouillé et porteur de traces indiquant qu'il avait été forcé, mais ç'aurait été trop facile.

Celui ou celle qui avait volé la nourriture avait pu se contenter d'entrer, de piquer le pain, le jambon et le fromage, avant de repartir tranquillement. Je retournai vers la cuisine. Ma vue était gênée mais, au moment où je tournai à l'angle de la première réserve, j'entrevis le dos du second sous-chef, occupé au fourneau. Il était donc possible pour un chapardeur de pénétrer dans les cuisines sans attirer l'attention, seulement toute personne travaillant de ce côté-là le verrait s'il dépassait les réserves. Or personne n'avait rien vu, mais nous savions aussi que les cuisines étaient vides vers 18 heures.

Je retournai à la porte et la rouvris, sortant cette fois dans la cour. La zone était rangée presque à la perfection et le seul fouillis provenait d'une petite pile de cageots vides contre le mur. Je reportai mon attention sur la porte.

Rien ne montrait qu'elle ait été endommagée par quelque intrusion violente. Elle ne portait même pas de marques de coups de pied agacés. La plaque de la serrure avait les éraflures usuelles dues aux tentatives maladroites d'insérer la clé, et je m'apprêtais à rebrousser chemin pour aller jeter un coup d'œil aux réserves quand je constatai une marque inhabituelle, pour le coup. Une rayure sur le bord intérieur du trou de serrure abîmait le laiton brillant. Le détail n'était en rien concluant, toutefois il me faisait penser à la trace qu'aurait laissée un rossignol. Et sa netteté indiquait qu'elle était toute récente. Ou alors le chapardeur de nourriture avait bel et bien pu pénétrer dans la cuisine simplement en poussant la porte : dans ce cas, cette éraflure pourrait être l'œuvre du kidnappeur, entré par là pour enlever discrètement le Dr Goddard dans sa chambre.

Je posai les yeux sur les réserves, mais n'y vis rien qui fût susceptible de m'en apprendre davantage. Il était temps de retourner à la salle à manger : j'étais affamée et pressée de relater ma découverte à lady Hardcastle.

8

Je retrouvai lady Hardcastle et les Wilson là où je les avais laissées, désormais en grande conversation.

—… finalement nous ne sommes jamais allées plus loin qu'Édimbourg, disait ma patronne. Nous avions envisagé de prendre un train pour les Highlands, mais il y a tant à voir et à faire dans la capitale que nous n'avons jamais réussi à en partir. Ah, Flo, vous voilà. Tout va bien ?

—Parfait, répondis-je en reprenant ma place.

—Eleanora est une grande admiratrice de sir Walter Scott et adorerait voir les Highlands, me dit-elle. Ces demoiselles aimeraient des recommandations d'endroits à visiter, mais je leur expliquais que nous n'étions jamais allées plus loin qu'Édimbourg.

Comme toujours, elle me mettait dans une position gênante. Car à la vérité, nous avions bel et bien passé plus d'une semaine dans le nord de l'Écosse, à essayer de pister un espion allemand censé être arrivé à Inverness par bateau depuis la mer du Nord. D'Inverness, nous avions visité Drumnadrochit, sur la rive du Loch Ness, suivant des informations selon lesquelles un « monsieur à l'accent étranger » avait été repéré dans les environs, avant de partir à Aviemore, plus à l'est, là encore après un renseignement. Nous avions échoué à Aberdeen à cause d'une panne du train, mais bref, il aurait été plus juste de dire que oui, nous avions bien arpenté les Highlands.

En présence d'amis, voire en compagnie d'inconnus un peu réceptifs, ma réaction première aurait été de la taquiner sur sa mémoire défaillante et de faire une référence oblique à nos exploits d'espionnes, toutefois notre public en l'occurrence n'était pas adapté pour ce genre de plaisanteries. Je m'étais convaincue que tout le monde, dans cet hôtel, était plus ou moins espion ; or si les Wilson n'étaient pas déjà au courant de notre passé, je trouvais plus avantageux pour nous de faire en sorte que les choses restent en l'état.

—Quel dommage d'avoir été aussi proches et de n'avoir pas profité de la beauté du pays ! déplorai-je donc. Cependant, il est vrai que les délices d'Édimbourg étaient par trop attrayants.

—Je verrai tout, un jour, affirma Eleanora. Les montagnes escarpées, la bruyère sauvage. Et les vaches, avec leurs adorables longues robes. Y avait-il des hommes en kilt à Édimbourg ?

—Pas autant que l'on aurait pu l'espérer, répondit ma patronne. La ville est plus cosmopolite que n'aimerait la voir un touriste. Nous avons vu un jour des musiciens du château défiler sur Prince's Street dans leur uniforme de cérémonie, mais ce fut notre unique rencontre avec des kilts.

—Et les vooches sont terrifiantes, ajoutai-je.

—Les vooches ? répéta Eleanora.

—Les vooches des Highlands. Des bêtes effrayantes et hirsutes, avec des cornes qui vous embrocheraient un homme en armure.

—Excusez Flo, intervint lady Hardcastle. Elle n'aime guère les vaches.

—Je ne puis dire que je les apprécie beaucoup non plus, renchérit Adelia.

—Ah ? fis-je. Comment se fait-ce ?

—Eh bien, disons que j'étais fiancée à un homme… Oh, ça doit bien remonter à vingt ans maintenant. Il était beau et gentil, mais le Maryland n'était pas assez grand pour lui. Il s'est mis en tête de partir au Texas afin d'y élever du bétail. Des longhorns. Je l'ai averti qu'il n'était pas question que je devienne femme de rancher, mais il n'en démordait pas. Il m'a dit : « Delia – il m'appelait toujours Delia – Delia, il a dit, je m'en vais au Texas élever du bétail. Tu peux venir avec moi et m'épouser, ou tu peux rester ici. Je sais ce que je préférerais, mais c'est à toi de voir. » Moi, j'ai grandi dans l'Est. Nous avions l'argent et le pouvoir. Je n'allais pas m'habiller en toile de bure et garder un fusil près de la porte pour chasser les coyotes. Alors je suis restée. Les vaches sont donc en effet coupables de beaucoup de maux.

—Qu'est-il advenu de lui ? m'enquis-je.

—L'une des plus grosses fortunes du Texas, répondit-elle avec un soupir.

—J'ignorais que l'élevage de bétail pouvait être aussi lucratif.

—Eh bien si, à condition d'avoir des terres et des troupeaux suffisamment importants. Et il paraît qu'il faut deux jours à un homme pour parcourir à cheval toute l'étendue de son ranch, donc oui, de toute évidence il avait les terres. Mais ce n'est pas cela qui l'a rendu riche. Vous avez entendu parler du « boum du pétrole texan » ? Il a découvert du pétrole sur ses terres en 1903. Cela dit, je n'ai aucun regret. Un homme capable de me quitter pour une vache – ou même cent vaches – ne vaut pas que je le regrette.

—Oyez, oyez ! lança lady Hardcastle, qui leva son verre et trinqua avec Adelia.

Comme cela arrive souvent, nous semblions presque exclure la plus jeune de la conversation. Je changeai donc maladroitement de sujet pour l'y réintégrer.

—Qu'appréciez-vous, en dehors des œuvres de sir Walter Scott ? lui demandai-je.

—Oh, tant de choses. J'adore peindre. J'adore tirer.

—Ah oui, vraiment ? Lady Hardcastle est pratiquement tireuse d'élite.

—La plupart du temps, je pratique juste le tir sur cible, m'expliqua la jeune femme. Les garçons n'aiment pas emmener les filles à la chasse, et je ne suis pas non plus folle des randonnées interminables dans les bois.

—Comme je vous comprends, convins-je. Et quoi d'autre ?

—Oh, peu d'activités me procurent autant de plaisir que jouer du piano.

—Une fille telle que je les aime, dis-je à lady Hardcastle.

—Ma parole, répondit celle-ci, il y a un piano dans le salon, vous savez. En joueriez-vous pour nous ? J'adorerais.

La jeune femme baissa les yeux sur ses couverts.

—Je ne suis pas assez douée pour jouer en public, chuchota-t-elle.

—Sornettes et billevesées, je parie qu'aucun de ces balourds n'est capable de jouer la moindre note. Nous allons faire un duo à la première occasion, et vous verrez que nous les stupéfierons.

La réaction d'Eleanora semblait suggérer qu'elle ne trouvait pas la proposition aussi généreuse que lady Hardcastle l'avait envisagé. Toutefois elle sourit poliment.

—Jouez-vous, mademoiselle Armstrong ? me demanda-t-elle.

—Hélas, non. Je n'ai jamais eu la chance d'apprendre étant jeune. Lady Hardcastle a essayé de me l'enseigner, seulement je progresse lentement. En revanche, je joue d'un instrument de votre pays.

—Oh, je vous en supplie, dites-moi que ce n'est pas le banjo, intervint Adelia.

—Je pourrais, mais ce serait mentir, lui répondis-je en souriant.

—Le ciel nous préserve du banjo, fit-elle.

—Tante Adelia ! s'exclama Eleanora, avec une brusquerie qui ne lui était pas coutumière. Ne sois pas aussi impolie. J'adore le banjo. Est-ce que… ? Êtes-vous familière avec le ragtime, m'dame ? J'adore cette musique.

—Il se trouve que nous connaissons deux jeunes musiciens de ragtime, lui répondis-je. Il nous est arrivé de jouer avec eux, à la maison.

—Grand Dieu ! marmonna Adelia avec un énorme soupir.

Je ne relevai pas, préférant proposer à Eleanora :

—Un groupe de ragtime doit se produire en ville à la fin de la semaine. À l'Arundel. Aimeriez-vous y aller avec nous ?

—J'aimerais beaucoup, répondit-elle. Tu n'y vois pas d'inconvénient, n'est-ce pas, tante Adelia ?

—Du moment que rien ne m'oblige à écouter ce vacarme du diable, tu peux bien t'en mettre plein les oreilles jusqu'à ce que ton cerveau se transforme en bouillie.

—Eh bien, dans ce cas, c'est décidé, conclut ma patronne avec un sourire. Les Richard's Ragtime Rollicks à l'Aristote, vendredi.

Cette fois, sachant pertinemment qu'elle le faisait exprès, je la corrigeai avec d'autant plus d'assurance et de lassitude.

—Les Robinson's Ragtime Roisterers à l'Arundel.

—C'est cela. Qu'ai-je dit, ma chère ?

—Autre chose. Comme vous le savez très bien.

—Bref, qui qu'ils soient, ce sera une formidable soirée. Et regardez, voici notre entrée.

La nourriture, comme précédemment, fut tout à fait délicieuse. Et malgré mes *a priori* vis-à-vis des Wilson – d'Adelia Wilson, du moins –, elles se révélèrent d'une compagnie bien plaisante et nous passâmes un repas fort convivial.

Nous nous séparâmes peu après 22 heures, les Wilson ayant décliné notre invitation à prendre un dernier verre, arguant que leur horaire de coucher était déjà passé. Lady Hardcastle était déçue, toutefois notre salut arriva sous les traits de Ribble, le serveur du salon.

—Ah, Ribble ! s'écria-t-elle. L'homme qu'il nous faut. Seriez-vous un amour absolu de bien vouloir nous monter deux verres de brandy dans ma chambre, je vous prie ?

—Certainement, madame. Dans un instant. Souhaiteriez-vous autre chose ?

—Du fromage et des biscuits, peut-être ? Nos compagnes de dîner étaient si pressées de s'en aller que je n'ai pas eu le temps de demander le plateau de fromages. Et quelques fruits. Et le reste de la bouteille de brandy ?

—Je vais voir ce que je peux trouver, promit-il.

—Vous êtes un ange.

Nous montâmes donc.

De retour dans nos chambres, nous nous mîmes à l'aise en attendant l'arrivée de Ribble avec le plateau.

—C'était plutôt plus agréable que je ne l'aurais prédit, me confia lady Hardcastle en nouant son peignoir.

—En effet. Adelia est une vieille pie grincheuse, et elle a la main lourde sur le parfum, mais elle n'est pas si mal, une fois qu'elle a bu un peu de champagne.

—Pas si mal du tout. (Elle scrutait son corset avec animosité.) Pensez-vous que je serais bannic par la bonne société, si je cessais de porter ce fichu machin et que j'autorisais mon corps fatigué à assumer sa forme naturelle en public ? Je suis sûre qu'un tailleur de talent saurait me concocter quelque chose de moderne et dc flatteur sans que mon estomac et mon foie ne soient obligés de se trouver un nouveau logement chaque fois que je sors.

—Mais qu'adviendrait-il de moi alors ? demandai-je. À quoi vous servirais-je si vous n'aviez plus besoin d'une paire de mains compétentes pour vous laver vos corsets ? Je serais à la rue.

Elle s'esclaffa.

—Je ne vous laisserais pas mourir de faim, ma chère. Nous vous trouverions bien une petite place dans l'abri de jardin. Vous y seriez parfaitement à l'aise.

Un coup à la porte annonça l'arrivée de Ribble et de son Plateau des Merveilles qui contenait tout ce que lady Hardcastle avait demandé, et quelques extras en plus.

—Le chef vous envoie quelques-uns de ses *petits fours**, avec ses compliments, madame, expliqua Ribble en posant le plateau sur l'écritoire. J'ai donc ajouté pour ma part un pot de café. J'espère que vous trouverez le tout à votre goût.

—Je pense en effet que oui, s'extasia lady Hardcastle. Merci, Ribble.

Elle lui glissa discrètement quelques pièces dans la paume en le renvoyant.

—Si vous voulez bien nous faire les honneurs, ma chère, dit-elle une fois qu'il fut parti. Je vais compléter le journal.

À la maison, lady Hardcastle avait pour habitude de noter les informations de notre affaire en cours sur un grand tableau noir. Il me revenait d'installer l'encombrant objet sur son chevalet – en général dans la salle à manger – et elle le remplissait de croquis et de notes, jusqu'à ce que le mystère soit résolu. Elle avait appris cette méthode du « réfléchir à haute voix » lors de ses études à Girton College et, malgré le scepticisme de tous ceux qui en avaient entendu parler, le procédé semblait fonctionner. Loin de la maison, cependant, elle devait se contenter de prendre ses notes dans son journal intime.

—Je sais que nécessité fait loi quand le diable ne met pas de beurre dans les panais, dit-elle en me montrant son carnet. Mais je commence à trouver cette manière de procéder un peu restrictive. Il y a tout juste la place pour une pensée par page… je préfère de loin avoir le tableau dans son entier sous les yeux.

—Si vous avez besoin de voir « le tableau », pourquoi ne pas prendre un cahier à croquis ?

—Par ma foi, vous êtes une merveille, Flo ! J'étais si concentrée sur l'idée de prendre des notes dans un carnet de notes que je n'avais jamais envisagé celle de croquer des idées dans un cahier à croquis. Il y aura beaucoup plus de place pour penser, forcément.

Pendant que je continuais de nous répartir les friandises apportées sur le plateau, elle alla chercher son grand cahier à croquis dans l'armoire.

—Au vu du déroulé de ces vacances, il semble que je n'aurai guère l'occasion de dessiner beaucoup, cette semaine, dit-elle. En revanche je peux tout de même faire bon usage de ceci. Vous ne l'aurez pas emporté dans mes bagages en vain.

—Voilà qui est bon à savoir. Alors, où en sommes-nous ?

—Commençons par le coffre-fort, suggéra-t-elle. J'ai la certitude raisonnable que nous pouvons suivre son cheminement. Il commence chez le Dr Goddard, de toute évidence. Puisque c'est à lui que Kouznetsov le vole au départ.

—Et ensuite une ou des personnes inconnues le volent à Kouznetsov.

—Correct. Emplacement du coffre-fort… dit-elle tout en écrivant. Actuellement… inconnu.

—Mais nous le soupçonnons de se trouver encore dans l'enceinte de l'hôtel.

—Ah oui ? fit-elle, sans cesser d'écrire. Oui, sans doute. Donc l'un des autres hôtes le détient. Les Wilson. Schneider. Takahashi. Martin. La solution la plus simple serait de fouiller chacune de leurs chambres.

—Risqué, arguai-je. Les chances sont de trois contre une en notre défaveur pour ce qui est de commencer par la bonne chambre, et d'ici à ce que nous en arrivions au dernier détenteur du coffre, il aurait eu tout le temps de s'envoler… et nous ne le trouverions pas.

—Je suis d'accord. Il nous faut réfléchir à la question avant de foncer avec nos gros sabots. Passons donc au reste. Le Dr Goddard a disparu et Sergueï Kouznetsov est mort.

—Deux coupables différents, dis-je.

—Pourquoi ?

—Franchement ? Juste un pressentiment, reconnus-je. Admettons que le Dr Goddard soit mort dans la bagarre. Cela signifierait que le tueur s'est donné énormément de mal pour déplacer le corps en laissant peu ou pas de traces des événements. Pourquoi déployer tous ces efforts, et puis abandonner le corps de Kouznetsov ? Alors que si le Dr Goddard a été emmené vivant, c'était probablement dans l'objectif de lui soutirer des informations concernant le contenu du coffre, voire de tirer de lui une rançon. Dans ce cas, pourquoi risquer que soit découvert un plan aussi soigneusement ourdi en assassinant Kouznetsov ? Le raisonnement manque de solidité, je vous l'accorde, cependant j'ai l'impression que nous sommes face à l'œuvre de deux malfaiteurs différents.

—Des hommes ? s'enquit-elle.

—Impossible de l'affirmer avec certitude. Les Wilson auraient pu droguer le Dr Goddard et le transporter à elles deux. Et il n'y a pas de raison pour qu'une femme ne puisse étrangler Kouznetsov. Moi, assurément, je le pourrais.

—Hmm. Très bien. Et nous sommes sûres que les cambrioleurs aussi sont deux personnes différentes ?

—Évidemment. Kouznetsov détenait le coffre, quel besoin avait-il du Dr Goddard ?

—Pour lui expliquer le contenu dudit coffre ?

—Mais dans ce cas, il aurait mis les voiles, non ? arguai-je. S'il avait eu le coffre et le scientifique, quel besoin aurait-il eu de s'attarder ici ? Or il était encore là, à organiser son départ juste avant d'être tué. Si c'était lui qui avait détenu le Dr Goddard, il aurait été dans quelque trou caché, à le torturer pour lui soutirer des informations.

Lady Hardcastle continuait de prendre des notes.

—Je vous l'accorde. Et l'assassin de Kouznetsov ?

—Là, c'est moins tranché. Mon instinct, toutefois, me souffle que la chambre n'a pas été mise à sac par la personne qui a volé le coffre à Kouznetsov. Car enfin, c'est un coffre volumineux, nul besoin de passer la chambre au peigne fin pour le trouver. Il était là, bien visible. Bien replet, comme un bon gros coffre-fort. Pour ce qui est de dire lequel de l'amateur de coffres-forts ou de la brute a tué Kouznetsov… là, je cale. Il a pu surprendre l'un comme l'autre.

—Attendez, m'interrompit-elle en levant les yeux de son cahier. Si le coffre était aussi visible, pourquoi avoir retourné la chambre ? Une recherche des plus superficielles suffisait à révéler son absence.

—Nous ignorons toujours ce que contient ce coffre. Si Voleur numéro 2 pensait que Kouznetsov avait ouvert le coffre et vidé son contenu, l'absence du coffre lui-même n'était pas forcément importante : les documents, plans ou je ne sais quoi qu'il contenait pouvaient être camouflés n'importe où dans la chambre. Cela ne signifierait pas nécessairement qu'il y ait eu un Voleur numéro 1, déterminé à emporter le coffre.

—Je ne puis dire que je suis en désaccord avec vos raisonnements, ma chère, convint-elle. Passons donc au contenu du coffre.

—Nous n'en avons toujours pas la moindre idée.

—Pourtant, tout le monde savait exactement ce qu'il contenait, me fit-elle remarquer. Et chacun envisageait quelque chose de différent. Ce détail est plus qu'un peu important.

—Beaucoup plus qu'un peu, acquiesçai-je. Cela sent la fausse piste à plein nez. Le Dr Goddard mijotait bel et bien quelque chose.

—Il leur a raconté à chacun une histoire différente, oui. C'est une facétie dangereuse, cependant. J'aurais pu le prendre pour un fantaisiste, sans les admonitions sévères de Harry et son injonction à ne pas nous impliquer, ainsi que la prompte arrivée de Barbeau et Chevesne des Services spéciaux.

—Nous en revenons à la fausse piste, dans ce cas. Il a raconté une histoire différente à chacun des hôtes afin d'éveiller leur curiosité. Oh… !

—Oh ?

—Oh, oui. Il leur a raconté à chacun ce qu'ils étaient le plus censés avoir envie d'entendre. M. Takahashi a travaillé au réseau ferré japonais, le Dr Goddard lui a donc dit qu'il travaillait sur une conception de locomotive. M. Martin est impliqué dans la construction navale en France, alors le Dr Goddard a prétendu avoir le dessin d'un nouveau navire.

—Kouznetsov avait été informé de son travail sur l'armement par ses patrons moscovites, enchaîna-t-elle. Nous pouvons donc supputer qu'il n'avait rien à voir avec cela.

—Exact, approuvai-je. Et les Wilson pensaient qu'il s'occupait de radio… Là, je ne vois pas trop comment il espérait les impressionner.

—La radio impressionne tout le monde. C'est magique.

—Et si… ? commençai-je. Et s'il avait soupçonné l'un ou plusieurs d'entre eux d'être des espions et qu'il leur avait servi ces histoires pour les piéger ?

—En quoi cela l'aurait-il aidé ? Qu'aurait-il pu faire à ce sujet ?

—Le répéter à Harry ? suggérai-je. Qui aurait envoyé Ombre et Rotengle pour arrêter quiconque aurait montré un intérêt un peu trop prononcé pour les activités du bon docteur.

—Il est vrai que nos amis poissonneux sont intervenus avec une célérité suspecte, convint-elle. Ils ont quelque chose de londonien, et pourtant ils ont débarqué à Weston pour s'occuper du cadavre de Kouznetsov en un temps record.

—Harry n'a-t-il pas dit qu'ils venaient de Bristol ? J'en reviens à l'idée qu'il nous faut parler avec votre frère, repris-je. Il va devoir nous accorder sa confiance.

—Oui, vraiment. Mais que faisons-nous de Goddard ? Nous ne pouvons tout de même pas le laisser dans la nature, où que se trouve la nature en question. Que savons-nous ?

—D'après ce qu'a dit Eleanora, il semble probable que Kouznetsov ait volé le coffre pendant que le Dr Goddard était en bas avec nous.

—Exact. Et selon elle, l'événement s'est produit vers 22 heures. D'ailleurs, nous aurions dû faire le lien : cela constitue un argument supplémentaire en faveur de la présence de deux hommes. Kouznetsov a forcé la serrure et emporté le coffre, quelqu'un d'autre a enfoncé la porte et emmené Goddard.

Je la voyais dessiner une chronologie sur une nouvelle page de son cahier.

—Le seul autre événement que nous puissions placer avec ne serait-ce qu'une vague exactitude est la présence du pêcheur dans l'allée à 3 heures du matin, ajoutai-je.

—Pensez-vous qu'il ait pu être notre kidnappeur ?

—Nous n'avons pas grand-chose contre lui, si ce n'est qu'il a uriné dans l'allée. Toutefois, nous ne pouvons pas le rayer de la liste. Oh non ! Attendez. Avec toutes ces distractions, j'avais complètement oublié ma visite aux cuisines.

—Oui, moi aussi. Qu'y avez-vous appris ?

—Pas énormément de choses, je ne pense pas que le vol de nourriture soit important : je vous parierais que des provisions sont régulièrement volées dans les cuisines des hôtels. Cependant, je soupçonne fort que la serrure a été forcée.

—Celle de la porte de derrière ?

—Oui. J'ai vu des éraflures récentes. Quelqu'un s'est introduit par effraction.

—Cet après-midi ?

—Non, la porte, qui était déverrouillée, le reste probablement toujours en journée. En revanche, ils doivent fermer la nuit, c'est évident. Je dirais donc que cela jette un éclairage nouveau sur la présence de notre pêcheur.

—Hmmm, fit-elle. Je vais le noter, mais il nous faut un peu plus que cela pour que j'entreprenne de questionner tous les pêcheurs du coin. Quoi d'autre ?

—Nous avons rencontré Kouznetsov dans le salon, peu après 16 heures cet après-midi, indiquai-je.

—Et il a été appelé au téléphone, poursuivit-elle. Il n'était pas allé dans sa chambre depuis un moment, je me rappelle l'avoir trouvé échevelé, signe qu'il avait pris le vent dehors : le coffre-fort a donc pu lui être volé n'importe quand dans l'après-midi.

—Oui, acquiesçai-je. Nous avons quitté la salle à manger à 17 heures et sommes restées une heure au salon. Quand nous en sommes reparties à 18 heures, il avait terminé son coup de fil depuis longtemps et s'en était retourné à sa chambre, où nous l'avons trouvé mort à… quelle heure, 18 h 05 ?

Elle termina de tout consigner, puis referma son cahier de croquis.

—Nous en sommes au moins à sept quintaux de faits, quelques pintes de suppositions, une livre d'indices, mais pas une once d'idée de ce qui se passe, résuma-t-elle. Je pense qu'il est temps de penser à autre chose et de laisser notre subconscient œuvrer et faire merveille pendant que nous allons nous occuper de tous ces délices. Je regrette amèrement de n'avoir jamais séjourné en pension, vous savez. Vous rappelez-vous Lavinia et ses copines, les souvenirs qu'elles échangeaient à Riddlethorpe ? J'aurais adoré faire des descentes dans les cuisines d'une école et organiser des festins de minuit.

—Vous auriez moins apprécié les matelas bosselés et les courses de cross-country, lui fis-je remarquer. Car vous êtes le genre de fille à apprécier son petit confort.

—Vous avez sans doute raison. Mais cela ne m'empêchera peut-être pas de me lever au milieu de la nuit pour terminer tout ceci, rien que pour le plaisir de l'aventure.

—Vous partez du principe qu'il y aura des restes. Or au vu de nos performances passées, je ne prévois rien de tel.

Et j'avais vu juste. Tout en parlant, nous vînmes à bout des pâtisseries, du café, du fromage et des biscuits secs. Et nous avions également bien attaqué la bouteille de brandy lorsque nous décidâmes l'heure du coucher venue.

9

Nous nous levâmes tard le mercredi et ne pûmes en conséquence gagner le petit déjeuner assez tôt pour goûter au désormais fameux kedgeree. Comme précédemment, néanmoins, nous parvînmes à bricoler un repas tout à fait satisfaisant à partir de ce qui restait sur les plateaux et repartîmes même repues jusqu'à l'inconfort.

—Il nous faut marcher pour digérer tout cela, décida lady Hardcastle en tapotant son ventre. Ou du moins lui donner le temps de franchir le corset.

—C'est en train de devenir une obsession, lui fis-je remarquer. Pourquoi ne prenez-vous pas la décision une bonne fois pour toutes de ne plus en porter ?

—Parce qu'alors je ne rentrerais plus dans aucun de mes vêtements. Je suis aux mains d'une sinistre cabale de tailleurs. C'est une conspiration.

—Une conspiration ?

—Oui, l'idée m'est venue ce matin. La Guilde des tailleurs – je suis sûre qu'elle existe, même si je suis tout aussi sûre qu'ils en nieraient l'existence – est de mèche avec la Ligue internationale des fabricants de corsets, et ensemble, ils s'assurent que les dames à la mode ne portent jamais de vêtements confortables.

—Et pourquoi ? voulus-je savoir. Quel but espèrent-ils atteindre ?

—La domination du monde.

—En contraignant les femmes dans des vêtements inconfortables ?

—Exactement. Voyez comme vous êtes forte et agile, vous qui êtes libérée de sous-vêtements contraignants. Vous avez cambriolé des ambassades et des bâtiments gouvernementaux, déjoué vols et assassinats, résolu des crimes et cuit de délicieuses tartes. Imaginez si l'ensemble de la gent féminine se trouvait pareillement désencombrée : nous deviendrions une force irrépressible.

—Nous serions surtout beaucoup plus rondes, à force de manger toutes ces tartes, nuançai-je. Et il n'y aurait plus rien pour masquer les dégâts.

—Je vais écrire une lettre au *Times*. Il faut mettre un terme à cette aberration.

Je m'esclaffai.

—Allons vous faire prendre le grand air avant que vous ne nous fassiez ce qu'Adelia qualifierait de « crise d'hystérie », je suis prête à le parier. Vous avez les sangs en ébullition.

—Et l'humeur aussi. Nos cousins coloniaux ont les mots qu'il faut.

Une fois prêtes, étonnamment vite, nous sortîmes sous le soleil aqueux. Je m'étais attendue à ce que le vent soit de nouveau de la partie au point de nous emporter jusqu'à Gloucester, mais il s'était calmé.

—Ah, voilà qui est mieux, commentai-je alors que nous nous engagions sur la promenade. Si le soleil pouvait sortir complètement, nous serions presque aussi bien que dans le sud de la France.

—Nous devrions retourner à Cannes un jour, dit-elle. Mais sans le gang des trafiquants marseillais à nos trousses.

—J'aimerais bien, oui. Cela dit, les spectacles de Guignol et le vendeur de bulots me manqueraient. Oh, et les *fish and chips*.

—Ils ont des *moules frites** à la place.

—Je croyais que c'était en Belgique. Mais je prends. Il y a une chose qui ne me manquerait pas, cependant, ajoutai-je, les yeux tournés vers la mer.

—Et quoi donc, ma chère ?

—Cette vaste étendue de boue qui se fait passer pour une plage. La marée est-elle montée seulement une fois depuis que nous sommes ici ?

—Quatre fois, fit-elle avec un rire. J'ai encore le tableau des marées que j'ai récupéré à la réception hier.

Elle fouilla dans son sac et en déplia un morceau de papier tapuscrit.

—Tenez : la marée haute était à 17 h 13 lundi après-midi, à 05 h 46 hier matin, 18 h 12 hier soir et 06 h 04 ce matin. Et elle sera de nouveau haute à 19 h 07 ce soir.

Je grommelai.

—Nous avons réussi à toutes les rater. Quand la mer sera-t-elle haute à une heure où je puisse être en mesure de la voir ?

—Eh bien, vous pourriez la voir ce soir, si nous ressortons avant le dîner. Mais si vous voulez voir des choses en journée… (Elle compulsa sa feuille.) Il y aura encore des marées hautes à 09 h 16 samedi matin et à 10 h 03 dimanche matin. Vous voyez, il nous reste encore du temps pour voir la mer.

Nous passâmes le Guignol, un petit groupe de Pierrot qui s'efforçaient d'attirer le chaland à coups de tambour au bout de la jetée, et arrivâmes à l'hôtel Grand Atlantic, où nous fîmes demi-tour. La chute du vent avait convaincu un plus grand nombre de vacanciers à sortir sur le front de mer et l'atmosphère était décidément guillerette.

—Comment votre subconscient s'est-il manifesté cette nuit ? demandai-je à lady Hardcastle.

—J'ai eu droit à un élan norvégien prénommé Margaritte, qui détenait une compagnie de théâtre et voulait que je dessine les costumes pour une comédie musicale canine intitulée *Pif, paf, pouf !*, répondit-elle. Car ils n'ont pas de pouce, voyez-vous, et ne peuvent tenir un crayon. Ensuite, j'ai dû passer un examen en chimie organique, pour lequel je n'étais pas préparée. J'étais complètement nue, mais figurez-vous que cela ne me dérangeait pas autant que mon incapacité à me rappeler les températures d'ébullition et de fonte des composants présentés. Ou même de leur nom. C'était fort perturbant.

—Je voulais parler de la disparition du Dr Goddard, précisai-je. Mais je ne doute pas que le Dr Freud aurait du grain à moudre avec votre examen de chimie en tenue d'Ève.

—Oh oui, bien sûr. Pardon. Rien pour le moment. Et vous ?

—Non. Je suis plus perplexe que jamais.

Nous approchions encore une fois du Guignol. Comme nous étions dans l'intervalle entre deux spectacles, la foule s'était dispersée, à l'exception d'un homme de grande taille qui nous tournait le dos, vêtu d'un caban de marin et de lourdes bottes. Il avait sa casquette à la main, révélant une tignasse blonde échevelée. Il semblait en grande conversation avec le marionnettiste. Je le désignai à ma patronne.

—Ah oui. Je vous avais bien dit qu'il ne servait à rien de faire tout un pataquès de notre pêcheur. Il y en a dix à la douzaine, par ici.

Le temps que nous arrivions au niveau de la tente rouge et blanche, celui-là avait passé son chemin et nous poursuivîmes sans autre incident. Nous étions de retour au Steep Holm View à temps pour les onze-heures.

Lesquels onze-heures se déroulèrent sans incident, tout comme le déjeuner et puis le thé. Nous nous occupâmes à lire et à quelques jeux de cartes, d'une agressivité revigorante, activités entrecoupées d'une autre promenade en ville. J'achetai des cartes postales pour Edna et Miss Jones, et une autre pour ma sœur jumelle, Gwenith, qui vivait à Woolwich avec son époux, sergent-chef dans l'Artillerie royale.

Nous nous changeâmes pour le dîner et descendîmes à la salle à manger à 19 h 10. Tous les autres convives étaient déjà assis apparemment, chacun ici préférait dîner de bonne heure. Ernst Schneider était seul à sa table dans l'un des coins du fond de la salle, Takahashi Kaito, dans l'autre coin. Jean Martin leur tournait le dos, à une table plus proche du centre. Tous trois formaient un triangle de solitude maussade mais élégamment vêtu. Les ayant tous rencontrés, je me demandais pourquoi ils ne s'attablaient pas ensemble, car ils s'entendraient probablement fort bien.

Les Wilson se trouvaient à la table la plus proche de Martin. Adelia nous repéra près de la porte et nous fit signe d'entrer.

—Bonsoir, lança-t-elle avec une chaleur inattendue. Nous espérions vous croiser, toutes les deux. Nous avons tellement apprécié de dîner avec vous hier soir que nous nous demandions si vous accepteriez de vous joindre à nous ce soir encore.

—C'est extrêmement charmant à vous, dit lady Hardcastle. Nous l'avons beaucoup apprécié nous aussi, n'est-ce pas ?

—Absolument, confirmai-je. Même si vous avez raté un petit plaisir en vous retirant avant la planche de fromages. Ils en offrent une merveilleuse sélection.

—Ah, vous êtes restées pour le fromage tout compte fait ? fit Adelia avec un sourire.

—Nous avons demandé qu'il nous soit monté en chambre, précisa ma maîtresse. Nous sommes de vraies décadentes, quand l'humeur nous prend.

—Je n'en doute pas. Mais asseyez-vous donc. Nous hésitions justement à commander encore du champagne.

Nous nous mîmes à l'aise. De nouveau, je fus frappée en m'asseyant de la puissance du parfum d'Adelia, tout en sachant que je m'y accoutumerais à mesure que la soirée passerait.

—Vous avez aimé le champagne, alors ? demandai-je à Eleanora.

Elle leva les yeux de son menu qu'elle observait attentivement.

—Oui, merci, m'dame.

—Je pense que je vais suivre le bon exemple de lady Hardcastle et insister pour que, le temps des vacances du moins, les formalités prennent elles aussi des vacances. Je vous en prie, appelez-moi Flo, tous mes amis le font.

La plus jeune des Wilson se fendit d'un sourire.

—Merci, Flo. Ce sera un honneur. Mes amis m'appellent Ellie.

—Pour ma part, je continuerai de t'appeler Eleanora, intervint Adelia.

—C'est tout à fait logique, convins-je. Ma mère et ma sœur m'appellent Flossie. C'est agréable d'avoir un surnom réservé à la famille.

—Et jamais Florence, alors ?

—Lady Hardcastle est la seule à m'appeler Florence, maintenant que ma grand-mère est morte. Et encore, parfois seulement.

—Vous l'appelez pourtant lady Hardcastle, fit-elle remarquer.

Je n'avais guère envie de m'expliquer sur le sujet, mais ladite lady Hardcastle vint à mon secours.

—C'est une sorte de blague entre nous. Vous savez comme nous sommes, nous, les Anglais, avec nos gentilles moqueries et notre façon de ne pas prendre les choses au sérieux. C'est une manière de garder les pieds sur terre.

—En vous rappelant votre titre ?

—Exactement. Nous sommes un peuple complexe. Ce n'est même pas tellement mon titre, pour vous dire la vérité. Je ne suis « lady » Hardcastle que parce que feu mon époux était sir Roderick, c'est un titre de courtoisie, voyez-vous ? Je n'étais que Mme Hardcastle, tout bêtement, avant qu'il soit anobli.

—Oh, fit Eleanora, soudain intéressée. Est-ce pour cela que vous n'êtes pas lady Emily ?

—Exact. Cela est réservé aux dames qui sont liées aux membres de la noblesse. Et écoutez donc ceci, qui va vous amuser : si le titre avait été mien, si j'avais été Dame Emily, Roddy n'aurait même pas reçu de titre de courtoisie du tout. Parfois, je me demande si ces contradictions sont placées là comme des pièges pour les imprudents. Nous évinçons les espions et autres imposteurs en notre sein en détectant leur ignorance de nos conventions curieuses sur la façon de nommer les gens.

—Pour ma part, dit Adelia, je me demande parfois si nous n'avons pas jeté le bébé avec l'eau du bain en nous débarrassant du joug de l'oppression monarchique. « Lady Adelia », voilà qui sonne plutôt bien, ne pensez-vous pas ?

—J'ai quelques titres en tête te concernant, chuchota Eleanora.

—Comment ? lança vivement sa tante. Vraiment, il faut que tu cesses de marmonner. Surtout lorsque nous sommes en si bonne compagnie.

J'adressai un clin d'œil à Eleanora, qui reprit son auscultation attentive du menu, un petit sourire aux lèvres.

—Avez-vous passé une journée agréable ? s'enquit lady Hardcastle, réprimant elle aussi un sourire.

—Oui, merci, répondit Adelia. Nous avons pris le train jusqu'à Clevedon, ravissante petite ville où il y a aussi une jetée, vous savez.

—J'ai cru comprendre, répondit ma patronne.

—Pas aussi grandiose que celle d'ici, mais finalement plus jolie, j'ai trouvé. Il y avait un bateau à vapeur, seulement nous n'avons pas réussi à comprendre où il pouvait nous emmener.

—Peut-être simplement faire un petit tour sur le canal de Bristol et retour, suggérai-je. Ou alors, c'était le ferry pour le pays de Galles. Il embarque de là-bas.

—Pour le pays de Galles ? Il n'y a pas de train ?

—Maintenant, si, mais le tunnel n'a été ouvert qu'il y a une vingtaine d'années. Avant, c'était soit le ferry, soit le long trajet depuis Gloucester et puis la traversée de la Severn une fois sur place.

—C'est comme aller dans un autre pays.

—C'est un autre pays, précisai-je.

—Sornettes, dit Adelia. Vous vous moquez de nous, ignorantes étrangères.

—Non, c'est vrai, intervint lady Hardcastle. Flo est galloise et ils sont très fiers de leur héritage national. Ils ont peut-être été rattachés à l'Angleterre à l'issue de manigances politiques au XIIIe siècle…

—Depuis l'invasion des Anglais en 1283 et l'annexion en 1284, précisai-je.

—Et comme vous le voyez, ils ne nous en veulent pas du tout, même s'ils ont les dates gravées dans leur mémoire collective. Quoi qu'il en soit, si, c'est assurément un autre pays.

—Eh bien, ça alors, commenta Adelia, nous devrions peut-être prendre ce bateau à vapeur et ajouter un pays étranger à la liste de notre voyage.

—Vous ne serez pas déçues, lui affirmai-je. C'est magnifique.

—Je vais me renseigner auprès du réceptionniste de l'hôtel. Et vous deux alors ?

—Quoi, nous deux, ma chère ? fit lady Hardcastle.

—Comment vous êtes-vous diverties aujourd'hui ? Enquêtez-vous toujours sur les… comment avez-vous appelé cela ? Les « événements » de l'hôtel ?

—Toujours, oui.

—Je dois dire que je suis fort alarmée par la nouvelle que l'un des hôtes de l'hôtel a été assassiné. Je sais que vous, les Britanniques, vous enorgueillissez de votre sang-froid, et de fait personne ne paraît prendre tout cela très au sérieux. Mais ce n'est pas le flegme qui nous protégera, ma nièce et moi, d'un meurtrier. Nous ne sommes pas étrangères à la violence, c'est vrai, mais vraiment, Eleanora est terrifiée et je ne peux pas dire que je la blâme le moins du monde. Sommes-nous en sécurité ? Avait-il emporté le coffre-fort ?

—Comment savez-vous… commença lady Hardcastle.

—Oh, voyons, voyons, reprit Adelia, nous avons déjà évoqué le sujet : nous sommes étrangères, mais pas stupides. Vous venez dans notre chambre, posez des questions sur le Dr Goddard, puis sur son coffre-fort. Pas besoin d'être un petit génie pour deviner que tous les deux ont disparu.

—Vous avez raison, bien sûr. Oui, nous pensons que Kouznetsov avait bel et bien le coffre.

—Avait ?

—Oui, quand nous sommes montées fouiller sa chambre et que nous l'avons trouvé mort, le coffre, s'il avait jamais été là, n'y était plus depuis longtemps.

—Le voleur a donc été volé, conclut Adelia. Vous avez des idées ?

—Aucune pour le moment, admis-je. Nous avions quelques suspects en tête pour le premier vol, mais nous étions certaines que Kouznetsov était la personne qu'Ellie avait entendue gratter à la porte. Les mots que vous avez entendu prononcer étaient du russe, pas de l'anglais. Ses doigts ont dérapé lorsqu'il crochetait la serrure et il a dit « malédiction ! » en russe, mais cela sonne comme « *back later* » en anglais.

L'exclamation, quoiqu'assez édulcorée, tira une grimace à Adelia, qui ne pipa toutefois mot.

—Oh, là, là, fit Eleanora. Comme c'est merveilleusement intelligent de votre part de l'avoir déduit !

—Qui était votre autre suspect ? s'enquit sa tante.

—Herr Schneider, répondis-je. Il rôdait dans le couloir. Mais il s'est avéré que ce n'était pas du tout lui.

—Le voleur a-t-il tué Kouznetsov ?

—Ah, c'est un mystère qui nous a bien occupées, mais nous ne le pensons pas, répondit ma patronne.

—Sommes-nous en sécurité ? voulut savoir Eleanora.

—Vis-à-vis du tueur ? fis-je. Bien sûr. Il n'y a pas de soucis à se faire.

—À moins que vous ne déteniez le coffre-fort, ajouta lady Hardcastle avec un clin d'œil.

—Mon Colt modèle Vest Pocket veillera sur nous, déclara Adelia.

—Ah, vous utilisez le Vest Pocket ? répliqua ma maîtresse. Je dois dire que je suis très attachée au mien. Flo m'a offert un Derringer qui se porte dans un holster inséré dans un chapeau spécifiquement conçu à cet effet, seulement il ne contient que deux balles et je ne l'ai jamais trouvé terriblement précis.

—Je suis une femme qui voyage seule avec sa jeune nièce, mais quel besoin une lady anglaise a-t-elle d'un pistolet ? s'étonna Adelia.

—Nous vivons des temps dangereux, ma chère, éluda lady Hardcastle, avec un nouveau clin d'œil. Une dame devrait toujours pouvoir se protéger par ses propres moyens, titrée ou pas. Même si, je dois le confesser, je les ai tous les deux laissés à la maison… Nous sommes en vacances.

—Et vous… Flo, êtes-vous armée ?

—Je préfère un bon petit coup dans le pif, si la situation dégénère, répondis-je. Mais si des armes sont requises, je suis plus une fille à lames.

—Un coup dans le quoi ? demanda Adelia. Ah, vous voilà, serveur ! Vous arrivez juste à temps pour éluder ma confusion embarrassée.

En effet, Kibble était arrivé. Il prit nos commandes pour le dîner, qui serait cette fois accompagné par deux bouteilles de champagne.

—Je trouve que nous devrions accorder le vin à chacun de nos plats, tels de véritables snobs européens, déclara Adelia. Cependant, quand il y a du champagne à la carte…

—Je ne pourrais pas être plus d'accord, renchérit lady Hardcastle.

Le champagne, justement, était arrivé. Kibble fit le service, nous portâmes et bûmes un toast aux séjours heureux et aux joyeuses vacances. Tout était prêt pour un autre agréable dîner.

Et il le fut. Nos nouvelles amies américaines étaient de charmante compagnie et même aux moments où la conversation fléchissait, je m'amusais tout de même à observer les autres convives.

Il y avait le géant français, Jean Martin, inconfortablement voûté sur son dîner, tel un adulte obligé de s'asseoir à la table d'une crèche. Le diplomate japonais, Takahashi Kaito, assis droit comme un « i », mangeait avec une délicatesse empreinte de précision, à coups de mouvements gracieux et efficaces. Et puis, il y avait le désagréable dandy autrichien, Ernst Schneider, qui réussissait le prodige de manger même une soupe avec un air de condescendance hautaine. Et pour ce qui était de son épinglette ridicule… qui, honnêtement, tenait plus de la broche, avec ses rubis, ses émeraudes et…

—C'est Schneider, lâchai-je avant de pouvoir me contrôler.

Lady Hardcastle fronça les sourcils.

—Quoi, ma chère ?

—Je suis vraiment navrée, mais ça m'a frappée à l'instant. Dans la chambre de Kouznetsov, ces bris de verre que vous avez trouvés. Cela provient de l'épinglette ridicule de Schneider. Il y manque une pierre. C'est l'un de ces fameux bris de verre présents dans la chambre. Soit il a le coffre, soit il a tué Kouznetsov.

—Je ne peux pas le regarder sans attirer l'attention sur nous, dit-elle, mais je vous crois sur parole. Nous allons devoir jouer finement, sinon nous risquons de vendre la mèche. Il nous faut gagner sa chambre avant qu'il sache que nous savons, car ce pourrait être notre chance de récupérer au moins le coffre.

Elle se tut un instant, le temps de réfléchir à la marche à suivre, tout en mastiquant une bouchée de la délicieuse sole de Douvres qu'elle avait choisie comme entrée.

—Verriez-vous un inconvénient à m'aider, mademoiselle Wilson ?

Les deux demoiselles Wilson levèrent les yeux.

—Pardon, je m'adressais à vous, Adelia.

—J'en serais ravie, répondit Adelia. Qu'avez-vous en tête ?

—Je me dis que si nous sortons ensemble, comme pour aller rendre visite à M. Petitcoin, cela paraîtrait moins louche. Et cela me permettrait de voir si M. Hillier est toujours dans les parages sans trop attirer l'attention.

—Rendre visite à M. Petitcoin ? répéta Adelia.

—Aller aux toilettes pour dames, traduisit ma maîtresse. « Vider notre vase », comme le dit la vulgate. Même si, je l'avoue, j'aime bien l'expression.

—Il se trouve que cela répondrait à une nécessité, pour ce qui me concerne, fit Adelia. Je vous en prie, allons-y.

Et elles y allèrent.

—Et nous restons assises là, dis-je à Eleanora. À discuter sans rien laisser paraître, parce que nous ne serions pas le moins du monde perturbées si nos deux compagnes de dîner s'étaient juste absentées pour répondre à un besoin naturel.

—Vous avez l'expérience de ce genre de situations ?

—Que lady Hardcastle se lève au beau milieu du dîner pour aller aux…

—Non, bécasse, me coupa-t-elle. Des histoires de cape et d'épée, comme dans les romans d'aventures.

—Oh, je vois. Non, pas vraiment. Mais j'ai lu suffisamment de romans d'aventures pour savoir comment cela se passe.

—J'adorerais vivre des aventures, lâcha-t-elle avec mélancolie. Ma vie semble avoir été tracée pour moi avant même d'avoir commencé. Terminer l'école, visiter l'Europe avec tante Adelia afin d'« élargir mes horizons », me trouver un mari convenable, tenir une maison, avoir des bébés. Et il faut surtout que ce soit un homme comme ci et comme ça : se marier par amour, c'est pour les gens de peu. Il devra avoir de sérieuses ambitions politiques ou être l'héritier d'une fortune substantielle s'il veut être envisagé comme époux potentiel par ma famille. De préférence les deux.

—Oh, vous savez, l'aventure est sans doute très surestimée. Il y a beaucoup d'avantages à avoir un foyer chaleureux et confortable, avec assez à manger et quelqu'un pour vous tenir compagnie lors des longues soirées d'hiver.

—Vous avez certainement raison. Il n'empêche, j'aimerais bien que ma vie ne se résume pas à un ventre plein et un siège au coin du feu.

—Qu'aimeriez-vous faire ? lui demandai-je. Si vous ne deviez complaire à personne, que choisiriez-vous de faire de votre vie ?

Elle réfléchit un moment.

—Il me faudrait tout de même manger, convint-elle enfin. Et avoir un endroit chaud et sûr où vivre. Il faudrait donc sans doute que je gagne ma vie par moi-même. Je pourrais peut-être écrire. Créer mes propres aventures sur le papier, vivre une vie de dangers et d'exaltations à travers les personnages de mes livres.

—Tiens donc, vous n'aviez pas dit que vous écriviez. Voilà qui m'apparaît comme une ambition merveilleuse.

—Je n'aime pas le dire au tout-venant. Les gens ne prennent pas cette occupation au sérieux. Peindre et jouer du piano, voilà des passe-temps convenables pour une jeune demoiselle, disent-ils. Mais consigner des affabulations ? Cela fait rire les gens.

—Les gens sont idiots, conclus-je.

Elle pouffa.

—Vous avez l'air de bien vous amuser sans nous, lança lady Hardcastle.

—Comme je vous le faisais remarquer hier, nous ne cessons pas d'exister au seul motif que vous n'êtes pas là.

—Absolument. Adelia n'est pas revenue ?

—Pas encore, non. Quelles nouvelles de M. Hillier ?

—Il n'est pas à son bureau, mais le portier de nuit lui a fait apporter le message. Il ne vit pas très loin, avec son épouse et deux fils, il y a donc une chance pour qu'il accepte de repasser nous voir. Je préférerais l'avoir comme témoin.

—Oui, cela paraît plus correct, acquiesçai-je. Et il est encore plus pressé d'aller au fond de cette affaire. Je pense qu'il ne sera pas long à venir.

Elle soupira.

Quelques minutes plus tard, Adelia Wilson revint et nous fîmes de notre mieux pour reprendre une conversation légère au fil de notre dîner. M. Hillier ne s'étant toujours pas montré à la fin du repas, nous nous retirâmes toutes les quatre au salon. Comme nous y étions seules – les messieurs s'étant tous éclipsés une fois le repas terminé –, nous étions assurées que le directeur n'aurait pas de mal à nous trouver lorsqu'il reviendrait.

En dépit du sérieux de la tâche qui nous attendait, nous passions un si plaisant moment que nous commandâmes une tournée de boissons pour accompagner nos cafés et *petits fours**. Eleanora déclina l'offre d'un cognac, arguant que le champagne lui avait suffi, mais nous autres étions plus que partantes pour un brandy. Je m'apprêtais à hameçonner une pâtisserie à l'air particulièrement exquise quand le portier arriva et s'inclina devant lady Hardcastle.

—M. Hillier vous présente ses compliments, madame, annonça-t-il. Il dit qu'il vous verra à la réception selon votre convenance.

—Merci, dit-elle en se levant. Venez donc, Flo, ne le faisons pas attendre. Veuillez nous excuser, mesdames, mais le devoir nous appelle. Nous repasserons par ici si nous le pouvons.

Sur quoi, nous suivîmes le portier à la réception vers un M. Hillier qui nous y attendait.

—Je suis désolé de n'avoir pas été là, commença le directeur dès que nous approchâmes du bureau de réception. Mais j'aime être à la maison pour veiller au coucher de mes garçons.

—Je vous en prie, ne vous excusez pas, monsieur Hillier, au contraire, votre dévotion à votre famille vous honore. C'est moi qui devrais vous présenter des excuses pour vous faire sortir de chez vous à cette heure indue. Votre journée de travail devrait être achevée.

—C'est un sujet important, qui doit être réglé aussi vite que possible.

—Absolument, acquiesça-t-elle. Absolument. Il se trouve que nous avons un léger problème, cependant. Quand j'ai espéré vous trouver tout à l'heure, tous les hôtes étaient fort opportunément regroupés dans la salle à manger et je ne voyais pas de difficultés à fouiller la chambre de Herr Schneider en son absence. C'eût été, à n'en pas douter, une atteinte à sa vie privée, cependant nous aurions pu nous en inquiéter ultérieurement. À présent, néanmoins, tout le monde s'est dispersé aux quatre vents. Il se peut fort que Schneider soit dans sa chambre et s'oppose à ce qu'elle soit fouillée. Êtes-vous préparé à me soutenir pour le cas où il monterait sur ses grands chevaux ?

—Il va très certainement monter sur ses grands chevaux, confirma M. Hillier.

—Oui, nous savons très bien l'homme arrogant qu'il est, nous l'avons rencontré. Mais vous, tiendrez-vous bon ?

—Je suis aux commandes de l'hôtel et nous nous réservons le droit de pénétrer dans la chambre de nos hôtes à tout moment. Je ne prendrai part à aucune violence, en revanche.

—Ne vous souciez pas de cela, Armstrong s'occupera de tout ce qui est violence, c'est l'un de ses nombreux talents.

Je lui adressai un sourire et un hochement de tête rassurants qui, bizarrement, semblèrent le mettre un peu plus mal à l'aise encore.

—Allons-y, donc, reprit lady Hardcastle. Ne perdons pas plus de temps. J'ai le pressentiment que nous pourrions bien récupérer le coffre-fort, cette fois.

Nous montâmes l'escalier jusqu'à notre étage et nous hâtâmes vers le fond du couloir. Au niveau de la salle de bains et des toilettes, nous empruntâmes un autre couloir, vide à l'exception de deux portes quelconques, sans doute celles de quelque placard de rangement. À l'arrière de l'hôtel se trouvait un autre couloir. D'après notre conversation avec le personnel de nuit, nous savions que les deux portes étaient celles des chambres de Schneider et de Takahashi.

M. Hillier frappa sèchement à la première. Pas de réponse.

Il frappa de nouveau.

Il allait pour sortir son passe-partout de sa poche, mais je l'interrompis.

— Voudriez-vous bien reculer, monsieur ?

Il ne parut guère réjoui à cette idée, mais s'écarta néanmoins. Je me contentai de tourner la poignée. Sur une légère poussée, je constatai que la porte n'était pas verrouillée. Je relâchai donc la poignée et poussai fermement le battant, pour l'ouvrir en grand. Je m'étais préparée, pour le cas où quelqu'un nous sauterait dessus, mais rien ne se produisit.

La pièce était exposée à l'est, à l'opposé du soleil couchant. Les lourds rideaux avaient été tirés, ce qui obscurcissait encore la chambre. Tendant le bras, je trouvai l'interrupteur de la lampe électrique, au mur, qui prit aussitôt vie et illumina une scène déjà trop familière.

Un chaos. L'odeur était assez plaisante, cela était à noter, mais la vue, totalement chaotique.

Cette fois, cependant, il ne s'agissait pas du désordre dû à une fouille systématique dans le but de déterrer des secrets cachés, mais provoqué par une lutte violente. Une lampe de belle faction était couchée sur le côté, parmi les éclats de verre de son abat-jour. Des bouteilles et des flacons – dont Schneider possédait un nombre étonnant – avaient été balayés du cabinet de toilette et gisaient par terre. Certains avaient répandu leur contenu huileux et odoriférant sur le sol, où les combattants avaient glissé durant la bagarre.

Je fis un pas dans la pièce et regardai autour de moi.

—Êtes-vous sensible, monsieur Hillier ? lui demandai-je calmement.

—Est-ce que je suis quoi ? fit-il en se penchant pour regarder à son tour.

—Sensible, monsieur. Êtes-vous gêné par la vue du sang ?

—La vue du…

Il s'évanouit. Un bruit mat retentit quand sa tête heurta l'épaisse moquette qui courait au centre du couloir.

—Voilà qui répond à ma question, commentai-je.

Lady Hardcastle vérifia qu'il respirait encore et puis l'allongea sur le flanc, avant de me rejoindre.

—Ça alors, dit-elle. C'est un sacré bazar, n'est-ce pas ?

Ernst Schneider, encore dans son costume du dîner, gisait immobile dans une mare de son propre sang. Il avait au moins deux blessures au couteau au niveau de la poitrine, mais son assaillant avait veillé à parachever le travail en lui tranchant la gorge. D'après la taille étonnamment modeste de la flaque de sang et l'absence d'éclaboussures révélatrices d'une artère sectionnée, je devinai que le *coup de grâce** n'avait été qu'une fioriture inutile – il était déjà bien amoché et en chemin vers une mort causée par ses blessures précédentes.

—Que voyez-vous ? me demanda ma maîtresse.

Je promenai le regard sur l'état de la pièce.

—Une bagarre, de toute évidence. Et qui a duré, vu l'étendue des dégâts dans la chambre, je dirais qu'ils se sont bien affrontés une minute ou plus.

—Combat équilibré donc ?

—En compétence, si ce n'est en taille, répondis-je. Vous voyez la crème pour le visage par terre ? Un grand pied et un plus petit. (Je me penchai pour examiner les chaussures de Schneider.) Un petit bonhomme pimpant avec de mignons petits petons. Les empreintes plus grandes sont donc celles de son agresseur.

—Martin ?

—Il est de la bonne taille. Et les marins, aussi, ont tendance à opter pour le couteau, en cas de combat rapproché. Un couteau bien aiguisé : regardez la netteté de la coupure.

—Les marins ?

—Il est « ingénieur dans la marine », mais avez-vous remarqué la taille de ses mains ? Et la rugosité de la peau ? Il a passé du temps en mer.

—C'est vrai, oui, je suis d'accord. Je suppose que cela ne vaut pas la peine de vérifier la présence du coffre sous le lit.

—Je doute que nous l'y trouvions, en effet, mais nous passerions pour une belle paire de crétines si nous ne prenions pas cette peine et qu'il s'avérait y être, en définitive.

Je m'agenouillai donc au sol et regardai sous le lit. Je repérai des éraflures sur les lames polies du plancher, mais rien de ce qui avait pu les y laisser. Lady Hardcastle, pendant ce temps, avait jeté un coup d'œil dans – et sur – l'armoire.

—S'il s'est jamais trouvé ici, dit-elle, il n'y est plus. Allons ranimer Hillier et descendons téléphoner. J'ai besoin de parler à Harry. Avez-vous des sels ?

Je fronçai les sourcils.

—Pourquoi diable… ?

—C'est le genre d'accessoire que transporte une dame de compagnie. Vous qui êtes toujours si bien parée à toute éventualité, je pensais que vous en auriez.

—Eh bien, non. Cependant, je connais un homme qui en a peut-être. J'ai vu des pilules, des potions et tout un tas de mixtures au milieu des crèmes pour le visage et des huiles à cheveux. Je vous parie que feu Herr Schneider aura ce qu'il vous faut.

J'avais raison et il ne fallut guère plus d'une brève inspiration à M. Hillier pour revenir à la vie. Il se redressa en toussotant.

—Est-ce qu'il est… ?

—Mort ? Oui, répondit lady Hardcastle. Et si le coffre-fort a été ici un jour, il n'y est plus depuis longtemps.

—Qui a pu… ?

—Nous avons une idée, mais nous souhaitons demander conseil à mon frère avant d'entreprendre quoi que ce soit. La situation commence à échapper à tout contrôle.

—Votre frère… ?

—Harry Featherstonhaugh. Des Affaires étrangères. Vous lui avez parlé hier.

—Ah oui. Nous devrions lui téléphoner.

—Nous devrions, en effet. Pouvez-vous tenir debout ?

—Je pense.

—Formidable. Fermez donc la porte avec votre passe-partout et j'irai passer l'appel depuis votre bureau.

—Je… euh… Je dois venir avec vous, dit-il. Car je verrouille la porte du bureau la nuit.

Elle lui montra son propre passe-partout.

—Je pense que nous allons nous débrouiller.

Et nous entreprîmes de redescendre l'escalier.

Une fois à l'abri dans le bureau de M. Hillier, la porte soigneusement fermée, lady Hardcastle entreprit de dénicher son carnet d'adresses au fond de son sac.

—Je devrais me résoudre à confier à ma mémoire le numéro de téléphone de mes connaissances, marmonna-t-elle. Ce n'est pas comme s'ils étaient d'une complexité terrible.

—Je pensais que vous aviez le numéro de son nouveau bureau sur le télégramme qu'il vous a envoyé hier, suggérai-je.

—Je suis toujours impressionnée par l'implication de mon frère dans son travail, dit-elle, fouillant toujours, toutefois je doute que même lui soit encore au bureau à… (Elle regarda sa montre poignet.) 21 heures. Je vais l'appeler chez lui.

—Ce dont il sera ravi, j'en suis sûre.

—C'est sa faute, après tout. S'il veut me donner du « Ohé, sœurette » et ensuite me commander sévèrement de ne pas m'impliquer, il doit s'attendre à des coups de fil à 21 heures un mercredi soir, destinés à l'informer de la mort de visiteurs étrangers et de l'impossibilité de localiser un coffre-fort. Nous sommes parfaitement capables de gérer tout cela par nous-mêmes, c'est lui qui a insisté pour s'en charger. Ah, le voici.

Elle décrocha l'écouteur du téléphone et énonça le numéro à l'opératrice. Ensuite de quoi, nous en fûmes réduites à attendre qu'elle rappelle, une fois que la communication interurbaine serait établie.

—Restons-nous sur l'idée de deux cambrioleurs ? demandai-je.

—Un voleur et un tueur ? Nous ne pouvons pas l'écarter, cependant c'est moins évident cette fois. Pour ma part, je penche fortement pour l'hypothèse de « deux tueurs » désormais. Un garrottage et quelques coups de couteau, voilà qui m'apparaît comme la méthode de deux hommes différents.

—À moins qu'un des meurtres n'ait été planifié et l'autre, improvisé, nuançai-je. Martin avait peut-être prévu de tuer Kouznetsov et préparé son outil pour l'étrangler. En revanche, si cela se trouve, il a dû se battre pour sa propre vie contre Schneider et utiliser la première arme qui lui soit venue à l'esprit, à savoir son fidèle couteau.

—Sauf que Martin était sorti tout l'après-midi, en visite à Cheddar Gorge. Il nous l'a dit lorsque nous l'avons rencontré au salon.

—En effet, en effet. Il est peu probable qu'il ait menti, ce serait un alibi trop facile à réfuter. Un espion qui se respecte aurait inventé mieux que cela. Ah, soupira-t-elle, ce ne sont pas du tout les vacances que j'avais espérées ! Il ne fait même pas beau. Enfin, je veux dire…

Ses réflexions grincheuses furent interrompues par la sonnerie du téléphone.

—Ça n'a pas traîné, commentai-je.

Elle décrocha et plaça l'écouteur de façon que nous puissions en profiter toutes les deux, la différence de taille entre nous l'obligeant à s'asseoir sur le bord du bureau de M. Hillier afin que nos têtes soient plus ou moins au même niveau.

—Hardcastle à l'appareil, dit-elle.

—Votre appel interurbain avec M. Featherston… euh… M. Feather…

L'opératrice fut interrompue par une voix en fond que nous n'entendions pas clairement, mais qui semblait fournir une information vitale.

—Fanshaw ? fit-elle sur un ton tout à fait incrédule. Mais ça s'écrit f-e-a-t-h-e-r-s… Eh bien, ça alors. On en apprend tous les jours. Veuillez ne pas quitter, appelant.

Lady Hardcastle leva les yeux au ciel mais ne moufta pas.

—Est-ce vous, Emily ? demanda une voix féminine familière.

—Lavinia, très chère, oui, c'est bien moi, confirma ma maîtresse. En chair et en os. Ou plutôt, qui rôde dans les arcanes des impulsions électriques, disons. Comment allez-vous ?

—Très bien, merci. Quelle exquise surprise de vous entendre. Ou j'espère que c'en est une. Tout va bien ? Je croyais que vous étiez partie en vacances à Weston-super-Mare.

—En effet, ma chère. Exactement comme prévu. Aucun souci de ce côté-là. J'en déduis que Harry ne vous a rien dit des événements récents dans le Sud-Ouest ?

—Je ne l'ai pas vu de la semaine. Il est en déplacement pour une affaire importante des Affaires étrangères.

—Il est donc à l'étranger ? s'enquit lady Hardcastle.

—Aucune idée. Il a fait préparer un bagage par son valet, m'a lancé : « Ciao, Jake, je serai rentré pour la fin de la semaine », et puis il est parti.

Par un enchaînement logique propre aux pensionnats fréquentés en son temps par lady Lavinia, elle s'était vue affubler du diminutif « Lav », devenu plus tard « Jakes » et finalement « Jake », surnom sous lequel la majorité de ses amis la connaissaient depuis qu'elle était jeune fille.

—Est-ce un comportement courant, chez lui ? s'enquit ma patronne.

—C'est une évolution assez récente, depuis qu'il s'est vu rattaché à son nouveau service, mais oui, désormais cela arrive souvent. Et comme cela semble lui apporter beaucoup de plaisir, forcément je n'en prends pas ombrage. Ce n'est pas comme si je n'avais rien pour m'occuper sans lui, de toute façon.

—Un nouveau service, dites-vous ? J'en comprends qu'il est un cavalier noir et que vous n'avez donc aucune idée de l'endroit où il se trouve ?

—Absolument aucune, ma chère. Est-ce affreusement urgent ?

—Oui, confirma lady Hardcastle. Et puis, non. J'ai un numéro où je pourrai peut-être le joindre, je vais l'essayer.

—Très bien, ma chère, répondit Lavinia. Et soyez prudente, n'est-ce pas ?

—Je suis renommée pour ma prudence, ne craignez rien.

—Hmm. Ce n'est pas ce que dit Harry, mais vous avez l'adorable Flo pour veiller sur vous. Transmettez-lui mes amitiés, voulez-vous ?

—Elle est juste là.

—Bonjour, madame, dis-je. Ne vous inquiétez pas, je ne laisserai aucun mal lui arriver.

—Gardez-nous-en bien, oui, renchérit lady Lavinia. Les tantes, c'est très important.

—Oh, ça alors ! s'exclama lady Hardcastle. Vraiment ? Quelle merveilleuse nouvelle ! Pour quand est-ce prévu ?

—Janvier, selon le docteur.

Malgré les crépitements sur la ligne, j'entendais le sourire dans la voix de lady Lavinia.

—Eh bien, félicitations à vous. Vous êtes consciente que je vais horriblement gâter cet enfant, n'est-ce pas ?

—Nous n'en attendons pas moins. Harry prévoit aussi que vous allez exercer une très mauvaise influence sur le nouveau-né des Featherstonhaugh, ce que, pour ma part, j'approuve de tout cœur.

—Je me ferai une mission d'entraîner ce petit hareng hors du droit chemin, promit ma patronne. Oh, vraiment, c'est merveilleux ! Mais je ne peux pas m'attarder plus longtemps, j'ai des informations pour votre époux errant et je dois absolument essayer de lui mettre la main dessus. Prenez bien soin de vous. De vous deux, devrais-je dire.

—Bien sûr, ma chère. Si j'ai des nouvelles de Harry, je lui dirai que vous avez appelé.

—Merci. Bonne nuit.

Sur ces bonnes paroles, elle suspendit l'écouteur à son crochet.

—Eh bien, par ma foi, fit-elle, tout sourire. Tante Emily ! Voyez-moi cela.

—Vous ferez une tante merveilleuse. Cela dit, il faut vraiment que nous envoyions quelqu'un s'occuper de notre cadavre avant que M. Hillier ne succombe à une nouvelle crise de vapeurs et n'appelle la police. L'idée de devoir gérer les poulets ne me plaît pas du tout, même si l'alternative est de devoir faire semblant d'être polie avec les frères Poisson.

—Oui, tout à fait exact. Vraiment, je ne vois pas d'autre solution que d'essayer cet autre numéro.

S'ensuivit une nouvelle séance de fouille en règle du sac, culminant dans l'extraction du télégramme froissé. Elle s'apprêtait à décrocher de nouveau pour demander un appel interurbain, quand le téléphone sonna, au moment même où elle tendait la main. Elle m'adressa un regard perplexe et répondit ;

—Hôtel Steep Holm View, bonsoir.

—Sœurette ? lança une autre voix familière, masculine cette fois.

—Harry chéri, j'allais justement tenter de te joindre. Nous avons essayé chez toi, mais tu n'y étais pas.

—Je n'étais pas où, ma vieille ?

—Chez toi. Félicitations.

—Pour n'être pas chez moi ?

—Pour le bébé, répliqua-t-elle en secouant la tête. Nous avons parlé à Lavinia.

—Ah, ça. Merci. J'ai bien fait de décider de t'appeler pour prendre de tes nouvelles, alors.

—Une coïncidence qui tombe à point nommé, confirma-t-elle. Nous avons de bonnes nouvelles. Mais aussi, et surtout, de mauvaises nouvelles.

—Vas-y.

—Nous avons pisté le coffre-fort depuis la chambre de Kouznetsov jusqu'à celle de cet Ernst Schneider. Un Autrichien. En fait, c'est… Oh, je ne sais pas trop ce qu'il est. Il a un nom un peu commun, cependant. Comme tous les autres clients de l'hôtel, maintenant que j'y songe. Des noms banals, quelconques. Du genre censés ne pas attirer l'attention. L'on pourrait presque penser qu'il s'agit de *noms de guerre**. Le style qu'utilisent les espions lorsqu'ils travaillent à l'étranger.

Mais Harry ne se laissa pas distraire par ses réflexions.

—Et donc, où est-il maintenant, ce coffre-fort que je t'avais expressément et sans ambiguïté demandé de ne pas chercher ?

—C'est là qu'arrive la première partie de la mauvaise nouvelle, répondit-elle. Il a été volé. Encore une fois.

—Je vois. Et la seconde partie de la mauvaise nouvelle ?

—Schneider est mort.

—Pas de causes naturelles, je présume ?

—Poignardé à plusieurs reprises dans la poitrine, avant d'avoir la gorge tranchée, confirma-t-elle. Du travail pas très propre, mais efficace.

—Hillier a-t-il appelé la police ?

—Non. Il est tout à fait hors de sa zone de confort, le pauvre agneau. Une fois qu'il a repris connaissance, nous l'avons convaincu de s'atteler au verrouillage de toutes les portes. Il a semblé tout à fait enclin à nous laisser prendre les choses en charge.

—Tu dis qu'il a repris connaissance ? A-t-il donc été agressé ?

—Non, mon chéri, il s'est évanoui à la vue du sang sur le sol.

Harry s'esclaffa.

—L'on pourrait croire qu'un directeur d'hôtel a vu pire que cela dans le cours d'une année normale. Bon, je vais envoyer des hommes s'en charger. Nous nous occupons du rapport.

—Tes amis poissonneux ? demanda-t-elle.

—Eux-mêmes. Vous les avez irrités et impressionnés dans une égale mesure. Mais ne les titillez pas trop. Je les tiens raisonnablement bien en laisse, toutefois ils peuvent avoir tendance à mordre, s'ils sont poussés à bout.

—Ne vous en faites pas pour nous, intervins-je. Ils sont sous contrôle.

—Ah, Strongarm, bonsoir. Je ne savais pas que vous étiez là. Oui, je n'en doute aucunement. Toutefois, il se peut que j'aie encore besoin d'eux, donc ne les abîmez pas, je vous prie.

—Bien sûr que non, répondit lady Hardcastle. Cependant, je suis encore sous le choc à l'idée que tu tiennes des poissons en laisse. On ne vous apprend donc rien sur le mélange des métaphores, dans l'école si onéreuse que tu as fréquentée ?

—Et ce chapelet de gouvernantes tout aussi onéreuses ne t'a donc rien appris sur l'obéissance ? rétorqua-t-il. Maintenant, pour l'amour de tout ce qui est sacré, veux-tu bien – et je ne puis insister trop sur l'importance de mon injonction – cesser de te mêler de cette affaire ?

—Et toi, veux-tu bien nous dire ce qui se passe ?

—Il ne se passe rien. Alors arrête de t'en mêler.

—À ta guise, mon chéri. Nous allons nous retirer au salon et y prendre un brandy revigorant en attendant tes mignons des Services spéciaux.

—Qu'est-ce qui te fait dire qu'ils sont des Services spéciaux ? Je n'ai jamais mentionné les Services spéciaux.

—Cela n'aurait pas été plus évident s'ils avaient porté leur affectation tatouée sur le front, dit-elle. Je suppose qu'ils vont aussi nettoyer après leur passage ? Je trouve que ce n'est pas au personnel de Hillier qu'il incombe d'éponger des mares de sang.

—Dans ce cas, j'enverrai un spécialiste avec eux, convint Harry. Tiens-toi en dehors de leur chemin.

—Dacodac, chéri. Nous nous reparlerons bientôt, je n'en doute pas.

—J'en suis certain. Bonne nuit, sœurette.

De nouveau, elle raccrocha l'écouteur.

—Venez, Flo. Allons voir si les Wilson sont toujours au salon. Je finirais bien ce brandy.

Nous laissâmes le bureau de M. Hillier dans l'état où nous l'avions trouvé et retournâmes au salon pour y attendre les Poissonneux de Harry.

10

Il était déjà 21 heures passées et je m'attendais à ce que les demoiselles Wilson se soient retirées dans leurs chambres. Je fus donc surprise, et amusée, de les trouver encore au salon, gloussant telles des écolières de quelque plaisanterie. Nous nous joignîmes à elles.

—Quel plaisir de vous revoir ! dit Adelia. Nous n'espérions plus du tout votre retour. Tout va bien ? Avez-vous trouvé le mystérieux coffre-fort ?

—Hélas non. Et ça n'est pas la pire nouvelle : je crains que nous n'ayons en revanche retrouvé Herr Schneider. Mort.

—Pas possible ! s'exclama Adelia. Dans sa chambre ?

—Au sol, près du lit, confirmai-je. Assassiné.

—Assassiné ? répéta Eleanora. (La rougeur que le cognac avait donnée à ses joues avant notre arrivée venait de s'éteindre complètement.) Encore un homme assassiné ?

—J'en ai bien peur, confirmai-je.

—Vous en avez « bien peur » ? s'exclama Adelia. Juste cela ? Comme si la duchesse ne pouvait être présente au dîner tout compte fait, ou que le train allait avoir quelques minutes de retard ? Vous en avez « bien peur ». Pas de quoi s'inquiéter. Rien qu'un incident sans gravité.

Je haussai les épaules d'un air contrit.

—Sommes-nous en sécurité ? demanda Eleanora. Faut-il prendre des précautions ?

—Je suis sûre que nous sommes en sécurité, reprit lady Hardcastle. Le tueur en avait très certainement après le coffre-fort.

—Et est-ce qu'il l'a en sa possession maintenant ?

—Les circonstances de la mort suggèrent que non, répondis-je. Mais nous devons procéder à une fouille en règle de la chambre afin d'en avoir une idée plus précise.

—Et quand allez-vous procéder ? s'enquit Adelia.

—Dès que les autorités auront récupéré le corps, l'informa ma maîtresse. Ils vont vouloir jeter un coup d'œil eux-mêmes avant que nous n'allions y mettre notre nez.

—La police doit venir ?

—Quelque chose comme cela. Comment vous en sortez-vous, avec ce brandy ? Avez-vous besoin que l'on vous resserve ?

—Mais si le tueur n'a pas le coffre, insista Eleanora, comment savez-vous que nous sommes en sécurité ? S'il continue de le chercher, il va peut-être fouiller toutes les chambres tour à tour. Nous pourrions être les suivantes.

—Je comprends votre raisonnement, lui assura lady Hardcastle. Le seul réconfort que je puis vous offrir, c'est que jusqu'à présent, le tueur a attendu d'être certain de savoir où était le coffre avant de frapper. Il semble donc que nous soyons en sécurité tant que nous n'avons pas le coffre.

—Absolument, ma chérie, intervint Adelia. Je dois me ranger à l'avis de nos amies anglaises : nous n'avons pas de raison de nous en faire.

Mais Eleanora n'était pas prête à se laisser endormir par quelques paroles dénuées de sens.

—Avez-vous au moins une idée de l'identité du tueur ?

—Cette fois, nous en avons une, oui, répondis-je. Mais aucune certitude.

—Cette fois ? insista la jeune femme. « Cette fois » ! Ce pourrait donc être une personne différente de la première fois ? Et qu'en est-il du Dr Goddard ? A-t-il été enlevé par une autre personne encore ?

—Vous nous posez une colle, admit lady Hardcastle. Nous le soupçonnons fortement, mais là non plus, nous n'en avons pas la preuve, donc pas la certitude.

—Vous n'avez pas de certitudes sur grand-chose, il me semble.

—Eleanora Wilson ! s'exclama sèchement Adelia. Je te prie de soigner tes manières.

—Je ne voulais vraiment pas me montrer impolie, s'amenda sa nièce, sans toutefois montrer énormément de contrition. Mais vous devez admettre qu'il se passe des choses horribles et effarantes autour de nous et que nous n'avons pour tout réconfort que la parole de deux…

—Cela suffit, jeune fille, la coupa sa tante. Vraiment.

—Non, cela ne suffit pas, tante Adelia. Loin de moi l'idée de vous offenser, mesdames, mais vous nous annoncez qu'il se passe ici des choses affreuses et vous nous assurez que nous sommes en sécurité parce que… eh bien, parce que quoi, exactement ? Pourquoi est-ce vous qui « enquêtez » sur toute cette affaire ? En quoi êtes-vous qualifiées pour prendre les choses en charge et dire à M. Hillier d'appeler « les autorités » plutôt que la police ?

Lady Hardcastle m'adressa un regard interrogateur, auquel je me contentai de répondre par un haussement d'épaules. Je voulais bien que l'on révèle la vérité à Eleanora, seulement je croyais que nous avions décidé de garder le secret jusqu'à ce que nous ayons définitivement établi qui était qui parmi le mélange improbable de visiteurs étrangers. Si elle avait un meilleur plan, toutefois, je ne demandais pas mieux que de m'y conformer.

—Très bien, dit-elle. Peut-être le moment est-il venu de nous démasquer, tout compte fait. Êtes-vous d'accord, Flo ?

—Si vous pensez que c'est pour le mieux, madame. Il est vrai que nous aurions bien besoin d'un allié ou deux.

—Merci, ma chère. Et si nos deux pays peuvent être alliés, parmi quels ressortissants avons-nous le plus de chance de nous trouver des alliés personnels ? Alors… par où commencer ? Feu mon époux, sir Roderick, était diplomate – plutôt talentueux, en l'occurrence – et moi… eh bien, j'étais espionne. Il n'y a pas moyen de présenter la chose de manière édulcorée, je le crains. Pendant que Roddy se chargeait des affaires légales de la Couronne à l'étranger, je rôdais dans l'ombre à faire ce que font tous les gouvernements, sans qu'aucun ne l'avoue jamais. Je suis sûre que vous comprenez, ajouta-t-elle avec un regard entendu à l'adresse d'Adelia, qui haussa discrètement l'épaule mais ne répondit rien. La plupart du temps, je me devais juste d'être au bon endroit au bon moment, à tendre mes oreilles élégamment parées de bijoux. Que les hommes nous prennent toutes pour des nigaudes présente quelques rares avantages : ils se croient notamment autorisés à se montrer affreusement indiscrets en présence de « simples » femmes. Parfois, en revanche, je devais avoir recours à des tactiques plus agressives – infiltration discrète, voire entrée par effraction, dans des lieux interdits, ce genre de choses. Pour cela, il me fallait une assistante, une complice que j'ai recrutée en la personne de ma merveilleuse dame de compagnie, j'ai nommé Mlle Florence Armstrong.

Je souris aux Wilson qui toutes les deux tournèrent vers moi un regard surpris.

—Nous avons vécu ensemble de nombreuses aventures tandis que Roddy aidait à maintenir notre couverture, car il était l'un des jeunes diplomates les plus brillants que le ministère des Affaires étrangères ait jamais employés. À sa mort, nous avons repris nos bonnes œuvres où nous les avions laissées. Après une brève pause.

—Je suis vraiment navrée, dit Eleanora. Vous est-il très pénible d'en parler ? Comment est-il mort ?

—Tué à Shanghai par un Allemand du nom de Günther Ehrlichmann, l'un des assassins les plus redoutés de notre époque, en l'occurrence. Des histoires le concernant couraient un peu partout, dont seule la moitié pouvait être vraie. Impossible à éliminer, m'a-t-on affirmé. À croire qu'il avait des superpouvoirs : il apparaissait à un endroit, assassinait quelqu'un, et puis on le voyait à des milliers de kilomètres, à peine quelques jours plus tard. Un fatras d'histoires, évidemment destinées à effrayer l'ennemi. Mais on l'a lancé sur mon Roddy et il l'a tué d'une balle dans l'œil avec un pistolet de petit calibre. En représailles, j'ai prouvé la fausseté du mythe en tuant Ehrlichmann, ce qui nous a ensuite obligées, Flo et moi, à fuir à travers la Chine.

—À travers la Chine ? répéta Adelia, plus qu'un peu médusée. Vous plaisantez ? De Shanghai ? Pourquoi n'avoir pas simplement pris un bateau et décampé ?

—Les rues fourmillaient de rebelles chinois et le port, d'espions allemands. Notre seule échappatoire, c'était par l'Ouest.

—Comment avez-vous survécu ?

—En grande partie grâce à notre intelligence. Nous portions des vêtements chinois, ce qui nous permettait de ne pas trop attirer l'attention, du moins de loin. Et en adeptes des arts malhonnêtes, nous avons pu chaparder de la nourriture lorsque nous n'avions pas les moyens d'en acheter. Et puis, nous avons eu la chance de tomber sur un guide. Flo raconte mieux cette partie de l'histoire.

—Ah bon ? D'accord. Hum. Nous étions dans la province du Hunan, lorsque nous avons rencontré un moine. Je suis bien persuadée que vous pourriez raconter cela tout aussi bien que moi.

—Mais les meilleurs morceaux vous concernent. Racontez donc.

—Très bien, convins-je. Nous avons donc rencontré un moine qui marchait seul, péniblement, et… disons que nous lui avons emboîté le pas. Il était… « taciturne », je pense que c'est le meilleur adjectif pour le décrire, mais à mesure que les semaines ont passé, nous en avons appris un peu plus sur lui. Il s'appelait Chen Ping Bo et avait quitté son ordre monastique pour parcourir le monde. Je n'ai jamais réussi à découvrir s'il en était parti de son plein gré ou s'il avait été expulsé, toujours est-il qu'il voyageait de ville en ville, de village en village, en travaillant où et lorsqu'il le pouvait. Il a accepté d'être notre guide et de nous emmener dans l'extrême ouest du pays, puis en Birmanie, si bien qu'au bout du compte, nous avons pu embarquer à bord d'un navire pour Calcutta, après quoi nous avons trouvé un moyen de rentrer en Angleterre.

—Ce n'est pas la partie que tout le monde adore entendre, ma chère, intervint lady Hardcastle. Racontez-leur donc les passages excitants.

Je soupirai.

—Nous progressions régulièrement vers l'ouest avec notre nouveau guide, depuis moins d'une semaine. Il avait insisté pour que nous arrêtions de cheminer à travers champs et que nous empruntions plutôt les routes. Aucune de nous deux n'était particulièrement à l'aise avec cette idée, mais il n'en démordait pas. Il dégageait un calme empreint d'une telle assurance que nous en sommes venues à nous croire parfaitement en sécurité.

—Je parie qu'il n'en a rien été, devina Eleanora, qui avait oublié son attitude grincheuse de tantôt.

—Au bout du compte, il en est allé un tantinet des deux, répondis-je. Un jour, peu après l'aube et notre frugal petit déjeuner, nous avons levé le camp pour gagner le village suivant. Chen Ping Bo était de bonne humeur : connaissant ce village, il était certain qu'on nous y accueillerait bien. Or nous n'avions pas marché plus d'un mile que nous avons été attaqués par des bandits.

—Oh, là, là ! s'exclama Eleanora. Un roman d'aventures, mais dans la vraie vie.

Je l'avoue, j'apprécie un public enthousiaste.

—L'un des assaillants nous a sauté dessus de derrière un arbre, poursuivis-je. Il brandissait un gros bâton et, quand nous avons tenté de lui échapper, deux de ses camarades ont jailli du fossé, chacun armé d'un bâton particulièrement impressionnant, pour nous barrer toute retraite. À ce moment-là, Chen a poussé un soupir et déposé son barda.

—J'étais sûre qu'il cachait bien son jeu, commenta Eleanora.

—Calmement et très poliment, il a adressé quelques mots au premier homme, dans un dialecte que je ne connaissais pas – nous parlions déjà un peu de mandarin et de shanghaïen depuis notre séjour sur la côte, mais il existe des dizaines de langues en Chine. Bref, les bandits se sont mis à rire, à se moquer de Chen, qui ne s'est pas démonté et a rajouté quelques mots. Même réaction de la part des bandits. Alors, passant au mandarin, il a tranquillement ajouté : « Mesdames, auriez-vous l'obligeance de vous écarter sur le bord de la route ? » Ce que nous avons fait : nous n'avions pas de meilleure solution à proposer. Chen s'est incliné devant le premier bandit, qui s'est remis à rire en lui assénant quelques insolences sur un ton évidemment moqueur. Et notre Chen qui se tenait là, détendu et souriant. Le bandit s'est avancé vers lui, regard mauvais, bâton menaçant... Chen ne bougeait toujours pas. Le bandit a lancé un coup, qu'il a stoppé au ras de la tête de Chen, assez déconcerté par l'immobilité de notre guide. De plus en plus enragé, le type a jeté un bras en arrière avec, cette fois, l'intention manifeste de porter son coup. Je craignais que notre nouveau compagnon ne soit tué.

À ce stade, Eleanora s'éventait le visage avec ses mains.

—La seule chose dont je me souvienne vraiment ensuite, c'est du bandit couché sur le dos, pantelant, les mains serrées autour de la gorge. Chen, lui, tenait désormais son bâton et pivotait vers les autres hommes. Après un moment d'hésitation, ils ont lâché leurs propres armes pour détaler sur la route, dans la direction d'où nous venions. Chen a aidé leur comparse à se relever, avant de s'incliner de nouveau devant lui. Le bandit, qui tremblait un peu, s'est lui aussi incliné, avant de prendre ses jambes à son cou à la suite de ses comparses. Lentement, posément, Chen a ramassé son barda et nous a indiqué que nous pouvions reprendre notre route. Quand je lui ai demandé d'expliquer ce à quoi nous venions d'assister, il a répondu : « Que pensez-vous avoir vu ? » J'avais vu l'homme sur le point de le frapper avec son bâton, ai-je expliqué, puis Chen avancer d'un pas vers lui, puis un méli-mélo de mains, de pieds et de coudes, trop rapide pour que je distingue quoi que ce soit, et puis l'homme à terre, en train de hoqueter. Notre guide s'est contenté de répliquer : « Eh bien, c'est donc sans doute ce qui s'est passé. »

—C'est tout ? demanda Eleanora.

—C’est tout, confirmai-je. À ce moment-là, nous avions déjà compris que Chen était du genre à éviter de répondre directement aux questions.

—Le genre fort et mystérieux, commenta Eleanora.

Je souris.

—Je lui ai demandé s’il s’agissait de quelque science que je pouvais apprendre, à quoi il a répondu : « Vous me semblez être une jeune femme très capable. Je suis sûr qu’avec une vie d’étude, de prière et de méditation, vous pourriez devenir très douée. Hélas, les règles de mon ordre sont très strictes et les femmes n’y sont pas autorisées. » Mais je ne comptais pas renoncer aussi facilement, alors je lui ai demandé s’il pouvait m’apprendre à me défendre moi-même, arguant que nous vivions une époque dangereuse et que nous ne pourrions pas toujours compter sur lui pour nous protéger.

—Et qu’a-t-il répondu ? m’interrogea Eleanora.

—Il m’a dévisagée un instant avec solennité, puis il a dit : « Cela va à l’encontre de toutes les règles de mon ordre, mais vous plaidez bien votre cause. Je vous instruirai. Et votre maîtresse, le souhaite-t-elle aussi ? »

—Vous aussi, Emily ? Il vous a appris sa science ?

Eleanora était tout à fait passionnée par l’histoire.

—À moi ? fit ma patronne. La perspective aurait été amusante, n’est-ce pas ? Mais j’ai dû décliner, je ne suis pas taillée pour la bagarre. Et puis, je n’aurais pas aimé m’abîmer les mains, ajouta-t-elle en les levant pour que nous puissions apprécier leur élégance. Au risque de ne plus jamais pouvoir jouer du piano.

Eleanora s’esclaffa.

—Je savais au contraire, pour l’avoir constaté, que lady Hardcastle n’était pas du tout étrangère à la bagarre, nuançai-je. Et il se trouve qu'elle est aussi tireuse d'élite au pistolet et au fusil. Toutefois je vous confesse que j'étais assez contente d'être la seule à profiter de l'enseignement prodigué par Chen quant à ses arts mystérieux. Aussi me suis-je gardée d'en informer lady Hardcastle. Au fil des mois et de notre voyage qui nous emmenait de plus en plus vers l'ouest en direction de la Birmanie, Chen Ping Bo m'enseignait les bases de sa propre méthode de combat rapproché. En apprenant non seulement ses techniques mais aussi un peu de la philosophie qui les sous-tendait, j'ai compris qu'il avait raison : il faudrait une vie d'étude diligente pour les maîtriser. Quoi qu'il en soit, une fois la frontière birmane furtivement traversée, puis Mandalay atteinte, Chen m'a jugée plus que capable de nous protéger, lady Hardcastle et moi. Il est même allé jusqu'à suggérer que si un ordre monastique devait un jour admettre des femmes, il faudrait immédiatement que je postule pour devenir leur première élève.

—Je vous demande pardon d'avoir douté de vous, déclara Eleanora. Êtes-vous capable de tuer un homme à mains nues ?

—Eleanora, vraiment ! l'admonesta Adelia. Quelle question à poser à une femme !

—Pardon. Que s'est-il passé ensuite ? Comment êtes-vous parvenues à rentrer chez vous ? Il vous restait encore un bien long chemin.

—Oui, nous étions toujours en Birmanie, reprit lady Hardcastle. Sur les quais de Mandalay, nous avons réussi à trouver un vieux monsieur avec un bateau…

Elle fut interrompue par le toussotement discret du portier de nuit.

—Veuillez m'excuser, m'dame. Il y a deux messieurs à la réception pour vous.

—Voilà qui a été rapide, répondit lady Hardcastle. Parfait. Voulez-vous bien aller vous en occuper, Flo ? Vous seriez un amour. Je vais rester ici à régaler nos nouvelles copines du récit de notre voyage héroïque sur le fleuve Irrawaddy jusqu'à Rangoon.

Elle me tendit le passe-partout.

—Bien sûr, madame. Quant à vous, mesdames, gardez bien à l'esprit que le python ne mesurait que trois pieds de long et que le trou dans le bateau a été bouché sans mal à l'aide de feuilles et de sève d'arbre. J'ai entendu des versions de l'histoire dans lesquelles nous combattions un serpent de dix pieds de long et devions écoper frénétiquement le bateau avec nos mains en coupe, afin d'éviter le naufrage.

—Rabat-joie, marmonna ma patronne. Allez plutôt vous occuper des poissons.

Je laissai donc les Wilson se divertir d'un récit de bravoure tropicale dont le niveau d'exagération inventive aurait pu faire rougir le baron de Munchhausen, pendant que je m'occupais de sujets plus prosaïques tels que l'enlèvement de cadavre et la fouille d'une chambre d'hôtel.

Les deux hommes des Services spéciaux attendaient à la réception. Ils avaient adopté exactement la même posture que la première fois, les seules différences appréciables étant un impressionnant fourre-tout et le désormais familier sac mortuaire en toile, déjà posé au sol aux pieds de Gaucher.

—M. Auroch et M. Koudou pour vous, mademoiselle, annonça le portier, avant de retourner prestement à la chaise installée pour lui près de la porte d'entrée.

—Bonsoir, messieurs, dis-je. Nous donnons dans les ongulés des plaines africaines, ce soir, à ce que je vois.

—Nous aimons varier les plaisirs, convint Droitier. Partant du principe qu'une cible mouvante est plus difficile à toucher, etc.

—Toutefois, c'est aussi un peu difficile de suivre, lui fis-je remarquer. Vous non plus, vous ne parvenez pas à vous rappeler vos noms, la plupart du temps. Je vais vous appeler M. Droitier et M. Gaucher, ce sera beaucoup plus simple.

—Et pourquoi…?

—J'aurais cru que c'était évident, le coupai-je. Vous êtes droitier et votre charmant collègue est gaucher.

—Mais comment… ? tenta M. Gaucher, visiblement surpris.

—Vos pistolets, expliquai-je. Vous ne soupçonnez pas que les quidams remarquent vos armes à feu, j'imagine.

Gêné, il tapota le pistolet mal camouflé sous son aisselle droite.

—Eh bien, vous êtes rusée. Votre maîtresse ne se joint pas à nous ?

—Non, monsieur Gaucher, répondis-je. Elle est occupée ailleurs. Vous allez devoir vous contenter de moi.

—Et M. Hillier ? s'enquit M. Droitier.

—Il est là quelque part. Nous le tiendrons informé. Mais il préférerait assurément que vous nettoyiez, s'il vous plaît. M. Featherstonhaugh a dit que vous seriez accompagnés d'un expert.

M. Gaucher souleva le fourre-tout conséquent qui attendait au sol.

—J'ai tout l'équipement spécialisé qu'il nous faut, merci.

—Dans ce cas, suivez-moi.

Je les conduisis à la chambre de Schneider, dont j'ouvris la porte avec le passe-partout. J'attendis dehors le temps qu'ils s'acquittent de leurs obligations.

Ils furent d'une compagnie tout sauf formidable, n'échangeant entre eux que par nécessité et répondant par des rebuffades à mes tentatives guillerettes de conversation légère. Je commençais à regretter de n'avoir pas emporté un livre, toutefois l'une des conséquences agréables de leur efficacité sans chichis fut qu'ils emballèrent le corps, nettoyèrent le sol et se livrèrent à une fouille professionnelle – quoique brève – de la chambre, avant que j'aie eu le temps de m'ennuyer vraiment.

—Nous avons terminé, annonça M. Droitier.

—Merci pour votre intervention, répondis-je. Avez-vous une carte ? Nous vous recommanderons à nos amis.

—Pourquoi n'iriez-vous pas… commença M. Gaucher, mais son collègue le coupa avant que je puisse deviner ce qu'il s'apprêtait à me suggérer.

—Assez, fit M. Droitier. Nous sommes tous dans le même camp.

—Dis-le-lui, à elle, ricana M. Gaucher. Cette petite prétentieuse…

—« Assez », j'ai dit. Bonsoir, mademoiselle.

Encombré comme il l'était par le cadavre ensaché de Herr Schneider, il ne fut pas en mesure d'incliner son chapeau. Il me salua donc d'un hochement de tête et, ensemble, ils emportèrent leur sinistre fardeau vers le monte-charge.

Je les regardai disparaître, puis entrepris ma propre fouille de la chambre.

Il n'y avait pas grand-chose à voir que nous n'ayons déjà repéré lorsque nous étions entrées dans la pièce pour y découvrir le corps de Schneider quelques heures plus tôt. Son étonnante collection de pommades, d'onguents, de médicaments et autres potions aurait pu concurrencer une pharmacie de bonne taille, et la plupart des produits étaient toujours répandus au sol. À défaut d'autre chose, cela donnait à la pièce l'agréable odeur que nous avions remarquée plus tôt, tout en masquant un peu celle du sang, plus âpre, ainsi que la bouffée amère du désinfectant dont M. Gaucher avait usé pour tout nettoyer. Équipement spécialisé, mon œil ! J'aurais pu faire aussi bien.

Évitant soigneusement les produits de toilette éparpillés, je m'agenouillai pour jeter un dernier coup d'œil sous le lit, cette fois depuis le côté le plus proche de la porte, celui où le corps de Schneider s'était trouvé. Le visage quasi collé au jeté de lit, je perçus une nouvelle odeur. Ténue, mais immanquable.

Je savais qui détenait le coffre-fort.

Il n'y avait pas de temps à perdre, je devais renoncer à mon idée de fouille en règle. D'un bond je fus sur pieds, j'époussetai ma jupe, balayai rapidement la pièce d'un dernier regard pour le cas où, avant de me hâter. Refermant la porte à clé, je gagnai l'escalier, dont je pris les marches deux à deux – le nouveau détenteur du coffre pouvait revenir à tout moment – et je progressai donc aussi vite que je l'osai dans le couloir. Rien n'attire plus l'attention qu'une personne en train de courir, mais comme les lieux étaient déserts, ma hâte passa inaperçue. Quoi qu'il en soit, je devais me cacher le plus possible.

J'atteignis la porte, paniquai brièvement quand j'échouai à mettre la main sur mon passe-partout, avant de me rappeler, avec un vrai soupir, très peu professionnel car sonore, que je l'avais mis dans l'autre poche de ma veste. La serrure se soumit sans plus de suspense et je me faufilai à l'intérieur.

Encore ce parfum. Adelia Wilson devait se baigner dedans. En l'occurrence, je n'allais pas m'en plaindre, au moins m'avait-il menée sur la piste du coffre-fort.

Ma recherche fut brève.

Sous le lit d'Adelia, je trouvai un grand coffre, d'environ un pied de profondeur, un pied de haut, dix-huit pouces de large. Il semblait fait en acier, avec d'épais renforts rivetés dans tous les coins et sur les arêtes. Enfin, il comportait une solide poignée à chaque extrémité. Quant à la serrure, elle m'avait l'air d'une grande sophistication. De toute évidence, nul autre que son propriétaire n'était censé ouvrir le coffre, ni par la ruse ni par la force brute. Je le tirai de dessous le lit par l'une de ses poignées, ce qui m'apprit enfin pourquoi tout le monde avait choisi de le cacher au ras du sol : il pesait une tonne. Il faudrait déployer bien trop d'efforts pour le hisser en haut d'une armoire et je n'aurais pas non plus osé le ranger sur une étagère, de peur qu'elle ne cède sous son poids.

Comme le temps jouait contre moi, je ne pus l'examiner en détail. Vérifiant que je n'avais rien dérangé dans la chambre et que le jeté de lit était exactement comme je l'avais trouvé, j'attrapai le coffre par ses deux poignées et le transportai péniblement dans le couloir. Je dus le reposer pour verrouiller de nouveau la porte, après quoi je le hissai sur une épaule afin de l'emporter dans notre chambre.

C'était un pari. Si je croisais quelqu'un dans l'escalier, j'étais dans le pétrin. Martin ou Takahashi n'hésiteraient pas à m'affronter – nous étions déjà certaines que Martin avait tué Schneider et il était tout à fait possible que Takahashi ait étranglé Kouznetsov. Si Adelia Wilson présentait une menace physique moindre, une confrontation serait quand même problématique. Je savais pouvoir me dépêtrer de n'importe lequel d'entre eux, sans grand souci, mais alors les carottes seraient cuites. Et une fois que la nouvelle d'une confrontation dans l'escalier serait devenue publique, les joueurs restants ne tarderaient pas à deviner où se trouvait le coffre et nous nous retrouverions seules contre tous.

La chance, cependant, fut de mon côté. Je parvins à ma chambre sans croiser âme qui vive. Comme une bonne fille, et pour suivre l'exemple général, je poussai le coffre sous mon lit. Je sortis quelques boîtes à chapeau de l'armoire de lady Hardcastle, que je fourrai aussi dessous. Le coffre-fort n'était pas parfaitement camouflé, mais sans doute assez pour échapper au regard de la chambrière.

Je m'époussetai de nouveau, me rajustai et repartis pour le salon.

—La voilà, dit lady Hardcastle. Tout va bien ? Les frères Poisson se sont bien comportés ?

—C'étaient les Antilope ce soir, rectifiai-je. Mais ils ont tout pris en charge.

—Les frères Poisson ? répéta Adelia. Les Antilope ?

—Deux gars des Services spéciaux envoyés par mon frère, l'informa ma patronne. Qui prennent apparemment plaisir à se montrer sous un jour plus glamour et exaltant en opérant sous des noms de code, des pseudonymes, en l'occurrence. Hier, ils avaient choisi des poissons d'eau douce européens, ce soir apparemment, des ongulés d'Afrique. Ces Services spéciaux, ils ne sont pas les derniers pour ce qui est de la rigolade.

—Votre frère ? fit encore Adelia, recourant à une technique d'interrogatoire pour le moins concise.

—Mon frère est Harry Featherstonhaugh, du ministère des Affaires étrangères. Il semble qu'il se soit piqué d'intérêt pour les événements de l'hôtel. Ne me demandez pas pourquoi, nous parlons rarement boutique.

Je la voyais observer Adelia Wilson tout en lui révélant ces informations inutilement indiscrètes. Ses efforts furent récompensés : les yeux de Mlle Wilson tante s'arrondirent imperceptiblement à la mention des Affaires étrangères. Lady Hardcastle venait de se convaincre de ce que je savais déjà : Adelia était plus qu'une vieille fille du Maryland en goguette.

—Votre famille a l'air particulièrement impliquée dans la politique britannique, commenta-t-elle. Un mari diplomate, un frère haut fonctionnaire et vous… espionne.

—Notre père était un personnage terriblement important au Trésor, aussi. Mère n'était que mère, en revanche. Cela dit, qui sait quelles grandes affaires se débrouillaient durant ses parties de bridge du mercredi ?

—Je suis sûre que plus d'un traité international s'est négocié autour d'une partie de cartes.

—Tout à fait, renchérit ma maîtresse. Flo, ma chère, vous êtes un peu en deçà, niveau brandy, il me semble. Souhaitez-vous que j'essaie de convoquer… Ah, Ribble, vous voici. Une autre tournée de cognac, je vous prie. Sera-ce tout pour vous, mesdames ?

—Eh bien, il se fait tard, répondit Adelia. Pourrions-nous avoir un cacao, s'il vous plaît ?

—Formidable idée. Cognac et cacao pour tout le monde. Et un nouvel échantillonnage de ces petits biscuits que vous nous avez apportés tantôt. Merci, Ribble, vous êtes une merveille.

—Avec plaisir, madame, répondit-il, avant de disparaître aussi subrepticement qu'il était arrivé.

—Je me sens terriblement sans gêne, reprit lady Hardcastle. Nous vous retardons. Je suis désolée. Je vous en prie, si vous le souhaitez, n'hésitez pas à vous retirer.

—Ne vous en faites pas pour nous, l'assura Adelia. Nous passons un bon moment, n'est-ce pas, Eleanora ?

—Hmm-hmm, bredouilla la plus jeune des Wilson, quelque peu ensommeillée.

—Emily nous parlait de l'homme au bateau et de votre voyage sur l'Irrawaddy, m'informa Adelia avec enthousiasme.

—Un gentil vieux bonhomme, convins-je. Très amical. Pas une seule dent en bouche, mais charmant tout de même. Il semblait ravi de se débarrasser du bateau, même si nous n'avons pas eu la possibilité de l'interroger là-dessus.

—Je sais, répondit-elle. C'est fou, avec toutes les langues que vous parlez, de vous retrouver à un endroit où personne n'en comprend aucune.

—Oui, cela a posé problème, admis-je.

—J'essayais de me rappeler ce que nous lui avions offert pour le bateau, me dit lady Hardcastle. Mais là aussi, je me suis trouvée confrontée à un problème.

—Un souverain or, une bague en opale, cadeau de votre tante…

—Je ne l'avais jamais aimée.

—… et une chemise de soie que j'avais achetée sur un marché de Shanghai pour presque rien.

—C'est cela. Je pense que les deux parties sont sorties satisfaites du marché.

—Où en était-elle ? demandai-je à nos compagnes.

—Vous veniez d'arriver à Rangoon, répondit Eleanora.

—Il ne reste plus grand-chose à raconter à partir de là, déclara lady Hardcastle. Nous avons pris contact avec les autorités britanniques, s'est ensuivie une série de câbles, la plupart exprimant une grande surprise – comment ? nous étions vivantes ? –, puis nous avons réservé deux couchettes sur un navire en partance pour Calcutta.

—Les gens, au pays, vous pensaient mortes ? demanda Eleanora.

—C'était compréhensible, confirma ma maîtresse. Nous étions parties depuis presque deux ans. Je pense qu'en définitive, nous n'avons marché que deux-trois mille miles, cependant ils comportaient des montagnes, des jungles, d'autres gars avec des bâtons… enfin, vous voyez le genre. Et nous avons dû faire profil bas pendant l'hiver, bien sûr, donc le périple a pris un peu plus de temps qu'on pourrait l'imaginer.

—Ils ont dû être contents de vous revoir.

—L'on aurait pu le penser, cependant les retrouvailles ont été quelque peu décevantes, pour être honnête. Beaucoup moins enthousiastes que nous l'avions espéré, si bien que nous sommes restées à Calcutta deux ou trois ans de plus avant de rentrer enfin à la maison.

Le cacao arriva et fut avidement consommé – d'autant plus avidement que lady Hardcastle les encouragea à mélanger la boisson chocolatée au cognac.

Nous ne tardâmes pas à bâiller et à suggérer, avec quelques variantes, que « Bon, il faudrait monter maintenant », sans toutefois bouger de nos sièges. En définitive, ce fut Adelia Wilson qui se lança, entraînant sa nièce et nous souhaitant une bonne nuit.

Nous les suivîmes de peu.

—Alors, comment cela s'est-il passé ? me demanda lady Hardcastle sitôt que nous fûmes à l'abri derrière la porte close de notre « suite ».

—Rien d'aussi intéressant que je l'avais d'abord espéré, admis-je. J'ai tenté la technique du persiflage sur les brutes de Harry, mais ils n'ont pas mordu à l'hameçon.

—Voilà qui n'est pas drôle. Trop disciplinés ?

—Ou benêts, difficile à dire avec les hommes de main.

—Et la situation s'est-elle améliorée au moins ?

—Pour ça, oui. Une fois qu'ils ont été partis, emportant feu Ernst Schneider avec eux, je suis rentrée redonner un coup d'œil avisé dans la chambre et j'ai flairé une odeur familière.

—Sang ? Huile capillaire ? Désinfectant ?

—Tout cela et plus. Comment avez-vous deviné, pour le désinfectant ?

—Avec quoi nettoyer le parquet taché de sang d'une chambre d'hôtel ?

—Que savez-vous du nettoyage, où qu'il doive se produire ?

—Je lis. J'observe.

—Hum, marmonnai-je. Enfin, vous avez raison. Leur prétendue expertise en matière de scènes de crime se résume à aller chez le premier droguiste venu pour y acheter du Jeyes Fluid. Cependant aucune de ces odeurs, si distinctives soient-elles, n'a été aussi éloquente que la légère bouffée que j'ai perçue sur le jeté de lit.

—Le parfum d'Adelia Wilson.

—Vous savez que vous êtes parfaitement irritante, parfois ?

—Il n'empêche que j'ai raison, n'est-ce pas ?

—Exact, convins-je.

—Et donc, nous pensons que les Wilson détiennent le coffre ?

—Elles ne l'ont plus.

—Oh, quel dommage ! Je me demande bien qui l'a.

—Nous.

—Bien joué. Où ?

—Caché au même endroit que tout le monde. Sous le lit.

Je la précédai jusqu'à ma chambre et tirai le coffre-fort de sa cachette.

—Dieu du ciel ! s'exclama-t-elle. Voilà qui n'est pas le genre d'objet que l'on peut rater au cours d'une fouille.

—Et pas non plus le genre d'objet que l'on peut transporter très facilement, confirmai-je. Il est tout à fait aussi lourd qu'il en a l'air. C'est d'ailleurs un prodige que personne n'ait été vu en train de trimer pour déplacer cette chose.

Elle s'essaya à tirer sur l'une des poignées.

—Adelia Wilson est plus robuste qu'elle n'y paraît. Je ne suis pas certaine d'être en mesure de le porter bien loin et elle… quoi ? L'a transporté jusqu'à sa chambre ?

—Et l'a glissé sous son lit, oui.

—Elle a dû monter en douce pendant que j'attendais que le portier de nuit contacte M. Hillier. Quelle petite fouine sournoise !

—Il y a des fouines aux Amériques ? demandai-je.

—Je crois bien que oui, figurez-vous. Vous avez été prudente ?

—Je n'ai laissé aucune trace de mon passage. Pas même le moindre effluve de mon parfum.

—Vous ne portez pas de parfum.

—Et tant mieux. Il s'avère qu'un parfum constitue un indice indésirable, dans notre domaine.

—Donc même si elle regardait sous son lit, elle ne saurait pas que c'est nous qui détenons le coffre.

—Je dirais que nous serions sans doute en haut de sa liste de suspects, néanmoins, nuançai-je. Je me suis absentée un bon moment et notre passé de magouilleuses n'est plus un secret.

—Voilà qui s'est avéré un pari gâché, en l'occurrence, dit-elle. J'espérais les débusquer.

—J'avais compris.

—Hélas, elle n'a même pas cillé, jusqu'à ce que je mentionne le nom de Harry et, à ce stade, vous aviez déjà pigé son petit jeu. Enfin, bon, cela n'a pas fait de mal non plus.

—Et puis nous avons diverti Eleanora, renchéris-je. Elle avait besoin de distraction, je la crois très apeurée.

—Je le pense aussi, oui. Vraiment, c'est fort imprudent de la part d'Adelia de l'entraîner dans une mission. Après tout, elle n'a guère que… quoi ? Dix-sept ans ?

—Je n'en avais que dix-huit quand vous m'avez recrutée, lui rappelai-je.

—Oui, sans doute. Mais vous étiez tellement plus rompue aux usages du monde. Et vous étiez déjà très douée dans le maniement du couteau, j'avais vu les trucs que votre père vous avait enseignés. Je ne m'imagine pas la petite demoiselle Wilson se montrer très utile dans une escarmouche, alors que vous saviez y tenir votre place, je le savais, avant même que Chen ne vous ait initiée aux arcanes de ses arts martiaux.

—Je pense qu'elle ne montre pas tout ce dont elle est capable, toutefois, même si je comprends votre point de vue.

Elle se remit à examiner le coffre-fort.

—Avez-vous essayé la serrure ?

—Pas encore, non. Elle a l'air assez sophistiquée, mais je suis sûre qu'elle cédera à mes fidèles crocheteurs.

—Je n'en doute pas.

Pourtant, elle ne céda pas.

Au bout d'une demi-heure de tentatives infructueuses, je finis par jeter l'éponge.

—Eh bien, je crains que ce ne soit sans espoir, reconnus-je. Je n'arrive à rien. Nous aurons peut-être plus de succès de jour, quand je verrai mieux ce que je fais, mais pour le moment, je dois admettre ma défaite temporaire.

—Ne vous tracassez pas, ma chère, me réconforta lady Hardcastle. Dormons dessus. Pensez-vous qu'il vaille la peine de fouiller la chambre du Dr Goddard en quête d'une clé ? C'est le genre de chose qui a pu être omis lors des fouilles précédentes.

—Nous pourrions le tenter. Dès potron-minet. Je suppose que vous n'avez pas apporté l'un de vos pistolets ?

—J'étais justement en train de regretter ma décision de n'en avoir point pris. Et vous ? Des couteaux dans vos bagages ?

—Hélas non, répondis-je.

—Nous allons devoir nous défendre à la manière médiévale, conclut-elle.

—Prières solennelles et amulette de bonne fortune ?

—Je pensais plus à la construction d'un château fort. Ou du moins, à nous barricader ici. À nous deux, nous devrions parvenir à barrer les portes avec ces grandes commodes. Cela fera obstacle à un assaillant potentiel…

—Ou à une assaillante.

—Ou à une assaillante potentielle, assez longtemps pour que vous adoptiez une posture de combat et vous prépariez à lui donner un bon coup de poing sur le pif.

—Un plan qui en vaut un autre, acquiesçai-je.

Sur quoi nous déplaçâmes les deux robustes commodes, chacune devant une porte, et nous nous installâmes pour la nuit dans notre nouvelle forteresse.

11

Malgré la nécessité urgente de trouver la clé du Dr Goddard et d'ouvrir le coffre-fort, lady Hardcastle restait égale à elle-même, à savoir tout bonnement insupportable.

—Le contenu du coffre sera le même après le petit déjeuner, déclara-t-elle.

—Seulement si quelqu'un vient à deviner que nous l'avons, notre absence de la chambre constituera l'occasion parfaite de nous en soulager pendant que nous nous remplissons la panse, arguai-je. Certes, son contenu sera le même, mais le coffre sera reparti en goguette.

—Personne ne sait que nous l'avons. Takahashi penchera plutôt pour Martin ou Adelia Wilson. De même, Martin soupçonnera Takahashi ou Wilson.

—Sauf que Mlle Wilson sait que nous faisons partie du jeu, désormais. Et après son petit larcin d'hier soir, elle ne tardera pas à se demander pourquoi il m'a fallu aussi longtemps pour veiller sur Laurel et Hardy pendant qu'ils enlevaient Schneider.

—Elle ne peut pas savoir combien de temps l'affaire leur a pris, ils sont repartis par la porte de derrière. Pour ce qu'elle en sait, vous êtes redescendue directement après leur départ. Vous vous inquiétez trop. Et si elle nous le chipe sous le lit, nous vous enverrons dans sa chambre pour le lui repiquer.

Je lâchai un grognement mécontent.

—Vous voyez ? Vous avez faim : vous êtes toujours grincheuse quand vous avez faim. Un bon petit déjeuner vous remettra sur pied pour une journée de recherche de clé et d'ouverture de coffre-fort. Ensuite de quoi, nous pourrons enchaîner sur une séance téléphonique avec Harry, échange d'opinions, demandes d'informations, avant de nous embarquer sur de la recherche scientifique.

—Au bout du compte, je préférerais essayer une promenade à dos d'âne.

—Les ânes peuvent attendre. Pour le moment, il nous faut d'urgence un petit déjeuner.

Nous arrivâmes dans la salle à manger à 8 heures, soit une heure plus tôt que les matins précédents.

—Visiblement, c'est l'heure à laquelle il convient d'arriver si l'on veut avoir le moindre espoir de goûter au *kedgeree*, déclara lady Hardcastle tandis que nous observions le buffet rissolant. Le plat est plein, regardez.

—Complètement plein, acquiesçai-je. Il paraît encore intact. (Je regardai autour de moi.) En fait, il semble qu'aucun des plats n'ait été touché. Et que personne ne soit venu s'asseoir à aucune table.

—C'est impossible, cela fait deux matins que nous descendons juste après 9 heures et que la table de cuisson a depuis longtemps cessé de cuire et poussé un soupir de soulagement pour avoir été soulagée d'une bonne partie de son contenu. Ils ne se précipitent tout de même pas tous ici à la demie pour dépouiller le buffet et disparaître avant notre arrivée.

—Non, cela paraît particulièrement étrange.

Le serveur de la salle à manger apparut avec du café frais.

—Voici quelqu'un qui saura nous renseigner, fit lady Hardcastle. Kibble, mon cher ami, sommes-nous les premières à descendre petit-déjeuner ?

—Absolument, madame, répondit-il, ce qui est étrange, maintenant que vous me posez la question. Dans un hôtel, les habitudes changent d'une semaine sur l'autre avec le départ et l'arrivée des hôtes, mais en général il y a un… eh bien, on ne peut pas appeler cela un « flot régulier » quand il s'agit d'un hôtel aussi petit, mais enfin les va-et-vient commencent avant 7 heures à peu près tous les matins.

—Et les hôtes de cette semaine sont des lève-tôt ?

—Oui, madame, ou du moins l'ont-ils été jusqu'à présent.

—Fort singulier, commenta-t-elle. Cela dit, nous aurons plus de choix. Est-ce du café frais que je sens ?

—Oui, madame. Souhaitez-vous que je vous en serve une tasse ? Quelle table vous ferait plaisir ce matin ?

—Celle-là, là-bas, d'où nous voyons la porte, indiqua-t-elle. Armstrong, une tasse pour vous aussi ?

—Oui, merci. Depuis combien de temps ces toasts sont-ils là ?

—Un moment, mademoiselle, je le crains, répondit Kibble. Je vais vous en chercher des chauds.

Je le remerciai et suivis lady Hardcastle à la table qu'elle avait désignée avec ma première assiette de victuailles.

—C'est une belle fournée que vous avez là, jeune Flo, commenta ma patronne.

—La première d'une longue série, répondis-je. Du moins, tel est mon objectif. Il y a quelque chose dans l'opulence d'un buffet de petit déjeuner qui me donne envie de tout dévorer.

—Je comprends parfaitement. Je devrais peut-être remercier les corsets, tout compte fait.

Kibble arriva avec mes toasts.

—À quelle heure Mlle Wilson prend-elle son petit déjeuner d'habitude ? lui demandai-je.

—Laquelle ?

—Adelia.

—En général, elle arrive vers 7 h 30.

—Et Eleanora ? enchaîna lady Hardcastle.

—Elle descend à 7 h 30 avec sa tante, répondit-il avec un sourire à peine esquissé.

—Il a fréquenté la même école de formation que Ribble et vous, Armstrong, commenta ma patronne.

—Puis-je vous apporter autre chose ? demanda le serveur.

—Non, merci. Tout est parfaitement formidable.

—Merci, madame. Vous savez où est la cloche si vous avez besoin de moi.

Et il disparut.

Je piochai dans mon petit déjeuner.

—Ce *kedgeree* valait la peine d'attendre, commentai-je. Il est délicieux.

—Je vais en prendre à mon prochain voyage au buffet. Ça alors, qu'est-ce donc, là-bas ?

Le temps que je me rende compte que je m'étais fait avoir, il manquait une saucisse dans mon assiette.

—Vous n'avez donc rien perdu de vos talents de magicienne, commentai-je. Toujours la maîtresse du subterfuge et de l'illusion.

—Mes vieux talents ne me servent guère, hélas, ces derniers temps. Nous n'avons toujours pas la moindre idée de ce qui est arrivé à Goddard et nous avons perdu deux espions étrangers en attendant d'être frappées par l'inspiration.

—Pour être tout à fait juste, nous avons tout de même le coffre-fort en notre possession. Quant aux espions, ils n'étaient de toute façon pas sous notre responsabilité.

—Non, sans doute. Je n'arrive toujours pas à comprendre pourquoi Harry n'agit pas plus. La « sécurité nationale », c'est bien joli, si l'on se contente de se taper l'aile du nez et de décliner de révéler où se trouve l'une des frégates de Sa Majesté. En revanche, si l'on doit faire disparaître le corps d'agents étrangers récemment assassinés, je ne peux m'empêcher de penser que le tapotage du nez et « la sécurité nationale, ma vieille », c'est tout de même assez peu adéquat. Je me serais attendue à ce que les lieux soient envahis par des hommes en armes portant des noms d'emprunt, au point où nous en sommes.

—C'est peut-être le cas, lui fis-je remarquer. Ils sont peut-être meilleurs que nous le pensons, quand il s'agit de se cacher.

—En tout cas, la prochaine fois que nous lui parlons, je vais exiger des réponses. Pour l'instant, cependant, prenons donc des forces en vue de notre journée de labeur avec ce gruau roboratif et une discussion plus gaie.

Ce que nous fîmes. Et au bout d'un moment, je me demandai si le but de la manœuvre ne venait pas de me revenir en pleine face, car je me retrouvai bientôt trop remplie aux entournures pour monter fouiller la chambre de Goddard. Finalement, cependant, ma curiosité l'emporta sur ma léthargie post-prandiale. Et je montai l'escalier en tête.

Nous nous introduisîmes dans la chambre du Dr Goddard. Myra la chambrière avait effectué un bon travail de nettoyage après l'effraction et l'endroit semblait parfaitement en ordre. À tout dire, l'on aurait pu croire que le bon docteur était juste sorti pour la journée.

—Il n'est guère besoin de passer la chambre au peigne fin, je pense, dis-je. Car enfin, Myra a admis qu'elle était du genre à regarder sous le lit et la pièce a déjà subi une fouille en règle par celui ou celle qui s'y était introduit. S'il y a un indice ici, nous le trouverons dans une poche de vêtement ou bien cette valisette, là-bas, sur l'écritoire.

J'indiquais la petite valise de cuir peu profonde.

—Montre à gousset et sa chaîne, lista-t-elle en farfouillant dans le contenu limité du plateau. Boutons de manchettes. Bouton de col. Un billet de cinq livres et un peu de monnaie.

—Dix-neuf shillings et quatre pence ? demandai-je.

Elle compta les pièces.

—Exactement.

—Dans ce cas, Myra est d'une honnêteté rafraîchissante, en plus d'être consciencieuse et efficace dans son travail. C'est ce que j'avais compté la première fois que je suis entrée ici.

—Pas de clé, en revanche.

—Cela signifie que Myra n'en a pas trouvé. Si elle avait dû piquer quoi que ce soit, elle aurait pris les dix-neuf shillings. Qui irait prendre une clé et laisserait derrière soi l'équivalent de presque une livre ?

—Vous êtes bien avisée quant aux us des petits délinquants.

—Ce n'est que bon sens, madame, arguai-je.

J'ouvris l'armoire et entrepris de passer en revue les poches des costumes qui avaient été soigneusement raccrochés là depuis ma première fouille de la pièce. Je trouvai un autre penny, un bouton (bizarrement, d'une veste différente de celle où je le trouvai), trois farthings et un ticket de tramway utilisé.

—Rien ici, annonçai-je. J'essaie les chaussures.

—Votre copine Myra n'aurait-elle pas trouvé quelque chose caché dans une chaussure, même si le cambrioleur était passé à côté ?

—Peut-être, mais je suis plus douée qu'eux.

Je vérifiai donc dans les chaussures où, bien évidemment, je ne trouvai rien. Je tâtai les coutures et les languettes, en quête de pochette secrète. Je taquinai les semelles intérieures, pour le cas où quoi que ce soit se serait caché dessous. Je testai les talons pour voir s'ils étaient bien fixés ou lâches, car ils pourraient révéler un compartiment secret. Rien.

Je balayai la pièce du regard, mais à présent qu'elle était rangée, le peu d'endroits où l'on pouvait camoufler des choses devenait évident. Du moins, le peu d'endroits qui n'aient pas déjà été soigneusement fouillés.

dérangés, laissant entendre que le Français s'était peut-être réveillé avant que son assaillant ne frappe, mais une balle de petit calibre tirée dans l'œil droit avait eu le même résultat létal que pour son collègue japonais. Et, comme pour lui, la balle n'était pas ressortie.

—Même arme, même *modus operandi*, conclus-je.

—Écoutez-vous, avec votre jargon policier, se moqua-t-elle. Mais oui, je suis d'accord : il est probable qu'il s'agisse du même tueur.

—Et d'un tueur différent des deux autres.

—Un étranglé, un poignardé et deux tués par balle… Au premier abord, il paraît effectivement plus probable qu'on les doive à des personnes différentes… mais…

—Mais ?

—Eh bien, Goddard est un type intelligent. Et qui sait de quel entraînement il a bénéficié ? De combien de façons pouvez-vous tuer un homme, par exemple ?

—Moi personnellement ? Beaucoup plus que trois, assurément. Vous pensez donc que Goddard serait un assassin en plus d'être un scientifique ?

—Ou peut-être au lieu d'être un scientifique. Nous n'avons que sa parole pour ce qui est de sa formation scientifique, de ses compétences en ingénierie, dans les radios ou je ne sais quoi encore.

—Sa parole et celle de Harry, lui rappelai-je.

—Harry n'a donné aucune confirmation, ni là-dessus ni sur l'identité de Goddard.

—Il a tout de même dit qu'il était scientifique. « Son » scientifique, si je me rappelle correctement.

—C'étaient mes mots à moi, ma chère, nuança-t-elle. Harry n'a jamais prononcé les termes « Goddard » et

« scientifique » dans le même souffle. Du moins pas que j'aie entendu. Oh, tout ceci est par trop frustrant.

—Nous pourrions progresser un peu en parlant avec Adelia Wilson. Nous pourrions... quelle est l'expression ? « L'éliminer de la liste de nos suspects. »

—Nous pourrions effectivement lui apprendre ce qui vient de se passer et voir sa réaction, oui. C'est un point de départ. Enfin, peut-être pas de départ. Il y a une ou deux bricoles que nous devons faire avant.

—Lesquelles ?

—De toute évidence, il nous faut parler à mon insupportable frère sitôt l'appel interurbain connecté. Mais avant tout, il faut m'accorder un petit plaisir.

—Petits pains au sucre et tasse de café ? suggérai-je.

—Point du tout – je vais encore ressentir les effets de mon petit déjeuner loin dans l'après-midi. Non, j'aimerais que vous m'accordiez l'un de mes petits plaisirs les plus récents. Venez avec moi jeter un coup d'œil dans la chambre vide voisine de la nôtre.

—Si Goddard y séjournait, le personnel de l'hôtel ne serait-il pas tombé dessus depuis le temps ? Il n'est tout de même pas aisé de se cacher dans un hôtel dont tout le personnel est à pied d'œuvre.

—Allons, faites-moi cette faveur, insista-t-elle, que j'aie la certitude que nous aurons exploré toutes les possibilités avant de dire à Harry le fond de ma pensée.

—Bien sûr. Allons nous acquitter de cette tâche maintenant.

Nous refermâmes la porte à clé et redescendîmes un étage plus bas.

La chambre vide, à mon immense non-surprise, s'avéra bel et bien vide. Elle était meublée, sans surprise, avec la même élégance exquise que le reste de l'établissement, mais elle était entièrement dénuée de scientifique. Et n'indiquait pas non plus qu'un scientifique y ait récemment séjourné. Ni un assassin, d'ailleurs. Ni qui que ce soit, en fait.

—Voilà qui est bien décevant, commenta lady Hardcastle.

—Je ne puis dire que je suis étonnée, avouai-je. Nous aurions remarqué une présence dans une chambre voisine de la nôtre.

—Eh bien, oui, mais j'aime aller au fond des choses. Vous savez que je répugne à ce que nous passions pour une paire de crétines. Cela dit, c'est fort dommage.

—Quoi donc ?

—Je ne sais plus quoi penser de Goddard, admit-elle. Je commençais vraiment à me dire qu'il pouvait se planquer ici de nuit et se faufiler dehors sans être vu pour rôder dans les allées reculées de Weston pendant la journée.

—Il aurait pu. Mais sérieusement ? Comment serait-il entré et sorti sans être vu ?

—Par la porte de derrière et puis le monte-charge.

—Hmm. Toutefois, je suis aussi certaine que possible que personne n'a mis les pieds ici depuis un moment.

—Je dois me ranger à cet avis. Mais…

—Mais ?

—Maintenant que nous en parlons, pourquoi Harry n'a-t-il pas réagi plus énergiquement ? Il s'est mis dans tous ses états au sujet de ce fichu coffre-fort, toutefois l'on aurait pu s'attendre à ce que Laurel et Hardy aient reçu l'ordre de conduire l'enquête la plus vigoureuse qui soit pour élucider la disparition d'un scientifique respecté au service du gouvernement. Pourtant jusqu'à présent, rien. À croire qu'il s'en balance. Ou bien qu'il est déjà au courant. Je vais exiger des réponses dès que je l'aurai au téléphone.

—Ce qui ne devrait plus trop tarder, ajoutai-je. Nous devrions peut-être retourner au bureau de M. Hillier, histoire de ne pas le rater, cet appel.

—En passant chez les Wilson.

—Les Wilson ne sont absolument pas sur le passage, mais comme vous voudrez.

Nous verrouillâmes la porte et retournâmes à l'étage.

Je me tenais sur le côté de la porte tandis que lady Hardcastle y frappait vigoureusement. Pas de réponse. Elle cogna de nouveau. Toujours pas de réponse.

—Ce sont des lève-tôt, n'est-ce pas ? commentai-je. Peut-être sont-elles sorties ?

—Sans prendre de petit déjeuner ?

—Elles voulaient peut-être essayer un bon vieux café anglais, suggérai-je. Elles sont ici en voyage culturel, après tout.

—Hmm. Des saucisses grumeleuses et du pain graisseux, en veux-tu en voilà ? Je suis sûre qu'elles adoreraient. Cela vaut la peine de demander à la réception au cas où quelqu'un les aurait vues sortir, toutefois.

—Ou peut-être qu'Adelia a vraiment tiré sur M. Martin et M. Takahashi. Elle aura attendu que nous descendions au petit déjeuner, piqué le coffre-fort, serré la jeune Eleanora contre son sein et serait au moment où nous conversons dans un train pour Liverpool, avant le bateau pour les Amériques.

—Ou bien elles sont mortes dans leur lit.

—Nous avons un passe-partout, nous pouvons jeter un coup d'œil.

—Ce serait beaucoup moins gênant si nous enrôlions un membre du personnel, ne pensez-vous pas ? Si elles ont été abattues par le mystérieux assassin, nous ne pouvons rien faire pour les aider et elles ne seront pas plus mortes pour autant. Si elles font la grasse matinée après notre soirée ensemble et que nous débarquons avec un : « Alors, les filles, partantes pour une promenade à dos d'âne ? », nous risquons d'avoir du mal à expliquer notre irruption. Que dire pour justifier de nous introduire ainsi dans leur chambre ?

—Pourquoi pas : « Nous savons que vous êtes des espionnes et, vu que tous les autres espions sont morts, nous nous tracassions pour vous » ? Cela devrait faire l'affaire.

—Direct mais efficace, convint-elle. Cependant, je pense que nous allons nous en tenir à mon idée. Je vais insister auprès de Hillier pour qu'il envoie quelqu'un.

—Comme vous voudrez. Pouvons-nous tout de même vérifier sous mon lit avant de descendre, s'il vous plaît ? Je veux m'assurer que le coffre y est toujours.

—Certainement. Comme vous l'avez suggéré précédemment, nous serions bien bêtes, si nous n'allions pas vérifier et qu'il s'avérait qu'on nous l'avait piqué.

Un rapide passage par nos chambres confirma que nous étions toujours en possession du coffre-fort du Dr Goddard. Satisfaites qu'au moins une minuscule partie de ce chaos grandissant soit au moins sous notre contrôle, nous décidâmes de retourner au bureau de M. Hillier. Harry devait être mis au courant des événements et nous devions obtenir de lui des réponses en retour.

12

— Des nouvelles de notre demande de communication avec Londres ? s'enquit lady Hardcastle.

Une fois de plus, elle était entrée dans le bureau de M. Hillier après avoir frappé, mais sans attendre d'y être invitée. Un reste de politesse l'empêcha de s'installer aussitôt dans l'un des sièges réservés à ses visiteurs, qu'elle regardait toutefois d'un air assez appuyé pour qu'il se hâte de nous inviter à nous y asseoir.

—Non, lady Hardcastle, je crains que non, répondit-il. Était-ce… enfin, vous savez… était-ce ce que nous redoutions ? À l'étage, je veux dire ?

—Takahashi et Martin sont morts tous les deux, confirma-t-elle. Oui. Par balle.

—Par balle ? Mais personne n'a rien entendu. J'ai posé la question.

—Arme de petit calibre. Elles sont beaucoup plus discrètes que les gens l'imaginent. Le bruit a pu être confondu avec un claquement de porte.

—Je vois, fit-il. Au moins y avait-il moins de sang, cette fois.

—Cela est dû à l'endroit où on leur a tiré dessus.

—Dans leur lit ?

Elle rit.

—Dans l'œil. Ils sont morts sur le coup, pas eu le temps de saigner.

Il blêmit.

—Oh, j'aurais préféré que vous ne me donniez pas ce détail.

Son manque total de cran commençait à devenir un peu lassant, cependant je ne trouvais pas très gentil de la part de lady Hardcastle de le taquiner sur le sujet. Alors je décidai de changer de conversation.

—Avez-vous réussi à trouver une remplaçante pour Myra ? m'enquis-je.

—Pour… ? Oh, oui. Enfin, plus ou moins. Marian était encore en service de la nuit passée et elle a accepté de faire quelques heures supplémentaires, alors je lui ai demandé de prendre en charge quelques chambres en plus. Elle a dû commencer, à l'heure qu'il est. May et June s'occupent d'autres chambres, mais elles m'ont assuré pouvoir supporter une charge de travail augmentée. Je les mettrai sur les autres chambres dès que les… euh… les corps auront été enlevés.

—C'est bien, dis-je. Nous nous demandions si vous verriez un inconvénient à envoyer l'une d'elles – Marian par exemple – chez les demoiselles Wilson. Elles sont probablement sorties pour la journée, mais n'ayant pas reçu de réponse lorsque nous avons frappé à leur porte, nous avons pensé…

Je laissai ma phrase en suspens en me rendant compte que ma tentative pour changer de sujet venait de finir par se mordre la queue. Tout ce qui concernait les allées et venues dans l'hôtel, en fait, semblait de nature à augmenter le désarroi et le désespoir de M. Hillier.

—C'est par là que je lui ai suggéré de commencer, fit-il d'un air lugubre. Je m'attends à ce que nous recevions la mauvaise nouvelle à tout moment.

—Oh, allons, reprenez-vous, Hillier, mon garçon, lança ma patronne. Vous êtes censé jouer le rôle d'un directeur, tout de même. D'un meneur. La situation est déplaisante, certes, mais votre personnel attend de vous que vous preniez les choses en main, que vous donniez l'exemple. Vous vous évanouissez à la vue du sang – réaction plus courante qu'on pourrait le penser –, soit, vous n'y pouvez rien. En revanche, vous pouvez cesser de geindre comme si le monde avait cessé de tourner juste parce que la situation est un peu délicate. Montrez donc un peu de cran, voyons.

—Dites donc… commença-t-il.

—Voilà, c'est l'esprit, l'encouragea-t-elle. Exactement ce que nous cherchons.

—Je me suis montré plus que patient avec vous, lady Hardcastle, mais…

Un coup frappé à la porte interrompit ce qui promettait d'être une diatribe des plus divertissantes.

—Quoi encore ? s'écria-t-il.

La porte s'ouvrit et le visage rond de Marian Higdon apparut.

—J'vous d'mande pardon, monsieur Hillier, fit-elle, mais vous pourriez venir tout de suite ? C'est Mlle Wilson.

—Elle n'est pas… ? commença-t-il.

—Elle est en vie, monsieur, le rassura Marian. De ce que je peux en voir. Mais j'arrive pas à la réveiller. J'ai frappé et y avait pas de réponse, alors je suis entrée et je l'ai trouvée là. Je me suis excusée d'être entrée comme ça, mais elle disait rien, et quand j'ai regardé elle était… vous savez… dans les vapes.

M. Hillier parut retomber dans sa torpeur hystérique. Lady Hardcastle tourna vers moi un regard exaspéré.

—Avez-vous un médecin auquel vous faites appel en cas d'urgence à l'hôtel, monsieur Hillier ? demanda-t-elle.

—Un médecin ? répéta-t-il, distrait. Oui, le Dr Kenniston. Lancelot Kenniston. Un brave bonhomme.

—Vous pourriez peut-être l'appeler ? suggéra-t-elle. Ou envoyer quelqu'un le quérir. Urgemment. Marian : de quelle Mlle Wilson s'agit-il ?

—Mlle Adelia.

—Où était Eleanora ?

—J'ai pas vu trace de sa nièce, m'dame. Y avait que Mlle Adelia, évanouie dans son lit.

—Convoquez le docteur immédiatement, monsieur Hillier. Armstrong et moi allons monter faire ce que nous pouvons.

Et sans attendre de réponse, nous suivîmes Marian. Je continuai de tendre l'oreille tandis que nous nous dirigions vers la réception et fus soulagée d'entendre le directeur passer le coup de fil au docteur.

Marian déverrouilla la porte pour nous introduire dans la chambre d'Adelia Wilson, mais choisit pour sa part de rester dans le couloir pendant que lady Hardcastle et moi entrions. Avec les rideaux encore tirés, la pièce était plongée dans une pénombre oppressante et mon premier geste fut d'aller les ouvrir. Même si le soleil se cachait toujours timidement derrière ses propres rideaux gris, la lumière pâlichonne qu'il offrait constituait néanmoins une amélioration par comparaison aux maigres efforts d'une ampoule électrique au mur.

La respiration d'Adelia Wilson était faible, mais régulière.

—Adelia, ma chère, lui lança ma patronne d'une voix sonore, m'entendez-vous ?

Pas de réponse.

Lady Hardcastle la secoua. Toujours pas de réaction.

—Vos yeux fonctionnent mieux que les miens, Flo. Jetez-lui un coup d'œil et voyez si vous pouvez faire quelque chose.

—Et dois-je chercher le signe de quelque chose en particulier ? m'enquis-je.

—Selon moi, elle a été droguée. Et comme nous ne voyons ni boîte ni flacon, ce n'est pas elle qui aura pris un médicament. Il n'y a pas non plus de tasse ou de verre sur la table de chevet, donc personne n'a pu verser quelque chose dedans.

—À moins que la personne n'ait rangé après son passage.

—Bien sûr. Cependant, si vous aviez versé quelque chose dans le verre de quelqu'un, reviendriez-vous après que la personne a bu et grimperiez-vous sur le lit pour ramasser le verre ?

—Vous marquez un point, lui accordai-je. Eleanora aurait pu le faire, en revanche. Peut-être aura-t-elle voulu administrer un sédatif à sa tante afin de pouvoir s'échapper pour quelque aventure romantique ?

—Ne rejetons pas cette possibilité, tant que vous n'avez pas ausculté Adelia en quête d'une marque de piqûre.

—Ah oui, bien sûr. Accordez-moi une seconde. (Délicatement, je tournai le visage d'Adelia et examinai son cou.) Vous êtes en forme aujourd'hui, confirmai-je. Je vois une toute petite perforation qui a laissé une marque rouge ici.

—On lui a donc injecté quelque chose. Pendant son sommeil. Sans doute du véronal : un barbiturique rapide et fiable. En fonction de la dose, il se peut qu'elle ne revienne pas à elle avant des heures. Au moins, le malfaiteur n'en a pas trop administré.

—Parce qu'il la voulait inconsciente pendant qu'il… quoi ? Fouillait la chambre ?

—Possible, mais dans ce cas, pourquoi ne l'avoir pas simplement tuée ? Il n'a pas eu de scrupules à occire les deux autres. Pourquoi la vouloir vivante, elle ?

—Oh !

—Vous recommencez avec vos « oh ! », grommela-t-elle. Qu'avez-vous en tête ?

—Un moment, répondis-je, avant d'aller vers la porte qui communiquait avec la chambre d'Eleanora.

Chacun a une routine matinale différente, toutefois je n'avais encore jamais connu personne qui, se levant de son sommeil, jetât tous ses draps et couvertures par terre. D'après mon expérience, la plupart des gens soulevaient un coin de drap et se glissaient hors du lit pour affronter la nouvelle journée. Je retournai dans la chambre d'Adelia.

—Eleanora a été enlevée, annonçai-je.

—Vous en êtes sûre ?

—Pas à cent pour cent, non, mais pour le moment, c'est mon hypothèse la plus fiable. Quelqu'un est venu ici, qui a drogué Adelia et a – ou pas – jeté un rapide coup d'œil sous le lit en quête du coffre-fort. Ensuite il ou elle est passé dans la chambre d'Eleanora et l'a droguée elle aussi. Une fois certaine qu'elle avait plongé, la personne a arraché les draps du lit afin de l'emporter dans ses bras. Elle est minuscule, cela n'aura pas demandé grand effort.

—Voilà une évolution troublante de la situation, fit-elle. Quatre morts, une inconsciente et deux disparus. L'un des deux pourrait être responsable de tout le reste, toutefois la seconde est une jeune non combattante. Harry va devoir nous donner des réponses, cette fois.

—Nous irons au fond du mystère, renchéris-je. Que pouvons-nous faire pour Mlle Wilson, présentement ?

—S'il s'agit de véronal, rien, il nous faut juste attendre que l'effet se dissipe. Je serai soulagée une fois que ce Dr Kenniston l'aura examinée, mais je crains qu'il faille la laisser dormir en espérant un dénouement heureux. Elle m'a l'air d'une constitution robuste, cela devrait aller.

Je regardai par la fenêtre, tandis que lady Hardcastle s'asseyait sur le lit d'Adelia.

—Je ne dirais pas que je suis insensible à une mort violente, dit-elle, mais c'est plus facile à accepter lorsque la victime est consciente de jouer un jeu dangereux et de prendre des risques. Je trouve cela beaucoup plus dur à digérer quand des civils sont impliqués. Surtout de jeunes gens.

—Je comprends ce que vous voulez dire, convins-je. Cependant, nous n'avons pas la certitude qu'Eleanora ne soit pas une participante active à ce jeu dangereux. Et nous ne sommes pas sûres non plus qu'il lui soit arrivé quelque chose. D'ailleurs, nous n'avons même pas la confirmation qu'elle a été enlevée.

—Vous avez raison, admit-elle avec un soupir. Hélas, les apparences sont contre elle, je le crains. Ces derniers jours ont été particulièrement brutaux et je ne peux m'empêcher de penser qu'être une jolie fille ne lui servira guère de protection si elle perd son utilité.

—Son utilité ? répétai-je.

—Pourquoi sinon prendre un otage ? Le kidnappeur est clairement à la recherche du coffre-fort. Voyant qu'il ne pouvait mettre la main dessus, il aura enlevé Goddard, peut-être simplement pour l'obliger à lui révéler ce qu'il contenait. Cette manœuvre a échoué – peut-être parce que Goddard fait de la rétention d'information, ou bien il est mort sous la torture –, alors le malfaiteur est revenu tenter sa chance. Il a essayé avec les autres suspects, mais personne n'avait le coffre alors il les a tués. Son dernier recours aura été d'enlever Eleanora Wilson. Je vous prédis que nous – ou plutôt Adelia – aurons bientôt de ses nouvelles, sous la forme d'un ultimatum adressé à Adelia qui devra trouver et lui remettre le coffre en échange de sa nièce saine et sauve.

—Voilà un scénario très plausible, convins-je.

—Plausible, mais pas très encourageant. Notre seul espoir serait que l'auteur ait soit suffisamment bien caché son identité pour que la libération d'Eleanora ne constitue pas une menace, soit qu'il n'ait aucune peur des gouvernements britannique et états-unien ou de quelque punition qu'ils puissent lui infliger. S'il ou elle espère s'en sortir indemne, je redoute que nous ne revoyions pas nos chers disparus vivants.

L'arrivée du docteur nous épargna de nous enfoncer plus avant dans ces spéculations défaitistes. Il accepta de bonne grâce le diagnostic amateur proposé par lady Hardcastle d'une intoxication involontaire au véronal, puis nous congédia afin d'examiner sa nouvelle patiente.

Nous retournâmes au bureau de M. Hillier.

Nous trouvâmes le directeur au téléphone. Il fit un signe assez frénétique à lady Hardcastle pour qu'elle s'approche.

—Oui, monsieur Featherstonhaugh. Oui, je le comprends… Oui, oui, je vais… Mais il y en a deux cette fois… Oui, bien sûr… Lady Hardcastle est là avec moi. Souhaiteriez-vous… ? Oui, je comprends… Bien sûr… (Ses signes se firent encore un peu plus pressants.) Je n'oserais en rêver…

Lady Hardcastle leva la main pour lui prendre l'écouteur qu'il était plus que ravi de lui céder. Elle se pencha vers le microphone.

—Harry, commença-t-elle sèchement, Harry, tais-toi donc, voilà, merci… Enfin, mais qui diable crois-tu que ce soit ?

Pendant ce temps, M. Hillier s'était extirpé de derrière son bureau et se dirigeait vers la porte.

—Je vais vérifier que tout va bien à la réception, me chuchota-t-il en passant. Je vous laisse.

Sur quoi, il referma la porte derrière lui.

Et c'était désormais ma patronne qui me faisait signe de venir écouter sa conversation téléphonique.

—… dois te demander une faveur, disait la voix crépitante de Harry au bout du fil.

—Flo nous écoute, l'interrompit lady Hardcastle.

—Ohé, Strongarm, dit-il. Vous avez entendu ce que je viens de dire ?

—Il semblerait que vous étiez sur le point de demander à lady Hardcastle de vous accorder une faveur.

—Exact. À vous deux, en fait. J'ai dû redéployer mes gars…

—Tes gars ? répéta ma maîtresse. Donc les frères Poisson sont tes gars ? Ils ne sont pas des Services spéciaux ?

—Ce sont mes gars. Et on a besoin d'eux ailleurs pour le moment, je vais donc envoyer une autre paire de gars pour enlever les corps. Ces deux-là ne sont pas aussi… spécialisés que… comment les appelles-tu ? Les frères Poisson ?

—Ils étaient Antilopes hier soir, corrigeai-je.

—Grand Dieu, soupira-t-il. Bon, je vous accorde qu'ils sont quelque peu farceurs, mais ils sont sacrément doués dans leur boulot. Leurs remplaçants, en revanche, ne sont que des subalternes, alors pour l'amour du ciel, laissez-les emballer les corps et s'en repartir. Ne vous amusez pas avec eux.

—C'est cela, la faveur que tu me demandes ?

—Non, ça, c'est une supplique sincère : je t'en prie, ne rends pas ma vie plus compliquée qu'elle ne l'est déjà. La faveur, elle se range plus dans l'ordre habituel de nos interactions. J'aimerais que tu fouilles l'hôtel de fond en comble et que tu me retrouves le coffre-fort de Goddard.

—Le coffre-fort dont tu nous as ordonné en des termes très clairs d'oublier l'existence ?

—Celui-là, oui.

—Tu veux que nous le trouvions ?

—Oui, s'il te plaît.

—J'ai.

—Bien, vous allez le chercher alors ?

—Non, mon chéri, je te dis que je l'ai.

S'ensuivit un silence. Si la ligne avait été plus nette, je pense que nous aurions pu entendre tourner les rouages dans le cerveau de Harry.

—Vous avez le coffre-fort de Goddard ? répéta-t-il.

—Absolument, confirma-t-elle. Flo est allée le récupérer hier soir.

—Où ?

—Sous le lit d'Adelia Wilson.

—Que fabriquait-elle sous le lit d'Adelia Wilson ?

—Elle récupérait le coffre, mon cher. Essaie donc un peu de suivre.

—Wilson est au courant ?

—Non, je ne pense pas qu'elle sache grand-chose. Et voilà un autre point dont nous devons absolument discuter avec toi.

—Oh non, lâcha-t-il. Pas elle aussi ?

—Elle n'est pas morte, mais elle a été droguée. Et sa nièce a disparu. Je pense qu'il est grand temps que tu passes à table, comme diraient ses compatriotes. Qu'est-ce qui se trame exactement ici ?

—Je ne suis pas en position de « passer à table » pour le moment, sœurette. Peut-être plus tard, mais pour l'instant, non.

—La vie d'une jeune fille est peut-être en danger, ainsi que celle d'un « scientifique » au service du gouvernement britannique. Je vais partir du principe que lui aussi est l'un de tes « gars » et qu'il n'est pas scientifique du tout, mais cela ne rend pas le danger qu'il encourt moins réel pour autant.

—Tu te focalises sur des détails sans importance, fit-il. Raconte-moi exactement ce qui s'est passé.

Succinctement mais minutieusement, lady Hardcastle lui dressa la liste de nos découvertes matinales, sans omettre les deux victimes de meurtre par balle dans l'œil, la piqûre dans le cou d'Adelia Wilson et l'état du lit d'Eleanora.

—Au moins Adelia est-elle toujours en vie, conclut-il une fois qu'elle en eut terminé.

—Oui, c'est un point positif, en effet. Nous avons formulé plusieurs hypothèses. Nous pensons que Kouznetsov, Martin, Takahashi et Wilson sont tous, faute de terme moins mélodramatique, des espions au service de leurs gouvernements respectifs.

—Étaient, corrigea-t-il.

—Effectivement, la plupart d'entre eux appartiennent désormais au passé. Et nous pensons aussi que tu étais au courant.

—Je ne peux ni le confirmer ni le nier, sœurette. C'est une opération en cours.

—Mais il y a bel et bien une opération, en déduisit-elle. Et c'est toi qui la diriges ?

Il ne répondit rien.

—Savent-ils, pour nous ? enchaîna-t-elle.

—Pour Flo et toi ? Il est possible qu'ils sachent qui vous êtes : vous êtes étonnamment célèbres dans certains cercles, tu sais. Mais aucun d'eux n'a transmis le moindre soupçon concernant votre implication à son ambassade ou consulat. Pour ce que j'en sais, personne n'est au courant que vous avez quitté le banc des remplaçants.

—Nous n'étions pas vraiment au courant nous-mêmes jusqu'à récemment, répliqua-t-elle. Mais il s'agit de ton opération. Que devons-nous faire à présent ?

—Je suis d'accord avec votre analyse des faits. Il y a un autre joueur dans cette partie, et il détient Goddard ainsi que la petite Wilson. Comme il veut le coffre-fort, il va tenter de l'échanger. Il nous faut donc attendre patiemment qu'il prenne contact avec Adelia Wilson.

—Très bien.

—Avez-vous ouvert le coffre, au fait ?

—Non. Nous n'avons pas trouvé la clé et le malotru ne s'est pas montré sensible aux charmes de crocheteuse de Flo.

—Bien. N'essayez rien d'autre. Êtes-vous armées ?

—Nous sommes en vacances, idiot. Bien sûr que non, nous ne sommes pas armées.

—Voyez ce que vous pouvez vous dégoter… vous pourriez en avoir besoin.

—Charmant.

—Écoute, sœurette, je suis désolé que les choses en soient arrivées là, mais je suis assez content de vous avoir sur place pour vous occuper de la situation. Je ne vois pas en qui je pourrais avoir plus confiance. Maintenant, restez tranquilles et ne prenez aucun risque inutile.

—Tout ira bien, ne t'inquiète pas pour nous, répondit-elle. Envoie tes déménageurs aussi vite que possible, avant que M. Hillier ne nous fasse une autre attaque de vapeurs.

—Il n'est pas vraiment du genre nerfs d'acier, c'est ça ? Peut-on compter sur lui néanmoins ?

—Nous pouvons compter sur le fait qu'il gérera les affaires courantes de l'hôtel. Cela dit, avec seulement trois clients encore en vie, l'hôtel tourne pratiquement tout seul. De toute façon, je ne vais pas lui demander de faire quoi que ce soit de dangereux, ne te tourmente pas.

—Brave fille ! Je t'envoie mes hommes aussi vite que possible. Et appelle-moi dès que tu as d'autres nouvelles.

—Bye bye, Harry.

Et elle replaça l'écouteur sur son crochet.

—J'accueille avec plaisir toute suggestion, à ce stade. Et encore plus venant de vous.

—Dans ce cas, allons fouiller la chambre des dernières victimes en date. Peut-être trouverons-nous des armes chez elles.

—C'est soit cela, soit interroger personnel, dit-elle. Je n'ai vu personne qui m'ait paru ressembler à un ancien soldat parmi eux, mais l'on ne sait jamais. Quelqu'un pourrait avoir un vieux revolver chez lui. Ou un fusil.

—Je commence à regretter de n'avoir pas emporté vos clubs de golf. Un bon fer ferait un substitut tout à fait valable pour un *shillelagh*[1].

Nous quittâmes de ce pas le bureau de M. Hillier et, pour la énième fois ce jour-là, nous empruntâmes l'escalier.

Je commençais à me lasser de cette nouvelle obligation quotidienne de devoir fouiller les poches de cadavres. Nous avions commencé par la chambre de M. Takahashi et, une fois de plus, je me trouvai dans l'armoire, à passer en revue ses costumes et chaus-

1 Sorte de trique de bois poli et verni, traditionnellement de prunelier, de la taille d'une petite canne et constituée d'une branche terminée par un large nœud. Une sangle de cuir y est souvent attachée. Le nœud est parfois rempli de plomb et la pointe cerclée de métal pour lui éviter de s'émousser ou de se fendre.

sures. Au moins, cette fois – comme dans la chambre du Dr Goddard –, tout était-il soigné et bien rangé. Il n'empêche que la tâche demeurait à la fois sinistre et consternante, d'autant plus que l'occupant de la chambre gisait, mort, dans son lit.

Je découvrais, fut-ce par convention ou habitude, ou plus probablement pour nous conformer à une série de besoins partagés, que nous voyagions tous avec les mêmes bagages. Quelques changes de vêtements, des ustensiles d'entretien pour nous-mêmes et lesdits vêtements, ainsi qu'une poignée d'objets personnels dont nous imaginions ne pouvoir nous passer ne serait-ce que quelques jours – un stylo préféré, un livre précieux, la photographie d'un être cher. Une vie en miniature, rendue portative. La chambre de chacun de ces hommes avait présenté de subtiles différences, toutefois l'effet général était similaire, d'une façon frappante. Semblable, aussi, était la sensation familière de mélancolie tandis que je passais méthodiquement en revue ces instantanés de voyage de leur vie, sachant que ces vies avaient pris fin.

Je m'obligeai à détourner mon esprit de ces méandres larmoyants pour me concentrer sur des sujets plus pressants.

—Pensez-vous que l'un d'eux nous avait reconnues ? demandai-je.

—En tout cas, moi, je n'en connaissais aucun, me répondit lady Hardcastle. Et vous ?

—Nous ne nous étions jamais retrouvées face à eux en personne. Du moins, je ne le pense pas. En revanche, il se peut qu'ils nous aient observées depuis une cachette lors d'un bal d'ambassade ou dans telle ruelle d'une ville étrangère.

—Exact. Cependant, j'ai une assez bonne mémoire des visages. J'affecte une certaine aphasie nominale de temps en temps, mais c'est avant tout parce que cela m'amuse de vous obliger à me corriger, et de voir votre irritation quand je me trompe dans le nom des gens. Les visages, en revanche… c'est tout à fait autre chose. Je n'en oublie jamais un seul. Et je suis aussi certaine que possible de n'avoir jamais vu aucun de nos voisins de résidence avant cette semaine, même rôdant dans une salle de bal ou errant dans une allée sombre.

—Et que faites-vous de l'affirmation de Harry selon laquelle nous serions célèbres ?

—Ah, là, vous me posez une colle. Il est vrai que nous nous sommes fait une spécialité de nous cacher à la vue de tous, n'est-ce pas ? Cette lady je-ne-sais-quoi et sa dame de compagnie qui parcouraient le monde, sociables et charmantes, tout en extirpant les secrets les mieux gardés et en déjouant les plans les mieux ourdis. Tôt ou tard, il était fatal que nous soyons repérées. Je suis donc bien sûre que nos noms figurent dans des listes d'indésirables punaisés sur les panneaux d'affichage de divers bureaux gouvernementaux à travers le monde. En même temps, l'univers de l'espionnage reste un peu fermé, n'est-ce pas ? Un jeu que des messieurs puissants jouent entre eux. Il n'est pas encore passé à un niveau industriel, et il se peut donc que ces listes d'indésirables n'existent pas. Je suis peut-être bel et bien une veuve entre deux âges, inconstante et dotée d'une étrange fascination pour l'image animée, après tout.

—Il n'empêche que je préférerais que vous soyez une veuve entre deux âges inconstante et dotée d'un pistolet dans votre sac, répondis-je. Et… (Je sortis une lourde caisse en bois du fond de l'armoire.) J'ai peut-être trouvé justement ce qu'il nous faut.

Je posai la caisse au bout du lit et l'ouvris. À l'intérieur, nous découvrîmes un élégant pistolet automatique, d'un modèle inconnu de nous, deux magasins supplémentaires, une boîte de munitions, une tige de nettoyage, des chiffons et de l'huile.

—Ça alors ! s'exclama lady Hardcastle. Un Nambu. Bien joué. (Elle souleva le pistolet.) Lourd, cela dit. Qu'en dites-vous ? Deux ou trois livres ?

Elle me le tendit.

—À peu près, oui. Je vous le laisse.

—Eh bien, malgré son poids, il tiendra à distance les Yétis et autres Dahus. Il n'est pas terriblement puissant, mais suffisamment précis. Belle trouvaille.

Je lui donnai le pistolet, qu'elle entreprit de vérifier, pendant que je retournai à ma recherche au fond de l'armoire. J'en sortis un petit sac familier dans lequel je m'attendais à trouver brosses à vêtements et cirage pour chaussures – décidément, j'aurais volontiers juré qu'ils achetaient tous leurs bagages dans la même boutique londonienne. Et comme de bien entendu, il y avait là les machins et bidules usuels associés à l'entretien vestimentaire, toutefois ce fut un autre petit objet qui attira mon attention.

—Ah, voici autre chose, annonçai-je.

Et je montrai ce qui ressemblait à un fil à fromage ornemental : une longueur de cordon de soie entre deux poignées de bois joliment ouvragées.

—Pièce à conviction A, lançai-je. Un garrot, très certainement utilisé pour étrangler M. Kouznetsov.

Ma maîtresse reposa délicatement le pistolet dans sa caisse et prit la nouvelle arme entre ses mains.

—Élégant, commenta-t-elle. Léger et facile à transporter. Silencieux et efficace. Et propre. Vous souvenez-vous de ce type qui avait été tué avec un coupe-fromage ? Du sang partout. Cette corde-là peut tuer sans trancher la peau.

—Exactement. Et qui laisserait précisément le genre de marques que nous avons découvertes sur son cou.

—Takahashi-san était donc un assassin en plus d'être un diplomate et un promoteur d'expositions.

—Ce qui ne nous avance pas à grand-chose, mais qui élucide l'un de nos nombreux meurtres.

—Chaque pas qui nous rapproche de… tel ou tel endroit… a ses… quelque chose. Je suis certaine qu'il existe quelque dicton magique sur l'importance de tout et n'importe quoi. Mais oui, au moins avons-nous un suspect logique pour le meurtre de Kouznetsov. Harry voudra être mis au courant, c'est sûr. Quel que soit son petit jeu, il n'aime pas rester dans l'ignorance.

Elle plaça donc le garrot avec le pistolet et nous continuâmes toutes les deux à fouiller la chambre. Nous ne trouvâmes rien de plus et passâmes dans celle de feu M. Martin, histoire de voir quelle nouvelle information elle avait à nous fournir.

Nous suivîmes la même routine déprimante et désormais familière dans la chambre de M. Martin : lady Hardcastle passait en revue la table de chevet et la tablette de toilette, et moi je farfouillais dans l'armoire.

Et pendant tout ce temps, Martin demeura allongé derrière nous, aveugle à nos agissements. Il n'y avait rien de remarquable dans son attirail de toilette, hormis, peut-être, que ses machins et bidules avaient été achetés à Paris plutôt qu'à Londres.

Commençant à me décourager un peu, j'envisageais de lâcher l'affaire et de suggérer que nous allions déjeuner quand j'effectuai une découverte assez plaisante.

—Ah, regardez ce que nous avons là, dis-je en soulevant un couteau dans un fourreau de cuir. Je l'avais dit, que M. Martin était du genre à porter de ces engins.

Je tirai la lame : environ six pouces de long, pas trop large, terriblement aiguisée et à la pointe mortelle. La poignée en os avait été sculptée d'un motif hachuré pour une meilleure préhension.

—Voilà qui n'a rien du couteau de poche d'un monsieur, commentai-je. Celui-ci est fait pour tuer. Et bien équilibré, en plus. Je suis sûre qu'il réagirait très bien au lancer.

—Du sang ?

J'examinai la lame, mais elle avait été essuyée et huilée. Je distinguai quelques petites taches de quelque chose au niveau de la garde, toutefois, sans produit chimique magique, impossible de dire s'il s'agissait de sang. Le fourreau, lui aussi, montrait des traces sombres, très certainement du sang, mais susceptible d'avoir appartenu à n'importe qui n'importe quand.

—Rien de précis, conclus-je. Je dirais sans trop risquer de me tromper qu'il a été utilisé pour faire du mal à des gens, mais à qui et quand, ça… La lame fait à peu près la taille idoine pour avoir causé les blessures au niveau de la poitrine de Herr Schneider, cela dit. Je ne m'avancerais donc guère en terrain incertain si je suggère que M. Martin est coupable de la mort de Herr Schneider.

—Je ne peux vous détromper, ma chère. S'il y a une chose que l'on puisse dire en faveur de tout ce désagrément, c'est qu'au moins ils nettoient les uns derrière les autres. Ils n'encombreront pas les tribunaux avec des jugements interminables.

—Ni n'obligeront les journalistes à déplorer l'utilisation outrancière de l'immunité diplomatique à leur libération.

—Non plus, non. Même si, de toute façon, je suis sûre que Harry et ses gars feront leur possible pour étouffer tout cela.

—Avez-vous eu quelque idée de ce qu'il fabrique ? lui demandai-je. Ou de l'identité potentielle du joueur mystère ?

—Pas vraiment. De toute évidence, tout a été soigneusement mis sur pied : chaque grande puissance est représentée, ainsi que quelques nouveaux joueurs.

—Hormis l'Allemagne et l'Italie, je pense que nous l'avions noté.

—Hormis elles, oui. Cependant, je ne suis pas surprise, pour l'Italie. Je ne cède ma place à personne pour ce qui est d'admirer les Italiens – les gens, la culture, l'histoire, les paysages, la nourriture –, toutefois jamais je ne m'attendrais à les voir à la table principale d'une réunion majeure sur les affaires du monde. L'absence de l'Allemagne, en revanche… là, c'est un mystère.

—Je vois une solution d'une simplicité embarrassante, arguai-je. Que notre joueur manquant soit allemand.

—D'une simplicité embarrassante et assez alarmante, oui. Ils sont vraiment assez doués pour ce genre de choses. (Elle se leva et alla chercher son carnet à croquis et son crayon dans l'écritoire.) J'ai besoin de clarifier tout cela dans ma tête.

Elle ouvrit une page vierge, avant de reprendre :

—L'histoire du coffre-fort commence avec le Dr Goddard. Kouznetsov le lui vole, et un inconnu kidnappe Goddard, par frustration de l'avoir raté.

—Cela me semble raisonnable, convins-je.

—Nous devinons que Kouznetsov l'a et Schneider nous entend en parler. Adelia nous a prévenues que la notion de conversation privée était tout à fait aléatoire, dans la salle à manger. Schneider prend le coffre. Mais Takahashi aussi nous a entendues et il tue Kouznetsov – sans doute une mission secondaire. Vous voyez ce que je veux dire. « Rapporte la boîte à secrets de l'Anglais et tue le Russe pendant que tu y seras. » Ils ne sont toujours pas très copains, les Japonais et les Russes.

—Une guerre réglera ça, prédis-je.

—Tout à fait. Nous révélons à Adelia Wilson que le voleur est Schneider et elle s'éclipse pour lui piquer le coffre pendant que j'essaie de mettre la main sur Hillier. Mais Martin entend aussi et, à son tour, il monte le récupérer. Seulement le temps qu'il arrive sur place, le coffre a disparu et Schneider est de retour. Une bagarre s'ensuit et Schneider est poignardé. Je ne serais pas surprise que cela aussi ait fait partie de sa mission. Il n'y a guère d'amour entre ces deux pays-là non plus.

—Ensuite, je devine où est le coffre et je le pique à Adelia Wilson.

—Exact. Puis notre homme mystère – sans doute un Allemand – arrive dans la nuit et se met en chasse. Je vais partir du principe qu'il passe simplement de chambre en chambre, en quête du coffre, et qu'il tue à mesure. Il termine par la chambre des Wilson et prend Eleanora en otage.

—Comment aurait-il su dans quelles chambres aller ? demandai-je. Et comment savait-il où avait atterri le coffre en dernier ? Pourquoi tuer les deux autres et pas Adelia Wilson ?

—Je me suis posé la question aussi, admit-elle. La seule réponse qui me vient, ce serait qu'il a quelqu'un à l'intérieur. Une bonne, peut-être ? La jeune Myra était au courant, pour le coffre : peut-être a-t-elle vendu ses informations ?

—Peut-être. Elle a été extrêmement bouleversée par les deux derniers meurtres. Peut-être parce qu'elle s'est rendu compte que ce sont ses petites indiscrétions qui les ont provoqués ? Cela dit, ce pourrait être n'importe lequel d'entre eux. Je ne pense pas que ce soit très important à ce stade.

—Non, acquiesça-t-elle. Maintenant, il nous faut trouver qui détient Goddard et Eleanora, et ce que nous pouvons faire pour les délivrer.

Notre réflexion fut interrompue par un coup à la porte.

—Entrez, répondit ma patronne.

Le portier ouvrit et passa la tête.

—J'vous d'mande pardon, m'dame. M. Hillier vous envoie ses compliments et demande si vous pourriez le rejoindre urgemment dans son bureau. Il a dit de vous dire qu'un message est arrivé pour Mlle Wilson.

—Merci, Brine. Dites-lui que nous arrivons. Nous avons juste une chose ou deux à terminer ici.

—Très bien, m'dame.

Il referma la porte.

—Au moins, j'ai récupéré un couteau, annonçai-je en montrant l'arme.

—Un couteau et un pistolet, renchérit-elle en prenant l'étui du pistolet sur le lit. Pour quel usage ? Nous n'en savons rien pour le moment. Mais nous ferions mieux d'aller jeter un coup d'œil à ce message.

Une fois notre porte verrouillée, nous descendîmes voir ce que le kidnappeur avait à dire.

13

Nous trouvâmes M. Hillier en train de faire les cent pas dans son bureau. Et avec une enveloppe à la main.

—Ah, vous voici, dit-il en tendant le message. Ceci a été livré il y a peu. C'est adressé à Mlle Wilson et marqué « urgent ».

—C'est ce que nous avons cru comprendre, dit lady Hardcastle. Verriez-vous un inconvénient à ce que nous y jetions un coup d'œil ?

—C'est adressé à Mlle Wilson, répéta-t-il.

—En effet. Seulement Mlle Wilson est toujours inconsciente et le pli est indiqué comme urgent. S'il vient du kidnappeur, la note détaille probablement ses exigences. Autrement dit, si nous souhaitons récupérer Eleanora saine et sauve, il faut vraiment en prendre connaissance immédiatement.

—Eleanora Wilson ? Kidnappée ?

Elle lui renvoya un regard ébahi.

—Nous ne lui avons pas dit, madame, intervins-je. Nous en avons informé Harry, mais personne d'autre n'est au courant.

Elle poussa un soupir.

—Si Adelia a été droguée, c'était pour qu'elle soit inconsciente pendant l'enlèvement de sa nièce.

—Et vous pensez que ce message… (il le tenait loin de lui, soudain, comme s'il venait découvrir qu'il était empoisonné) vient de la personne qui l'a enlevée ?

—Oui, répondit-elle. Puis-je ?

Il le lui passa.

—Papier de mauvaise qualité, commenta-t-elle en examinant la mince enveloppe. Et crayon mal taillé, qui donne un tracé très irrégulier. Quant à l'écriture, elle a quelque chose qui n'est pas tout à fait anglais.

Sur ce, elle saisit un coupe-papier sur le bureau de M. Hillier et déchira l'enveloppe, dont elle lut le contenu.

—C'est ce que nous avions deviné, conclut-elle enfin. Je vous lis : « J'ai votre nièce. Vous avez le coffre-fort – et sinon, récupérez-le. Placez-le dans un sac et laissez-le derrière le premier banc du pont-jetée de Knightstone trente minutes avant 8 heures ce soir. Ne restez pas. Ne contactez pas la police si vous voulez revoir la petite. Je la relâcherai sans lui faire de mal quand j'aurai le coffre. Je vous dirai où la trouver. » Voilà qui semble très clair.

—Et qui confirme nos premières déductions, ajoutai-je.

—Trente minutes avant 8 heures ce soir, répéta-t-elle. Une manière très germanique de dire 19 h 30. Un touriste allemand à Weston-super-Mare. C'est bien dommage qu'il ne soit pas le seul à ne pas souhaiter que nous contactions la police, j'imagine qu'il aurait été assez facile à pister.

—Toutefois vous ne pouvez pas faire intervenir la police, insista le directeur. Il le spécifie clairement.

—Ne vous inquiétez pas, même si mon frère ne nous avait pas demandé de laisser l'affaire entre les mains de ses hommes et lui, nous ne prendrions pas la peine d'appeler la police. Car, au fond, nous avons plus d'expérience de ce genre de situation que n'importe quel gendarme balnéaire. Quelle heure est-il ?

M. Hillier sortit sa montre de sa poche de gilet.

—13 h 10, annonça-t-il.

—Soit largement le temps de finaliser nos plans, d'ici 19 h 30. Avez-vous envie de déjeuner, Armstrong ?

—Eh bien, oui, admis-je. Après cet énorme petit déjeuner, je ne pensais pas pouvoir manger de nouveau un jour, pourtant étonnamment j'ai un petit creux.

—Déjeuner pour deux, dans ce cas, reprit-elle. Nous vous tiendrons informé de nos plans, monsieur Hillier. Veuillez, s'il vous plaît, nous faire savoir quand Adelia Wilson aura repris conscience : nous devons lui parler à l'instant où elle en sera capable.

—Comment pouvez-vous manger dans ces circonstances pareilles ? s'étonna-t-il.

À quoi elle répondit par une expression perplexe.

—Les choses se présentent bien, argua-t-elle. Eleanora aura retrouvé le sein généreux de sa tante avant le petit déjeuner demain. Et nous livrerons l'Allemand aux bras légèrement moins tendres de Harry. Nous sustenter me paraît donc parfaitement approprié à notre plan d'action.

—Vous avez donc un plan ?

—Laissez-nous faire, monsieur Hillier. Je présume que la cuisine est ouverte, en dépit de la pénurie de clients ?

—Naturellement, confirma-t-il. Je vais les avertir d'attendre votre commande.

—Merci. Et auriez-vous l'amabilité de passer un autre coup de fil interurbain à mon frère, je vous prie ? Il doit être mis au courant.

Nous le quittâmes pour nous engager dans le couloir menant à la salle à manger.

—Et donc, quel est le plan ? m'enquis-je alors que nous nous installions à la table la plus éloignée de la porte de la salle à manger.

—Seul le ciel le sait, répondit-elle. Hillier commence à taper un tout petit peu trop sur mes pauvres nerfs. Je voulais juste lui fermer son clapet et qu'il arrête de chouiner. S'il imagine que nous avons la situation bien en main, il va peut-être se calmer un tantinet.

—Pauvre petit bonhomme, il ne le fait pas exprès. Il n'a pas passé les vingt dernières années à apprendre à s'occuper d'espions et autres canailles, comme certaines personnes. Vous devriez montrer un peu plus de patience avec lui.

—Probablement, oui, vous avez raison. Ah, Kibble, vous tombez à point nommé. Qu'y a-t-il pour le déjeuner ?

Le serveur était arrivé. Et j'espérais qu'il n'avait pas entendu notre conversation.

—Le chef n'était pas sûr d'avoir des hôtes à déjeuner aujourd'hui, madame, répondit-il. Il n'a donc pas prévu de menu, mais il dit qu'il se fera un plaisir de vous concocter tout ce que vous désirez. Du moment qu'il a les ingrédients nécessaires, évidemment.

—Dans ce cas, pourquoi ne pas le laisser choisir ? suggéra ma patronne. Nous avons toute confiance en ses talents, veuillez lui demander de nous préparer ce qu'il veut. Cet homme est un génie.

—Il sera ravi de l'entendre, madame. Souhaitez-vous que je vous apporte la liste des vins ?

—Pas aujourd'hui, merci. Je pense que nous aurons besoin de garder les idées claires. Juste de l'eau, s'il vous plaît.

Il disparut.

—Il est un point que nous avons fait notre possible pour ne pas aborder, dis-je.

—Ah bon ? Et lequel ?

—Les deux derniers meurtres. Et la manière dont ils ont été commis.

—D'une balle dans l'œil avec un pistolet de petit calibre, oui. J'ai entendu votre « oh » lorsque vous avez découvert Takahashi.

—Est-ce que vous vous sentez bien ?

—Ce n'est jamais chose agréable à se voir rappeler. Je suis capable de supporter à peu près tout, cependant je continue de faire des cauchemars sur la mort de Roddy. Je le vois, allongé là. C'est une façon tellement singulière de tuer quelqu'un. Je vous confesse avoir frissonné, quand vous m'avez appris comment Takahashi était mort.

—Ajoutons à cela que notre kidnappeur est allemand. Ce doit être très dur pour vous.

—Ce n'est pas l'affaire la plus aisée sur laquelle nous ayons travaillé au cours de ces deux dernières années, admit-elle. Mais je vais l'endurer. Au moins, nous savons qu'Ehrlichmann est mort. Et nous devons continuer, nous avons deux vies à sauver. Même si l'une d'elles n'est pas du tout de notre responsabilité. J'éprouve toutefois un élan protecteur envers la jeune Eleanora. Et une certaine colère envers sa tante de l'avoir mise ainsi en danger.

—Vous n'accordez aucun crédit aux informations qui nous ont été données ? m'étonnai-je. Au fait que Skins et Dunn disent avoir vu Ehrlichmann à Londres l'an dernier ? Aux mises en garde de Harry, selon lesquelles il était parti de Londres pour l'Ouest en janvier ?

Alors en chemin pour un concert qu'ils devaient donner, nos amis musiciens, Skins et Dunn, nous avaient rendu visite l'automne passé. En plus de leurs bonnes compagnie et musique, ils nous avaient gratifiées de nouvelles : un certain Ehrlichmann les avait approchés dans un club de Londres et, au fait de leur identité, leur avait demandé de transmettre ses salutations à lady Hardcastle. Juste après Noël, les hommes de Harry avaient repéré un homme correspondant à la description d'Ehrlichmann en train de monter à bord d'un train pour les Cornouailles.

—Je lui ai tiré dessus, Flo. Vous étiez là. Je l'ai tué. Qui que soit l'homme que tout le monde pense avoir vu, ce n'était pas Ehrlichmann. Je sais qu'il s'est présenté sous ce nom à Skins et Dunn, mais c'est impossible. L'on ne se relève pas après s'être fait exploser la moitié de la tête avec un revolver Webley.

—Je sais, convins-je. Je sais. Je voulais juste m'assurer que vous alliez bien.

—Et j'apprécie votre sollicitude. Toutefois, nous avons des sujets de préoccupation plus pressants. Et tout en haut de notre liste, la nécessité de piéger ce vaurien d'Allemand lorsqu'il viendra récupérer le coffre-fort.

—Vous suggérez de le guetter ? Il s'attendra à voir soit Adelia Wilson, soit les gros bras qu'elle aura embauchés. Qui soupçonnerait une lady anglaise farfelue et sa dame de compagnie ?

—Vous êtes en civil, me rappela-t-elle. Vous devrez être ma copine. Toutefois, notre homme n'est très probablement pas stupide, il sera à l'affût de tout épieur, quel qu'il soit.

—Très bien. Prenons la chose d'un autre point de vue. Comment va-t-il récupérer le coffre ?

—C'est un drôle d'endroit qu'il a choisi là, ne pensez-vous pas ? Pratique d'accès depuis la route principale, pourtant je n'aimerais pas trop l'idée de me retrouver bloqué là, à sa place. Si Adelia passait outre sa mise en garde et cherchait à le pincer, quelques gars un peu costauds suffiraient à lui interdire toute retraite et à le coincer sur le pont-jetée sans autre échappatoire que la mer.

—La boue, la corrigeai-je. Il n'y a pas de mer, à Weston, c'est un mythe forgé de toutes pièces par le conseil municipal afin d'attirer les touristes.

—Même ainsi. C'est une voie de fuite exposée, je n'aimerais pas devoir traverser une plage dégagée en courant.

—Il compte donc pouvoir ramasser le coffre et s'éclipser sans être remarqué. Oh ! À quelle heure le spectacle finit-il au théâtre ?

—Vers 22 heures, si c'est à peu près comme l'autre soir. (Elle réfléchit un instant.) Je pense que vous avez peut-être mis le doigt sur quelque chose, vous savez. Il y aura foule. S'il venait à sortir du théâtre – ou s'il semblait en sortir –, il pourrait se promener sur le pont-jetée, ramasser le sac et se mêler aux autres spectateurs du théâtre qui s'en retourneraient en ville. Et même si quelqu'un l'observait, l'on aurait du mal à l'attraper au milieu d'une foule aussi dense que celle de lundi. Le passage est étroit, tout le monde se retrouve comme dans un entonnoir.

—19 h 30, c'est toutefois un peu tôt, lui fis-je remarquer. Il serait assez risqué de laisser le coffre là pendant deux heures et demie avant de pouvoir y accéder.

—Vous trouvez ? L'endroit est plutôt sûr. Il y a des tas de vieilleries le long de cette bande de chaussée : cordages, filets, même un casier à homards, si je me rappelle bien. Un vieux sac n'attirera guère d'attention. Et plus tôt il y est déposé, plus longtemps il pourra vérifier qu'Adelia ou les auxiliaires qu'elle aurait recrutés ne sont pas dans les parages. J'aime bien l'idée.

—Même si j'ai raison, repris-je, cela ne nous aiderait pas à le pincer, et encore moins à récupérer Eleanora.

—Cependant, c'est un point de départ. De quoi bâtir quelque chose.

À cet instant, Kibble et le portier arrivèrent tous deux à notre table. Kibble, avec de la nourriture, Brine, avec un message.

—J'vous d'mande pardon, m'dame, dit Brine, mais M. Hillier a dit que vous vouliez savoir quand Mlle Wilson se réveillerait.

—En effet, Brine, en effet. Merci, lui répondit ma maîtresse.

Sa mission accomplie, il se dépêcha de repartir.

—Juste au moment où ce plat à l'air absolument délicieux arrive, quel dommage ! Oh, mais c'est une salade. Quelle merveille ! S'il vous plaît, laissez-la ici et nous y reviendrons dès que possible. Si vous vouliez bien demander au chef de retarder les plats chauds, cependant, ce serait formidable.

—Bien sûr, madame.

Nous lâchâmes nos serviettes sur la table et nous hâtâmes de gagner la chambre des demoiselles Wilson.

Assise dans son lit, avec le soutien de ses oreillers, Adelia Wilson sirotait une tasse de thé. Le Dr Kenniston remballait de mystérieux ustensiles médicaux dans une grande sacoche de cuir.

—Elle se porte tout à fait bien, commenta-t-il comme si Mlle Wilson n'était pas là. Elle a reçu une forte dose de véronal, comme je le suspectais, toutefois elle ne devrait pas souffrir durablement de ses effets. Elle va encore se sentir un peu vaseuse pendant quelques heures, mais rien de grave au bout du compte.

—Merci, docteur, répondit lady Hardcastle.

Elle m'adressa un signe de tête et je tins la porte au médecin. L'espace d'un instant, il parut indigné de se voir ainsi rembarré, mais il ramassa finalement son sac et sortit en nous souhaitant le bonjour.

Je refermai la porte derrière lui.

—Même si l'on vous connaît, vous, les British, pour vos goûts affreux en matière de nourriture, d'habillement et de divertissement populaire, je m'insurgerais de toutes mes forces contre quiconque essaiera de me dire qu'une bonne vieille tasse de thé anglais n'est pas capable de soigner à peu près tout et n'importe quoi, fit-elle en levant sa tasse comme pour porter un toast, avant d'en boire une autre gorgée.

—Il a des pouvoirs requinquants remarquables, acquiesça ma patronne. Particulièrement s'il est dégusté en bonne compagnie et accompagné d'un biscuit ou deux.

—Vous voulez dire un cookie ?

—Non, ma chère, je voulais bel et bien dire un biscuit. Une bonne petite conversation, une tasse de thé et un biscuit. Peut-être devrions-nous investir dans une flotte de wagons de thé pour faire le tour de l'Amérique et porter secours à ces pauvres gens : l'entreprise mettrait à mal en un clin d'œil tous les commerces d'huile de serpent de votre nation.

—Je vous signe un chèque dès demain matin, annonça Mlle Wilson, tout sourire.

Elle prit une nouvelle gorgée.

—En tout cas, notre thé semble avoir un effet des plus bénéfiques sur vous.

—Mais tout va bien, j'ai souffert de pire qu'une dose de véronal, en mon temps.

—Je me disais la même chose, oui, renchérit lady Hardcastle. L'heure de la dissimulation est passée depuis longtemps. Je ne m'attendais pas à ce que nos révélations lors de notre dernier dîner vous poussent à nous répondre : « Oh, quelle coïncidence, moi aussi ! », toutefois votre réaction en apprenant le poste occupé par mon frère a confirmé ce que nous savions depuis un petit moment déjà.

—Et quoi donc ?

—Que vous êtes un agent du renseignement des États-Unis d'Amérique. Une espionne, en d'autres termes. Dans l'armée ou la marine ?

—Je suis d'Annapolis, ma chère, je vous laisse deviner.

—Renseignements navals, donc. Enfin, nous pouvons nous parler honnêtement. Quelqu'un vous a-t-il informée, au sujet d'Eleanora ?

Adelia se redressa un peu, renversant quelques gouttes de son thé dans la soucoupe.

—Informée à son sujet ? Ce docteur m'a dit qu'il la pensait sortie, que vous étiez au courant.

—Il est doté de cette capacité toute doctorale pour l'obscurcissement, à savoir cette manière charmante de dire la vérité sans alarmer le patient.

—Et qu'y aurait-il en l'occurrence dans la vérité qui risquerait d'alarmer la patiente ? s'enquit aussitôt Adelia.

—Elle a été enlevée.

—Enlevée ?

—Par celui ou celle qui vous a droguée, précisa ma patronne.

—Mais... pourquoi ? Ils ont pris le... Oh, et puis, écoutez, vous avez raison, inutile de tergiverser plus longtemps. La personne qui m'a droguée a emporté le coffre-fort du Dr Goddard. Je l'avais moi-même pris dans la chambre de Schneider hier soir. Et mis sous mon lit. Or quand j'ai regardé, pendant que le Dr Bidultruc...

—Kenniston, corrigeai-je machinalement.

—Voilà. J'ai regardé pendant que le Dr Kenniston tripatouillait dans son sac. Le coffre a disparu. S'ils le détiennent, ainsi que votre Dr Goddard et sa clé, je présume, qu'avaient-ils besoin d'Eleanora ?

—Vous n'aviez pas le coffre-fort lorsque vous avez regagné votre chambre hier soir, lui appris-je. Je m'en étais déjà emparée. Il est en notre possession.

—Vous ? Vous vous êtes introduite dans ma chambre ? Comment osez-vous !

—Je ne crois vraiment pas que vous soyez en position de vous plaindre d'une effraction, ma chère, intervint lady Hardcastle. Rappelez-vous comment vous avez mis la main sur ce coffre pour commencer.

Adelia fulminait.

—Il n'empêche que sans votre larcin, j'aurais encore ma nièce.

—Je ne peux certes pas nier que si nous n'avions pas récupéré la propriété de notre gouvernement, ladite propriété se trouverait actuellement entre les mains d'un pouvoir inconnu et presque assurément inamical. Toutefois, si je comprends votre réaction première qui consiste à faire porter le blâme et à proférer des accusations, n'oubliez pas non plus qui a choisi d'emmener une jeune femme inexpérimentée dans une mission. Et puis, vu que les deux autres espions ont fini morts, je ne pense pas que vos chances de survie, à elle comme à vous, aient été très élevées, si le kidnappeur avait trouvé le coffre.

—C'était censé être une mission simple, marmonna Adelia. Quelques jours dans une ville balnéaire anglaise, une cible facile. Deux-trois flagorneries, je le soulageais du coffre et je prenais le premier train pour Londres. Je devais ensuite transmettre le colis à l'ambassade sur Victoria Street, puis nous aurions poursuivi la tournée européenne d'Eleanora.

—Les plans les mieux ourdis… commenta ma maîtresse. (Elle prit le message dans son sac et le tendit à Adelia.) Le kidnappeur vous a envoyé ceci. Nous l'avons ouvert, pour le cas où il contiendrait quelque chose qui doive être géré avant que vous ne repreniez connaissance.

Adelia le parcourut rapidement, puis elle demanda :

—Savez-vous qui est ce type ?

—Pas encore, non, admit lady Hardcastle. Nous supposons, au vu des nationalités représentées ici, dans votre petit nid d'espions, qu'il est allemand : c'est l'une des seules nationalités non représentées.

—Voilà qui ne restreint guère la recherche, commenta Adelia. Ça grouille d'Allemands, ici.

—Ah ? fit ma maîtresse.

—Il me semble. Nous avons même vu un pêcheur allemand, mardi en fin d'après-midi, sur la promenade.

—Un pêcheur allemand ? répétai-je. Comment avez-vous su qu'il était allemand ?

—Un grand type blond. Nous l'avons vu discuter avec le gars du théâtre de Guignol. Il lui demandait à manger.

—En allemand ? Le gars de Guignol était anglais, quand nous l'avons rencontré.

—Ils parlaient en anglais, mais le pêcheur avait assurément un accent allemand. De Berlin, si je ne m'abuse.

Lady Hardcastle la contempla finement.

—Voici qui jette une lumière tout à fait différente sur l'affaire, dit-elle. Nous avons à plusieurs reprises envisagé ce pêcheur, mais l'avons chaque fois écarté. Ou du moins, je l'ai écarté. Cependant, si votre connaissance des accents allemands régionaux vous assure qu'il est Berlinois, alors de toute évidence, il y a peu de chances qu'il soit pêcheur, n'est-ce pas ? Berlin n'est pas exactement célèbre pour sa longue tradition maritime et son accès aisé à la mer. Il sera plus facile à pincer, maintenant que nous savons qui nous cherchons.

—Le pincer ? répéta Adelia. Pas question de risquer la vie d'Eleanora pour votre fichu coffre-fort. Qu'il l'aie et moi, je récupère ma nièce.

—Je pense que nous sommes dans l'une de ces rares occasions où nous pourrions avoir le beurre et l'argent du beurre. Notre priorité sera toujours de sauver la vie de la jeune femme innocente dont vous avez si imprudemment mis la sécurité en danger, cependant si nous pouvons sauver aussi le « fichu coffre-fort » de notre gouvernement, eh bien, d'une pierre deux coups.

—Alors écoutez-moi bien…

—Non, ma chère, je suis désolée, mais cela fait belle lurette que j'ai cessé de « bien écouter ». Vous vous êtes invitée en Angleterre dans le but de lui dérober des secrets d'État. Ce sera à mon frère et à ses collègues des Affaires étrangères de décider quelles sanctions prendre contre vous pour cette petite transgression mais, en attendant, c'est vous qui allez « bien écouter ». En l'absence d'ordres contraires et définitifs, c'est moi qui prends la tête de cette affaire. Nous allons appréhender ce pêcheur, récupérer le coffre et libérer votre nièce ainsi que, je l'espère, le Dr Goddard. Votre rôle principal sera de vous taire et de faire ce que l'on vous dit. Et ne vous avisez plus de m'inviter à bien vous écouter, cela finirait mal pour vous.

Adelia se contenta de lui renvoyer un regard noir.

—Nous allons vous laisser vous vêtir, termina ma patronne. Joignez-vous donc à nous pour le déjeuner et nous discuterons de nos plans.

Je commençais à me lasser de monter et descendre l'escalier, mais au moins y avait-il cette fois un bon repas qui m'attendait à la salle à manger.

À mon immense irritation, cependant, nous ne pûmes atteindre la salle à manger. Alors que nous passions devant la porte ouverte de son bureau, M. Hillier nous interpella.

—Lady Hardcastle ? Mademoiselle Armstrong ? J'ai M. Featherstonhaugh en ligne pour vous.

Sitôt que nous entrâmes dans la pièce, il avait déjà contourné son bureau et venait vers nous. Il désigna le téléphone sur le bureau.

—Il est tout à vous, dit-il, avant d'ajouter cependant en refermant la porte derrière lui : Je ne suis pas votre fichu secrétaire, vous savez.

—Et heureusement, commenta lady Hardcastle en attrapant l'écouteur du téléphone. Je l'aurais viré depuis des lustres, s'il était mon secrétaire.

Une nouvelle fois, nous nous positionnâmes de manière à pouvoir toutes les deux entendre et parler à Harry.

—Désolée de te déranger encore, Harry chéri, mais il y a eu des développements, commença lady Hardcastle.

—Ohé, sœurette. Vas-y donc.

Elle soupira.

—Ohé, oui, en effet. Nous avons reçu un message de la part du kidnappeur. Il exige que nous déposions le coffre-fort sur Knightstone Causeway ce soir – il s'agit d'un promontoire, un pont-jetée près de notre hôtel, au bout duquel se trouve un théâtre. Bref, nous laissons le coffre sur place et il nous dira où trouver la jeune femme. Il ne fait pas mention de ton homme, Goddard, mais, s'il n'est pas déjà mort, j'imagine que nous le retrouverons au même endroit.

—Parfait. Procède donc ainsi.

—Je te demande pardon ?

—Vas-y. Dépose le coffre, récupère la jeune Américaine et tout le monde sera rentré à l'heure pour un brandy et les médailles d'honneur.

—Non, nous ne procéderons pas ainsi, mon chéri.

—Oh, mais si, ma chère sœur. Ce coffre ne vaut pas la vie d'une fille. Donne-lui ce qu'il veut et fais-moi savoir où il faut la récupérer.

—Nous avons une bien meilleure idée qui permettra d'avoir le coffre, l'Allemand et la fille.

—Je n'en doute pas un instant, cependant tu vas plutôt obéir à mes ordres.

—Y a-t-il seulement eu un jour où j'ai obéi à qui que ce soit ? Il me faut juste tes deux gars – Fish et Chips, Campbell et Bannermann, Argyle et Sutherland, appelle-les selon leur bon vouloir du jour. J'ai besoin qu'ils aillent rôder tous les deux, avec leurs revolvers mal camouflés, sur le pont-jetée à 22 heures, quand le spectacle se termine au théâtre. Il leur suffira d'attendre qu'un grand pêcheur blond passe avec un sac sur l'épaule et de le prendre en filature. Ils le pisteront ainsi jusqu'à sa tanière et toi, tu récupéreras le coffre, la fille et l'espion allemand, tout cela dans un même paquet bien ficelé. Nous autres serons sur place afin de veiller sur la jeune Mlle Wilson et prêtes à intervenir pour le cas où Kent et Lancashire ne seraient pas à la hauteur de la tâche.

—Tout cela est formidable, commenta Harry. Toutefois, j'y vois une fatale lacune. Perche et Tanche ont été envoyés sur une autre mission – comme tu devrais te le rappeler – et je ne peux pas les dépêcher à Weston avant demain matin au plus tôt. Tu vas devoir… Attends une minute, tu as parlé d'un grand Allemand blond ?

—Un Berlinois affublé d'un déguisement de pêcheur assez improbable, oui.

—Un Berlinois ?

—Selon Adelia Wilson, il a un accent berlinois.

—Son visage t'a-t-il paru familier ? Ne serait-ce qu'un peu ?

—Nous ne l'avons pas vu de près, dit-elle. Mais « grand et blond », c'est assez proche de l'archétype germanique, ne penses-tu pas ? Ou bien hollandais ? Je suis sûre que si nous l'avions mieux vu, nous aurions pensé : « Dieu du ciel, ce pêcheur m'a l'air bien teuton ! » Seulement, de loin, je ne peux pas dire que je l'aie reconnu. Flo ?

—Eh bien…

—Si elle mentionne Günther Ehrlichmann dans sa phrase suivante, je la frappe à la tête et au cou avec cet écouteur, menaça ma patronne avant que j'aie le temps d'aller plus loin. Ehrlichmann est mort et je me fiche que plusieurs incompétents de tes Services spéciaux prétendent l'avoir vu.

—Eh bien… tenta Harry.

—Vous êtes à désespérer, tous les deux, reprit-elle. Quoi qu'il en soit, nous avons dévié du sujet premier de notre conversation. Nous avons l'opportunité de faire d'une pierre bien lancée trois coups et je pense que tu serais un imbécile de ne pas en profiter.

—Et pourtant, je campe sur ma position. Pas de pistage, pas de sauvetage héroïque, on s'en tient à l'échange tout simple d'un coffre de métal contre la vie d'une jeune femme. J'imagine que votre pêcheur s'assurera d'être suffisamment loin et à l'abri avant de vous recontacter, nous ne saurons donc rien de plus avant le matin. Mes hommes seront prêts demain à la première heure et nous pourrons ainsi aller au terme de cette affaire.

—Oui, sans doute, convint-elle avec un soupir résigné.

—Bien, bonne fille. Tiens-moi au courant si quoi que ce soit se produit qui risque de changer la donne. Autrement, nous nous en tenons au plan.

—Très bien. Bye bye, alors.

—Bye bye, sœurette.

Et la ligne fut coupée.

—Venez, minuscule créature, nous avons des choses à organiser, me lança ma patronne.

—Nous ferions mieux d'aller à la rescousse d'Eleanora, lui dis-je. J'aime votre frère comme s'il était le mien, mais je ne pense pas qu'il ait raison, pour le coup.

—Moi aussi, j'aime mon frère comme s'il était digne d'être un frère, mais c'est un imbécile fini. Un nigaud de la plus belle eau. Je ne comprends pas ce qui l'amène à penser que notre ami allemand ne va pas se contenter d'occire la fille et de filer avec le coffre. Qui laisse de telles traces derrière soi ? Ce serait fort négligent. Non, nous devons le filer et organiser un sauvetage, avec ou sans l'aide de Harry.

—Bien, je ne faisais que vérifier. Mais s'il vous plaît, peut-on déjeuner avant ?

—Bien sûr. D'abord on mange, ensuite on planifie. Allons voir ce qu'il en est de ces petites salades.

Bien qu'enfin attablées devant nos salades, nous ne commençâmes pas à manger tout de suite. Nous en commandâmes une autre pour notre invitée et décidâmes qu'il serait plus poli de l'attendre pour piocher dans nos assiettes.

Adelia nous rejoignit juste au moment où la sienne était servie.

—Il y a des ouvriers dans le hall, annonça-t-elle en s'asseyant. Apparemment, ils perturbent la clientèle, car ils sont entrés par la mauvaise porte, si j'ai bien compris. Un rapport avec vous, mesdames ?

—Je suppose que ce sont les gars des Services pas-si-spéciaux de Harry, devina lady Hardcastle. Auriez-vous la gentillesse d'aller voir, Flo, vous seriez un chou ?

Je tâchai de réprimer mon grognement de déplaisir à me voir ainsi privée une fois de plus de mon déjeuner, mais mon estomac signala son mécontentement à ma place au moyen d'un gargouillement sonore.

Les hommes en salopette d'ouvrier qui rôdaient à la réception s'identifièrent comme envoyés par « M. Feather-stone-pfouit ».

—Où sont vos sacs ? demandai-je au plus âgé, supposant qu'il était le chef.

—Des sacs, mademoiselle ? répéta-t-il, quelque peu bêtement.

—Vous êtes ici pour les… enlèvements, non ? insistai-je.

M. Nightengale n'ayant pas l'air trop réjoui, je jugeai préférable de ne pas l'irriter davantage en parlant ouvertement des cadavres dans les chambres.

—Ah oui, mademoiselle, répondit mon bonhomme. Ça y est, je comprends. Nous avons deux cerc… deux « caisses » dans le véhicule, là derrière.

—Je vois. Monsieur Nightengale ?

Le réceptionniste leva les yeux de ce qu'il était occupé à lire sur son bureau.

—Mademoiselle Armstrong ?

—Verriez-vous un inconvénient à ce que je demande à Brine de montrer à ces messieurs comment faire entrer leurs caisses dans le monte-charge ? Je les rejoindrai au premier étage afin qu'ils puissent procéder au premier… enlèvement.

—Certainement. Reviendront-ils plus tard ?

—J'espère fort que non, répondis-je. Pourquoi ?

—Vous pourriez leur rappeler d'utiliser l'entrée des fournisseurs, s'ils revenaient. La clientèle n'aime pas voir des ouvriers à la réception.

Je m'abstins de lui signaler que presque tous les clients de son hôtel étaient morts et que les survivants étaient justement ceux qui avaient ordonné l'enlèvement. Au lieu de quoi, je répondis :

—Bien sûr. Brine ? Voulez-vous bien faire les honneurs, je vous prie ?

Brine se leva de sa chaise près de la porte et guida les deux hommes.

Pendant ce temps, je remontai avec lassitude l'escalier. J'avais continué à pratiquer les exercices que Chen Ping Bo m'avait enseignés et avec cette routine, jointe à mon travail qui m'obligeait à rester active, je ne souffrais généralement pas de fatigue physique. Toutefois, cette histoire de marches commençait fort à me peser.

Enfin, je parvins tout de même à la chambre de M. Takahashi sans haleter trop bruyamment. Je déverrouillai la porte, mais attendis dans le couloir que les hommes arrivent avec leur matériel de transport et leur grande boîte en pin. Je restai à l'extérieur le temps qu'ils achèvent leur sinistre tâche, puis les laissai charger le corps dans leur véhicule, en leur indiquant que je les retrouverais au deuxième étage.

Accueillie sur le second palier par le crépitement d'une lourde averse contre la vitre, je remarquai pour la première fois que le temps s'était bel et bien couvert. Le ciel, d'un gris maussade toute la semaine, était désormais presque noir. Je discernais tout juste la promenade. Qui était vide à l'exception des vacanciers les plus hardis et même eux se hâtaient de gagner l'abri des salons de thé sur la jetée. Les nombreux drapeaux le long de la promenade et de la jetée risquaient de se voir arrachés de leur poteau tant le vent avait gagné en puissance. Pourvu qu'il se calme avant que nous ne devions sortir nous poster sur Knightstone Road pour attendre qu'un grand blond, qui n'était assurément pas Günther Ehrlichmann, passe par là avec un sac sur l'épaule…

Une fois le second corps en chemin vers la camionnette des hommes de Harry, je descendis retenter ma chance de profiter enfin de mon déjeuner.

—C'est fait ? s'enquit lady Hardcastle alors que je m'asseyais.

—Tout est nettoyé, oui. J'ai indiqué à M. Nightengale qu'il pouvait lancer le ménage des chambres. Il souhaite savoir quoi faire des effets personnels de tout ce petit monde, d'ailleurs. Puisque les chambres sont payées, je lui ai suggéré de les y laisser jusqu'à ce que leurs gouvernements respectifs les réclament, ou que Harry lui donne un ordre différent.

—Formidable, merci de vous en être occupée, me dit-elle. Adelia et moi avons mangé aussi lentement que nous le pouvions, mais je crains que nous ayons toutes deux été assez affamées et, d'une manière ou d'une autre, tout est fini.

—Pas de problème. Si vous n'êtes pas gênées de me voir manger pendant que vous discutez, cela me va. Y a-t-il un autre plat en route ?

—Oui. Du canard, apparemment.

—Il fait le temps parfait pour cela, commentai-je.

—Oh, quel dommage ! La soirée s'annonce affreuse, si cela continue ainsi.

—Je pensais bien qu'un orage se préparait, dit Adelia.

—Quelque sagesse domestique faite maison ? voulut savoir lady Hardcastle. Comme les oies qui se perchent ? Une douleur au genou ?

—Non, j'ai regardé par la fenêtre avant de descendre.

—Oui, cela fonctionne aussi. Allez-y, mangez, mangez, Flo.

Je piochai.

—Avez-vous tout clarifié avec votre frère ? s'enquit Adelia.

—Non, si irritant que cela soit, admit lady Hardcastle. Ses hommes du cru sont indisponibles et il a l'impression erronée que les choses vont aller comme sur des roulettes si nous nous contentons de suivre les instructions du kidnappeur et de récupérer Eleanora demain matin.

—L'impression erronée ? Vous n'êtes pas d'accord ?

—Depuis combien de temps êtes-vous dans le domaine de l'espionnage et de la clandestinité ? Avez-vous déjà eu vent d'une situation similaire qui se soit terminée autrement que par une issue déplaisante ? Nous savons déjà que tuer les gens fait partie des habitudes de notre kidnappeur en mission. S'il veut s'en tirer proprement avec sa boîte à secrets, pourquoi nous conduirait-il à sa cachette et aux témoins en vie qu'elle emprisonne, même s'il a déjà mis les voiles ? Cela n'a aucun sens du point de vue logistique, comme le disait l'un de mes mentors.

—Vous n'êtes pas du genre sentimental, n'est-ce pas ? fit remarquer Adelia.

—Expliquer la chose autrement serait mentir, répliqua lady Hardcastle.

—Avez-vous un plan de secours ?

—Je propose simplement de suivre le plan d'origine, mais sans les gars de Harry pour nous aider. Vous sentez-vous d'attaque pour vous joindre à nous ?

—Par ma foi, il ne sera pas dit qu'une simple gueule de bois post-véronale suffira à abattre Adelia Wilson.

—Formidable. À nous trois, nous devrions au moins parvenir à garder notre pseudo-pêcheur à l'œil. Êtes-vous en possession de quoi que ce soit qui ait une puissance d'arrêt plus importante que votre petit pistolet ?

—Pour paraphraser une dame avec qui j'ai dîné un soir, je suis une vieille fille quadragénaire en vacances, fit Adelia. Vous avez déjà de la chance que j'aie mon « petit pistolet ».

—Peu importe. J'ai chipé un revolver assez costaud dans la chambre de notre ami japonais. J'en ferai le meilleur usage.

—Et vous, mademoiselle Armstrong ? Avez-vous trouvé un couteau ?

—M. Martin en avait un assez formidable, oui, confirmai-je. Donc pour moi aussi, tout ira très bien.

Je venais de piquer ma dernière fourchetée de salade quand Kibble arriva, chargé d'un lourd plateau.

—Je vous demande pardon, mademoiselle, dit-il. Souhaitez-vous que je revienne dans un moment ?

—Pas du tout. J'ai terminé.

Le canard fut servi, puis Kibble disparut avec les assiettes vides.

—Alors, le plan, reprit ma maîtresse. Il est simple. Vous déposez le coffre, selon les instructions, à 19 h 30. Quant à nous, nous serons postées de l'autre côté de la route, à l'affût.

—Immédiatement ? demandai-je. N'allons-nous pas attendre que le spectacle se termine au théâtre ?

—Trop risqué, décréta-t-elle. En fait, je pense que vous avez absolument raison et qu'il va justement se fondre dans la foule. Toutefois, je ne souhaite pas mettre en péril la sécurité d'Eleanora sur une simple supposition, aussi avisée soit-elle. Nous allons devoir nous encapuchonner pour subir le vent et la pluie, et trouver un endroit où nous abriter le temps de quelques heures.

—Je ne peux pas risquer d'être vue, argua Adelia. Il va me guetter.

—Aucune de nous ne peut risquer d'être vue, mais nous pouvons vous laisser cachée jusqu'au moment venu, répondis-je. Oh…

—Je jure que vos « oh » auront ma peau, s'impatienta ma patronne. De quoi s'agit-il, maintenant ?

—Si cet orage se maintient, il n'y aura personne pour entreprendre une petite promenade vespérale, ce me semble. Je comptais sur la possibilité de nous fondre dans la foule des fêtards attardés et des promeneurs. Deux copines – trois maintenant – sorties respirer l'air nocturne. Seulement là, tout le monde va se hâter de rentrer chez soi, se disputer les places dans le tramway afin d'éviter la pluie. Autant arborer des panneaux annonçant : « Ne faites pas attention à nous, nous suivons juste cet Allemand. »

—Nous nous occuperons de ce détail pluvieux le moment venu, décréta lady Hardcastle. En attendant, que diriez-vous de profiter d'être les seules à jouir des attentions du chef et de terminer notre planification plus tard ? Il s'agit là d'une opération des plus simples et il ne reste que quelques menus détails à revoir. Apprécions ces quelques instants de loisir avant le coup d'envoi.

Et ce furent quelques instants de loisir devant un délicieux déjeuner, en l'occurrence. Où nous pûmes presque oublier l'enjeu de l'entreprise qui nous attendait dans la soirée.

14

J'avais traîné le fauteuil de ma chambre jusqu'à celle de lady Hardcastle et nous étions assises ensemble, les yeux tournés vers la fenêtre sur l'orage qui grondait. En langage courant, l'on dit qu'une tempête « fait rage » et j'ai souvent trouvé l'expression un poil mélodramatique, toutefois cette pluie-là semblait assurément en colère. Elle cognait contre les carreaux et la vue au-delà était celle d'une côte tempétueuse dans toute sa puissance.

Nous avions obtenu de Ribble, du salon, qu'il nous apporte une théière en chambre et j'étais en train de nous servir tout en contemplant l'orage.

—Cela risque d'être un peu sinistre, dehors. Je vous avoue que je ne suis pas pressée de passer quelques heures sous la pluie, déclarai-je. Au moins n'aurons-nous pas à nous aventurer en mer.

—Oui, ce serait l'enfer, n'est-ce pas ? convint ma patronne. Je m'enorgueillis d'avoir le pied marin, cependant je craindrais, dans pareilles conditions, d'être obligée de jeter un second coup d'œil à mon déjeuner.

—Non que la navigation soit une possibilité, de toute manière, nuançai-je. Puisqu'il n'y a pas de mer, ici.

—Je me tue à vous le répéter : elle monte deux fois par jour. Des vagues s'écraseront sur le rivage d'ici 20 heures.

—Mais quand ?

—La marée haute est à 19 h 58, m'informa-t-elle. Du moins selon les dires de cette feuille que j'ai récupérée l'autre jour.

Quelque chose m'avait titillée tout l'après-midi.

—Si vous essayiez de vous cacher dans une ville balnéaire grouillant de vacanciers et de visiteurs d'un jour, quel déguisement adopteriez-vous ? Comment vous fondriez-vous dans la masse ?

—En me faisant passer pour l'un de ces visiteurs d'un jour ou de ces vacanciers, répondit-elle. J'enfilerais ma tenue la plus « promenade en bord de mer » et je me mêlerais à la foule. Personne ne me remarquerait.

—Vous ne vous habilleriez donc pas en pêcheur ?

—Je n'ai pas la silhouette idoine pour le sarrau du pêcheur. Cela dit, ce serait un déguisement valable uniquement si… Oh.

—Vous voyez ? Je ne suis pas la seule avec mes « oh ». Vous ne vous travestiriez en pêcheur que si vous ne souhaitiez pas attirer l'attention sur votre bateau et vous.

—Par George, vous avez raison. Un vacancier élégamment vêtu tout seul sur un bateau attirerait pas mal de regards et de doigts pointés. « Qui est donc cet idiot dans ce bateau ? » diraient les gens. En revanche, un pêcheur sur un bateau… Point de têtes qui se tournent, de battements de cils, de hoquets surpris. Notre faux pêcheur allemand va arriver par bateau.

—Si c'est lui, précisai-je. Car ce pourrait aussi être un vrai pêcheur allemand.

—Possible, convint-elle. Mais non, n'est-ce pas ? Enfin, pas vraiment.

—Eh bien, non, non, je ne pense pas non plus. Cela dit, vous m'avez appris à ne pas tirer de conclusions hâtives sans preuves empiriques.

—Et je suis fière que vous m'ayez écoutée. Toutefois, s'il est vraiment pêcheur, je suis Fanny Fandango, reine de la danse des éventails.

—Pour ma part, je paierais cher pour vous y voir.

—Tout à fait. Mais s'il arrive et repart en bateau, il doit donc attendre la marée haute.

—Rien ne nous dit qu'il n'a pas justement fait cela. Vous avez dit vous-même que la marée est haute deux fois par jour. Il pourrait effectuer de courtes visites avec la marée, en revanche des visites plus longues dureraient… combien ? Douze, treize heures ? Il devrait rester à terre, ce qui expliquerait que nous l'ayons vu traîner dans les parages.

Elle sortit les horaires de marées, dont elle lissa la feuille sur sa cuisse.

—Voyons. Nous avons vu le pêcheur près du théâtre…

—Près de la cale de lancement sur le pont-jetée, ajoutai-je.

—Oui, exact. Nous l'y avons vu lundi soir, juste après 22 heures. Machinchose, le gars qui était de service de nuit…

—Vincent Fear.

—Oui, lui aussi. Il a vu le pêcheur dans l'allée à 3 heures mardi matin et Goddard a disparu aux petites heures du jour. Il pourrait donc être arrivé avec la marée de 17 h 13 et reparti avec celle de 4 h 46 le lendemain matin. Adelia et Eleanora l'ont aperçu sur la promenade tard dans l'après-midi de mardi et la nourriture a été volée dans la cuisine à peu près à la même heure. Il a pu venir et repartir à la faveur de la marée haute de 18 h 12 ce soir-là, il y avait suffisamment de mer pour le lui permettre.

—Tout cela semble plausible, admis-je. Cependant, nous l'avons vu hier matin.

—Il aurait pu revenir avec celle de 6 h 04.

—À vous écouter, l'on dirait les horaires d'un train.

—La différence n'est pas immense. Nous ignorons ce qu'il a fait de sa journée, mais il n'est pas parti avec celle de 19 h 07 ce soir-là, car il était encore ici hier soir pour assassiner Takahashi et Martin, puis droguer et kidnapper Eleanora. Il aura dû attendre celle de 7 h 38 de ce matin, mais là encore, un pêcheur qui s'affaire sur un bateau près du pont-jetée n'attire guère d'attention, même un pêcheur qui aurait sur l'épaule un sac étonnamment gros.

—Comment a-t-il transmis le message à Adelia, s'il était déjà parti ? demandai-je.

—Bonne question. Nous allons devoir nous renseigner, mais il n'est pas inenvisageable qu'il ait donné quelques pièces à un garnement pour apporter un message plus tard dans la matinée, alors que lui était loin. Risqué, mais pas jusqu'à la stupidité.

—Et maintenant, il prévoit de revenir avec la marée haute de ce soir, d'emporter le coffre et de repartir.

—En laissant tout témoin potentiel sur la rive. Il savait qu'Adelia prendrait des mesures pour faire surveiller les lieux, quoi qu'il lui ait recommandé, seulement il pariait sur sa propre capacité à s'emparer du coffre et à disparaître avant que quiconque puisse s'y opposer.

—Sauf que là, il ne pourra pas, n'est-ce pas ? fis-je.

—Pas si cette tempête continue, non. Je l'imagine dans un petit canot, au mieux une petite vedette à vapeur, pas vous ? Il ne le sortira jamais par ce temps.

—Et donc… ?

—Et donc, ses plans bien ourdis viennent de prendre un coup dans l'aile, comme auraient pu le dire les poètes.

—Où cela nous laisse-t-il ?

—Absolument et complètement ensablées, pour l'instant. Nous aussi devons réviser nos plans.

—Nous savons qu'il vient en bateau, commençai-je.

—Nous pensons qu'il vient en bateau, nuança-t-elle.

—Quand j'ai tenté de vous éviter de tirer des conclusions hâtives, vous vous êtes proclamée reine de la danse des éventails, lui rappelai-je. Alors chut, laissez-moi finir.

—Je me tais, ma chère. Avec mes excuses.

—Il vient en bateau, repris-je. Et nous savons quand il vient.

—Nous pensons savoir quand il vient.

—Je vais vous jeter mon thé à la figure, si vous continuez. Nous pensons savoir où il va, en revanche nous n'avons pas la moindre idée d'où il vient. Si nous parvenions à le déterminer, nous le tiendrions sans avoir besoin de le suivre.

—Un endroit qui ne serait atteignable que par la mer ? Une île ? Une des Holm ? Elles ne sont pas trop éloignées, on les voit d'ici. Ou du moins, on le pourrait si le temps le permettait. Y a-t-il des constructions sur Steep Holm ou Flat Holm ?

—J'ai lu qu'il y avait un fort sur Steep Holm – dans le livre local qui m'a aussi appris l'existence de l'autre fort, Palmerston, à Brean Down. Mais iriez-vous vraiment vous terrer sur une île ? Je n'ai pas l'impression que ce serait le genre d'endroit que je choisirais. Il n'y a qu'un moyen d'y arriver, par bateau, donc s'il est aisé de voir accoster les gens, il n'y a aussi qu'un moyen d'en partir. Je suis toujours plus tranquille en sachant qu'il existe plusieurs issues.

—Le continent, alors. Un lieu reclus où il puisse détenir des prisonniers, sans déranger les voisins. Mais un endroit plus facile à atteindre par la mer que par la terre, surtout si l'on veut aller et venir à Weston.

—Le fort en ruine de Brean Down, dans ce cas ? suggérai-je. Il se voit depuis le front de mer, mais c'est une tannée de l'atteindre par la route. Vous rappelez-vous ? J'avais vu qu'il nous faudrait aller jusqu'à Bleadon pour traverser l'Axe et puis revenir sur nos pas. Par la mer, en revanche, c'est juste un petit saut de puce à travers la baie. Du moment qu'il y a la mer dans la baie.

—Quelqu'un d'autre en a fait mention, dit-elle. Vous n'avez pas été la seule à suggérer d'y aller faire un tour… Quelqu'un d'autre nous a parlé de ce fort.

Je réfléchis un instant.

—Des clochards, lançai-je.

—Nous aurions entendu des clochards en parler ?

—Non, nous montions à la chambre de M. Kouznetsov, lorsque nous avons croisé les deux chambrières, May et June… pourquoi est-ce que tout le monde porte des patronymes de comédie musicale ici ? Bref, nous avons croisé May et June et les avons interrompues en train de discuter de lumières qu'elles avaient vues au fort. L'une d'elles a dit que, selon sa mère, il s'agissait d'une armée de vagabonds, attroupés là avant l'invasion de masse.

—Tout à fait exact. Cela ferait une planque formidable. Reculée et isolée. Une approche sécurisée par la terre, mais avec une échappatoire par la mer. Même si la marée est basse, il reste possible de traverser dans la boue. Possibilité salissante, mais possibilité tout de même.

—Pensons-nous qu'il serait là-bas, alors ?

—En tout cas, cela collerait.

—Et allons-nous risquer la vie d'Eleanora sur des suppositions qui collent et des conclusions hâtives ?

—C'est-à-dire nous rendre sur place ? fit-elle. C'est assez tentant, non ?

—Ce pourrait être un franc désastre si nous avons vu faux, nuançai-je. J'aimerais dans ce cas emporter le coffre plutôt que le laisser à l'endroit indiqué : cela nous donnerait de quoi négocier, pour le cas où menacer de lui tirer dans les genoux ne suffirait pas à le convaincre.

—Les genoux ? J'allais simplement le tuer.

—Cela terminerait le boulot, assurément. Cependant, si nous allons là-bas et que nous nous sommes trompées, nous aurons manqué le rendez-vous ici, ce qui sera préjudiciable à Eleanora.

—J'y ai pensé. Vous venez de dire que vous vouliez de quoi négocier… je parie que lui aussi. Je ne pense pas vraiment qu'Eleanora soit en danger tant qu'il n'a pas récupéré le coffre-fort. Une fois qu'il aura ce qu'il veut, je ne vous donne pas mieux que quatre contre un pour la retrouver en vie. Jusque-là, néanmoins, il a besoin d'elle.

—On dirait que nous sommes en train de nous convaincre d'y aller, lui fis-je remarquer. Voulez-vous vérifier qu'Adelia est d'accord avec le plan avant de nous lancer ? Il serait normal qu'elle ait son mot à dire.

—En effet, convint-elle. Buvez votre thé et allons la voir.

—Dans quelle mesure êtes-vous certaine d'avoir vu juste ? demanda Adelia à lady Hardcastle quand celle-ci lui eut dévoilé notre proposition.

—C'est un peu la beauté de la chose, répondit ma maîtresse. Toute raison indique que la seule voie d'accès à Weston-super-Mare de notre ami allemand est la mer. S'il avait une auto à moteur, il s'en serait déjà servi, surtout avec des captifs à transporter. Il pourrait aussi se déplacer en charrette, mais il aurait du mal à convaincre même les chevaux les plus hardis de s'aventurer dehors par une nuit comme celle d'aujourd'hui. Et vu que la tempête est prévue pour durer encore après la marée haute, il ne sera pas en mesure d'effectuer le voyage, ce qui signifie que même si notre idée est loin de la vérité, il ne saura pas que vous n'avez pas déposé le colis, puisqu'il ne sera pas sur le Knightstone Causeway pour constater l'absence du coffre.

—Et s'il est déjà revenu et qu'il attend quelque part ?

—Il n'a pas pu revenir en bateau. Il est reparti dans sa tanière avec la marée haute de ce matin et le temps qu'il mette Eleanora à l'abri, il n'aura pas eu moyen de repartir, la marée étant basse. De plus, l'objection de l'automobile tient même dans cette hypothèse.

—En fait, intervins-je, maintenant que nous avons tout réexpliqué, je me demande si tout cela importe : si nous ne tardons pas, nous pourrons réussir à aller là-bas et à être rentrées ici avant 20 heures. Même à supposer que nous nous trompions quant à la cachette, ou sur le fait que notre Berlinois est bloqué par la tempête, il est possible, en faisant vite, de rentrer ici à temps pour effectuer l'échange.

Lady Hardcastle hocha la tête en guise d'approbation.

—Selon vous, cette entreprise est entièrement dénuée de risque ? voulut préciser Adelia.

—Pour Eleanora, oui. Quant à nous… nous serons à deux contre un si nous le rencontrons, donc les chiffres sont en notre faveur. Je ne parlerais pas pour autant d'absence de risque. Enfin, nous y sommes habituées, ne vous tracassez pas pour nous.

—Deux ? Vous voulez dire trois ! Vous n'imaginez tout de même pas que je vais attendre ici pendant que vous tentez de secourir ma nièce ?

—D'ordinaire, je serais ravie de vous emmener, dit ma patronne, mais c'est un problème de transport. Nous allons filer à Brean dans notre petite automobile et elle ne comporte que deux sièges.

—Vous ne pouvez pas trouver un autre moyen de vous y rendre ? Ce problème est de mon ressort, je dois être là. Sans parler de l'aspect pratique. Vous n'avez qu'un pistolet japonais emprunté et un couteau français à vous deux ; je pourrais doubler votre force de feu.

—Sans l'ombre d'un doute, oui, mais nous avons fait face à pire que cela, et beaucoup moins armées. Pourtant nous sommes toujours là pour y faire des références aussi détournées qu'irritantes. Tout ira bien. Nous travaillons mieux en paire.

—Je vois. Et si vous libérez Eleanora, comment allez-vous la ramener ? Attachée au toit ?

Lady Hardcastle s'esclaffa.

—Ne vous inquiétez pas, j'y ai pensé aussi. Nous espérons retrouver le Dr Goddard sain et sauf, il nous faudra donc le ramener aussi, au bout du compte. Je prendrai donc Eleanora directement avec moi et Flo attendra avec Goddard dans une ferme voisine. Cela ne vous dérange pas, n'est-ce pas, ma chère ?

Je souris et secouai la tête. J'aurais dû me douter qu'il me reviendrait de faire la conversation avec un fermier abasourdi au beau milieu d'une tempête.

—Formidable. J'organiserai un transport plus spacieux au matin et nous pourrons alors aller récupérer tout ce petit monde.

—Et le kidnappeur ? s'enquit Adelia.

—Je nous voyais bien prendre le dessus sur lui et le laisser sur place un moment. Je présume qu'il dispose d'un endroit sûr où garder ses prisonniers, il pourra donc prendre leur place jusqu'à ce que débarquent les renforts.

—Vous semblez avoir tout bien en main, commenta Adelia. Je n'irais pas jusqu'à dire que je comprends tout à fait pourquoi vous prenez autant de peine pour mon compte, toutefois je serais bien ingrate de me mettre en travers de vos plans. Cela dit, d'un autre côté…

—Oui ?

—Si cela tourne mal et qu'il arrive le moindre mal à Eleanora, je vous tue toutes les deux d'une balle.

—Nous n'en attendons pas moins, ma chère, l'assura ma maîtresse. Enfin, avons-nous votre bénédiction ?

—Accompagnée d'immenses réserves et de tout un tas de doutes et d'inquiétude, mais oui, vous avez ma bénédiction.

—Nous ne vous décevrons pas, lui assurai-je.

Sur ce, nous nous éclipsâmes pour nous atteler à nos préparatifs.

De retour dans nos chambres, je repérai le meilleur trajet pour Brean sur notre carte des environs, mesurant la distance à l'aide d'un morceau de papier déchiré dans le carnet de lady Hardcastle.

—Alors, très chère, qu'en pensez-vous ? me demanda-t-elle. Dix miles ?

—Plus ou moins, répondis-je. J'en compte environ neuf trois quarts. Vos pouvoirs de devineresse sont puissants, cet après-midi.

—Coup de chance, admit-elle. Disons donc une demi-heure à la lumière du jour. Peut-être trois quarts d'heure par ce temps ?

—Nous n'aurons pas grand monde pour nous retarder, cependant je pense que l'orage et la pénombre risquent de nous ralentir, pour le coup.

—Ce sera serré, mais c'est possible. Toutefois, il vaudrait mieux que vous conduisiez, ma chère. Vous êtes meilleure sur route mouillée. J'ai une tendance à trop d'exubérance or nous ne voudrions pas perdre du temps à sortir Phyllis des haies à répétition.

—Renversée dans un fossé aussi, ce serait un peu compliqué, renchéris-je.

—Et terriblement embarrassant. Que savons-nous sur ce Brean Down ? C'est une bande de terre qui part vers le sud, n'est-ce pas ? Celle que nous avons vue depuis la promenade ? Cela me paraît bien exposé.

J'avais déjà ouvert le guide local à la page idoine.

—Assez, en effet, confirmai-je. Il y a un sentier militaire qui court le long du flanc nord, sous la crête. Si cette carte est exacte, il pourrait nous fournir une couverture correcte presque jusqu'au fort.

Je lui montrai l'illustration et elle opina du chef.

—De quelle direction diriez-vous que vient le vent ? demanda-t-elle, les yeux tournés vers la fenêtre. Sud-ouest ?

—À peu près. Nous devrions cheminer à l'abri du vent sur la plupart du trajet.

—C'est une bonne chose. Je ne me vois guère faire la route dans cette tenue, cela dit, ajouta-t-elle en désignant sa veste et sa jupe d'été. C'est bien pour une promenade l'après-midi, mais pas tout à fait l'attirail adapté pour arpenter les collines à découvert.

—Nous avons apporté des cirés, lui rappelai-je. Mais rien qui supporterait pareille météo.

—Non, décidément, ils ne seraient pas à la hauteur de la tâche. Il nous faut quelque chose d'un peu plus… pantalonesque. Venez avec moi.

Je la suivis dans le couloir, que nous parcourûmes jusqu'à l'angle où se trouvaient les chambres donnant sur l'arrière du bâtiment. Elle déverrouilla celle de Takahashi et entra.

—M. Takahashi n'était pas beaucoup plus costaud que vous, dit-elle. Un poil plus grand, peut-être, mais nous pouvons ajuster cela. Plus important, cependant, c'était un homme d'Oxford : il aura forcément quelque chose d'adapté à une marche en campagne. Les gars qui ont fréquenté la plus vieille et la deuxième meilleure université d'Angleterre savent se vêtir.

Après notre fouille, plus tôt dans la journée, je connaissais assez bien le contenu de la garde-robe de

M. Takahashi. Je voyais exactement ce qui pouvait convenir.

—Ce costume en tweed devrait faire l'affaire, annonçai-je en le posant sur le lit. Et ces bottines sont bien plus résistantes que les miennes. En plus, elles ont l'air à peu près de ma pointure. Peut-être avec d'épaisses chaussettes. Et… (Je sortis une magnifique gabardine de pluie du fond de l'armoire.) Voici qui devrait me garder bien au sec.

—Si vous ne vous entravez pas avec le fond, nuança ma patronne.

—Je froncerai la taille et l'attacherai avec une ceinture. Cela ira très bien. Comme cela, tiens, ajoutai-je en prenant une ceinture de cuir sur l'une des étagères.

—Et que pensez-vous de ce charmant couvre-chef ?

Elle m'enfonça une casquette sur la tête.

—Parfait pour l'occasion. Bon, me voilà parée. Et vous ?

—Je pense que Kouznetsov était plus de ma taille, dit-elle. Peut-être un peu moins rebondi au niveau de la poitrine, mais nous n'ambitionnons pas de figurer dans les pages mode. Je suis sûre que nous pouvons trouver de quoi faire.

Nous laissâmes en passant ma tenue improvisée sur mon lit et montâmes dans la chambre de M. Kouznetsov.

—Ah, fit-elle en tâchant d'enfiler l'une de ses vestes. J'ai peut-être mal évalué sa taille, tout compte fait. Et la couture a été découpée.

Effectivement, elle avait l'air assez engoncée et il n'y avait pas le moindre espoir de parvenir à la boutonner.

—Je ne suis pas sûre que ces pantalons m'aillent non plus, constata-t-elle. En fait, il était largement plus mince que dans mon souvenir.

—Et les pantalons ont été encore plus maltraités que la veste, notai-je en désignant les coutures coupées au rasoir. M. Martin, peut-être ?

—Mais c'était une montagne, protesta-t-elle.

—Eh bien… commençai-je, avant de détaler vers la porte pour échapper à sa vengeance.

Nous lui dénichâmes une tenue plus ou moins adaptée parmi les effets de M. Martin et retournâmes à nos chambres. Lady Hardcastle appela pour qu'on nous monte un nouveau pot de thé et je passai trois quarts d'heure à effectuer quelques modifications hâtives sur les deux tenues. Comme prévu, nous ne figurerions assurément pas dans les pages mode des magazines, mais nous ne risquions pas non plus de tomber en nous empêtrant dans des vêtements trop longs ou trop larges.

À 18 heures, nous étions prêtes à nous mettre en route.

Chargées du lourd coffre-fort emballé dans un sac en toile cirée que nous avions trouvé dans l'un des placards à fournitures du couloir, nous sortîmes péniblement de l'hôtel pour affronter la tempête. Nous entendîmes les questions médusées de MM. Nightengale et Brine, mais les explications devraient attendre.

—Puis-je vous aider, madame ? cria Brine à retardement, quand il comprit que c'était nous, et pas deux hommes mal fagotés qui venaient de débarquer à la réception avec un sac d'un poids suspect.

Lady Hardcastle lui adressa un signe de la main pardessus son épaule et un : « Non merci, mon cher, tout va bien » guilleret. Nous hissâmes notre fardeau dans le coffre de Phyllis et puis montâmes dans l'habitacle, avant de claquer les portières.

La pluie battait contre le toit de fer et, une fois de plus, je me félicitai que nous n'ayons plus la Rover. Ce petit véhicule, fort joli et charmant au demeurant, nous avait offert une liberté sans précédent, toutefois il avait été acquis sur une impulsion, en somme. Nous n'avions effectué aucune recherche sur les aspects pratiques des automobiles à moteur et n'avions que peu d'idées sur ce qui pouvait s'avérer important pour nous, si ce n'était qu'elle devrait nous emmener où nous souhaitions et s'arrêter où nous le décidions. Et si, outre ces deux aspects pratiques, elle allait à peu près dans la bonne direction, ce serait un bonus. Le véhicule que nous avions choisi faisait toutes ces choses, en revanche ni ma patronne ni moi n'avions vu un inconvénient dans le fait qu'il n'était pas équipé d'un toit pliable capable de nous protéger des éléments. Où que nous allions, même vite et sans incident, nous étions au grand air. La conception de Phyllis, avec de la vitre tout autour et du métal au-dessus, était beaucoup plus satisfaisante.

Je n'avais pas eu beaucoup d'occasions de conduire la nouvelle auto depuis sa livraison. Avec la Rover, nous nous répartissions la conduite de manière plus ou moins équitable, mais depuis l'arrivée de Phyllis, il s'avérait extrêmement difficile d'arracher le volant à lady Hardcastle. Ce fut donc assez exaltée que je m'installai sur le siège conducteur et que j'appuyai sur le bouton du démarreur. Le moteur siffla et crachota, avant de pousser un rugissement impressionnant, puis de passer à un gargouillis étouffé mais qui parvenait à rester étrangement menaçant.

—Je me la figure comme une tigresse, dit lady Hardcastle, qui bataillait toujours pour arranger son lourd manteau d'emprunt autour de ses jambes pantalonées. Elle ronronne, maintenant, mais dès que vous le lui demanderez, elle va lâcher un puissant rugissement et filer à travers les rues comme si elle pourchassait un buffle d'eau.

—Très romantique, commentai-je. À ce stade, je serai déjà contente qu'elle ne nous dévore pas les jambes. Êtes-vous prête ?

—Un moment, répondit-elle en s'agitant encore. Je n'arrive pas à mettre ce… Ah, nous y voilà. Prête. Avez-vous votre couteau ?

—Sanglé à mon bras, comme toujours. Pistolet ?

—Dans ma poche. Et des magazines. Oh.

—Encore le « oh ». C'est une semaine à « oh ». Qu'y a-t-il cette fois ?

—Nous avons deux lanternes.

—Encombrement inutile, confirmai-je en enclenchant la première vitesse de Phyllis, pour m'éloigner du trottoir. Elles ne nous seront guère utiles par ce temps et elles trahiraient notre position.

—Oui, vous avez sans doute raison.

—Oh ! lançai-je.

—Quoi ?

—Je ne vois absolument rien. Regardez.

La lumière du jour était encore suffisante, même malgré les épais nuages qui cachaient le soleil, seulement cela n'aurait été utile que dans le cas où l'on aurait pu franchir le rideau de pluie qui tombait à verse sur le pare-brise.

—Ah, sur ce point je puis vous aider, minuscule compagne.

Et ma maîtresse se pencha pour actionner une poignée. Dehors, deux bras – de part et d'autre du pare-brise – se mirent à balancer d'un côté à l'autre, balayant l'eau à l'aide de lames caoutchoutées.

—Je me demandais justement de quoi il s'agissait, fis-je. Je pensais bien qu'ils avaient quelque chose à voir avec le nettoyage du pare-brise, mais je n'avais pas imaginé qu'ils s'avèrent aussi utiles. Vous voulez bien continuer à les actionner ?

—Je vis pour actionner, ma chère.

Je laissai Phyllis rouler à sa guise et nous gagnâmes peu à peu de la vitesse le long de la promenade, en direction du sud. La route, comme je l'avais prédit, était à peu près vide de circulation. Piétons et chevaux avaient depuis longtemps et logiquement gagné des refuges et le seul véhicule que nous vîmes fut un tramway vide que nous croisâmes à son rythme lent.

Je pris à gauche, puis à droite, passai devant le cours de golf et entamai l'ascension de la colline. L'ancrage sportif de Phyllis me rassurait quant à ses capacités. Nous roulions vraiment bien, à ce stade, et j'étais ravie de la pousser un peu.

Le village de Uphill passa dans une sorte dc brouillard et bientôt nous arrivâmes à la barrière de péage entre Bleadon et la gare ferroviaire de Uphill. Les freins couinèrent un peu lorsque je m'arrêtai près de la guérite. Un vieil homme en vieux pardessus victorien en émergea, lanterne à la main. Il s'approcha avec une lenteur exaspérante.

J'attendis qu'il soit presque au niveau de l'auto et détachai la sangle de cuir pour abaisser la vitre.

—Bonsoir, m'sieur, dit-il. Un penny pour le péage, s'il vous plaît.

—Madame ? fis-je.

—Quoi, ma chère ?

—Avez-vous un penny ?

—Un penny ? répéta-t-elle. Qui diable a un penny ?

Je me retournai vers le gardien, dont la mine indiquait sans détour qu'il aurait préféré retourner à l'intérieur, à sa pipe et son bon feu.

—Pouvons-nous vous le payer ultérieurement ? demandai-je.

—Me le payer ultérieurement ? répéta-t-il, comme si cette suggestion était tout à fait inédite. Pour avoir roulé sur la route à péage ? Et quand est-ce que vous me paieriez ?

—Une autre fois, répondis-je. Nous n'avons pas de monnaie et nous sommes vraiment assez pressées.

—Tout le monde est pressé, par ce temps.

—Donnez-lui ceci, intervint ma patronne.

—Votre carte ? Vous avez des cartes de visite sur vous mais pas d'argent ?

—L'on ne sait jamais qui l'on peut rencontrer. Ohé, gardien ?

Il se pencha pour regarder à l'intérieur de l'habitacle. Et ses yeux faillirent sortir de leurs orbites.

—Voulez-vous bien être un amour et nous laisser passer ? demanda-t-elle. Voici ma carte. Nous sommes descendues à l'hôtel Steep Holm View. J'enverrai quelqu'un avec le penny demain à la première heure, je vous le promets.

Je lui passai la carte. Qu'il examina attentivement, avant de nous regarder de nouveau.

—Vous allez à un bal masqué, conclut-il, avant de glousser. Ou peut-être que vous allez cambrioler ?

—Un peu des deux, pour être honnête, répondit-elle. Et peut-être aussi un peu de bagarre. L'on ne sait jamais, de nos jours.

Des propos qui parurent beaucoup plaire à notre gardien. Un mélange d'amusement et de désir d'échapper à la pluie acheva de le convaincre.

—Vous feriez mieux d'y aller, dit-il. Faudrait pas vous mettre en retard pour votre fête. Rapportez-moi le penny quand vous pourrez. (Il pouffa de nouveau.) Ou alors une partie du butin, je veux bien partager.

—Merci, mon cher, lança lady Hardcastle alors qu'il s'éloignait déjà.

La barrière s'ouvrit et nous la franchîmes dans un rugissement.

Bleadon, puis direction le sud pour traverser la rivière Axe, sur la route de Lympsham. Nous avions passé Brean depuis un moment, mais à présent que nous étions de l'autre côté de la rivière, nous ne tarderions pas à pouvoir revenir sur nos pas pour prendre la direction du promontoire et de son fort abandonné.

La pluie tombait sans répit, cognant le pare-brise comme si elle nous était jetée à pleins seaux par des villageois en colère. Lady Hardcastle commençait à se fatiguer et devait régulièrement changer de bras pour continuer à actionner l'appareil à balayer le pare-brise.

—Je suis raisonnablement sûre que nous pourrions concevoir quelque moteur électrique qui ferait cela à notre place, dit-elle en remuant sur son siège pour mieux empoigner la manette. J'en parlerai à Fishy.

Un virage à droite au bout de la route nous fit prendre le chemin de Lympsham. Les routes devenaient plus étroites et beaucoup plus sinueuses. Par une météo plus clémente, j'aurais été terrifiée d'emboutir quelqu'un, mais aucun danger de cette sorte ce soir. J'appuyai donc sur la pédale d'accélérateur.

—Ici, à gauche, m'indiqua soudain lady Hardcastle. Le panneau indique Brean à gauche.

Je freinai brusquement et tournai le lourd volant dans cette direction. La Rover aurait pu se renverser, à cette vitesse – à supposer qu'elle ait pu atteindre cette vitesse, d'ailleurs –, mais Phyllis prit le virage comme une cheffe. Nous traversâmes à nouveau la ligne du chemin de fer et passâmes à toute allure devant d'accueillants corps de ferme en direction de la côte.

—Ici, à droite, dit ma maîtresse, mais j'avais déjà vu le panneau et ralenti en prévision de la bifurcation.

Quelques minutes plus tard, nous découvrions les cottages du minuscule village de Brean.

—Traversez le village, puis prenez la route qui monte, jusqu'à ce qu'aller plus loin soit impossible. Nous nous garerons aussi près que possible de la fin du chemin, et puis ce sera à pied pour le reste du trajet.

La route passa encore une ferme, puis elle ne tarda pas à se transformer en piste boueuse.

—Nous ne pouvons guère aller plus loin avec Phyllis, décida ma patronne. La carte indique d'autres bâtiments de ferme par là, peut-être même une maison, mais le sentier pédestre commence quelque part par ici.

Je m'arrêtai et éteignis le moteur. L'orage, qui avait joué petit bras au niveau sonore par comparaison avec le rugissement tapageur de Phyllis, reprit son solo une fois le moteur muet. Une performance digne d'un virtuose, qui nous obligea à hausser le ton pour nous entendre.

—Prête ? me demanda lady Hardcastle.

—Aussi prête que je le serai jamais.

—Alors partons à la rescousse d'Eleanora.

Nous descendîmes du véhicule et, dans la tempête, sortîmes péniblement le coffre de la voiture, avant de prendre le chemin de la colline.

15

— Vous savez, lorsque je dis que nous devrions partir de la maison plus souvent ? Voir du pays ? Explorer ?

—Vous n'arrêtez pas, haleta lady Hardcastle.

—Sentez-vous libre, la prochaine fois, de ne pas écouter mon conseil, je vous prie.

Nous avions trouvé la piste qui nous conduisit vers les terres un moment, suivant les contours du promontoire, mais ne tarda pas à revenir en arrière pour nous emmener vers l'ouest et notre destination. La montée était abrupte, le sentier laissant le rivage loin en contrebas et nous à bout de souffle. J'essayais de décider si les interminables allées et venues dans l'escalier de l'hôtel nous avaient endurcies en prévision de l'épreuve présente ou plutôt épuisées.

—Il y a dix ans, ceci ne m'aurait pas fait la moindre peur, commenta lady Hardcastle.

—Il y a dix ans, nous tentions de trouver notre chemin à travers la montagne Lincang.

—Exact. Et sans peiner le moins du monde.

—Nous ne transportions pas un coffre-fort, cela dit, lui rappelai-je.

—Je suis d'accord, cela n'aide pas.

—En estimant que nous pourrions atteindre le fort et être de retour pour 20 heures, je me suis montrée follement optimiste, admis-je. Reste à espérer qu'ils soient vraiment ici, sans quoi les choses pourraient fort mal tourner.

—Tout ira bien, dit-elle. Allons, faisons de notre mieux.

Bonne nouvelle : au moins l'une de mes suppositions s'avéra. Le vent soufflant du sud-ouest, l'arête du promontoire fournissait bel et bien un abri au sentier qui courait le long de sa bordure nord. La pluie nous fouettait tout de même, et les rafales turbulentes qui trouvaient leur chemin dans la pente menaçaient sans cesse d'emporter mon couvre-chef d'emprunt. Toutefois nous nous vîmes épargnées des plus féroces assauts du vent.

—Si le temps était un peu plus calme, dit lady Hardcastle, nous parviendrions probablement à voir notre hôtel de cet endroit.

—Si le temps était un peu plus calme, répondis-je en essuyant la pluie qui me coulait dans les yeux, je parviendrais probablement à vous voir d'ici.

Nous continuâmes à peiner pendant au moins vingt minutes.

Le bruit du vent étant un peu bloqué par la colline, j'entendais vaguement la mer au loin. Et elle n'était pas contente. Le temps qu'elle arrive sur le rivage, elle serait d'une humeur massacrante.

—Personne n'ira nulle part en bateau cette nuit, prédis-je.

—Sans doute pas. Pouvons-nous nous arrêter un instant ? Il se peut que nous devions nous bagarrer, au bout du chemin, or je suis déjà à bout de souffle.

Nous posâmes le coffre et nous serrâmes sous l'abri de fortune que constituait une sorte d'arbuste ou de gros buisson. À coup sûr, lady Hardcastle pourrait m'en donner le nom complet et la classification taxinomique si je l'interrogeais, mais je préférai ne pas la distraire de notre mission.

—Avons-nous un plan ? demandai-je plutôt.

—J'ai jeté un coup d'œil aux croquis dans votre guide, me dit-elle. Il reste quelques bâtiments encore intacts – ou presque intacts, du moins. Mais il y a aussi quelques bâtiments où un homme hardi pourrait se terrer s'il ne craignait pas les courants d'air. Un homme plein de ressources a pu s'y aménager une petite tanière confortable. Je propose que nous ne tentions rien de plus élaboré que de laisser le coffre ici, puis de nous approcher aussi subrepticement que possible et de les fouiller un par un. Nos amies chambrières ont parlé de lumières et il pourrait y avoir de la fumée aussi : même si notre homme ne cherche pas à se réchauffer, il aura peut-être voulu se préparer à manger.

—Trouver le bâtiment qui nous intéresse ne devrait pas poser de problème, admis-je. Mais ensuite ?

—On entre, on pointe le pistolet, on produit des bruits menaçants… la routine.

—Voilà qui me semble assez direct.

—Vous restez derrière moi, pour guetter une éventuelle attaque à revers.

—Comme il se doit.

Je sentis son soupir las, bien que masqué par les sons de la tempête.

—Je m'occupe de pointer l'arme à feu et de proférer les menaces, et nous devrions être de retour à l'hôtel à l'heure pour le souper.

—Allons-y, dans ce cas, madame, dis-je en l'aidant à se relever. En route vers la gloire.

Je poussai le coffre sous le buisson et m'assurai qu'il était correctement protégé par sa couverture en toile cirée.

Nous n'étions pas très loin de notre but lorsque nous avions fait notre halte, et il s'écoula seulement quelques minutes avant que le sol, qui montait à notre gauche, ne reparte en descente. À notre droite immédiate, une pente abrupte jusqu'à une zone plate, trop large pour être qualifiée de corniche, trop petite pour un plateau. Droit devant, nous eûmes notre premier aperçu de ce qui restait de la structure grise et basse du fort victorien. Comme l'avait prédit ma maîtresse, des lumières scintillaient par les ouvertures dans les fenêtres barrées par des planches du bâtiment le plus à droite.

Nous nous arrêtâmes de nouveau et lady Hardcastle tendit le doigt.

—Voilà les quartiers des officiers, selon votre guide. Cela n'a pas du tout l'air aussi endommagé que je l'avais imaginé. Je m'attendais à bien plus dévasté.

—Ce n'est pas encourageant, répondis-je.

—Pourquoi ?

—Si ce n'est pas trop endommagé de l'extérieur, ce pourrait être relativement intact à l'intérieur. Ce qui signifie : moult endroits où se cacher.

—Nous avons la surprise de notre côté pour le moment, cela dit, argua-t-elle.

—Pour le moment.

Nous nous approchâmes encore. Je m'efforçais de me coller au flanc de la colline, de rester aussi invisible que possible sur le terrain difficile, mais à mesure que nous avancions, nous étions de plus en plus exposées. Bientôt, il n'y eut plus de paysage pour nous camoufler et nous n'eûmes d'autre solution que de traverser les quarante ou cinquante mètres restants à découvert, jusqu'à un petit pont et un large portail ouvert dans l'espace libre entre les deux bâtiments principaux. Notre approche ne serait pas entendue – nous avions désormais le vent pleine face, qui emporterait le son de nos pas vers le rivage –, mais si quelqu'un allait jeter un coup d'œil par une fente dans les fenêtres placardées, il ne manquerait pas de nous voir.

—Lente et furtive ? demandai-je. Ou rapide et dangereusement visible ?

Sa réponse fut de commencer par courir vers l'étroit pont.

—À toute blinde, alors, me dis-je, avant de démarrer derrière elle.

Mes bottes empruntées m'offraient une excellente protection contre les éléments, en revanche elles étaient absolument terribles pour la course. Je parcourus la bande de pelouse en trébuchant et en traînant la patte, avant de m'arrêter dans un dérapage à côté de lady Hardcastle qui regardait au fond du profond ravin courant entre l'herbe et le fort.

—Sacrée pente, commenta-t-elle. Méfiance sur ce pont de fortune. Une seule à la fois, je pense.

Elle traversa à la hâte et je m'efforçai de ne pas regarder en bas lorsqu'à mon tour, je marchai sur les planches. Nous nous faufilâmes par le large passage entre les deux bâtisses. Il y avait une porte à notre droite, mais fermement verrouillée – apparemment une entrée inusitée dans les quartiers des officiers.

Lady Hardcastle, pistolet à la main, avança précautionneusement vers le fond du passage, pour couler un œil prudent à l'angle. Son signe de la main m'indiqua que la voie était libre.

De l'autre côté d'une cour s'élevait la réserve en partie démolie où l'on entreposait jadis la poudre à canon. L'entrée et le magasin lui-même étaient sous le niveau du sol et la partie hors sol n'était plus qu'une ruine. À notre gauche, un grand bâtiment sans toit. À notre droite, les quartiers des officiers. La porte en était soigneusement close, mais de la lumière brillait dans les fissures entre les planches qui fermaient les fenêtres de ce côté-là aussi. Nous étions bel et bien au bon endroit.

Nous approchâmes de la porte et prîmes nos positions habituelles, de part et d'autre, lady Hardcastle, du côté de la poignée. Étant celle qui tenait généralement l'arme à feu, elle avait coutume d'ouvrir la porte et d'entrer aussitôt tandis que je suivais, guettant d'éventuelles mauvaises surprises. Elle leva trois doigts… deux… un.

Elle ouvrit la porte et entra.

Nous étions dans ce qui avait jadis pu être la pièce de vie principale. Il y avait une table contre le mur, dont un pied manquait et qui était soutenue par une pile de pierres rapportées de la cour. Il y avait également une chaise, tout aussi endommagée par les ans, mais pour sa part rafistolée grâce à des membres empruntés à ses camarades tombées au combat. La chaise de Frankenstein.

Une lampe à huile sur la table constituait la seule source de lumière et la montagne de fromage et de pain rassis à côté, apparemment, la seule source de nourriture. Dans la cheminée, des restes de bois mais pas de feu, au sol, une paillasse bosselée mais pas de lit. Rien de comparable avec les standards du Steep Holm View, cependant on y était à tout le moins abrité de la tempête – la seule preuve de sa férocité se trouvait désormais dans le sifflement du vent qui passait à travers les planches de la fenêtre.

Dans la pièce, deux portes étaient fermées. L'une semblait mener à une autre pièce sur l'avant du bâtiment, l'autre ouvrait très probablement sur une pièce à l'arrière.

J'entendais des voix dans la pièce de l'arrière – celles d'un homme et d'une jeune femme. Voilà qui était encourageant. Je fis signe à lady Hardcastle et nous glissâmes sur le sol de pierre, nos bottes crissant sur la fine couche de gravier.

Lady Hardcastle se posta, prête à l'assaut et pistolet levé, tandis que j'actionnai la poignée. Verrouillée. De l'autre côté, la conversation s'interrompit brusquement. Au temps pour l'effet de surprise.

Je pivotai de côté et, sur une jambe, je me penchai en arrière pour donner un grand coup de pied près de la serrure, de toutes mes forces. Le battant vola en éclats. Je m'écartai d'un bond et ma patronne se rua dedans.

—Bonsoir ! lança-t-elle gaiement. Quel plaisir de vous revoir ! Vous portez-vous bien ?

S'ensuivirent quelques secondes de silence, avant que la voix du Dr Goddard ne réponde :

—Lady Hardcastle ? Par tous les diables…

—Elle est venue à notre secours, l'interrompit la voix d'Eleanora. Je le savais. Ma tante m'a parlé de vous, après notre dîner. Elle en sait plus à votre sujet qu'elle ne laisse paraître, vous savez. Vous êtes fort célèbres dans son monde et elle vous admire beaucoup, en fait, même si elle ne le reconnaîtra jamais. J'étais sûre que vous viendriez nous sauver.

Je me tournai en entendant l'autre porte qui s'ouvrait.

—Fermez la porte, madame. Nous avons de la compagnie.

Je passai la main dans ma manche en quête de mon couteau, mais le nouvel arrivant secoua la tête. D'ordinaire, je n'aurais probablement pas obéi aux ordres d'un sinistre pêcheur, seulement celui-ci était armé d'un pistolet particulièrement vilain. Et à présent qu'il était entré dans la lumière, je reconnus en lui un visage atrocement familier.

—Quelles sont les nouvelles, ma chère ? me lança lady Hardcastle de derrière la porte brisée.

Je gardais les yeux rivés sur l'arme à feu. Il porta un doigt à ses lèvres mais, cette fois, je passai outre.

—Pêcheur armé, répondis-je. Pistolet automatique. Dix coups.

—Ah, fit ma patronne. Allemand ?

—Pistolet allemand, oui. Et il y a autre chose que vous devriez probablement savoir, ajoutai-je.

—J'accueille toute information avec joie, ma chère.

—C'est Günther Ehrlichmann.

Cette fois, aucune réplique guillerette ne me parvint.

L'homme éclata de rire.

—Ai-je bien entendu Goddard ? demanda-t-il. Est-ce vraiment lady Hardcastle dans la pièce du fond ? Emily Hardcastle, épouse de feu sir Roderick Hardcastle, diplomate, espion… et cadavre ?

—Un détail qui, je le pensais, vous était commun, rétorquai-je. Je l'ai vue vous faire sauter la tête.

—En effet, confirma-t-il avec un sourire d'une condescendance exaspérante. Mais en fait, bien sûr, vous n'avez rien vu.

—Pourtant vous êtes bien Günther Ehrlichmann ?

—C'est moi, répondit-il sans se départir de son sourire agaçant. Et puis non, ce n'est pas moi.

Je poussai un soupir théâtral.

—Je ne suis pas d'humeur, lâchai-je avec une nonchalante lassitude que j'étais loin de ressentir.

—Moi non plus, dit-il. Retirez lentement et précautionneusement l'arme que vous avez cachée dans votre manche et lâchez-la par terre.

J'obtempérai.

—Lady Hardcastle ? appela-t-il.

Pas de réponse.

—Votre compagne a raison : j'ai effectivement un pistolet braqué sur… je croyais « lui » au départ, mais je vois maintenant que c'est une « elle ». Déposez votre propre arme au sol et ouvrez la porte, puis poussez votre arme vers moi et approchez, les mains en l'air.

—Je ne suis pas du tout certaine d'avoir envie de me plier à vos désidératas, lança-t-elle.

—Dans ce cas, je devrai tirer une balle dans la tête de votre amie. Je ne suis pas en train de négocier avec vous, je vous donne des instructions. Votre choix n'est pas en option.

—Votre anglais est terriblement bon, commentai-je.

—Votre silence non plus, n'est pas en option, rétorqua-t-il.

La porte s'ouvrit et le pistolet japonais glissa sur le sol pavé. Lady Hardcastle apparut de la pièce du fond, les mains levées.

—Voilà qui est mieux. À présent, nous allons pouvoir avoir une bonne petite conversation. Je vous offrirais bien du thé, mais comme vous l'aurez constaté… (Il désigna la pièce de sa main libre.) Ma résidence n'est pas aussi… aussi luxueuse, oui, c'est le même mot… pas aussi luxueuse que ce à quoi vous êtes habituées.

—Tout va très bien, merci, l'assura ma maîtresse. Nous avons bu un thé avant de sortir.

Il leva les yeux au ciel.

—J'oublie toujours que vous autres, Anglais, êtes incapables de prendre les choses au sérieux. Peu importe. Vous allez vous allonger l'une et l'autre face contre le sol, les mains derrière le dos, s'il vous plaît.

D'un geste habile, il nous lia les poignets avec une corde solide. Une fois ligotées à sa convenance, nous fûmes redressées sans ménagement.

—Vous trouverez plus aisé de vous appuyer contre le mur, je crois, indiqua-t-il.

Nous nous assîmes bon an, mal an, aussi confortablement que possible dans les circonstances.

—Est-ce qu'ils vont bien ? demandai-je.

—Ils ont l'air en pleine forme, m'informa ma patronne. Un peu dépenaillés et beaucoup plus ligotés qu'ils ne l'aimeraient, je présume, mais sans signe de blessure visible.

—Je ne me rappelle pas vous avoir invitées à parler, intervint l'homme qui n'était pas Ehrlichmann.

—Et pourtant nous voilà, à discuter comme de vieilles poissonnières, fit lady Hardcastle.

—Je pense que vous oubliez qui tient le pistolet.

—Et je pense que vous oubliez que vous ne nous avez pas encore tuées, rétorqua-t-elle. Si vous aviez prévu de nous nuire, vous nous auriez tuées, à ce stade.

D'un mouvement paresseux, il lui donna un coup de crosse dans le visage.

—Nuire, blesser, dit-il. En allemand, les deux mots sont faciles à confondre. Ne m'obligez pas à vous blesser encore. Je n'aime pas cela.

—J'ai plutôt du mal à le croire, commentai-je.

Remarque qui me valut le même coup de crosse nonchalant. Le coup faillit me renverser sur le côté. Et la douleur flirtait de si près avec la limite du supportable que je me demandai un instant s'il ne m'avait pas cassé la mâchoire. Heureusement, elle s'apaisa vite pour devenir un élancement sourd. Je me détendis un peu : j'étais blessée, mais il n'avait pas nui à mon intégrité physique. Et plus important, nous avions son attention pleine et entière.

—Vous avez raison, reprit-il. C'est imprudent, c'est stupide, mais c'est correct. J'aime beaucoup cela. Que faites-vous ici ?

—Nous sommes venues secourir Mlle Wilson et le Dr Goddard, répondit lady Hardcastle. Je pensais que c'était évident.

—Et comment l'affaire se présente-t-elle ? ironisa-t-il.

—Pas aussi bien que nous aurions pu l'espérer, je dois l'admettre.

—Il semble que non. Mais pourquoi vous ? Pourquoi la plus célèbre espionne de l'Angleterre vient-elle se mettre en travers de mon chemin ? Je vous croyais retirée du jeu.

—Nous sommes descendues à l'hôtel, expliqua-t-elle. Nous avons jugé approprié d'intervenir.

—Vous ? Vous résidez à l'hôtel ? Pourtant, on m'a assuré qu'il n'y avait pas d'Anglais dans l'hôtel. Peu importe.

—On vous a assuré ? répéta-t-elle. Qui vous l'a assuré ?

—J'ai dit que peu importait. J'ai une source d'information. C'est tout ce que vous avez besoin de savoir. Avez-vous parlé avec l'Américaine ? Est-ce elle qui vous envoie ?

—Nous lui avons parlé, mais sommes venues de notre propre chef. Comme je l'ai dit, cette démarche nous a semblé appropriée à la situation.

—Et donc vous savez ce que je lui ai dit ? Dans mon message ?

—Absolument. Comment lui avez-vous fait passer ce message, d'ailleurs ? Vous étiez parti depuis longtemps quand il est arrivé.

—Un... *bengel... gassenjunge...*

—Un *urchin*[1] en anglais ? suggéra lady Hardcastle.

—Comme la créature marine ? Un garnement ? s'étonna-t-il.

—Je le crois, oui.

---

1 *Urchin* signifie à la fois « garnement » et « oursin ».

—Je n'aime pas. J'ai donné deux shillings au gamin pour apporter le message à 9 heures. Je savais que je serais loin depuis longtemps.

Lady Hardcastle se tourna vers moi.

—Que vous avais-je dit, ma chère ? Je savais que c'était quelque chose dans ce genre. Je crois même avoir utilisé le mot *urchin*, ou du moins sa traduction. Je pensais que quelques pennys suffiraient, cependant, pas deux shillings. Les tarifs des jeunes messagers ont augmenté.

—Vous l'avez surpayé, annonçai-je à notre ravisseur. Il l'aurait fait pour deux sous. Sans compter qu'il est passé environ une demi-heure en avance.

Il ne releva pas.

—Vous savez, donc, qu'en échange de… l'échange réussi de tout le monde, je requiers le coffre. Le précieux coffre-fort du Dr Goddard.

—Nous le savons, oui, confirma ma maîtresse. Nous l'avons apporté.

Il désigna l'intérieur de la pièce.

—Et pourtant je ne le vois pas.

—Nous ne l'avons pas apporté jusqu'ici, crétin.

Remarque qui valut à ma patronne une nouvelle claque.

—Où alors ?

Elle cracha du sang.

—Sous un buisson du sentier, juste avant la zone à découvert.

Il attrapa de la corde et nous ligota les chevilles.

—Vous restez assises exactement où vous êtes. Si vous avez bougé à mon retour, je vous tire dans les rotules.

Sur ce, il disparut par la porte où je l'avais vu pour la première fois et en réémergea quelques secondes plus tard, dans son caban et sa casquette. Et il partit, claquant la porte derrière lui.

Évidemment, nous bougeâmes un peu – nous avions des choses à faire, et rester assises contre un mur comme de gentilles filles n'en faisait pas partie.

—Tout va bien, là-bas ? cria Eleanora au bout d'un moment.

—Bien, merci, ma chère, répondit lady Hardcastle. Nous nous agitons juste un peu. Quand le chat n'est pas là, vous connaissez la suite.

—Pourquoi le narguez-vous ? lança Goddard. C'est un homme dangereux, vous savez. Très dangereux. Pas sûr du tout.

—Il nous a semblé… commença ma patronne, un peu essoufflée, qui reprenait tant bien que mal sa position initiale. Qu'il était important… de conserver son attention…

—Vous allez vraiment lui donner le coffre ? voulut savoir Eleanora.

—C'est assurément le plan, répondis-je. Il a exigé que votre tante le lui remette ce soir. Nous avons pensé l'aider à s'en sortir, puisqu'il ne peut pas accoster là-bas en bateau.

—Ou plutôt vous aider à vous en sortir, corrigea lady Hardcastle. Vous a-t-il bien traités ?

—J'ai si faim que je pourrais manger un cheval, littéralement, admit Eleanora. Mais nous avons de l'eau.

—C'est très rassurant, commentai-je. Cela signifie que vous êtes en vie et en bonne santé.

—Je me suis dit la même chose. Mais vous ne pouvez pas lui donner le coffre. Vraiment, non, vous ne pouvez pas.

—Nous l'avons déjà fait, ma chère, l'informa lady Hardcastle. Il se trouve effectivement à l'endroit où nous le lui avons indiqué.

—Mais cela signifie que je serai responsable de la fuite d'importants secrets britanniques aux mains de l'ennemi, se plaignit la jeune femme. Vous ne pouvez pas le permettre.

Je décidai de ne pas lui révéler – à supposer qu'elle ne le sache pas déjà – que sa tante avait eu l'intention de les remettre entre les mains des Américains, ces secrets. Je me contentai de répondre :

—Ne vous affolez donc pas. Nous allons trouver une solution. Mais et vous, docteur Goddard ? Comment vous a-t-on traité ?

—Il m'a un peu rudoyé au début, mais je lui ai remis ma clé et depuis, il me laisse tranquille. Je n'arrive pas vraiment à comprendre pourquoi il ne m'a pas tué, pour être honnête. Non que je m'en plaigne, remarquez. Je ne m'en plains pas du tout. Je suis juste un peu perplexe.

—Je suis désolée, mon cher, lança lady Hardcastle, toutefois je dois vous poser la question. Ma curiosité me perdra un jour. Je dois être à moitié chat. Mais enfin, travaillez-vous pour mon frère, oui ou non ?

—Qui est votre frère ?

—Harry Featherstonhaugh, des Affaires étrangères.

Silence.

—Docteur Goddard ?

—Eh bien, ça alors, fit-il enfin, d'une voix quelque peu changée. Vous êtes la sœur de Harry ? Vraiment ?

—Depuis toujours, mon cher. Il peut être un peu crétin, mais il est tout ce que j'ai en matière de frère.

—Par ma foi… C'est donc vous qui avez disparu en Chine pendant deux ans ?

—Moi-même. Il a parlé de moi ?

—Certains jours, il ne parle de rien d'autre. Eh bien, ça alors ! Il est fier de vous, à un point que c'en est embarrassant. Il vous tient pour un modèle d'excellence, figurez-vous. Je suis sacrément content de vous rencontrer.

—Je vous assure que c'est tout à fait réciproque, admit-elle. Cependant, j'apprécierais qu'il me dise à quel point il est fier. La plupart du temps, il me traite comme une imbécile finie.

—Les frères et sœurs, très chère. Les frères et sœurs. Je suppose que vous avez un plan ?

—Nous y travaillons.

J'entendis un bruit de bottes sur le gravier, dehors.

—Chut, lançai-je. Il revient.

Je vérifiai que nous étions à peu près dans la position où il nous avait laissées et nous nous tûmes. La porte s'ouvrit sur l'homme, qui entra avec le sac en toile cirée sur le dos. Il le lâcha au sol et s'installa sur la chaise branlante.

—C'est lourd, commenta-t-il. Je vous admire de l'avoir porté sur tout ce chemin.

—Merci, répondit ma patronne. Eh bien, à présent que vous avez ce que vous voulez, pouvons-nous regagner nos pénates ? Nous ne voudrions pas vous retarder.

—Non, il n'y a pas d'urgence. Je n'ai pas prévu de partir avant… (Il sortit une montre d'apparence luxueuse de sa poche et l'examina.) Douze heures. Ça nous laisse le temps de faire connaissance. J'avais hâte de rencontrer la fameuse lady Hardcastle.

—Et pourtant, si cela n'était pas totalement impossible, je jurerais que nous nous sommes déjà rencontrés, lui fit-elle remarquer. Vous êtes le portrait craché de…

—De mon frère Karl, oui. Je suis déçu que vous ne l'ayez pas déjà deviné. Nous étions jumeaux.

—L'homme qui a assassiné mon mari ne s'appelait pas Karl, mais Günther Ehrlichmann, objecta-t-elle.

—Oui, nous étions Günther Ehrlichmann, c'est exact.

Cela ne ressemblait pas à ma maîtresse d'être aussi obtuse.

—Günther Ehrlichmann n'existait pas, intervins-je. Il était une créature inventée par les autorités de l'Empire impérial germanique. Raison pour laquelle il pouvait apparaître un peu partout dans le monde comme une sorte de fantôme : en réalité, il était deux, des jumeaux.

—Votre amie a compris, lady Hardcastle, confirma le faux pêcheur. Un stratagème brillant. On formait une équipe formidable, Karl et moi. Lui, l'improvisateur, moi, le planificateur. Tactique et stratégie. Il se chargeait en général du travail de terrain, moi, des sujets plus pratiques et terre à terre, comme la réservation des hôtels et du transport. Bien sûr, nous utilisions notre ressemblance pour nous fournir l'un à l'autre des alibis. Karl tuait, moi, je faisais en sorte d'être vu à l'autre bout de la ville. Hélas, à mesure que l'histoire de nos mystérieux pouvoirs commença à se propager, nous avons gagné en confiance. Nous accréditions ces histoires, aidions même à les embellir. Les gens prenaient Ehrlichmann pour un fantôme, un démon. Comment pouvait-il faire ce qu'il faisait ? Comment pouvait-il se trouver en deux endroits au même moment ? La peur qu'ils avaient tous…

—Et alors, qui êtes-vous ? voulut savoir ma patronne.

—Jakob Gerber, de Berlin. Et vous avez tué mon frère Karl.

—Nom du diable ! s'exclama le Dr Goddard depuis l'autre pièce.

—Que vous est-il arrivé ? m'enquis-je.

—J'ai passé presque dix ans dans une prison chinoise, grâce à vous, maugréa Gerber.

—Grâce à nous ? Votre frère a assassiné sir Roderick et les conséquences de son geste seraient notre faute ?

—Bien sûr. Sans vous, je n'aurais pas dû partir en quête de Karl. Et je n'aurais pas été arrêté par l'armée chinoise. Ils étaient bien contents d'eux, ils avaient capturé le fameux Günther Ehrlichmann. Ils n'allaient pas le laisser s'échapper.

—Vos patrons n'ont donc pas essayé de vous faire sortir ? demandai-je.

—Mon pays m'a désavoué. Ehrlichmann étant mort, je n'avais plus aucune utilité pour eux. Ils m'ont abandonné. Laissé pourrir. J'ai appris plus tard qu'ils rechignaient à révéler leur duperie, pour le cas où ils voudraient la réutiliser. Car voyez-vous, le stratagème avait bien fonctionné. Il n'y avait rien à gagner à révéler ce secret au monde, surtout s'ils mettaient la main sur une autre paire de jumeaux dotés de nos talents très spéciaux.

—Mais les Chinois vous ont relâché ?

—Relâché n'est peut-être pas le terme idoine. Disons qu'ils se sont lassés de moi. Ils passaient leurs journées à me torturer. À me hurler dessus. À me convaincre que j'étais moins qu'humain. Seulement, je n'étais pas le gros bonnet qu'ils avaient cru. Et ils ne pouvaient pas non plus me libérer de peur des représailles. Au bout de quelques années, j'ai été transféré dans une prison au milieu de collines. Les gardiens s'amusaient toujours à me tourmenter, mais entre deux séances, ils prêtaient de moins en moins attention à moi. À la fin, j'ai pu m'en aller, tout simplement.

—Vous en aller ?

—Oui, bon, évidemment, il a fallu graisser la patte d'un ou deux gardiens, en tuer un ou deux autres, et en faire grandement souffrir un dernier, mais oui, en résumé cela s'est passé ainsi.

—Pour qui travaillez-vous maintenant, alors, si ce n'est l'Allemagne ? voulut savoir lady Hardcastle.

—Pour le plus offrant, répondit-il. Je suis devenu… un mercenaire apatride.

—Et qui est le plus offrant ? insista-t-elle. Qui vous a payé ?

—Pour le moment, personne. J'ai entrepris la mission de ma propre initiative. Quand j'aurai les secrets contenus dans le coffre de Herr Doktor, je les vendrai aux enchères. Celui qui les voudra le plus, je pense, les paiera le plus cher.

—Comment avez-vous eu vent de ce coffre, au départ, si vous n'avez pas de gouvernement derrière vous ? demandai-je. Comment avez-vous seulement su où le chercher ?

—Je prends mon travail très au sérieux. J'ai de nombreuses sources d'information. Mais cela, vous le saviez sûrement. Sinon, comment aurais-je été en mesure de localiser vos amis musiciens afin de vous envoyer un message, l'an dernier ?

—Selon les garçons, vous les avez vus dans le journal, répondis-je. Puis vous avez écumé tous les clubs de Londres afin de tomber sur eux.

—C'est fou ce qu'on peut apprendre en lisant les journaux.

—Ce n'est pas ce que j'appellerais un travail d'espion très accompli, pourtant, n'est-ce pas ? N'importe quel imbécile peut lire un journal et aller écouter un groupe jouer.

—Et ce n'est pas non plus un « travail d'espion très accompli » d'avoir ses exploits systématiquement rapportés dans les journaux, rétorqua-t-il. L'on aurait pu croire que l'a-no-ny-mat… (Il paraissait vérifier la traduction du mot en même temps qu'il le disait.) L'anonymat, oui, là encore, c'est presque exactement le même mot. Bref, c'est, me semble-t-il, un critère… un critère requis dans votre travail. Ah. Oui, un critère requis. Vous vous moquez de moi, pourtant c'est vous qui avez oublié les exigences de votre travail.

Lady Hardcastle poussa un soupir.

—Nous sommes à la retraite, répliqua-t-elle. Nous menons une vie paisible à la campagne.

—Et pourtant, vous voilà. Encore le caillou dans ma chaussure. À ruiner une nouvelle fois mes plans. À essayer de me tuer de nouveau. Cela dit, vous m'avez épargné une tâche, bien sûr, à force de mettre votre nez partout. Une fois que j'aurais touché le pactole, il me serait resté une tâche à accomplir avant de me retirer.

—Ne me dites pas, fit lady Hardcastle, laissez-moi deviner. Vous alliez faire le voyage jusqu'à Littleton Cotterell pour me tuer ?

—Absolument. Vous êtes le détail inexpliqué, l'affaire en suspens.

—J'en reviens à mon idée originale, cependant, mon cher… Si vous vouliez me tuer, vous l'auriez déjà fait.

—Au contraire, argua-t-il. À quoi sert la vengeance, si son objet ne sait pas pourquoi sa vie doit finir ?

—Il marque un point, madame. Je vous ai dit la même chose à plus d'une reprise. Je pense que nous devons nous résigner au fait que vous allez vous faire tirer dessus bientôt.

—Présenté comme cela, ma chère, je ne peux qu'abonder dans votre sens. Quel dommage tout de même que cela doive survenir ainsi ! Tant qu'à me faire assassiner, j'aurais préféré un meurtre beaucoup plus impressionnant. Et un lieu beaucoup plus glamour. Tomber entre les mains du frère dément d'un ancien assassin dénué de talent dans une bâtisse en ruine, voilà qui ne correspond pas du tout à l'idée que je m'en faisais.

—Je pense que vous allez vous taire maintenant, intervint-il. Je vais examiner mon butin avant de mettre un terme définitif à vos bavardages arrogants.

Sur ce, il s'agenouilla au sol devant le coffre-fort et sortit de sa poche une clé à la découpure compliquée.

16

— Vous allez être déçu, annonçai-je.

— Je ne pense pas, répondit-il. J'ai le coffre-fort. J'ai la clé. C'est votre gouvernement qui va être déçu quand le secret de sa nouvelle invention chimique sera vendu à un pouvoir étranger.

—Nous verrons bien.

La serrure émit l'agréable son d'un mécanisme complexe lorsqu'il tourna la clé. S'ensuivit un claquement sonore et les verrous cédèrent. Lentement, il souleva le couvercle et regarda à l'intérieur. Son expression s'allongea.

—Elle vous avait averti, renchérit lady Hardcastle. Vous ne vouliez pas l'entendre, mais elle vous avait averti.

—Il est vide, constata-t-il. (Il se saisit de son arme et la pointa vers ma patronne.) Qu'est-ce que vous en avez fait ? Qu'avez-vous fait des plans ?

—Il n'y avait pas de plans, imbécile, répliqua ma maîtresse. Je pense bien avoir déjà mis le doigt sur votre imbécillité mais, là non plus, vous n'avez rien voulu entendre. Je craignais d'avoir été quelque peu impolie, cependant vous êtes bel et bien l'âne le plus bâté que j'aie jamais rencontré.

Il se leva d'un bond et se rua dans la pièce voisine, agitant son pistolet.

—Où sont les plans, Herr Doktor ?

—Elles ont absolument raison, mon cher garçon. Il n'y a pas de plans.

—Mais vous avez le coffre. Vous travaillez au laboratoire du gouvernement. Il y a les plans d'une nouvelle usine chimique.

—Deux bonnes supputations sur trois, mon vieux, seulement deux sur trois.

—Je croyais que c'était une histoire de radio, intervint Eleanora. Vous avez raconté à tante Adelia que vous travailliez sur un équipement de radio transmission.

Trop occupée, je laissai à lady Hardcastle le soin de poursuivre.

—Il a dit à Kouznetsov qu'il s'agissait d'une arme. Takahashi pensait que c'était une nouvelle locomotive et Martin aurait parié sur un nouveau bateau. Et qu'avez-vous dit à Schneider ? Nous n'avons jamais fini par comprendre ce qu'il s'imaginait, lui.

—Un appareil d'optique à haute puissance, répondit Goddard. Par ma foi, vous êtes absolument aussi douée que le dit Harry, vous savez. Bravo, bien joué.

—L'on fait de son mieux, minauda-t-elle. Vous vous êtes fait avoir, Herr Gerber. Duper. Enfumer. Pigeonner. Comme tous les autres. Il n'y a jamais rien eu de secret. Vous vous êtes tous entretués pour un coffre vide. Un splendide coffre, soit dit en passant, je suis sûre que vous en tireriez quelques sous. Flo n'a pas réussi à le forcer, or elle est une merveille absolue avec un crocheteur.

Gerber poussa un rugissement de rage. Et un coup de feu retentit soudain, horriblement bruyant dans l'espace confiné ceint de murs en pierre.

—Tout le monde va bien ? appela lady Hardcastle.

—Oui, répondit le Dr Goddard. La table, hélas, pourrait bien ne plus jamais marcher, maintenant qu'il lui a tiré dans le pied, mais nous allons bien.

—Non ! tonna Gerber en revenant en trombe dans la pièce principale, le pistolet toujours en main.

Mon bras tendu le heurta au niveau de la gorge. Sous le choc, il tira de nouveau, avant de s'effondrer au sol, les mains au cou. La balle alla s'encastrer dans l'encadrement de la porte, sans faire de dégâts, cependant elle me servit de rappel à l'ordre : le soulager de son arme devait être ma priorité.

Il était plus concentré sur sa respiration que sur le fait de se cramponner au seul avantage qui lui restait et, quand je lui attrapai la main, je parvins à le déposséder du pistolet avec une facilité déconcertante. J'en profitai pour lui en asséner un coup de crosse à la tête et il tomba comme le fameux sac de patates.

À l'aide de mon couteau, je libérai lady Hardcastle et enchaînai par la pièce voisine. Le Dr Goddard et Eleanora étaient tous deux pieds et mains liés, allongés dans des coins opposés de la petite pièce. Le docteur avait le visage salement endommagé mais, par chance, Eleanora semblait indemne. Je coupai leurs cordes et les aidai à s'asseoir.

—Si vous vous étirez comme ceci, leur expliquai-je en joignant le geste à la parole, et comme cela, les sensations vont revenir et vous pourrez bouger. Pensez-vous être en mesure de marcher un mile ?

—Il se pourrait que je peine au départ, répondit le Dr Goddard, mais je vais me dégourdir, j'en suis sûr.

—Cela devrait aller pour moi, confirma Eleanora. Comment avez-vous… ?

—Tout le mérite en revient à la crétinerie de Gerber, répondis-je. Lady Hardcastle avait tout à fait raison.

—Je ne comprends pas.

—L'avez-vous entendu nous désarmer ? J'ai lâché mon couteau par terre, lady Hardcastle, son pistolet.

—Oui, et j'ai cru que c'en était fini.

—Cela l'aurait été, si cet imbécile les avait ramassés, enchaîna ma patronne, qui nous avait rejoints. Au lieu de quoi, il les a laissés où nous les avions lâchés.

—Oooh, fit Goddard. Raison pour laquelle vous ne cessiez de l'asticoter : dans le but d'occuper son esprit à votre joute au lieu de ramasser vos armes.

—Ce qui m'a valu quelques coups dans les chicots, fit remarquer ma maîtresse, mais le jeu en valait la chandelle. (Elle tâta délicatement sa mâchoire.) Pas de dégâts irréparables. Mais les hématomes pourraient être assez impressionnants demain matin, je le crains.

—C'est également pourquoi nous lui avons donné le coffre-fort aussi volontiers, ajoutai-je. Honnêtement, j'ai trouvé que nous avions cédé trop vite, pour le coup, nous aurions sans doute dû nous montrer un peu plus réticentes. Mais il était si sûr de lui qu'il ne s'est même pas interrogé sur le pourquoi du comment. Et le voilà qui file et nous laisse le temps de récupérer le pistolet et le couteau. Ensuite de quoi, j'ai coupé mes liens. Il semblerait que je fasse cela souvent, ces derniers temps, soit dit en passant… j'envisage de demander une augmentation.

—Vous l'aurez, ma chère. Vous valez jusqu'au dernier penny que je vous rétribue et plus encore.

—Merci. Il ne restait plus qu'à continuer de le faire parler, le temps que je récupère l'usage de mes poignets et puis… eh bien, vous avez vu la suite.

—Ah ! s'exclama le Dr Goddard. Les histoires de Harry ne vous rendent pas justice. J'imagine que vous avez ligoté Gerber ?

—Pas besoin, lui assura lady Hardcastle. J'ai trouvé le reste de son véronal dans une seringue, je l'en ai donc fait profiter. Il n'y en avait pas beaucoup, mais il nous faut seulement l'assommer un moment, le temps que nous envoyions les gars de Harry le récupérer.

—Vous auriez dû… (Eleanora avait commencé à trembler un peu.) Vous auriez dû le tuer.

—L'idée m'a assurément traversé l'esprit, admit lady Hardcastle. Cependant, j'ai fort envie que ce Gerber-là affronte la justice. Il devrait être paisiblement allongé là, au sol, lorsque les renforts arriveront. Avec une vilaine bosse à la tête – bien joué, Flo –, mais suffisamment en forme pour faire face à un tribunal.

Il devenait de plus en plus évident – du moins à mes yeux – qu'Eleanora ne se raccrochait plus à l'espoir, comme à sa raison, que du bout des doigts. Nous devions la sortir de là pour gagner un endroit sûr et chaud aussi vite que possible.

—Bien, lançai-je avec un enthousiasme exagéré, même à mes propres oreilles. Si tout le monde se sent d'attaque, je propose que nous retournions à la civilisation. Il y a quelques fermes non loin de l'autre côté de la bande de terre. Nous y trouverons probablement refuge pendant que nous réfléchirons à la manière d'appeler les secours.

—Et vous pourrez nous raconter ce que manigance mon frère, docteur Goddard, ajouta lady Hardcastle. Car je présume qu'il est derrière tout ce remue-ménage.

—Sous le sceau de l'Official Secrets Act, je le crains, chère amie, répondit Goddard. Impossible.

Ma patronne lâcha un juron.

—Allons-y, reprit-il. Allez-vous bien, mademoiselle Wilson ? Puis-je vous aider ?

—Tout va bien, répondit-elle sur un ton qui démentait ses mots confiants. Partons juste d'ici.

Je vérifiai encore une fois que Gerber était inconscient et que rien ne gênait sa respiration, puis tendis son pistolet au Dr Goddard.

—Je présume que vous savez vous servir de ce genre de joujou.

—Je vise le méchant avec le bout pointu et j'appuie sur le petit machin incurvé en dessous ? fit-il.

—C'est l'idée, oui.

Avec une aisance qui, en réalité, ne me surprenait guère, il vérifia le magasin, enclencha la sécurité et remisa l'arme dans sa poche.

Eleanora étant en chemise de nuit, je lui donnai mes bottes et mon manteau de pluie.

—Oh, mais et vous ? dit-elle. Et le Dr Goddard ?

—Je vais prendre les affaires de Gerber, répondis-je.

—Et pour ma part, tout va très bien, renchérit Goddard en désignant sa tenue. Un costume de soirée bien conçu peut tout supporter. Celui-ci a certes connu des jours meilleurs, il aura même peut-être besoin d'un remplaçant d'ici à la fin de la nuit, mais en attendant, je serai suffisamment protégé. Et je suis sûr que Harry pourra m'en payer un nouveau.

Le ciré du pêcheur était ridiculement grand et je dus fourrer l'intérieur des bottes avec des bandes de la chemise que je déchirai sur le dos de Gerber, mais c'était mieux que rien.

Je pris la lanterne sur la table et la passai à ma patronne. Puis nous quittâmes les ruines des quartiers des officiers pour retrouver la tempête.

Nous avions le vent dans le dos lorsque nous traversâmes le morceau de terrain à découvert avant de gagner l'abri de la colline. La lumière avait fini de disparaître désormais, cependant nous avions heureusement la lanterne pour nous guider cette fois. Après presque trois jours passés ligoté sur un sol de pierre, le Dr Goddard était clairement affaibli. Il se déplaçait avec raideur et s'arrêta plus d'une fois pour se frotter les jambes, afin de leur redonner un peu de vie. Eleanora n'était retenue captive que depuis le matin et pourtant elle aussi rencontrait plus de difficultés qu'elle ne l'avait imaginé.

– Il fut un temps où j'aurais donné tout ce que j'avais, et mis en gage tout ce que j'ai jamais possédé de ma vie pour le plaisir de vivre cinq minutes d'aventure, dit-elle. Néanmoins, si c'est là l'effet d'une aventure, je ne suis pas sûre d'en rêver à nouveau un jour.

—Il est certain que l'aventure a ses inconvénients, convins-je. Mais elle a aussi ses plaisirs. Avec le recul, vous y repenserez avec beaucoup plus d'affection et d'enthousiasme que vous n'en éprouvez en ce moment, je vous le promets.

—Peut-être, concéda-t-elle. Puis-je vous poser une question personnelle ?

—Évidemment. Je promets de ne pas m'offusquer de ce que vous allez me demander, du moment que vous ne vous offensez pas si je choisis de ne pas répondre, une fois que j'aurai entendu la question.

—Lady Hardcastle et vous, vous êtes… comment dites-vous ? Copines ? Elle parle de vous comme si vous travailliez ensemble, comme des collègues, et pourtant vous l'appelez lady Hardcastle. Et vous êtes sa domestique, elle a parlé de sa « dame de compagnie ».

—C'est exact.

—Pourtant, vous êtes tout de même camarades ? Comment cela fonctionne-t-il ? Je croyais que vous étiez très attaché à votre « classe sociale », vous, les Anglais.

—Les meilleurs camarades du monde. Pensez-vous vraiment que nous aurions pu traverser tout ce que nous vous avons décrit hier au soir et laisser un accident de naissance bâtir un mur entre nous ? C'est profondément ancré, toutes ces sornettes de classes sociales, mais il vient un moment où, sur un sentier solitaire au beau milieu de la Chine, l'absurdité de ces conventions vous passe dessus comme une vague, disons. Tout fait sens quand vous êtes dedans, mais quand vous vous trouvez à des miles de tout cela avec pour seule compagnie un mystérieux moine, la chose commence à vous apparaître dans toute sa bêtise. Imaginez : si mon père avait été sir Joseph Armstrong de Mayfair, ou si le sien avait été le valeureux Percy Fanshaw, fameux équilibriste, personne n'aurait trouvé anormal que nous soyons copines. En l'occurrence, nous jouons le jeu et nous conformons aux règles, dans les grandes lignes. Ce qui signifie que, sans réfléchir, je l'appelle « madame » et la désigne sous le titre de « lady Hardcastle ». Cela évite aux autres d'être gênés.

—Mais vous êtes tout de même sa domestique.

—En effet. La fonction me plaît. Cela m'occupe et j'aime bien m'occuper d'elle.

—Attendez. Avez-vous parlé d'« équilibriste » ? Votre papa marchait-il sur une corde ?

—Il lançait des couteaux, en réalité.

—Oh, vous me taquinez, sourit-elle.

—Sur mon honneur, affirmai-je. Le Grand Costello. Capable de vous couper le coin d'une carte à jouer à dix mètres.

—Vous a-t-il appris à le faire ?

—Bien sûr. Je pourrais vous couper l'autre coin de la carte. Mais seulement de huit mètres, car je suis petite.

Elle rit.

—J'aimerais bien voir cela.

—Nous demanderons à notre hôtelier d'installer une cible, à notre retour. Je vous ferai une démonstration.

Lady Hardcastle avait ouvert la voie en compagnie du Dr Goddard. Ils ralentirent afin que nous les rattrapions.

—Quel est l'objet de vos ruminations, là-bas derrière ? s'enquit-elle.

—Vous, pour une grande part, répondis-je.

—En bien, j'espère.

—Qu'est-ce qui peut bien vous conduire à imaginer cela ? Je ne vais tout de même pas mentir à cette pauvre enfant.

—Oui, sans doute avez-vous raison, convint-elle. Et voilà, encore une personne de notre connaissance dont les illusions sont détruites par votre franchise. Ah, vous et vos manières de grenouille de bénitier !

—Est-ce encore loin ? s'enquit le Dr Goddard. Je suis vanné.

—Nous ne sommes plus très loin, le rassurai-je. Et le chemin descend plus ou moins tout le reste du trajet. Nous pouvons tout de même nous accorder une pause si besoin. Madame ?

—Certainement, certainement, confirma-t-elle. Inutile de nous épuiser, à présent que le plus difficile est fait.

Nous nous arrêtâmes près d'un arbre maigrelet, sous lequel nous nous agglutinâmes malgré le peu de protection qu'il offrait contre la pluie et le vent. J'étais certaine que ma patronne verrait dans cette réaction comme la réponse à quelque instinct primaire, d'ailleurs je m'apprêtais à lui en donner l'occasion, quand mes pensées furent interrompues par un coup de feu. Étouffé par le bruit de la tempête, et clairement reconnaissable néanmoins, et les échardes qui jaillirent du tronc de l'arbre ne laissèrent plus aucune place au doute.

—Tout le monde à terre, ordonnai-je. Maintenant. Et couvrez la lanterne.

—Où ? demanda ma maîtresse ?

Elle cherchait autour de nous la provenance du coup de feu.

—En bas de la colline, répondis-je. Un peu derrière nous, à en juger par les dégâts sur l'arbre.

Un nouveau coup retentit. Cette fois, il y eut des éclaboussures de boue à l'endroit où la balle toucha le sol.

—On dirait un fusil, commenta lady Hardcastle. Nous aurions dû un peu mieux fouiller les lieux avant de détaler.

—Nous ne pouvions pas deviner qu'il se réveillerait aussi vite, répondis-je.

—J'étais un peu inquiète concernant la dose, admit-elle. Quand l'idée m'est venue, j'ai craint de lui en administrer trop et de le tuer par accident, mais lorsque j'ai trouvé le flacon, mon inquiétude est allée dans l'autre sens. Toutefois, j'aurais parié assez cher qu'il resterait KO encore au moins une heure. Il est peut-être bête à manger du foin, n'empêche qu'il a la constitution d'un bœuf.

Nouveau « bang ». Et nouvelle explosion d'éclats de bois sur le tronc de l'arbre.

—En revanche, il n'est pas très bon tireur, si ? lança le Dr Goddard.

—Sans doute est-il encore un peu groggy, fit ma maîtresse. Et il ne tient pas compte du vent. Ou s'il en tient compte, il n'a pas calculé à quel point les rafales peuvent être turbulentes au pied d'une pente. Savez-vous…

—Madame ! l'interrompis-je. Maintenant, vraiment ? Une leçon sur la dynamique des fluides au milieu d'une fusillade ?

—Il n'y a pas de mauvais moment pour apprendre de nouvelles choses, répliqua-t-elle. Cependant, vous marquez un point. Je pense qu'il est aussi un peu miro. Nous sommes dans une sorte de déclivité, ici, ce qui signifie qu'il doit être…

Encore un coup de feu.

—Oui, reprit-elle. L'éclair venait de là-bas.

Elle désignait un endroit à mi-hauteur de la colline, mais bien plus loin que je ne l'avais estimé pour ma part.

—On reste ou on bouge ? demandai-je. Pourriez-vous le toucher d'ici avec ça ? ajoutai-je en montrant le pistolet japonais qu'elle avait désormais en main.

—Je pourrais lui causer une vilaine frayeur, dit-elle. Hélas, je suis encore plus handicapée par les éléments que lui. Je devrais tirer contre le vent.

—Nous pourrions vous couvrir si vous aviez l'idée d'essayer de le prendre par-derrière, suggéra le Dr Goddard.

—Du moment que vous cessez de tirer avant que je l'atteigne, nuançai-je. Mais non. En y réfléchissant mieux, je pense que quiconque se lèverait constituerait une cible trop facile. Il va forcément avoir de la chance tôt ou tard, s'il se trouve avec quelque chose de précis à viser.

—Je sais ce que je ferais à sa place, intervint ma patronne.

—Quoi donc ? voulut savoir le docteur.

—Je nous clouerais au sol par quelque tir hasardeux, et puis, une fois que je serais sûre de nous avoir coincés quelque part, je…

Elle fut coupée dans son élan par un hurlement hystérique et un brusque mouvement une vingtaine de mètres en amont de la colline.

—Oui, reprit lady Hardcastle en se relevant d'un bond. Je ferais exactement cela. (Elle tira quelques coups pendant que nous autres nous levions et nous écartions.) Il est à vous, Flo, je pense.

L'homme était déjà sur nous mais, comme nous l'avions appris auparavant, ses talents étaient plus stratégiques que tactiques. Ajoutez à cela les effets secondaires d'une dose de véronal, la colère et la déception liées à l'anéantissement de ses plans, et il était certain que cet homme ne prendrait pas la meilleure décision dans un combat. Il s'était élancé beaucoup trop vite et arrivait désormais vers nous avec un élan incontrôlable qui compliquait son freinage.

Je stabilisai ma position et me préparai à attraper le fusil qu'il tenait à deux mains, au moment où il passerait près de moi. Tout en le saisissant, je tordis mon corps afin de lui donner une petite impulsion supplémentaire qui l'envoya valser de l'autre côté du sentier et s'écraser dans les fourrés.

Je lançai le fusil à Eleanora, qui l'attrapa aisément. Elle le vérifia et le pointa vers l'endroit où Gerber avait disparu.

À la lumière de la lanterne, je distinguai une silhouette débraillée émergeant des sous-bois. Pieds nus, la chemise en lambeaux à cause des bandes de tissu que nous avions déchirées pour les fourrer dans mes bottes, il ressemblait à un marin survivant d'un naufrage. La pluie lui dégoulinait sur le visage et son expression était tout sauf joyeuse. Tout sauf saine d'esprit, même. Il regardait autour de lui comme un dément, ses yeux passant alternativement sur chacun de nous. Il avait désormais trois armes à feu pointées sur lui – j'étais la seule désarmée. Je le vis m'envisager brièvement comme la cible la plus facile. Puis il sembla se rappeler l'aisance avec laquelle je l'avais assommé, à deux reprises déjà, et il se ravisa.

Mais encore une fois, il n'était pas le cerveau tactique de Günther Ehrlichmann.

Alors il fonça sur moi. Bien entendu.

Son corps étant si peu protégé de la pluie par des vêtements intacts, la manœuvre revenait plus ou moins à tenter de saisir une anguille plongée dans un bain d'huile, mais je parvins à lui empoigner fermement le poignet. Je tirai, je tordis et il bascula. En règle générale, je m'efforce d'apporter une touche de subtilité et de grâce à ce genre de rencontres mais, pour être honnête, il commençait vraiment à me taper sur les nerfs. Il était des gestes que j'écartais habituellement pour cause de méchanceté gratuite, toutefois, en l'occurrence, je m'autorisai à penser qu'il le méritait : j'écrasai l'un de ses pieds nus sous ma botte d'emprunt. Son braillement de douleur fut brusquement interrompu lorsque je terminai mon assaut et qu'il atterrit face la première dans une touffe d'herbe drue.

—Il ne manque pas de persévérance, commenta lady Hardcastle. Je peux au moins lui accorder cela.

—Je propose que nous le tuions et que nous laissions Harry régler l'affaire, intervint Goddard.

—Ce serait moins épuisant, acquiesça ma patronne, mais j'étais sincère : je tiens à voir au moins un Gerber affronter les conséquences de leurs actes. Je serais vraiment très satisfaite si le gouvernement impérial germanique était aussi obligé de reconnaître le meurtre de Roddy. Je ne suis pas du genre à garder rancune, mais…

Un grognement monta du sol et Gerber entreprit de se redresser. Il parvint à se lever, sans trouver le moyen d'éviter de s'appuyer sur son pied inutilisable. Il resta donc à genoux à grogner. Dans sa chute, il avait dû se cogner le front contre une pierre, car un ruisselet de sang lui coulait maintenant sur le visage, se mêlant à la pluie.

—Je suis vraiment extrêmement navrée, annonçai-je, mais j'en ai assez.

Je le frappai pile au niveau des points décrits par Chen Ping Bo comme susceptibles d'annihiler la capacité d'un homme à rester conscient. Il s'effondra de nouveau.

—Qu'allons-nous faire de lui ? s'enquit Eleanora.

—Je propose que nous le laissions là où il est, fit Goddard. Et qu'on vienne le chercher demain matin. Il n'ira pas bien loin avec son pied.

—Il pourrait mourir de froid, si nous l'abandonnons dehors dans cette tempête, argua lady Hardcastle.

—N'attendez pas de moi que je compatisse, répliqua-t-il. Je suggérais de le tuer, pour ma part.

Je poussai un soupir.

—Aidez-moi à le traîner sous l'abri de ce bosquet. Nous allons le couvrir avec mon… son manteau. Cela devrait le protéger suffisamment jusqu'à ce que les hommes de Harry arrivent.

Nous le mîmes donc à l'abri de la pluie du mieux que nous pûmes et l'enveloppâmes du manteau. À nouveau, nous vérifiâmes qu'il respirait bien, puis nous repartîmes, en quête d'une ferme et d'une tasse de thé.

Nous suivîmes la piste jusqu'à l'endroit où nous avions laissé l'auto. La pluie, qui continuait de tomber, faisait scintiller sa peinture vert foncé à la lueur de la lanterne.

—C'est votre auto ? s'enquit le Dr Goddard.

—Absolument, répondit fièrement ma maîtresse.

Il s'avança pour examiner plus attentivement le véhicule.

—Deux sièges seulement, constata-t-il. Comment prévoyiez-vous de nous ramener tous à la maison ?

—En plusieurs voyages. Il faut d'abord que nous mettions tout le monde au sec.

—Ah. Dacodac. Cependant, je n'ai jamais vu un engin pareil. Enfin, si, je l'avais vue garée devant l'hôtel, mais auparavant, non, jamais. J'ignorais qu'elle vous appartenait. Comment avez-vous mis la main sur une machine aussi extraordinaire ? Elle semble tout droit sortie de l'illustration d'un livre de Jules Verne.

—Un ami de Harry – et qui compte désormais parmi les miens – l'a conçue. Il est propriétaire d'une écurie de course. Lord Riddlethorpe.

—Eh bien, ça alors, je n'en reviens pas. Riddlethorpe Racing, c'est cela ? J'en ai entendu parler, bien entendu. Et j'ai vu ses automobiles à Brooklands. Il en fabrique aussi pour le grand public, maintenant ?

—C'est prévu. Celle-ci est une sorte de prototype. Nous la testons pour lui.

—Vraiment ? Ah oui, vraiment ? Je n'aurais rien contre l'essayer moi aussi, une fois que toute cette aventure sera terminée. Quelles sont ses particularités ?

Eleanora n'avait pipé mot depuis au moins dix minutes. Même à la faible lumière de la lanterne, je voyais son visage blême et son regard perdu dans le lointain. Je craignais que le choc des événements des dernières vingt-quatre heures ne la rattrape définitivement. Il devenait urgent de la mettre au chaud et en sécurité.

—Pardonnez-moi de vous interrompre, mais je ne peux m'empêcher de constater que nous sommes sous la pluie battante, par un vent de tous les diables, pour discuter tranquillement automobiles. Puis-je me permettre de suggérer, avec tout le respect que je vous dois, que nous ferions peut-être mieux de chercher refuge dans l'une des fermes les plus proches et d'admirer Phyllis demain matin ?

—Phyllis ? répéta le Dr Goddard.

—L'auto s'appelle Phyllis, expliquai-je.

—Lord Riddlethorpe a baptisé sa nouvelle auto de course Phyllis ?

—C'est lady Hardcastle qui a baptisé sa nouvelle auto de course Phyllis, corrigeai-je. Et vraiment, je déteste me montrer présomptueuse, cependant je pense vraiment que nous y gagnerions à nous abriter de la tempête aussi vite que possible. Peut-être pourrions-nous discuter du baptême des autos devant une bonne tasse de thé.

—Tout à fait, acquiesça-t-il. Toutes mes excuses. Par où ?

—Il y a une maison de ferme environ cinq cents mètres en contrebas par ce sentier, indiquai-je, un doigt tendu dans la direction vers laquelle était tournée l'auto. Et une autre dans les huit cents mètres par-là, vers la route principale. Je propose que nous tentions la plus proche, parce que… eh bien, parce qu'elle est plus proche. Mais aussi parce que si quelqu'un vient à notre recherche, ils verront Phyllis et sauront que nous ne sommes pas loin. Ils iront naturellement vers la ferme la plus proche. Probablement.

—Tout à fait logique, selon moi, convint-il.

—Et selon moi aussi, renchérit lady Hardcastle. Allons-y.

Eleanora céda le fusil sans commentaire quand je tendis la main pour le lui prendre. Je le portai d'une main et passai mon bras libre autour de ses épaules pour l'aider à marcher le long du sentier boueux. Elle ne réagit pas et son allure pesante renforça l'impression que sa pâleur et son expression vide avaient produite sur moi : cette jeune femme était sur le point de s'effondrer.

Il était presque 23 heures et la ferme était plongée dans l'obscurité totale – les gens sont des couche-tôt lève-tôt, à la campagne.

Lady Hardcastle tambourina à la porte à coups de poing sonores.

—Ohé ! cria-t-elle.

J'avais oublié la puissance de son organe.

Elle recommença à cogner.

À l'étage, une fenêtre s'ouvrit sur notre droite, d'où sortit une tête d'homme.

—Vous savez quelle heure il est, nom d'une pipe ?

Avec une théâtralité exagérée, elle leva son poignet gauche, souleva sa manche et regarda sa montre.

—À peine 11 heures moins cinq, répondit-elle.

—Ben si vous avez une montre, tant mieux, répliqua le bonhomme. Ça veut dire que vous saurez quand il sera le matin. Et l'heure de revenir.

—Nous sommes coincés dans la tempête, insista-t-elle. Nous avons une automobile, mais elle ne peut pas tous nous contenir. Nous avons besoin d'un abri en attendant de l'aide.

Depuis l'intérieur de la pièce, une voix de femme lança :

—Qu'est-ce que c'est, Ronnie ? Qu'est-ce que tu fiches ?

L'homme se retourna.

—Y a quatre personnes là-dehors, qui veulent rentrer se protéger de la pluie.

—Par ce temps ? Et qu'est-ce que tu restes à discuter ? Descends leur ouvrir. Je m'en vais mettre de l'eau à bouillir.

La fenêtre se referma. Quelques secondes plus tard, la porte fut déverrouillée et ouverte par un petit homme rond en chemise de nuit rapiécée. Le peu de temps qu'il avait passé à la fenêtre avait suffi à lui détremper visage et cheveux. Il portait une bougie dans un bougeoir en émail, que le vent éteignit immédiatement.

—Ma femme considère qu'il faut vous laisser entrer, dit-il en grattant la cire soufflée sur sa chemise de nuit.

Nous entrâmes en file indienne et fûmes presque aussitôt rejoints par une femme tout aussi petite et ronde, elle aussi en chemise de nuit rapiécée. Avec en plus un châle de laine sur les épaules.

—Venez, venez à la cuisine, mes chers, dit-elle. Le fourneau devrait être encore chaud. On va vous sécher un peu.

Nous dégoulinâmes donc à travers le petit salon et jusqu'à la cuisine, où nous tombâmes avec joie sur les solides chaises en bois disposées autour d'une table tout aussi solide. La femme du fermier alluma des lampes et nous débarrassa de nos manteaux, pour aller les suspendre aux crochets de fonte.

Elle ne dit rien sur le fusil appuyé contre ma jambe, ni sur les pistolets que lady Hardcastle et le Dr Goddard posèrent sur la table. Le costume de soirée du docteur lui valut un bon coup d'œil, mais toujours pas de commentaire.

—Je suis absolument navrée de nous imposer à vous de cette manière, commença ma patronne. Nous ne savions vraiment pas quoi faire d'autre.

—Oh, faut pas vous tracasser pour ça, répondit la femme du fermier. On peut pas laisser des inconnus dehors par une nuit pareille quand on a une maison où vous pouvez attendre bien au chaud. Ron, va donc chercher du bois pour le fourneau.

Obéissant, Ron partit d'un pas traînant.

—Mais où sont mes bonnes manières ? Je suis Emily, lady Hardcastle. Et voici le Dr Percival Goddard, et mesdemoiselles Eleanora Wilson et Florence Armstrong.

—Ravie de vous rencontrer, madame, pour sûr. Je m'appelle Ena Primrose et ce vieux bonhomme, c'est Ron, mon mari.

M. Primrose était revenu avec une brassée de bûches, dont il entreprit de nourrir le feu.

—Si je peux me permettre, reprit Mme Primrose, qu'est-ce que vous fichez dehors par une nuit pareille ? Vous êtes montés au fort ?

—En effet, oui. Nous… euh… eh bien, nous avions une chose ou deux à y régler.

—Y a quelqu'un qui y vit, non ? On a vu des lumières. Et un petit bateau, aussi. À vapeur. Pfff-pfff-pfff, qu'il fait, en traversant la baie vers Weston. J'ai dit à Ron : « On devrait s'en prendre un, de ces bateaux. Ça nous faciliterait la vie pour aller en ville. » En chariot, ça nous prend une paire d'heures, ça oui. Pas vrai que je t'ai dit ça, hein Ron ?

—Oui, confirma-t-il. Oui, tu l'as dit.

—Eh bien, je pense que personne n'émettra guère d'objection à ce que vous récupériez celui que vous avez vu, fit le Dr Goddard. Le propriétaire actuel n'en aura plus besoin.

—Il s'en va, c'est ça ? crut deviner Mme Primrose.

—Et il n'est pas près de revenir, si je peux donner mon avis, renchérit lady Hardcastle.

—T'entends ça, Ron ? Un petit bateau à vapeur, ça te dit ?

—Qu'est-ce que je ferais d'un bateau à vapeur ? répliqua le mari. Ce serait plus d'ennuis qu'autre chose.

—On pourrait aller à Weston en une demi-heure.

—On n'y va jamais, à Weston.

—Ben parce qu'il nous faut la matinée.

—Prends-le si tu le veux, alors, s'entêta-t-il. Moi, je veux pas de bateau à vapeur.

—C'est toi qui vois. Dites donc, elle va bien, la petite ?

Eleanora s'était appuyée contre moi et mise à sangloter.

—Elle a reçu un choc, expliquai-je. Plusieurs chocs, en fait. Mais ça va aller, n'est-ce pas, mon petit ?

Je l'enlaçai et elle renifla.

—Une bonne tasse de thé et ça ira mieux, décréta Mme Primrose. Regardez, v'là l'eau qui bout.

Par-dessus le son de la bouilloire, je crus aussi entendre un moteur d'automobile.

Un instant plus tard, on frappa à la porte.

M. Primrose marmonna quelque chose comme quoi les gens ne savaient donc pas l'heure qu'il était, avant de se lever pour aller ouvrir. Lady Hardcastle et le Dr Goddard s'emparèrent aussitôt de leur pistolet.

—Une seconde, s'il vous plaît, monsieur Primrose, intervins-je. Verriez-vous un inconvénient à ce que je vous devance ?

—C'est pour vous, c'est ça ? D'autres amis à vous sortis sous l'orage ? Ou bien quelqu'un qui vous poursuit ?

À ces suggestions, Mme Primrose s'alarma.

—Je n'en sais rien, admis-je. Mais ne prenons aucun risque, vous voulez bien ?

Je confiai Eleanora aux bons soins de lady Hardcastle et me levai.

—À quoi servira une petite chose comme vous, si c'est des malandrins ? s'affola Mme Primrose.

—Vous pourriez être surprise, lui confia le Dr Goddard. Je vous suis, mademoiselle Armstrong.

—Merci.

Je gagnai la porte aussi silencieusement que mes bottes me le permettaient et j'étais sur le point de lancer un : « Qui est là ? » sonore et assuré, quand les événements me prirent de court.

Un nouveau coup fut frappé à la porte, suivi d'une voix familière :

—Tu es là, sœurette ?

J'attrapai le loquet et tirai la porte.

—Strongarm ! lança joyeusement Harry. Ne restez donc pas plantée là, ma vieille, laissez-moi entrer. Je suis en train de me tremper, là-dehors.

Je m'écartai et il se rua à l'intérieur.

—Bonsoir, monsieur Feather-stone-huff, prononçai-je volontairement de travers. Qu'est-ce qui vous amène aussi loin de chez vous ?

—Oh, vous savez ce que c'est. J'ai supposé que ma vagabonde de sœur et vous aviez peut-être négligé mes conseils et vous étiez fourrées dans le pétrin. (Par-dessus mon épaule, il lorgna la porte de la cuisine.) On dirait bien que j'ai eu raison. Par ma foi, ajouta-t-il en remarquant mon visage meurtri, vous avez fait la guerre ?

—Tout cela dans une seule journée de travail, répondis-je. Entrez donc.

Mme Primrose sortait déjà une autre tasse de son buffet.

—Un autre ami à vous pris dans la tempête ? demanda-t-elle.

—Façon de parler, répondis-je. Monsieur et madame Primrose, je vous présente Harry Featherstonhaugh, le frère de lady Hardcastle. Monsieur Featherstonhaugh, voici M. et Mme Primrose, de Brean Down Farm.

Chacun se déclara enchanté de se rencontrer, M. Primrose, avec un enthousiasme visiblement moins marqué que celui de son épouse.

—Désolée, mais on n'a pas assez de chaises ici, déplora notre hôtesse. On commence à être un peu les uns sur les autres, non ?

—Tout va très bien ainsi, madame P., lui assura Harry. Je suis assis depuis un moment, vous savez, le trajet en auto est assez long jusque chez vous. Je suis bien content d'avoir retrouvé tout mon petit monde. Ça va, mon vieux ?

—Jamais été mieux, répondit le Dr Goddard.

—Ça, j'en doute. Et toi, sœurette ? Tu m'as l'air un peu cabossée, toi aussi.

—Nous avons traversé quelques minutes assez déplaisantes, convint lady Hardcastle en portant une main à son visage. Mais je survivrai. J'ai connu pire.

—Au moins, personne ne t'a tiré dessus, cette fois, hein ? lança son frère. Et vous devez être Eleanora Wilson. Comment allez-vous, jeune dame ?

Eleanora leva les yeux mais ne répondit rien.

—La journée a été un peu difficile, indiqua lady Hardcastle. J'aimerais la ramener à sa tante dès que possible.

—Nous allons nous en occuper dans un instant, lui assura Harry. Qu'est-il arrivé à Ehr… à l'Allemand ?

—Tout va bien, répondit lady Hardcastle, tu peux prononcer son nom. Tu savais qu'il était dans les parages, n'est-ce pas ?

—Je le soupçonnais fortement.

—Savais-tu que ce n'était pas son vrai nom ? Ou la manière dont il avait réussi à revenir d'entre les morts ?

—Pas jusque très récemment. Mais j'ai eu une petite conversation avec un gars de l'ambassade d'Allemagne.

—Et ils ont avoué ?

—Ce n'était pas ce genre de discussion. Plus du genre… euh… enfin, tu sais. Tu t'es trouvée dans des situations semblables, sœurette. Un jeune secrétaire désenchanté… les copies de certains documents… Bref, au bout du compte, nous savons tout sur Gerber, mais les Allemands ignorent que nous savons.

—Et comment nous avez-vous trouvés ? demandai-je.

—Adelia Wilson. Je suis passé à l'hôtel.

—Tu es arrivé extrêmement vite, commenta sa sœur.

—J'aurai tout le temps de vous expliquer plus tard. Dès que mes hommes seront ici, nous pourrons renvoyer le Dr Goddard et Mlle Wilson en ville afin qu'ils y soient examinés par un médecin.

—Vos hommes ? répétai-je. Pas Harris et Tweed ?

Il éclata de rire.

—Non, ils sont vraiment occupés sur une autre affaire. Je veux parler des deux autres gars que vous avez rencontrés. Je les ai déposés à Middle Farm en leur donnant pour consigne de me rejoindre ici s'ils ne vous trouvaient pas là-bas.

—Vous les avez envoyés marcher dehors par ce temps ?

—Ça leur fait du bien, à ces fainéants.

Pendant toute la conversation, M. et Mme Primrose nous observaient, en proie à une incrédulité grandissante. La femme du fermier parvint toutefois à se ressaisir assez pour servir le thé.

—Merci, madame P., lui dit Harry. Il va sans dire que tout ce que vous venez d'entendre est strictement confidentiel.

—J'suis pas certaine d'en avoir compris un traître mot, avoua-t-elle.

—C'est l'esprit. Je savais pouvoir compter sur vous. Patriotes et dignes de confiance, tous les deux. Vous savez, ces choses-là se sentent. Mais je me laisse détourner de mon sujet. Qu'est-il donc arrivé à… à Gerber ?

—Il est allongé sous un bosquet, inconscient, le long de la piste qui mène au fort, répondis-je. Vos hommes devront peut-être le porter, il s'est blessé au pied.

—*Il* s'est blessé ?

—Je lui ai peut-être un peu marché dessus. Dans le feu de l'action.

Il rit.

—Il n'en méritait pas moins. Je vais y envoyer les gars. Ils s'occuperont de lui pendant que nous mettons le reste des troupes à l'abri. Et je reviendrai les chercher ensuite.

Alors que nous terminions notre thé, on frappa à la porte. C'étaient les hommes de Harry, aussi boueux et trempés que nous devions l'être. Harry leur commanda d'aller chercher Gerber. La perspective de passer encore une heure ou deux sous la pluie, à attendre qu'on vienne les récupérer, ne les emballait guère, mais ils obéirent sans rechigner.

Harry nous rejoignit dans la cuisine et sortit deux billets de cinq livres de son portefeuille, qu'il colla dans la main de M. Primrose.

—Pour votre peine, dit-il. Et n'oubliez pas, motus et bouche cousue, hein ? ajouta-t-il en se tapotant l'aile du nez.

—Vous m'avez causé aucune peine, monsieur, affirma M. Primrose, dont l'attitude s'était toutefois considérablement égayée à la vue de cette rentrée d'argent inattendue.

—Occupez-vous de cette jeune fille, surtout, renchérit Mme Primrose. Elle a besoin d'un bain chaud et d'un lit.

—Absolument, madame P., acquiesça Harry.

Nous remerciâmes chaleureusement les Primrose et, une fois dehors, nous entassâmes dans l'auto de Harry qui semblait bleue sous la lumière de la porte ouverte de la ferme.

—Je vous dépose à votre auto et puis nous pourrons rentrer aussi vite que possible, indiqua-t-il. Qui monte avec qui ?

—Je veux rester avec Flo, dit Eleanora.

—Et moi, je veux échanger quelques mots avec toi, dit lady Hardcastle.

—Eh bien, dans ce cas, ce sera facile, conclut Harry. Strongarm va embarquer Eleanora dans votre terrifiante bestiole et nous, ici, pourrons avoir une joyeuse conversation en famille.

Il nous déposa donc, Eleanora et moi, près de Phyllis et attendit que nous soyons bien à l'abri à l'intérieur, le moteur allumé, avant de redémarrer.

La pluie se calmait enfin et le trajet du retour à Weston fut bien moins tendu que ne l'avait été l'aller jusqu'à Brean. Eleanora s'endormit, si bien que je dus demander de l'aide pour la monter à sa chambre quand nous arrivâmes enfin au Steep Holm View.

17

Nous nous apprêtions à descendre voir si quelqu'un aurait l'amabilité de nous préparer un petit déjeuner tardif quand on frappa à la porte de notre chambre.

—Vous êtes visibles ?

C'était Harry.

—Entre, très cher frère, répondit lady Hardcastle. La porte n'est pas fermée.

Il passa la tête à l'intérieur.

—Ce n'est pas prudent, dans un endroit pareil, tu sais, dit-il. Des gens se sont fait assassiner dans cet hôtel.

—Je reconnais que c'est parfaitement vrai, cependant si je comprends bien, presque tout le monde est mort à présent. Il ne reste plus personne pour commettre des meurtres.

—Logique, comme toujours. Eh bien, dites donc, Strongarm, dans quel état vous êtes ! Cet hématome s'est bien épanoui.

—Merci, répondis-je. C'est étonnant, les dégâts que peut causer un Broomhandle Mauser, y compris quand son détenteur ne tire pas avec.

—Nous devons sans doute nous réjouir qu'il ne vous ait pas tiré dessus, argua-t-il. Mais tout de même.

Bref, vous descendez au petit déjeuner, les filles ? J'ai convaincu Hillier de nous préparer deux-trois bricoles.

—Nous y allions justement, mon chéri, répondit ma maîtresse.

Elle était jusque-là penchée sur un miroir au-dessus du cabinet de toilette, occupée à quelque opération de maquillage, et se tourna vers lui pour la première fois.

—Grand Dieu ! lança-t-il. C'est encore plus moche sur toi, ma pauvre vieille.

—Je me suis longtemps demandé pourquoi tu étais resté célibataire aussi tard, répliqua-t-elle. Dis-tu à Lavinia qu'elle est « moche » ?

—Jake évite en général de recevoir des coups de crosse de pistolet dans la figure, la situation ne se présente donc pas. Tu vas pouvoir manger ?

—Essaie de m'en empêcher. Vous en êtes, Flo ?

—Parée, m'dame !

Sur ce, nous nous mîmes en route pour la salle à manger.

Où Adelia et Eleanora Wilson étaient déjà assises en train de manger. Les joues de la jeune femme avaient retrouvé des couleurs et elle avait l'air beaucoup moins angoissée, pour le coup. Elle esquissa même un sourire quand elle nous vit.

—Bonjour, mesdames, dit lady Hardcastle en s'asseyant. Le Dr Goddard n'est pas avec vous ?

—Oh, j'avais oublié Goddard, fit Harry. Il arrive. Je suis passé le voir avant de venir vous chercher.

—Bonjour Emily, répondit Adelia. Flo. Jamais je ne pourrai vous remercier assez, mais je n'oublierai pas de ma vie ce que vous avez fait pour Eleanora, toutes les deux. Si vous avez un jour besoin de quelque chose, n'importe quoi, il vous suffira de demander.

—Ce n'est rien, ma chère, répondit lady Hardcastle. Tout cela n'est que routine. Ou du moins, ça l'était. Comment vous sentez-vous ce matin, Ellie ?

—Beaucoup mieux, merci. Je pense comme ma tante, vous savez. Vous m'avez sauvé la vie. Et je suis vraiment navrée que vous ayez eu à en souffrir autant, termina la jeune femme après inspection de nos ecchymoses.

—Sornettes, fit ma patronne. Nous avons connu pire. Il faut mettre tout cela derrière vous maintenant. Tout est bien qui finit bien. Vous considérerez bientôt que toute cette agitation n'était que beaucoup de bruit pour rien.

—Ou le songe d'une nuit d'été, ajouta Eleanora.

—C'est l'esprit, oui. Cela dit, puisque vous en parlez…

—Oubliez cela, madame, intervins-je. Eleanora s'est juste conformée à votre petite fantaisie shakespearienne. Nul besoin de nous infliger une leçon sur la date du solstice d'été.

—Comme il vous plaira, lâcha-t-elle.

Eleanora pouffa.

—Au moins la tempête n'a-t-elle pas viré à la comédie des erreurs.

—Cymbeline ! s'exclama Harry. (Nous nous tournâmes toutes vers lui.) Je voulais juste me joindre à la danse.

—Tu me désespères, Harry, se plaignit lady Hardcastle. Alors, qu'avons-nous pour le petit déjeuner ?

—Ils vous prépareront tout ce qui vous fait envie, ce matin, indiqua Adelia.

—Et comment puis-je faire connaître mes env... Ah, Kibble, l'homme de la situation.

—Bonjour, madame, répondit le serveur. Puis-je vous apporter un petit déjeuner ?

—Ce serait formidable, merci. J'aimerais bien une énorme assiette remplie à ras bord de tout ce que le chef estime convenir à un petit déjeuner copieux. Je n'ai rien mangé depuis le déjeuner d'hier et je suis complètement affamée.

—Je suis sûr qu'il sera ravi de vous complaire, madame. Et pour vous, mademoiselle ?

—Je prendrai la même chose, répondis-je. Et du café, je vous prie. Beaucoup de café.

—Faisons simple, renchérit Harry. Je vais me joindre à elles, ainsi nous pourrons être dyspeptiques ensemble.

—Très bien, patron, répondit Kibble. Je vais voir s'il y a du lait de magnésie dans l'armoire à pharmacie, pour le cas où nous en ayons besoin plus tard.

Et il disparut.

Adelia prit une gorgée de café, puis reposa sa serviette de table sur ses genoux.

—J'ai dans l'idée que vous avez des choses à discuter, vous tous, déclara-t-elle. Des choses qui ne peuvent être dites devant une personne comme moi.

—Merci, mademoiselle Wilson, répondit Harry. Cependant, j'aimerais échanger quelques mots avec vous, avant que vous ne partiez.

—Et moi, avec vous, acquiesça-t-elle. Ils ne seront pas contents, chez moi, de la manière dont la situation s'est déroulée ici. Et s'ils sont peut-être trop gênés pour s'en plaindre auprès de vous, ils ne se gêneront pas en revanche pour le faire auprès de moi, alors je voudrais bien préparer mon histoire avant d'affronter la cavalerie.

—Serez-vous dans les parages tout à l'heure ?

—Nous ne partons pas avant lundi. Pour Londres, et ensuite par le train-bateau pour Paris, *via* l'ambassade de Victoria Street.

—Êtes-vous libre ce soir ? demandai-je. Nous avions prévu d'aller voir les Robinson's Ragtime Roisterers à l'Arundel, il me semble. Aimeriez-vous vous joindre à nous ?

—Bien que cela signifie me priver du plaisir de votre si charmante compagnie, répondit Adelia, je préférerais passer la soirée à me ronger les ongles jusqu'au sang plutôt qu'écouter ce genre de musique atroce. Désolée.

—Oh, ma tante ! Ne jouez pas la vielle barbante, venez avec nous. Vous allez vous amuser, c'est sûr. Et vous vous sentirez jeune à nouveau, insista Eleanora.

—Me sentir jeune, dis donc, petite impudente ! Nom d'une pipe, mais je suis jeune. (Elle hésita un instant, puis lâcha un soupir.) Très bien, je viendrai, finit-elle par concéder.

—Formidable, se réjouit lady Hardcastle. Nous pourrions peut-être dîner à l'Arundel, afin de parachever la soirée ?

—Nous passerons vous prendre à 20 heures, dans ce cas, proposa Eleanora. Comme nous allons nous amuser !

Adelia haussa un sourcil.

—Allons, viens, Eleanora. Laissons les Britanniques à leurs complots.

Harry se leva tandis que les demoiselles quittaient la table, puis la salle.

Le Dr Goddard nous rejoignit quelques instants plus tard, mais nous attendîmes que Kibble nous ait servi nos petits déjeuners avant d'aborder le sujet sérieux de la matinée. Les assiettes, comme promis, arrivèrent, chargées d'assez de victuailles pour nous permettre de subsister plusieurs jours, et nous les attaquâmes avec voracité.

—J'ai pas mal roulé ma bosse, dit ma patronne entre deux bouchées, et il n'y a pas grand-chose que nous, les Anglais, puissions apprendre à quelque pays que ce soit en ce qui concerne la magie des arts culinaires. Toutefois personne, pas une seule nation, ne nous égale quand il s'agit de concocter les petits déjeuners les plus merveilleux au monde.

—Oyez, oyez, acquiesça Harry. Cela dit, j'ai tout de même mangé des viennoiseries délicieuses à Copenhague.

—Pas à Vienne, tiens donc ? s'étonna le Dr Goddard.

—À Copenhague, je suis formel. Les Danois appellent cela *Wienerbrød*.

—Je vous crois sur parole, mon vieux. Toutefois, cela n'arrivait pas à la cheville de ce que nous avons là, si ?

—Avez-vous mangé quelque chose depuis lundi, docteur ? intervins-je.

—Du pain et du fromage, répondit-il. Rien d'autre.

—Du pain et du fromage qui provenaient de ces cuisines-ci, devinai-je. Du jambon aussi avait disparu.

—Le jambon, je n'en ai pas vu la couleur, juste un peu de cheddar et du pain de plus en plus rassis.

—Ce qui nous amène gentiment au premier et principal sujet du planning de ce matin, enchaîna ma maîtresse. Par toutes les flammes de l'enfer et de sa région, qu'est-ce qui s'est passé ici, Harry ?

—Ah, fit l'interpellé. Eh bien, voyons. Il y a une chose… Et c'est… euh… c'est parti un peu de traviole. Je le crains.

—Il me semble, en effet, renchérit sa sœur. Voici ce que nous avons supposé jusque-là, tu pourras peut-être me corriger si je m'engage sur la mauvaise voie à un moment ou à un autre. Tu n'occupes plus ton ancien poste aux Affaires étrangères, Lavinia nous l'a confié. Tu as été attaché à quelque autre section, le service du Pifpafpouf ou quelque chose d'approchant, je parie.

—Le bureau des Services secrets, cela s'appelle, précisa Harry.

—Ah oui ? Tiens donc. Bien, bien. Ainsi, ils prennent enfin le renseignement au sérieux.

—De sombres nuages se profilent à l'horizon, prophétisa Harry. Imagine-nous comme des météorologues qui gardent à l'œil la tempête en formation.

—Si tu le dis. Bref, vous voilà donc dans les bureaux isolés des Services secrets, au fin fond d'un sous-sol de Whitehall, et vous vous dites : « Puisque nous allons fouiner un peu dans les affaires de tout le monde, il n'est pas inimaginable de présumer qu'eux aussi se mettent à fouiner dans les nôtres. Mais comment les prendre la main dans le sac, nom d'une pipe ? » Vous restez à réfléchir quelques jours, en buvant du thé et en fabriquant des fléchettes en papier, et puis l'un d'entre vous – je parie que c'était toi, d'ailleurs – dit aux autres : « Par ma foi, les gars, je viens juste d'avoir l'idée d'une ruse épatante. »

—Je ne parle pas ainsi, sœurette.

—Mais bien sûr que si, mon chéri. « Une ruse épatante, leur dis-tu. Pourquoi ne pas les débusquer ? Nous pourrions envoyer ce bon vieux Percy Goddard du ministère des Bidules jouer le grand scientifique foldingo dans un hôtel, quelque chose comme cela. Nous laissons fuiter qu'il transporte un coffre-fort plein à craquer des secrets les plus juteux et nous voyons qui rapplique de sous les cailloux pour le lui piquer. » Alors, comment est-ce que je me débrouille ?

—Désespérément bien, jusqu'à présent, admit Harry.

—Tu fais savoir aux Français qu'il a les plans d'un navire. Les Japonais apprennent « comme par hasard » qu'il s'agit d'une locomotive. Les Américains entendent parler des plans d'une radio. Les Russes sont convaincus que c'est une nouvelle arme. Et les Autrichiens, nous le savons à présent, pensent à quelque découverte dans le domaine de l'optique à haute puissance. Chaque hypothèse n'est qu'un leurre attrayant, taillé sur mesure pour attirer son poisson désigné. Le plan de voyage de Goddard fuite – pas trop ouvertement, évidemment, il fallait rester subtil, autrement personne n'aurait mordu – et tout le monde converge vers la riante Weston-super-Mare, son soleil et son hôtel Steep Holm View.

—Amis comme ennemis, précisai-je.

—Il y a tout de même des règles, précisa Harry. Les meilleurs gars, à l'international, ne doivent pas être encouragés à se comporter avec déshonneur. Ce sont des leçons qu'il faut tirer de tout ceci.

—Bien sûr, commenta lady Hardcastle.

—Elle voit clair dans votre jeu, mon vieux, ironisa le Dr Goddard.

—Jusqu'à ce point, au moins, tout est clair, reprit ma patronne. Seulement, c'est là que ma compréhension atteint ses limites. Que diable espérais-tu de cette manigance ? Tu rameutes tout le monde ici, mais ensuite, quel intérêt en tires-tu ?

—L'idée était qu'une fois tout ce petit monde réuni en un seul et même lieu, nous attendions qu'ils sortent à découvert, expliqua Harry. Nous pensions savoir à qui nous avions affaire, toutefois si l'on veut arrêter des agents étrangers, puis les renvoyer à leurs propriétaires respectifs avec un petit mot disant : « Nous savons ce que vous mijotez, alors oubliez », il faut être bien certain de ce que l'on avance. Sitôt que nous aurions obtenu les preuves nécessaires, nous faisions une descente.

—« Nous » ? dit-elle.

—Je n'étais pas aussi loin que je le prétendais. J'étais en planque à Clevedon, un peu plus haut sur la côte. Assez proche pour garder un œil sur les opérations, mais suffisamment loin pour éviter de tomber sur quelqu'un.

—C'est donc bien vous que j'ai vu sortir de l'hôtel, le jour de notre arrivée !

—J'ai failli avoir une attaque. Quand j'ai entendu le rugissement de la machine infernale de Fishy, je me suis cru découvert. Alors j'ai baissé la tête et j'ai démarré aussi vite que ma petite auto bleue pouvait turbiner.

—Et puis tout a mal tourné quand Gerber a débarqué ? voulut savoir ma maîtresse.

—Plus mal que mal, oui.

—J'en déduis qu'il n'était pas invité.

—Pas du tout. Même s'il travaillait toujours pour les Allemands, il n'aurait pas figuré sur la liste. Nous connaissons tous leurs hommes, vois-tu. Nous les avons à l'œil depuis un bon moment. C'étaient les autres, qu'il nous fallait arrêter. Mais Gerber est ce que les gens du Moyen Âge appelaient « une lance libre ». Et son arrivée a effectivement tout chamboulé.

—Il avait sa propre idée de ce que contenait le coffre, dis-je. Lui penchait pour quelque chose en rapport avec une usine chimique. D'où tenait-il cette idée ?

—Ah oui, là, c'était une sorte de joker. De ceux que nous sortons de notre manche afin de voir s'il n'y a pas moyen de ramasser aussi quelqu'un que nous aurions oublié.

—Et vous l'aviez bel et bien oublié, lui fit remarquer lady Hardcastle.

—Les conséquences ont failli être désastreuses, convint son frère. Une fois que Gerber a attrapé Goddard, ça a été une pagaille monstre.

—Tu aurais pu y mettre un terme à tout moment, lui rappela-t-elle. Vous les aviez tous en ligne de mire. Même sans preuves, tu aurais pu piper les dés et leur intimer de ficher le camp.

—Eh bien… vois-tu… la décision avait été prise par le secrétaire permanent de…

—De les laisser s'éliminer entre eux, termina-t-elle.

—En gros, oui.

—Une méthode aussi cruelle que déplaisante, commenta ma patronne. D'autant qu'ils ne feront que les remplacer. Et dorénavant, vous ne saurez plus qui sont les espions.

—Ils auraient été remplacés, de toute façon. L'idée, c'était de transmettre à tout le monde un message sans détour : nous voyons clair dans leur jeu et ils ne sont pas les bienvenus s'ils veulent jouer sur notre terrain. Le but étant qu'ils se montrent un peu plus circonspects.

—Et maintenant ?

—Oh, ils vont faire mine de s'offusquer, mais ils savent tous qu'ils se sont fait prendre la main dans le bocal.

—Donc vous les laissiez continuer à s'entretuer, pour… donner une bonne leçon à tout le monde ?

—Plus ou moins, sœurette, oui.

—Charmant. Et nous ?

—Quoi, vous ? Je t'ai dit et répété de ne pas fourrer ton nez là-dedans. Quoi qu'il en soit, je savais que vous étiez tout à fait capables de prendre soin de vous, si la situation devenait un peu animée. En l'occurrence, et comme toujours, vous nous avez été bien utiles.

—Et si nous n'avions pas été là, comment aurais-tu eu vent des événements ?

—Par Ribble et Kibble.

—Nous aurions dû le deviner à partir de leur nom, intervins-je. Vos hommes, décidément, ont un penchant pour les patronymes ridicules.

—Cela signifie-t-il que May et June sont aussi des vôtres ? s'enquit lady Hardcastle.

—May et June ? répéta Harry.

—Deux des chambrières de l'hôtel.

Il s'esclaffa.

—Vraiment ? Merveilleux. Non, elles n'ont rien à voir avec nous. Ribble et Kibble sont des gars du cru, des anciens détectives de par chez vous – Bristol. Nous les avons enrôlés juste avant d'organiser tout ce spectacle. Avec pour instructions strictes de ne pas intervenir –

instructions auxquelles ils se sont conformés, contrairement à certaines. En revanche ils me tenaient informé.

—Et Hillier ?

—Au courant de rien. Il était juste bien content de trouver deux serveurs intérimaires à la dernière minute, les habituels ayant tous deux gagné une quinzaine de vacances en Écosse à un concours dans un journal.

—Quelle heureuse coïncidence !

—Tu pourrais appeler cela « sérendipité ».

—Est-ce grâce à eux que tu as pu nous appeler au téléphone aussi vite, cette fois-là ? voulut savoir ma maîtresse.

—Quelle fois ?

—Nous avions appelé chez toi et parlé à Lavinia, puis tu nous as rappelées presque immédiatement. Était-ce Kibble ou Ribble qui t'avaient alerté ?

—Ah non. C'est un peu plus prosaïque. J'avais un gars au bureau des opérateurs qui écoutait vos appels. Les murs ne sont pas les seuls à avoir des oreilles, de nos jours. N'importe qui peut écouter tes conversations, tu sais.

—Quand as-tu découvert que Gerber était ici ? demanda-t-elle encore.

—Hier. J'avais envoyé Steak et Rognon sur des sites d'observation dans les environs – c'est pourquoi ils n'étaient pas disponibles. Nous avions déjà le dossier Ehrlichmann, il ne manquait plus qu'à ajouter quelques points sur les « i ». Nous ignorions où il se trouvait, cela dit. Le mérite de ce point-là vous revient entièrement.

—Mais tu soupçonnais son implication ? Tu le soupçonnais d'être le kidnappeur ?

—En fait, non. La possibilité ne m'avait pas traversé l'esprit avant hier. Aucun de nous n'avait la moindre idée de l'endroit où Goddard et Wilson étaient retenus prisonniers.

—Dieu merci, nous étions là, alors, ironisa-t-elle.

—Oui, renchérit le Dr Goddard. Dieu merci, vous étiez là toutes les deux.

Lady Hardcastle inclina la tête dans sa direction.

—Et où est détenu Gerber maintenant ? s'enquit-elle.

Harry resta soudain silencieux. Il la regarda droit dans les yeux, mais ne moufta pas.

—Nom d'une pipe en bois, ne me dis pas que vous l'avez perdu ? s'emporta-t-elle. Oh, Harry, quel nigaud tu fais ! Que s'est-il passé ?

—Les gars ont trouvé l'endroit où vous l'aviez frappé, le sol était tout remué. Ils ont vu où vous l'aviez laissé aussi, mais il n'y était plus. Ils ont fouillé la zone de leur mieux, seulement il faisait nuit et il a dû leur échapper. J'ai Jambon et Épinard sur place, maintenant qu'ils sont libérés de leurs autres obligations, toutefois je n'ai guère d'espoir.

—Il avait un pied cassé, lui fis-je remarquer. Il n'a pas pu aller bien loin.

—Assez loin. Cependant, vu son état, il finira par être repéré. Nous l'attraperons.

—Vous feriez bien, dit lady Hardcastle. Il est manifestement le moins malin des deux Gerber, néanmoins il reste un danger.

—Nous le prendrons, promit-il. Assurément.

—Et qu'en est-il de vous, docteur Goddard ? Vous n'êtes pas tout à fait le timide chercheur que nous avons rencontré lundi. Êtes-vous seulement scientifique ?

—Ingénieur, en réalité, ma chère. Ingénieur. Le détail médical, c'est quelque chose que j'ai inventé l'autre jour. Je ne suis pas peu fier de cette petite improvisation, d'ailleurs. Cela dit, j'ai vraiment étudié à King's College. Je ne puis vous révéler sur quoi je travaille, cela mène à toutes sortes de soucis, ce genre de relâchements.

—Percy a passé du temps dans l'armée, renchérit Harry. Et il a déjà travaillé pour nous par le passé. Nous sommes camarades depuis un moment. Je le savais capable de se débrouiller.

—Il s'avère que je ne vaux pas grand-chose dans un combat contre le véronal, nuança Goddard. Ou le cognac. J'étais content de constater la disparition du coffre en remontant dans ma chambre, seulement après tout ce cognac, je me suis effondré sur mon lit tout habillé. Et réveillé dans ce fichu fort. Pas du tout ce que j'avais à l'esprit lorsque j'ai signé.

—Que va-t-il se passer maintenant ? demanda lady Hardcastle. Toute l'affaire est-elle réglée ?

—Plus ou moins. Il reste plus à rédiger le rapport. Et à capturer Gerber, bien sûr.

—Bien sûr.

—La prochaine fois que tu es impliquée dans une dispute avec quelqu'un, cependant, chère sœurette, pourrais-tu choisir une personne dont le nom est plus facile à épeler ? Par souci de secret, je dois rédiger les rapports moi-même et taper le nom de Günther… je ne sais déjà pas comment on fait le *Umlaut*.

—Je crois savoir qu'il faut casser des *Eier*, répondit lady Hardcastle.

—Des quoi ?

—Des œufs, expliquai-je avec un soupir. C'est allemand. « On ne fait pas d'*Umlaut* sans casser des *Eier.* » On ne vous apprend donc rien dans votre école de riches ?

—Vous, vous passez trop de temps au contact de ma petite sœur, Strongarm. Elle exerce une influence exécrable sur vous.

—Quels sont tes projets pour le reste de la journée ? lui demanda la petite sœur en question.

—On remballe et on rentre à la maison, répondit Harry. Il ne reste plus rien à faire ici. Je laisse mes gars à la chasse au Gerber et j'affecterai quelques autres officiers des Services spéciaux plus tard dans la journée.

—Bon, eh bien en dépit de ton affreuse monstruosité, c'est toujours un plaisir de te voir. Transmets mes sincères amitiés à ta pauvre épouse, je te prie. Et fais particulièrement attention à elle, maintenant qu'elle porte ma nièce ou mon neveu.

—Ça alors, mon vieux, félicitations ! s'exclama Goddard. Vous vous étiez bien gardé d'en parler.

—Ce n'est pas exactement le genre d'informations que je peux lâcher au milieu des conversations que nous avons eues récemment, lui fit remarquer Harry. Mais merci. Nous sommes tout excités.

La conversation s'engagea sur les bébés, les nurseries et autres sujets joyeux. À la fin de notre petit déjeuner, nous étions repus et considérablement plus détendus.

Nous fîmes nos au revoir aux messieurs et montâmes nous préparer pour une promenade… sur la promenade.

Le soleil avait fini par sortir, et avec lui les vacanciers. Hélas, toujours pas trace de la mer : l'étendue d'eau s'était aventurée sur le rivage vers 8 heures ce matin-là, mais je commençais désormais à penser que la voir enfin ne susciterait plus en moi qu'un sentiment mitigé. La promenade était bondée de visiteurs d'un jour, même un vendredi, et il y régnait presque une ambiance de carnaval. Les vêtements étaient plus légers, les chapeaux, plus gais, les crèmes glacées et les bulots, consommés avec plus de gourmandise (quoique pas ensemble, je me dois de le noter : pareil mélange constituerait un choix téméraire, même pour les voyageurs les plus gastronomiquement aventureux).

Nous payâmes notre passage sur la jetée et profitâmes d'un spectacle de Pierrot au théâtre. Sur le trajet du retour vers la rive, mon attention fut attirée par un mouvement d'agitation sur la promenade.

—Est-ce le bonhomme du théâtre de Guignol ? demandai-je.

Lady Hardcastle regarda dans la direction que je lui indiquais.

—Je crois bien, oui, confirma-t-elle. Il est emmené dans cette camionnette par… Oh, Fifre et Tambour, regardez. Ces petits gars sont décidément bien occupés. Sans doute était-il un agent étranger, lui aussi ? Ils sont nombreux dans la région.

—De plus en plus nombreux chaque jour, si l'on doit en croire les journaux, acquiesçai-je.

—Si l'on doit en croire Harry, il se pourrait que les journaux aient raison en évoquant le distant brouhaha du monde et tout ce qui s'ensuit.

—Enfin, en voici un de moins dans la nature.

—Un sous-fifre, cela dit, ma chère. J'étais certaine que nous en avions fini avec Gerber. Je n'aime pas l'idée de le savoir en vadrouille.

—Il a dû partir se terrer quelque part pour lécher ses plaies. Je ne pense pas qu'il nous causera d'autres soucis.

—Il n'est pas bien, toutefois. Mentalement, je veux dire. Dix années dans une geôle chinoise ont dû faire des ravages sur sa santé mentale, qui me semble affreusement ténue. Impossible de dire ce que son esprit troublé pourrait lui commander.

—Harry et ses hommes s'en chargeront, tentai-je de la rassurer.

—Je n'en doute pas. Y a-t-il autre chose que nous devions faire pendant que le temps est beau ?

—Les ânes, répondis-je sans hésiter. J'exige une promenade à dos d'âne.

—Vous avez monté les plus beaux chevaux d'Europe, me fit-elle remarquer.

—Et des poneys de cirque parfaitement domptés dans ma jeunesse, ajoutai-je. Et pourtant, je n'envisage rien de plus gracieusement enivrant aujourd'hui que de piétiner le sable en chevauchant un âne par une journée d'été ensoleillée. De préférence un âne du nom de Diego Fernandez. L'une de ses pattes avant devra être de couleur légèrement différente par rapport à l'autre, et il devra être enclin aux accès de mélancolie en songeant à la brièveté de l'été et à la fragilité du bonheur.

—Avec un faible pour les pommes ?

—Cuites en tarte. Et il boira de la bière, mais seulement le dimanche.

—Nous allons voir ce que nous trouvons.

—Je me contenterai d'un Dobbin ou d'une Doris, pour être honnête.

À mon grand plaisir, nous trouvâmes une adorable bête s'honorant du nom de Lady Perséphone et qui parut plus que ravie de m'emmener faire une tranquille balade sur la plage. Lady Hardcastle se joignit à nous sur Sir Algernon Fitzwarren, et nous posâmes sur nos fiers destriers pour un photographe balnéaire qui nous informa que notre photographie serait prête à être récupérée, dès le lendemain matin, dans sa boutique en ville.

Le temps que nous dégustions une énième pomme d'amour et explorions les merveilles mécaniques de la salle des machines à sous, le temps était venu de retourner à l'hôtel afin de nous attifer pour la soirée.

À ma grande surprise, tout le monde était prêt à 20 heures pile. Je n'eus pas besoin de menacer ni de cajoler lady Hardcastle, et Eleanora Wilson jaillit presque au sens littéral du terme de sa chambre, lorsque je frappai à la porte.

—J'en déduis que vous êtes prête ? lui demandai-je.

—Elle est en embuscade près de la porte depuis dix minutes, répondit Adelia alors que nous nous dirigions vers l'escalier. Nous sommes des gens simples, nous ne sortons guère.

—Y a-t-il beaucoup à faire à Annapolis ? s'enquit lady Hardcastle.

—Aucune idée, admit Adelia. Je ne sors guère.

—Nous allons bien nous amuser, confiai-je à Eleanora. Nous avons demandé à M. Nightengale de nous réserver une table près de celle du groupe.

—Les saints nous viennent en aide, marmonna Adelia.

Nous trouvâmes l'hôtel à quelques rues de la promenade. Il grouillait déjà de convives. Nous fûmes installées à notre table qui se trouvait, comme promis, juste à côté de l'estrade basse où trônaient déjà les instruments du groupe. Le serveur prit nos commandes et fila.

—Cette batterie me semble très familière, commentai-je.

—Une batterie, n'est-ce pas toujours une batterie ? demanda Adelia.

—L'on pourrait le croire, d'ordinaire, répondit lady Hardcastle, toutefois je comprends ce que veut dire Flo. C'est peut-être simplement que tous les batteurs de ragtime ont les mêmes instruments…

—Non, je reconnais la grosse caisse, insistai-je. Elle a une entaille dans le… dans le… eh bien, sur le truc arrondi du devant. Exactement comme celle de Skins, sauf qu'en général, il pose la sienne sur un support en hauteur. Et l'autre batterie aussi, il la place plus haut. On dirait que ce gars-là va s'asseoir par terre, hormis quoi le matériel ressemble bel et bien à celui de Skins.

—Nous ne tarderons pas à être éclairées, conclut ma patronne. Ils arrivent, je crois.

Et en effet, le groupe prenait lentement place. Ses membres discutaient entre eux, en partageant quelques rires et les dernières gorgées d'un verre de bière hâtivement camouflé, avant de s'installer chacun à son instrument. Le batteur, perché sur un tabouret bas, était bel et bien notre vieux camarade Ivor Maloney, dit « Skins ». Je tournai les yeux et là, au fond avec sa contrebasse, se tenait son comparse Bartholomew Dunn, dit « Barty ».

Eleanora se pencha vers moi.

—Connaissez-vous ce garçon à la batterie ? demanda-t-elle. Il est bel homme, non ?

—Ah vous trouvez ? Oui, il n'est pas mal, sans doute, si l'on aime les maigrichons. C'est Skins, l'un des musiciens dont nous vous parlions l'autre soir. J'ignorais complètement qu'ils seraient ici.

—Pourrez-vous me présenter ? Pensez-vous qu'il y verrait un inconvénient ?

—Il en serait ravi, l'assurai-je.

Le groupe se lança dans le premier morceau juste au moment où nos boissons et nos entrées arrivaient. Adelia grimaça. Je présumai que c'était dû à la musique, mais peut-être était-ce la blanchaille.

À la pause, Skins posa ses baguettes et attrapa Dunn par le col pour l'entraîner à notre table.

—Bonsoir, mesdames, lança-t-il. Quelle surprise ! Nom d'une pipe, mais que fabriquez-vous ici ?

À ce stade, Adelia avait l'air effondré.

—Pardon, madame, reprit Skins. Ivor Maloney, enchanté. (Il tendit sa main, qu'Adelia serra avec circonspection.) Mais vous pouvez m'appeler Skins, comme tout le monde.

—Bonsoir, cher Skins, dit lady Hardcastle. Nous sommes en vacances. Et voici nos nouvelles amies, Adelia Wilson et sa nièce Eleanora Wilson, d'Annapolis dans le Maryland, sur la baie de Cheapeake.

—Des Ricaines ! Ravie de vous rencontrer, par ma foi. Dis bonjour, Barty.

—Bonjour Barty, fit l'interpellé, qui tendit la main à son tour. Barty Dunn, contrebassiste.

Skins observait nos visages.

—Qu'est-il arrivé à vos faces ? Vous vous êtes frottées de trop près ?

—Longue histoire, répondis-je. Mais pour la faire courte, oui, en effet.

Il fronça les sourcils.

—Ne voulez-vous pas vous asseoir ? proposa Eleanora, qui n'avait pas quitté Skins des yeux depuis qu'il était descendu de scène.

—J'adorerais, répondit Skins. Mais la direction aime pas que les musiciens fricotent avec les clients. Pas classe, qu'ils disent. Un verre après le concert, peut-être ?

—J'aimerais beaucoup, accepta-t-elle.

—On se reparle plus tard. Lady H. Flo.

Il m'adressa une œillade chaleureuse et « la meilleure section rythmique de Londres » disparut par une porte dérobée pour rejoindre les autres musiciens.

—Il a l'air charmant, commenta Eleanora.

—Tu as à peine échangé dix mots avec lui, la gronda Adelia.

Eleanora sembla réfléchir un instant.

—Trente, corrigea-t-elle. Trente-cinq, en fait.

Adelia leva les yeux au ciel avec un « tsst-tsst » mécontent.

—C'est un garçon adorable, lui dis-je. Un peu brut de décoffrage, mais avec un cœur en or. C'est son comparse, dont il faut vous méfier.

—Un homme à femmes ? devina Adelia.

—Une fille à chaque spectacle.

—On se tient loin des musiciens, décréta la tante. Ils ne sont pas dignes de confiance.

Mais Eleanora ne nous prêtait pas la moindre attention. Pendant le reste de son repas et la seconde moitié de la représentation du groupe, elle dit à peine un mot et garda Skins sous stricte surveillance sitôt qu'il ressortit de l'arrière-salle.

Dès la fin du dernier morceau et après que le groupe eut profité des applaudissements enthousiastes de la nombreuse assemblée, elle s'excusa et s'en fut causer avec le batteur.

—Eh bien, ça ! s'exclama Adelia.

—Oh, laissez-la, dit ma maîtresse. On n'est jeune qu'une fois. N'aimeriez-vous pas à nouveau éprouver ces sentiments ?

Mais Adelia ne s'en laissait pas compter.

—Quel âge a-t-il ?

—Je ne sais pas trop, figurez-vous. Qu'en pensez-vous, Flo ?

—Je l'ai toujours considéré comme un jeunot, répondis-je. Vingt ans, peut-être ? Il joue la confiance en lui et l'effronterie, mais il y a quelque chose de juvénile chez lui. Son visage est poupin.

—Je le pensais plus vieux, cependant vous avez peut-être raison, convint lady Hardcastle. Il a eu un petit béguin pour Flo, à un moment donné, mais il semble que les braises se soient refroidies.

—C'est donc aussi un séducteur, déduisit Adelia.

—Loin de là, la détrompai-je. Il s'est toujours comporté en gentleman et avec beaucoup de gentillesse. Et voyant que je ne répondais pas à ses attentions, il a immédiatement fait marche arrière. Votre nièce n'a aucun souci à se faire.

Adelia soupira.

—Je ne sais pas pourquoi je m'affole, de toute façon. Nous serons dans le train-bateau avant qu'il ait eu le temps de ruiner sa réputation.

Je m'esclaffai en secouant la tête. Je m'apprêtais à ajouter quelques mots pour la défense de mon ami Skins, quand un hurlement retentit derrière nous. Des chaises raclèrent le sol et des couverts tintèrent. Des hommes crièrent. Une autre femme hurla.

—Que diab… commença Adelia en regardant autour d'elle. Où est Eleanora ?

—Skins l'emmène dans l'arrière-salle avec le groupe, indiquai-je en me levant pour contourner la table. On dirait qu'il y a du grabuge.

Je fis signe à lady Hardcastle et Adelia de m'aider : mettre un bon morceau de bois entre nous et le grabuge me semblait une idée adaptée à la situation.

Quand les clients proches de l'entrée principale s'éparpillèrent, nous pûmes enfin voir la cause de l'agitation, debout près de la porte, toujours pieds nus et sa chemise en lambeaux sous son caban boueux : Jakob Gerber. Il avait les cheveux collés au crâne par le sang séché. Balayant la salle du regard, il me vit et se remit à brailler – un mélange rauque et inintelligible de jurons en allemand et de rage incohérente. Puis il avança vers nous en traînant la patte à cause de son pied cassé. Un jeune homme costaud se planta devant lui pour s'interposer, mais Gerber sortit un grand couteau de pêcheur de sa ceinture et le jeune homme recula.

—Hardcastle ! rugit Gerber.

—Oh, pour l'amour du ciel, maugréa ma patronne. Quoi encore ? Nous essayons de dîner tranquillement.

Il recommença à brailler en avançant par saccades de quelques pas supplémentaires. Un autre homme voulut se précipiter vers lui, mais lady Hardcastle l'en empêcha.

—Non, lança-t-elle d'une voix sonore. Laissez-le. C'est après moi qu'il en a.

L'air perplexe, l'homme réagit toutefois au ton sans appel de ma maîtresse en reculant lui aussi.

À ce stade, Gerber nous avait presque rejointes, seule la table se dressait désormais entre nous. Il parut déstabilisé. Comment allait-il nous atteindre ? Même avec ses idées embrouillées, il dut se rendre compte que tenter de se précipiter autour de l'obstacle ne ferait que nous embarquer dans un spectacle proche du music-hall, avec lui qui nous courrait après et nous qui tournerions en rond. D'autant qu'affligé d'un pied blessé, il ne pouvait guère envisager de courir.

—Est-ce lui ? demanda Adelia.

—Lui quoi ? répliqua lady Hardcastle.

—Le gars qui a enlevé Eleanora.

—Oh oui, c'est bien lui. Pourquoi ?

—Juste pour être sûre.

Au moment où Gerber prit une décision et attrapa une chaise inoccupée, sans doute afin de grimper sur la table et de nous attaquer par une position de surplomb, un coup de feu retentit. Dans la salle bondée, le son fut beaucoup plus assourdi que je l'aurais imaginé, toutefois il s'agissait assurément d'un pistolet. Gerber s'écroula, tué d'une balle dans l'œil. Et une autre femme hurla.

Faisant volte-face, je découvris Adelia Wilson en train de glisser un Colt Vest Pocket dans sa pochette de soirée.

—Nous ferions mieux de partir d'ici avant qu'ils se rendent compte de ce qui vient de se passer, dit-elle. Pensez-vous que cette autre porte nous conduira dehors, au bout d'un moment ?

Nous la suivîmes dans l'arrière-salle avant que quiconque ait eu le temps de songer à nous en empêcher.

Les membres du groupe étaient encore là, traînant leur angoisse sans trop savoir qu'en faire, et nous entraînâmes au passage une Eleanora furieuse et déçue d'abandonner Skins, pour la pousser vers la porte donnant sur l'extérieur.

—Que se passe-t-il ? lança-t-elle.

—Nous vous raconterons plus tard, lui répondis-je. Skins ? Ravie de vous avoir revu. Nous sommes encore au Steep Holm View pour deux jours, et puis nous rentrons à la maison. Vous avez le numéro.

—Oui, mais…

—Vite, vite, ma chère, m'enjoignit lady Hardcastle en me tirant par le bras. Il faut vraiment que nous sortions maintenant.

Skins me tendit une carte au moment où ma patronne nous poussait dehors.

—Que se passe-t-il ? répéta Eleanora. Qu'est-ce que c'était que tout ce brouhaha ? Où allons-nous ? Quand vais-je revoir Skins ?

—Gerber est venu à l'hôtel, lui dis-je, tout en lui tendant la carte de Skins.

Elle s'immobilisa.

—Ici ? Lui ?

Je lui repris le bras.

—Tout est sous contrôle. Il n'y a absolument aucune raison de vous inquiéter, cependant nous devons nous rendre dans un lieu qui n'est pas ici.

—« Sous contrôle » ?

—Nous pourrons en discuter plus tard, intervint Adelia. Pour l'instant, mademoiselle Armstrong a raison : nous devons partir loin et aussi vite que possible.

—Mais pourquoi ? Que se passe-t-il ?

Sans prendre la peine de lui répondre, nous nous mêlâmes à la foule des promeneurs tardifs, qui profitaient de la soirée d'été. Bien qu'il soit minuit passé, le soudain changement de météorologie avait fait sortir pas mal de gens, ce qui nous convenait parfaitement. Un attroupement ayant commencé à se former devant l'entrée de l'Arundel, nous parvînmes à nous éclipser sans être remarquées. Deux policiers, sifflet à la bouche, nous croisèrent en courant et, quand ils atteignirent l'hôtel, nous avions déjà tourné au coin de la rue, hors de vue et en route pour notre hôtel.

Nous tentâmes de convaincre Adelia de se joindre à nous devant un verre calmant avant de se retirer, mais elle ne se laissa pas détourner : elles devaient gagner directement leur chambre. Nous les laissâmes faire à leur guise. Ressentant encore les effets des événements de la nuit passée, j'étais moi aussi assez partante pour monter dormir.

Il faisait encore nuit quand, quelques heures plus tard, je fus réveillée par quelqu'un qui tambourinait à la porte de ma chambre. Toutefois, je n'étais pas assez éveillée pour réagir avant que les coups ne recommencent, cette fois à la porte de lady Hardcastle. Je sortis péniblement du lit et passai dans sa chambre, où elle essayait encore vaguement de remonter à la surface d'un profond sommeil.

—Voyez qui c'est, voulez-vous, ma chère ? me dit-elle. Et dites-leur de revenir au matin.

Je déverrouillai et ouvris la porte sur les hommes des Services spéciaux de Harry, plantés dans le couloir.

—Où est-elle ? demanda M. Gaucher.

—Où est qui ? répondis-je, l'esprit encore bien embrumé.

—Bon sang, vous savez très bien qui, rétorqua-t-il. Où est-elle ?

Voilà qui aida un peu à éclaircir le brouillard.

—Non, je ne sais pas de qui vous parlez, sans quoi je n'aurais pas posé la question. Lady Hardcastle est là, dans sa chambre. Est-ce elle dont vous parlez ?

—Bien sûr que non, bon sang. Poussez-vous.

Je ne bougeai pas.

Il tendit le bras pour m'écarter *manu militari*. Je changeai de pied d'appui, le saisis par le poignet et tirai. Alors qu'il tombait, je le frappai à la joue de ma paume ouverte et terminai l'affaire en le faisant pivoter sur le dos. Il atterrit avec un « Ooouuf ! » et resta allongé là un moment, le souffle coupé.

M. Droitier était toujours dans le couloir.

—Veuillez excuser mon collègue, dit-il. Il peut se montrer un peu irascible. Je ne cesse de lui répéter qu'il va s'attirer des ennuis, mais il ne m'écoute pas. Nous cherchons l'espionne américaine, Adelia Wilson.

—Elle est dans sa chambre, lui répondis-je.

—Eh bien justement, voyez-vous, elle n'y est pas. Pas plus que sa charmante jeune nièce. Leurs bagages, en revanche, sont toujours là. Du moins, nous présumons qu'il y a tout – l'on ne sait jamais avec les dames, vous voyagez avec tant d'affaires. En revanche, aucune trace des dames elles-mêmes. Après l'agitation de l'autre soir, nous avons pensé qu'elles pourraient être avec vous. Puis-je ?

Il désigna la chambre.

—Je vous en prie, mais elles ne sont pas là.

M. Gaucher tenta de se relever, mais je lui assénai un coup de pied qui l'en dissuada.

—Pas vous, ordonnai-je. Restez ici, vous n'êtes pas invité.

M. Droitier procéda à une fouille rapide mais complète, sans oublier l'intérieur des armoires, le dessous des lits et le derrière des rideaux. Il s'en retourna à la porte.

—Je suis vraiment navré du dérangement, conclut-il. Si vous les voyez, merci de leur dire que nous aimerions nous entretenir avec elles.

—Nous en référerons à M. Featherstonhaugh, acceptai-je.

—Faites donc cela. Allons, fit-il en se penchant pour aider M. Gaucher à retrouver la position verticale. Debout, debout. Dis bonne nuit aux gentilles dames.

Ils s'en allèrent et je refermai à clé derrière eux.

—Elle se sera réfugiée à l'abri de son ambassade avant qu'ils aient compris ce qui s'est passé, déclara lady Hardcastle.

—C'est ce que nous ferions à sa place, convins-je. Pour le coup, la police a été appelée, il y a donc peu de chances que l'affaire soit étouffée. Elles vont être mises dans le prochain bateau pour l'Amérique. Pauvre Ellie ! Je pense qu'elle avait très envie de voir l'Europe.

—C'est ainsi, conclut-elle, avant de consulter le réveil de voyage près de son lit. Grand Dieu, il n'est que 2 heures du matin. Allez-vous réussir à vous rendormir ?

—En tout cas, je vais assurément essayer, répondis-je.

Au bout du compte, la chose ne demanda guère d'efforts et je dormis du sommeil du juste jusqu'à 9 heures du matin.

18

Le dimanche matin, nous fîmes une dernière sortie le long de la promenade, où j'eus enfin droit à ma première vue sur la mer. Après avoir passé tant de temps à me plaindre de son absence, je décidai d'en profiter comme il se devait. Je laissai donc lady Hardcastle tenir mes bottines retirées à la hâte, mes bas, je soulevai mes jupons et allai patauger. L'eau était d'une froideur douloureuse, toutefois je parvins à l'endurer quelques minutes avant de revenir en courant récupérer mes chaussures auprès de mon employeuse amusée.

Nous quittâmes le Steep Holm View cet après-midi-là. M. Hillier se montra d'une déférence supérieure à la normale : non content d'effacer dans sa totalité l'ardoise correspondant à notre semaine de séjour, comme il l'avait promis, il offrit aussi à lady Hardcastle un chèque d'une somme faramineuse.

—Vous avez épargné un terrible scandale à l'hôtel, expliqua-t-il. Les propriétaires vous sont on ne peut plus reconnaissants.

—Non, vraiment, je ne puis accepter, répondit-elle. Tout cela n'était que routine. Et puis, nous avons tout de même échoué à empêcher la mort de quatre hommes.

—Tout en sauvant d'autres vies, argua-t-il. De toute évidence, ni les propriétaires ni moi ne sommes au courant des détails de ce qui s'est déroulé ici, mais M. Featherstonhaugh a insisté pour me faire signer des documents très officiels où j'ai juré me conformer au secret le plus strict. J'en suis réduit à conjecturer que les événements de la semaine écoulée revêtent une signification bien spéciale en matière de sécurité nationale, or nous, au Steep Holm View, sommes très fiers de contribuer à ce que notre pays vive en paix.

—Dans ce cas, je vais accepter votre offre généreuse, concéda ma patronne. À la condition que vous partagiez ceci entre les membres du nombreux personnel qui a contribué à l'agrément de notre séjour.

Elle lui tendit une enveloppe scellée.

—Merci, madame. Mais j'exclurai Ribble et Kibble. Je reste assez agacé par leur subterfuge.

—Non, même Ribble et Kibble. Pour des poulets, ils font des serveurs d'une exceptionnelle qualité. Ils sont allés au-delà de leurs attributions en tant qu'observateurs pour le compte de mon frère et d'ersatz de garçons de salle pour vous. S'il vous plaît, veuillez les inclure à mon geste.

—Comme vous le voudrez. Y a-t-il autre chose que je puisse faire pour vous ?

—Je ne pense pas. Brine a-t-il tout chargé dans l'auto ?

—Absolument, madame.

—Alors nous allons prendre la route. Merci pour cette semaine des plus intéressantes.

Sur ce, nous partîmes. Le trajet du retour à la maison fut radieux, au point que j'en vins à regretter l'ouverture dont nous profitions auparavant avec la Rover 6 et son toit décapoté.

—Lord Riddlethorpe continue-t-il de travailler sur les aménagements des automobiles ? demandai-je. Ou Phyllis est-elle le modèle ultime ?

—Je pense que c'est un ouvrage en cours, répondit ma maîtresse. Pour être honnête, je ne crois pas qu'elle se vendra jamais. Trop extravagante. Pourquoi cette question ?

—Je pensais juste qu'il serait merveilleux de pouvoir rouler par ici avec le vent dans nos cheveux.

—Vous êtes donc en faveur du toit décapotable, tout compte fait ? Je croyais que l'habitable clos vous enchantait.

—C'est le cas : je n'ose imaginer ce qu'aurait été notre trajet jusqu'à Brean par cette tempête, si nous n'avions pas eu de toit. En revanche, je me demande s'il ne serait pas plus amusant de ne pas en avoir, parfois.

—J'ajouterai cela à mon rapport, promit-elle. Oh, ça alors, regardez ces moutons !

Docile, je regardai les moutons. Qui n'étaient que des moutons, avec toutefois quelque chose de réconfortant dans la normalité bucolique du spectacle qu'ils offraient et je comprenais tout à fait pourquoi ma maîtresse avait tenu à me les faire remarquer. Le moment désagréable était passé, il y avait des moutons dans les champs et tout était bien qui finissait bien.

Il ne s'écoula pas longtemps avant que nous traversions le pont suspendu de Brunel, au-delà duquel nous laissions le Somerset. Nous poursuivîmes au gré des rues de Bristol, attirant moult regards admiratifs, médusés et agacés dans des proportions à peu près égales.

Le voyage jusqu'à Gloucester se fit sans heurt – après tout, nous étions un dimanche après-midi – et nous ne tardâmes pas à nous engager sur la route de Littleton Cotterell. Un match de cricket était en cours sur le terrain du village et je crains que nous n'ayons été signalées par le commentateur comme « auto à moteur : interruption du jeu », quand les membres des deux équipes s'arrêtèrent pour nous regarder passer. Lady Hardcastle les gratifia d'un signe de la main et nous poursuivîmes notre chemin ronronnant dans l'allée qui menait à la maison.

Edna et Miss Jones avaient été prévenues de notre retour « dans la journée de dimanche », mais avec la consigne de ne pas se soucier de nous attendre. Nous fûmes ravies de trouver les volets ouverts, de la nourriture dans le garde-manger et des fleurs fraîches dans les vases.

C'est un plaisir de s'en aller, mais il est encore plus merveilleux de rentrer chez soi.

Nous étions en train de déjeuner, le lundi suivant, quand la cloche de la porte retentit. Lady Hardcastle m'expliquait une idée qu'elle avait eue d'un nouveau mécanisme d'ouverture de l'obturateur de sa caméra d'animation.

—Oh, mais vraiment, s'agaça-t-elle, qui rend visite aux gens à l'heure du déjeuner ? Ces importuns ne savent donc pas que j'aime pérorer en mangeant ?

—C'est un mystère, ironisai-je. Je vais tout de même aller ouvrir.

C'était Harry.

—Bonjour, monsieur Feather-stone-huff, l'accueillis-je à mon habitude. Je vous en prie, entrez donc.

—Bien le bonjour, Strongarm. C'est fort joli, ici. Emily est là ?

—Absolument. Nous sommes à table, mais je ne doute pas qu'elle sera ravie de vous voir. Souhaitez-vous que je demande à Miss Jones de vous préparer quelque chose ?

—Par ma foi, volontiers. Je suis affamé.

Je lui montrai le chemin de la salle à manger et m'en allai à la cuisine demander à Miss Jones si elle voulait bien garnir une assiette pour Harry.

Sur quoi, je les rejoignis et trouvai ma patronne encore en train d'essayer de décrire à son frère son gadget de caméra.

—… et donc, vois-tu, je pourrais prendre une photo sans avoir à bouger de ma table.

—Ton ingéniosité ne connaît pas de limites, commenta Harry.

—L'on fait de son mieux. Voilà Flo. Harry a des nouvelles, ma chère.

Je m'assis.

—Effectivement, renchérit Harry. J'ai pensé que vous aimeriez savoir ce que nous avons découvert depuis notre dernière discussion.

—Nous savons que les Wilson ont pris la poudre d'escampette, commençai-je.

—Et nous savons que tes hommes, Darby et Joan[1], ont débarqué peu après dans ma chambre, enchaîna ma maîtresse.

1 « Darby et Joan » est une expression désignant un couple marié qui se contente de partager une vie tranquille de dévotion mutuelle.

—Oui, toutes mes excuses. J'ai eu un mot avec eux. Browlow ne portera pas plainte, au passage, il ne tient pas à avouer qu'il a été mis à terre par une femme.

—Browlow ? répétai-je.

—Oups. Le gars le plus expérimenté s'appelle Perlman, pour ce que cela vaut.

—S'il refuse de l'admettre, comment êtes-vous au courant ? voulus-je savoir.

—Oh, il n'a rien dit, mais Perlman a trouvé l'affaire hilarante : je n'arrivais plus à le faire taire. Mais bref, il y a eu d'autres développements. J'ai dû interrompre quelques personnes pendant la prière hier, et en tirer quelques autres du lit, mais nous avons réussi à pister les Wilson jusqu'à l'ambassade américaine.

—Au moins sont-elles saines et sauves, commentai-je. Mais comment sont-elles parvenues à gagner l'ambassade à cette heure de la nuit ?

—Nous penchons pour un voyage dans un wagon postal. Elle est maligne, notre Adelia.

—J'ai l'impression qu'elle joue la vieille fille moralisatrice de la même manière que je joue le papillon étourdi en société, fit remarquer lady Hardcastle. Tu ferais bien de la garder à l'œil.

—Oh, nous n'y manquerons pas. Tout comme les Américains vont te garder à l'œil, ma vieille. Ma source à l'ambassade a entendu chanter tes louanges en haut lieu. Adelia Wilson, semble-t-il, ne tarissait pas d'éloges.

—C'est adorable. As-tu eu des nouvelles de quelqu'un d'autre ?

—Pas la moindre. Je sais qu'on était dimanche, mais les ambassades et consulats londoniens se sont montrés inhabituellement silencieux, même un jour de sabbat.

J'ai pourtant des oreilles partout en ville. Nos amis se taisent et nos ennemis, encore plus. Tous sauf l'Allemagne impériale, je veux dire. Là, on se montre très craintif. Les noms d'Ehrlichmann, Gerber et Hardcastle circulent, me dit-on.

—Je ne suis guère surprise de l'entendre, répondit lady Hardcastle. Quelle pagaille ! Ils avaient laissé tomber, pour Gerber, et complètement perdu sa trace. Tes gars ont été bien plus efficaces pour le garder à l'œil. Les Allemands étaient-ils au courant de ce qui se passait ?

—Difficile à dire, convint Harry. Il est assez dur de savoir ce qui se passe chez nos amis allemands à Carlton Terrace, toutefois la vérité fera surface en temps voulu, je n'en doute pas.

—Un procès sera-t-il intenté à Adelia pour avoir tué Gerber ? voulus-je savoir.

—Nous nous assurons que non, répondit Harry. Les gars de la gendarmerie du Somerset mènent l'enquête, mais, bizarrement, ils n'ont aucun témoin.

—Aucun ? s'étonna ma patronne. Pourtant des dizaines de personnes ont assisté à la scène.

—Néanmoins lorsqu'il a été abattu, tous les yeux étaient tournés vers lui. Nul n'a vu l'arme, ni la personne qui a tiré. La police voulait vous parler à toutes les deux… Il s'avère que presque tout le monde sur place a compris qu'il était venu pour toi, sœurette.

—Je le leur ai dit moi-même. J'ai dû empêcher un jeune fou de jouer les héros.

—En effet, raison pour laquelle ils aimeraient savoir ce que tu pourrais avoir à dire. Quoi qu'il en soit, nous leur avons suggéré de te ficher la paix. Poliment, bien sûr, mais fermement. Nous avons arrondi les angles avec la direction de l'Arundel aussi. Je suis sûr que le chef de la police locale ne manquera pas de s'offusquer, et lui aussi sera poliment mais fermement incité à lâcher l'affaire. Pas par moi, cependant, je confierai la tâche à plus haut placé, avec un immense plaisir.

—Donc tout est vraiment fini, dis-je.

—Eh bien, presque.

—Que peut-il bien y avoir d'autre ? s'enquit lady Hardcastle. Je trouve que nous avons plutôt bien nettoyé ton bazar. Il ne reste assurément plus rien en suspens.

—Rien en suspens, acquiesça-t-il. Mais… eh bien… voyons… tu sais…

—Crache le morceau, mon chéri.

—Eh bien il se trouve, ma vieille, que tes efforts ne sont pas passés inaperçus et qu'ils ont été appréciés. C'était d'ailleurs plus ou moins le but recherché quand je me suis assuré que tu descendes au Steep Holm View.

—Je me demandais quand tu allais enfin l'avouer.

—L'avouer… ? Tu savais que je t'avais envoyée là-bas exprès ?

—Tout à fait, mon cher frère. Tu es un garçon fort intelligent, cependant tu peux aussi être quelque peu transparent parfois. Au passage, je te conseille de surveiller cette tendance, lorsque tu évolues dans ton monde. Mais bref, tu ne t'attendais tout de même pas à ce que nous prenions pour une coïncidence la survenue de tous ces événements précisément dans l'hôtel où nous séjournions au moment où nous y séjournions, si ? Je sais que nous nous épanouissons assez dans l'improbable, mais enfin là, c'était beaucoup plus improbable que ce à quoi nous sommes accoutumées, j'en ai bien peur. (Harry semblait tout bonnement dépité.) Oh, ne prends donc pas cet air morose. Tu peux encore nous éblouir avec les détails de l'affaire. Comment, par exemple, as-tu réussi à t'arranger pour que nous descendions dans cet hôtel ? Il nous était recommandé par Gertie Farley-Stroud.

—Et qui le lui avait recommandé, à ton avis ? lança-t-il, un peu requinqué. Tu avais déjà annoncé à Jake que tu envisageais un séjour à Weston-super-Mare, alors j'ai programmé toute l'installation autour de tes projets. Il me fallait quelqu'un de fiable à l'intérieur. Ribble et Kibble étaient sur place juste pour le cas où, mais toi, tu serais mes yeux et mes oreilles. Je n'avais pas trouvé le moyen de t'inciter à aller au Steep Holm View, mais dès que tu as questionné cette brave Gertie, j'ai sauté sur l'occasion. J'ai demandé à Jake de l'appeler au sujet de quelque action caritative, en lâchant l'information comme par hasard dans la conversation. J'avais d'autres idées, évidemment, mais celle-ci a fonctionné.

—Et comment savais-tu que j'avais parlé à Gertie ?

—De la même manière que je savais que tu avais essayé de me joindre depuis l'hôtel : grâce à des écoutes.

—Des écoutes ? répéta-t-elle, une note d'admiration dans la voix. Par ma foi, bien joué.

—Nous sommes espions, ma vieille. C'est notre métier.

—Et ton télégramme ? Tu me disais de ne pas intervenir. Et si ton conseil s'était retourné contre toi ?

—Je te connais depuis toujours, ma chère sœur. Il n'est pas plus sûr moyen de t'inciter à faire quelque chose que de t'enjoindre de ne pas le faire.

Elle pesta.

—Quelque chose me taraude depuis un moment, intervins-je. Comment Gerber a-t-il su ce qui se passait à l'hôtel ? Avait-il quelqu'un sur place ?

—Pardon, répondit Harry, j'aurais dû vous en parler. Le gars du spectacle de Guignol travaillait pour le gouvernement italien depuis des années. Des relations familiales à Rome. Gerber le savait et il se servait de lui comme source d'information. À l'instar de certains autres, du reste.

—Les Russes étaient au courant, oui, acquiesçai-je. Kouznetsov avait indiqué la localisation du théâtre de Guignol sur sa petite carte de soie.

—Oui. Et à son tour, l'artiste payait l'une des domestiques. Nous l'avons pincé, sans être effectivement en mesure de l'accuser de quoi que ce soit : il n'a révélé aucun secret d'État et être une fouine n'est pas un crime. Alors nous lui avons flanqué la peur de sa vie et promis de le garder à l'œil. Nous avons fait en sorte que l'information fuite aussi auprès de l'ambassade italienne.

—Je lui ai toujours trouvé quelque chose de sinistre, à ce gars du Guignol, convins-je.

—Et la domestique ? voulut savoir lady Hardcastle. Laquelle était-ce ?

—Myra. Nous l'avons laissée. Après tout, elle n'a rien fait que les chambrières d'hôtel ne fassent depuis la nuit des temps. Mais peu importe. Il n'y a pas que nos cousins des colonies de Victoria Street qui chantent tes louanges, tu sais. J'ai aussi entendu deux ou trois refrains approbateurs chantonnés par des personnages haut placés à Whitehall. À propos de vous deux, d'ailleurs. Et… vois-tu… ils m'ont demandé de te demander…

—Non, le coupa-t-elle d'une voix ferme. Absolument pas. J'ai pris la décision il y a deux ans de reléguer toutes ces aventures dans le passé, notamment les coups dans la face avec des crosses de pistolet et les poursuites par des déments armés de couteaux. Les événements récents ont simplement servi à me convaincre que ma décision de me retirer était frappée au coin du bon sens. Je n'ai que quarante-deux ans, mon chéri. J'espère avoir de longues années de vie tranquille, villageoise et excentrique devant moi, et je suis plutôt encline à penser que ces espoirs seraient brisés si je mettais ma vie en péril en retournant au service du gouvernement.

—Je comprends, admit-il. Seulement à présent, le Bureau est bien différent de ce que tu as connu. Nous avons un budget, désormais. Modeste, je l'admets, cependant nous sommes dotés. Tu jouirais d'un soutien idoine. Ton pays a besoin de toi.

—Vous devriez inscrire cela sur l'une de vos affiches de recrutement. Ce n'est pas exact, néanmoins : mon pays peut tout à fait se passer de moi.

—Promets-moi au moins d'y penser, insista-t-il. J'ai mentionné les nuages d'orage, plus tôt : nous vivons vraiment des temps troublés. Je te poserai encore la question.

—Comme le dit souvent Flo, mon cher frère, je ne m'offenserai point si tu continues de demander, du moment que tu promets de ne pas t'offenser lorsque je continuerai de refuser.

—Et vous, Flo ? Reprendre du service actif ne vous tenterait pas ? L'excitation, le suspense. Effectuer un travail vital pour votre pays. Tout cela doit vous manquer.

—Non, Harry, répondis-je. (Il ne m'appelait presque jamais Flo.) Pas du tout.

—Vous comprenez sans doute combien c'est important. Nous avons besoin de vous, toutes les deux.

—Je suis d'accord avec lady Hardcastle. J'ai été capturée, ligotée, frappée et on m'a tiré dessus plus de fois que je n'ose en compter – les occurrences les plus récentes remontent juste à la nuit de jeudi dernier. J'ai même été la cible d'une tentative d'agression par l'un de vos hommes… des hommes avec qui je serais amenée à travailler. Non, décidément, j'ai fait ma part pour le roi et le pays.

Harry poussa un soupir.

—Très bien. Je n'insisterai pas plus pour aujourd'hui.

Sur ces entrefaites, Miss Jones arriva avec le déjeuner de Harry et nous reprîmes le déroulé de noter repas. Lady Hardcastle redirigea la conversation vers les préparatifs liés à l'arrivée du divin enfant Featherstonhaugh, sujet sur lequel Harry montra une ignorance crasse.

—J'ai été quelque peu distrait, avoua-t-il. Tu sais, avec le boulot, etc. Jake a tout bien en main, cela dit. Les entretiens d'embauche des nurses. Les plans pour convertir certaines pièces en nursery, à faire approuver par le propriétaire. Les maçons et les décorateurs à embaucher. Je suis sûr que tout sera formidable.

—Je n'en doute pas, renchérit sa sœur. Toutefois, tu devrais y accorder plus d'intérêt. Père avait beau être très occupé, il trouvait toujours du temps à nous consacrer.

—Tu as raison. Comme d'habitude. Tu sais que tu es très agaçante, parfois ?

Il repartit peu après le déjeuner, expressément chargé de transmettre nos amitiés à lady Lavinia et de nous donner des nouvelles de la famille sans tarder. Nous savions qu'il aurait oublié avant d'avoir fini de tourner la manivelle de son moteur mais, de toute façon, lady Hardcastle ne manquerait pas de téléphoner régulièrement à lady Lavinia.

Nous passâmes le reste de la journée à nos occupations habituelles : ma patronne en mettant la pagaille à l'orangerie et moi, en terminant de défaire les bagages.

Le samedi 16 juillet était la fête du village de Littleton Cotterell. Lady Hardcastle ayant été cooptée par le comité d'organisation en février, elle avait presque dû supplier pour pouvoir prendre une semaine de vacances à Weston, alors que le grand jour était tout proche. Mais comme elle était surtout responsable du concours de peinture, ses efforts de coordination ne furent guère requis que la semaine précédant l'événement.

Je passai pour ma part la majeure partie de ladite semaine à ériger des étals et à diriger une armée d'enfants dans la confection des décorations. Bannières et banderoles furent sorties du grenier de la halle du village et les travailleurs de toutes les fermes environnantes se virent accorder du temps pour aider à les accrocher.

Je caressai aussi quelques poils dans le mauvais sens en offrant des conseils sur une installation plus flatteuse des diverses attractions.

Mlle Grove, la gouvernante habituellement affable du vicaire, m'agita sous le nez la feuille qui portait un plan au crayon de l'installation en question.

—Mais tout a déjà été décidé, m'indiqua-t-elle. Le vicaire ne sera pas content. Vous auriez dû proposer ces idées devant le comité.

—Comme vous voudrez, répondis-je. J'essayais juste d'aider.

Lady Farley-Stroud, cheffe du comité organisateur, avait entendu notre échange.

—Qu'y a-t-il, Miriam ? s'enquit-elle. Que se passe-t-il ?

—Mlle Armstrong suggérait des modifications dans l'emplacement des étals, madame, répondit Mlle Grove. Et je lui expliquais que tout avait déjà été décidé voici des mois. Que l'on ne pouvait plus changer maintenant.

—Quelles sont ces suggestions, Armstrong ? me demanda lady Farley-Stroud.

Je lui expliquai mon idée de faire mieux circuler les visiteurs vers les étals moins en vue en déplaçant quelques bricoles et en changeant l'allée qui courait entre eux.

—Cela réduirait l'encombrement devant le chamboule-tout, conclus-je, un doigt tendu vers le plan. Et les gens passeraient devant le bric-à-brac de Mme Spratt en se rendant au chapiteau pour les concours. Si le chapiteau ne peut pas être déplacé, en revanche ce stand-ci, oui, aisément, et celui-ci aussi.

—Par ma foi, vous avez raison, convint lady Farley-Stroud. Vous savez, Miriam, elle a raison. Il faut toujours faire confiance à la parole d'une experte.

—Une experte ? s'étonna Mlle Grove.

—Une enfant de la balle, élevée dans un cirque, expliqua lady Farley-Stroud. Elle en connaît un rayon pour ce qui est de délester les braves gens de leur argent. Je ferais comme elle suggère, si j'étais vous. C'est pour la bonne cause.

Non sans renâcler, Mlle Grove s'en alla faire déplacer les installations. Enfin, le jour de la fête arriva et nous nous rendîmes sur la place du village bien en avance. Ma patronne vérifia que ses bénévoles notaient correctement les œuvres d'art des villageois à mesure de leur arrivée, s'assurant qu'ils avaient bien compris comment tout afficher.

Je me mis en quête de mon amie Daisy.

—Ohé, Daisy !

—« Ohé », maintenant ? fit-elle. Qu'est-ce qui est arrivé à ton charabia gallois ? Tu t'es encore acoquinée avec les snobs ?

—Je m'acoquine toujours avec les snobs, Daisy, tu me connais. Alors, qu'est-ce que tu as de prévu pour aujourd'hui ?

—Je sais plus où donner de la tête, par ma foi. Not' m'man tient son étal de vieilleries.

—Bric-à-brac, corrigeai-je.

—Appeler les vieilles affaires des autres un « bric-à-brac », ça les rend pas plus spéciales pour autant, me fit-elle remarquer. Not' p'pa s'occupe de la tombola. Et le Vieux Joe tient la tente à bière. Pourtant, le pub est pas loin, je me demande pourquoi il s'échine à rouler des tonneaux jusqu'ici, quand il pourrait se contenter d'ouvrir le pub. Mais bref, ils veulent tous que je leur donne un coup de main. Je vais pas avoir un moment à moi.

—Ma pauvre !

—Et toi, tu fais quoi ?

—Aujourd'hui ? Rien. J'aiderai lady Hardcastle pour le concours artistique tout à l'heure, autrement j'ai ma journée.

—Ils ont bien de la chance, les gens de la haute, ironisa-t-elle. Bon, vaut mieux que je file. Joe va avoir besoin que je lui apporte des verres. On se voit plus tard ?

—Je viendrai te chercher au prétexte d'un besoin urgent, on en profitera pour essayer ce nouvel amusement, le cerceau.

Elle m'adressa un salut de la main en se hâtant vers la tente à bière.

L'après-midi venu, la place était bondée. Tout le monde était sur son trente-et-un et d'une humeur festive. Les gens étaient venus en chariot ou charrette des fermes et des villages environnants, pour profiter d'un après-midi de jeux et de soleil.

Je me tenais près du chamboule-tout, à admirer le succès de ma révision en matière de disposition des étals, quand lady Hardcastle émergea du chapiteau. Elle scruta la foule un moment avant de me repérer, puis s'avança à grands pas.

—Comment se porte l'empire ? me demanda-t-elle.

—Tout le monde a l'air de bien s'amuser, répondis-je.

—Tout m'a l'air très bien organisé, cette année. J'aime bien la nouvelle disposition.

Je souris.

—Comment se passe le concours d'œuvres d'art ?

—Je suis assez surprise, pour vous dire la vérité. Je m'attendais à quelques aquarelles insipides et à une paire de croquis au fusain du chat de la famille, mais les bonnes gens de Littleton Cotterell ont beaucoup plus de talent que je ne l'imaginais. Les délibérations ne seront pas faciles.

—Quand les prix sont-ils attribués ?

—Pas avant 18 heures, après les courses, ce qui nous laisse pas mal de temps pour faire un tour, si vous voulez.

Je remportai une noix de coco au chamboule-tout – lancer une balle étant légèrement moins compliqué que lancer un couteau. Et lady Hardcastle gagna un pot de bonbons à la menthe au tirage de la tombola.

Nous nous arrêtâmes ensuite devant un étal tenu par sir Hector Farley-Stroud, époux de la présidente du comité et bon ami de ma patronne.

—Bonjour Emily, lança-t-il avec bonne humeur. Comment ça avance, la barbouille et la gribouille ?

—Mieux que prévu, merci, Hector.

—Et le bonjour à vous aussi, mademoiselle Armstrong, ajouta-t-il. La *mensahib* chante vos louanges partout dans le village. Elle adore la façon dont vous avez réarrangé les étals. Oui, elle adore. Vous feriez bien de vous préparer à être débauchée par le comité l'an prochain, tiens.

Lady Hardcastle m'adressa une expression interrogatrice, à quoi je me contentai de répondre par un autre sourire.

Au premier abord, le stand de sir Hector semblait l'un des moins inspirants. Il se tenait derrière une table sur tréteaux, recouverte d'un drapeau de l'Union. Au milieu de la table, une grosse boîte ouvragée, fermée par de solides bandes de fer forgé. Je vérifiai la banderole au-dessus du stand, qui ne portait rien de plus qu'un point d'interrogation soigneusement peint.

—De quoi s'agit-il, Hector ? lui demanda ma maîtresse.

—Je suis content que vous posiez la question, ma chère. Ce que vous voyez devant vous est le trésor du raja des Sept Plaines. Dans les Indes anciennes, voyez, le raja dirigeait les alchimistes de sa cour pour qu'ils mettent au point un trésor digne du roi du palais le plus grandiose de toutes les Indes. Ils y œuvrèrent en secret pendant de longues années. Des hommes moururent. Les laboratoires, les ateliers des alchimistes furent détruits par les flammes. Mais au bout du compte, le chef des alchimistes – un homme dont le nom s'est perdu dans le labyrinthe du temps, mais qui devrait être célébré par toute l'humanité – fut en mesure de présenter au raja ce coffre magique, conclut-il en tapotant avec révérence sur la boîte devant lui. Il contient le plus précieux trésor connu de l'humanité.

—Comme c'est exaltant, commenta ma patronne. Mais qu'est-ce donc ?

—Eh bien, très chère, c'est justement ce qu'il s'agit de deviner, répondit sir Hector. Pour juste deux sous – deux pauvres petits pennies –, vous avez la possibilité de faire une supposition concernant le contenu du coffre. Et si votre suggestion s'avère, votre nom sera placé dans ce saladier d'étain. (Il désigna un grand bol sculpté de motifs indiens.) Et à 18 heures ce soir, un descendant du raja en personne… En vérité, c'est Jagruti Bland, l'épouse du vicaire, ajouta-t-il à voix basse, mais motus et bouche cousue, faut créer l'atmosphère idoine, pas vrai ? Un descendant du raja en personne, reprit-il (son discours était bien huilé) viendra tirer au sort un nom dans le saladier et le vainqueur recevra ce magnifique magnum de champagne, généreusement offert par le Rugby Club de Littleton Cotterell.

—Est-on autorisé à toucher le coffre ? demandai-je.

—Vous pouvez le toucher, vous pouvez le soulever, mais vous ne pouvez pas l'ouvrir, indiqua-t-il.

Je pris la boîte. Elle était lourde, mais cela ne m'instruisait guère – j'avais deviné à la voir qu'elle faisait son poids. Je la tendis à ma maîtresse, qui l'inspecta avec soin.

—Ah, constata-t-elle, il y a une inscription. (Elle ouvrit sa lorgnette et regarda de plus près.) C'est écrit en hindi. Pratique.

Nous parlions hindi. Toutes les deux.

Lady Hardcastle s'esclaffa.

—Ah non, pas du tout ! Je vois. C'est très malin.

Elle me rendit le coffre et j'observai l'inscription. Il s'agissait bel et bien de lettres de l'alphabet hindi, en revanche les mots étaient en anglais. Ou du moins, certains d'entre eux. « Mélangez quatre doses d'azote et une dose d'éther déphlogistiqué. »

—Une recette ? suggérai-je. Ou peut-être une formule d'alchimie. Est-ce une instruction sur la manière de fabriquer le « trésor » des alchimistes ?

—Assurément une substance de grande valeur, commenta lady Hardcastle. Oh, Hector, vous êtes une canaille.

—J'ai bien peur que vous m'ayez perdue, avouai-je.

—Eh bien, il s'agit de…

—Ne le dites pas tout haut, la coupa sir Hector. Faut pas tout révéler. Car enfin, c'est chercher à deviner qui constitue tout le plaisir, non ?

—Exact, mon cher, exact, convint-elle.

Sur quoi, elle prit un crayon, inscrivit sa suggestion et son nom, puis tendit le petit morceau de papier à sir Hector ainsi que ses deux sous. Grand acteur, il fit mine de lire le papier sans en révéler le contenu, hocha la tête et il le plaça dans le saladier d'étain.

—Bravo, ma chère. J'aurais dû me douter que vous devineriez. Bonne chance pour le tirage. Et vous, jeune Armstrong ? Allez-vous tenter votre chance ?

—Je crains d'être complètement à court d'idées, admis-je. Et la dernière fois que j'ai dû deviner ce que recelait un coffre mystérieux, j'ai été très déçue.

Sir Hector se contenta de sourire.

Faute de meilleure idée, j'inscrivis : « Un éléphant pygmée portant un nœud papillon » sur l'un des papiers, que je tendis avec mes deux sous.

Sur quoi, nous nous éloignâmes de l'étal.

—Alors, qu'était-ce ? m'enquis-je.

—Cela aide si l'on connaît un peu l'histoire de la chimie et de l'alchimie, répondit lady Hardcastle. L'azote est l'ancien nom du nitrogène. Tandis que l'air – ou éther dans ce cas, pour donner des airs encore plus mystérieux à la chose – déphlogistiqué était le nom original attribué par Joseph Priestley à l'oxygène. Quatre fractions de nitrogène pour une d'oxygène, c'est l'air, conclut-elle, en agitant le bras pour montrer l'air qui nous entourait.

—Donc le coffre est vide, déduisis-je avec un soupir déçu.

—Il y a beaucoup de coffres de ce genre, dans les environs. Venez, allons investir dans deux chopes de bière, ensuite nous pourrons assister à la course à l'œuf avant que vous ne veniez m'aider à juger le concours d'œuvres d'art.

Note de l'auteur

De toute évidence, la voiture de lady Hardcastle – conçue par son ami Lord Riddlethorpe – a au moins une décennie d'avance sur son temps. L'utilisation d'un habitacle complètement fermé pour le conducteur ne s'est pas généralisée avant les années 1920 et le design de Fishy fait davantage penser aux voitures de sport des années 1930. Mais comme il est imaginatif et inventif, il n'y a aucune raison pour qu'il n'ait pas imaginé lui-même ce design futuriste. En vérité, j'avais de la peine pour Emily et Flo qui se débattaient avec leur Rover 6 ouverte (une vraie voiture des années 1900) et je me suis dit qu'elles méritaient un peu de confort. Pour la même raison, je leur ai octroyé un démarreur électrique avant que de tels dispositifs ne deviennent monnaie courante. Le reste des pièces mécaniques est compatible avec l'époque, cependant, et l'ensemble convient bien au non-conformisme de lady Hardcastle.

Il n'y a pas d'hôtel Steep Holm View à Weston-super-Mare, même si les petites îles de Steep Holm et Flat Holm sont visibles depuis le rivage, dans le canal de Bristol. Le nom de l'hôtel ne sort donc pas de nulle part. Le Grand Atlantic est réel et existe toujours, tout comme la Grande Jetée (Grand Pier) et le pont-jetée de Knightstone (Knightstone Causeway). Le théâtre situé au bout de la chaussée surélevée, le Pavillon, ouvrit en 1902. Il fut un lieu important et populaire jusqu'à se voir éclipsé par le Winter Gardens Pavilion construit plus loin sur la promenade en 1927. Le bâtiment est toujours debout, mais ce n'est plus un théâtre – il abrite cependant un joli salon de thé.

Depuis 1901, le Weston Museum and Library était installé dans un bâtiment spécialement conçu par l'architecte Hans Price, originaire de Weston, sur le boulevard de Weston-super-Mare. En 1975, le musée a déménagé dans l'ancien bâtiment de la compagnie de gaz de Burlington Street et vaut bien une visite si vous êtes dans le coin. La bibliothèque a également déménagé, et l'ancien bâtiment de la bibliothèque Hans Price a été vendu. Au moment de la rédaction de cet ouvrage, il appartient à des promoteurs immobiliers qui prévoient de le transformer en appartements.

L'été 1910 a bien été, en Angleterre, doux mais souvent gris. Le Met Office a mis en ligne les archives de ses bulletins météorologiques et les auteurs de fiction historique peuvent y consulter le temps qu'il faisait pour un jour donné. Le problème, bien sûr, c'est que l'on a parfois besoin d'un orage là où il n'y en a pas eu, ce qui oblige à abandonner les faits historiques au profit de l'intensité dramatique d'une situation. Il n'y a pas eu de tempête le jeudi 7 juillet 1910. La véritable météo indique des brises modérées à légères de nord-ouest à nord. La journée a commencé sous les nuages, mais s'est éclaircie par la suite, avec des températures d'environ 14 °C à

Weston. Pas énorme pour une journée d'été, mais pas non plus la violente tempête dont j'avais besoin.

Cela dit, quelles que soient les conditions météorologiques, il semble que Weston- super-Mare soit toujours anormalement venteuse chaque fois que j'y vais, de sorte que les autres références au vent violent sont basées sur mon expérience plutôt que sur les rapports météorologiques. Le biais de confirmation a certainement joué un rôle, mais je reste convaincu que c'est un endroit très venté.

Idem pour l'absence de la mer. J'ai mentionné l'amplitude des marées dans le canal de Bristol dans *Une affaire brûlante*, en soulignant qu'il s'agit de la troisième plus forte marée du monde (de nombreuses sources affirment même qu'il s'agit de la deuxième, mais c'est un sujet de discorde et je préfère l'euphémisme anglais, donc va pour troisième). Cela signifie qu'il est véritablement possible de se rendre plusieurs fois à Weston-super-Mare sans jamais voir la mer, qui se retire de plus d'un kilomètre pour ne laisser que de la boue à marée basse.

Les horaires des marées utilisés dans l'histoire ne sont pas ceux des véritables marées de juillet 1910. Pour les besoins de l'histoire, il fallait que les marées hautes et basses tombent à certains moments de la journée de mes personnages. La séquence est donc tirée de la séquence réelle des marées à Weston à partir du 10 juillet 2018. La prédiction des marées était une science bien développée en 1910, mais je n'ai pas réussi à savoir si les horaires des marées étaient publiés pour la ville balnéaire de Weston avec le niveau de précision indiqué sur la feuille distribuée par l'hôtel Steep Holm View. J'expliquerai cela comme une tentative de l'hôtel de donner une légitimité à ses affichages en citant des horaires à la minute près, même si la prédiction était, en fait, certainement beaucoup plus vague. La route vers Brean Down *via* Lympsham ne passe plus par Bleadon – la route moderne contourne le village par le sud. Il n'y a plus de poste de péage à Bleadon (bien qu'il existe une route appelée Toll Road, c'est-à-dire la « route du péage »), et la gare n'a pas non plus survécu aux coupes budgétaires des années 1960.

Le fort de Brean Down, dans le Somerset, fut construit entre 1864 et 1871. Lord Palmerston, chargé par la reine Victoria de défendre la Grande-Bretagne contre le renforcement de la marine française, ordonna la construction d'une série de fortifications le long de la côte, connues sous le nom de Palmerston Forts. Brean Down était occupé par l'artillerie royale et servait à défendre le canal de Bristol contre une attaque qui n'eut jamais lieu. En 1897, Marconi établit un record de distance pour une transmission radio en envoyant un signal à 8,7 miles (presque 14 kilomètres) à travers le canal jusqu'à Lavernock Point, au pays de Galles. En 1900, une partie du fort fut détruite par une explosion dans le magasin de poudre à canon et le site fut déclassé et abandonné.

Il tomba alors entre des mains privées. Les récits varient, certains racontent qu'il fut un café en 1905, d'autres affirment avec assurance qu'il resta inutilisé jusqu'à sa transformation en « salon de thé pour dames » en 1913. Pour les besoins de l'histoire, j'ai choisi de croire cette dernière version et imaginé l'état des bâtiments pour répondre à mes besoins. Il n'y a plus d'accès à l'intérieur du quartier des officiers aujourd'hui : la disposition a également été imaginée.

La mer autour de Brean Down – quand elle daigne monter jusque-là – peut être un peu agitée. Les tentatives de construction d'un port en eau profonde pendant l'érection du fort furent abandonnées lorsqu'une tempête détruisit les fondations de la jetée. Néanmoins, il était important pour l'histoire que Gerber puisse traverser la baie à marée haute avec des cargaisons encombrantes ; j'ai donc « créé » une fausse jetée à l'extrémité de la péninsule, où son bateau à vapeur pouvait être amarré en toute sécurité. Il y a certainement une crique relativement abritée au sud du fort où une telle chose serait possible et il me semble tout à fait plausible, d'après la disposition du fort, que des fournitures aient pu y être déchargées.

Le site appartient désormais au National Trust et sa visite est gratuite (bien que le stationnement soit payant pour les non-membres). Le fort et ses ajouts de la Seconde Guerre mondiale sont encore en grande partie des ruines, aucun effort n'ayant été consenti pour les reconstruire. Brean n'est pas incroyablement facile d'accès et, une fois sur place, il reste encore tout un chemin à parcourir. Le sommet de la péninsule se trouve près de mille mètres au-dessus du niveau de la mer ; le fort se dresse à un peu plus d'un kilomètre du sommet des quelque deux cents marches qui mènent à la première partie du site depuis le parking. Le périple est un peu moins ardu – et généralement un peu mieux abrité –, si vous suivez l'itinéraire d'Emily et Flo le long du sentier militaire au nord de la péninsule, mais cela vous prive de la vue spectaculaire depuis le point le plus élevé que vous atteignez en prenant la piste qui longe la crête. Je vous recommande vivement les sandwichs au poisson du café du National Trust situé à côté du parking.

Dans mes livres précédents, Skins joue de la batterie, mais je n'ai jamais décrit son installation. C'est en partie parce que les percussionnistes du début du XXe siècle n'avaient pas de batteries assez intéressantes pour mériter description et je pensais que ce serait gênant. À cette époque, les percussionnistes jouaient le plus souvent d'un seul instrument, comme dans un orchestre traditionnel, mais la tendance se développait – à la fois pour des raisons d'espace et pour éviter d'engager plus de musiciens – chez ces musiciens-là de jouer de plus d'un tambour, souvent en même temps. Il s'agissait le plus souvent de la caisse claire et de la grosse caisse de l'orchestre, qu'ils frappaient debout, à l'aide de baguettes. Les pédales de grosse caisse existaient déjà au début du siècle, mais ce n'est qu'en 1909 que William F. Ludwig, aux États-Unis, inventa un modèle amélioré à ressorts qui rendit la pédale vraiment utile. Les frères Ludwig commencèrent à la commercialiser en 1910. Dans ce livre, pour la première fois, Skins a accès à l'une de ces pédales (j'ai imaginé qu'il l'avait achetée à un musicien américain en visite à Londres) et il joue assis.

Le bureau des Services secrets (Secret Service Bureau) fut fondé en 1909, résultat d'un effort conjoint de l'Amirauté et du War Office pour coordonner les efforts de renseignement et de contre-espionnage britanniques, tant sur le territoire national qu'à l'étranger, et il s'intéressait tout particulièrement aux activités de l'Allemagne impériale. En réalité, il n'était composé que de deux hommes, un officier supérieur de la marine appelé Mansfield Smith-Cumming et un officier de l'armée de terre du nom de Vernon Kell – je leur ai donc adjoint Harry et son équipe *ad hoc* d'agents des Services spéciaux. En 1914, le véritable Bureau ne comptait toujours que quatorze hommes, mais il se développa massivement pendant la Première Guerre mondiale. D'abord avec le Secret Intelligence Service (SIS), dirigé par Smith-Cumming et responsable des renseignements à l'étranger. Smith-Cumming, d'ailleurs, laissait généralement tomber le Smith et signait ses lettres et mémorandums d'un « C ». Au fil du temps, ce nom est devenu le nom de code de tous les chefs du SIS (ou du MI6, comme on l'appelle depuis la Seconde Guerre mondiale). Kell dirigeait le service de contre-espionnage intérieur du pays, connu plus tard sous le nom de MI5.

Retrouvez-nous sur les réseaux sociaux :

City éditions

www.city-editions.com
@cityeditions
www.facebook.com/cityeditions/
@CityEditions
@cityeditions

Achevé d'imprimer en août 2023
sur les presses de la Nouvelle Imprimerie Laballery
58500 Clamecy
Numéro d'impression : 307434

Imprimé en France

La Nouvelle Imprimerie Laballery est titulaire de la marque Imprim'Vert®